dtv

»Sie werden nun beginnen, die rechte Hälfte meines Gesichts wiederherzustellen. Und vielleicht werde ich nach all den Operationen wieder sein wie früher. Aber *kann* ich das?«
Max Winther kommt bei einem verheerenden Brand in seiner Firma gerade noch mit dem Leben davon. Nach zahlreichen plastischen Operationen ist sein Gesicht wiederhergestellt, aber sein Gedächtnis kehrt nicht zurück. So wenig er sich auch an seine Vergangenheit erinnert – seine Vergangenheit erinnert sich an ihn. Und immer wieder tauchen blitzlichtartig Bilder aus seinem Unbewussten auf, die ihn zutiefst beunruhigen. Welches furchtbare Geheimnis verbirgt seine Frau vor ihm? Eine dramatische Spurensuche beginnt ...

Anja Jonuleit, 1965 in Bonn geboren, ist Autorin, Übersetzerin und Dolmetscherin. Sie lebte und arbeitete in New York, Bonn, Rom, Damaskus und München. 1994 kehrte sie mit ihrer Familie an den Bodensee zurück.

Anja Jonuleit

Der andere Tod

Roman

Deutscher Taschenbuch Verlag

Von Anja Jonuleit
sind im Deutschen Taschenbuch Verlag erschienen:
Novemberasche (21246)
Herbstvergessene (24788)

Ausführliche Informationen über
unsere Autoren und Bücher
finden Sie auf unserer Website
www.dtv.de

MIX
Papier aus verantwortungsvollen Quellen
FSC® C019821

Originalausgabe 2011

Umschlagkonzept: Balk & Brumshagen
Umschlaggestaltung: Wildes Blut, Atelier für Gestaltung,
Stephanie Weischer unter Verwendung eines Fotos
von plainpicture/Arcangel
Die Quellenangaben zu den im Buch
zitierten Gedichten befinden sich auf Seite 336
Satz: Greiner & Reichel, Köln
Gesetzt aus der Sabon Antiqua und der Charlotte Sans 9,75/12·
Druck und Bindung: Druckerei C.H. Beck, Nördlingen
Gedruckt auf säurefreiem, chlorfrei gebleichtem Papier
Printed in Germany · ISBN 978-3-423-21287-8

Für Gerhard
in Liebe

Das dichte Rad der Erde,
seine Felge von Vergessenheit feucht,
dreht sich und spaltet die Zeit
in unerreichbare Hälften.

PABLO NERUDA

Glück

Es ist dieses Bild, das immer wiederkehrt, in meinen Träumen und manchmal auch im Wachsein. Dieses Bild, das solch ein Wohlgefühl, solch eine ursprüngliche Kinderfreude auslöst und auch, wenn es schon längst verblasst ist, noch nachklingt und mir das beschert, was man wohl »Glück« nennt.

In diesen Träumen sehe ich sie – in einer weißen Bluse, in einem grauen Rock –, wie sie auf mich zukommt. Sie hat den Blick fest auf mich gerichtet, auf ihrem Gesicht leuchtet ein Lächeln, so zärtlich und liebevoll, ein Mutterlächeln.

Und dann sehe ich mich selbst, in meiner kurzen blauen Hose, die zerschrammten Knie. Wie ich die Schaufel fallen lasse in den groben grauen Sand, wie ich mich aufrichte und auf sie zugehe, zuerst, dann schneller werde, renne, immer schneller. Auch sie läuft nun, so gut es geht, in ihrem knielangen Rock, auf den schwarzen Büroschuhen, die ihr nur ein ungelenkes Trippeln ermöglichen.

Und dann der Moment, in dem ich sie – beinahe – erreicht habe. Sie öffnet die Arme und ich springe auf sie zu, fast verliert sie das Gleichgewicht und ihre Stimme klingt atemlos und etwas überrascht, *mein kleiner Floh*.

Warum nur glaube ich, in ihrer Stimme den Schatten von etwas zu hören, vielleicht Traurigkeit?

Zwischenzeiten

Die Tage in der Rosenstein Clinic, einem renommierten Zentrum für rekonstruktive Chirurgie, vergehen ganz für sich allein, losgelöst von jeglicher Vergangenheit und ohne die Erwartung einer Zukunft. Wie in einem luftleeren Raum schwebend, gehören sie zu keinem Davor und zu keinem Danach, sie verrinnen in einer selbstverständlichen Stille und ich treibe dahin in einem Strom, der mich zu einem Dasein jenseits menschlichen Tuns bringt. Es ist, als gäbe es hinter diesen Mauern keine Welt.

Die Krankenschwestern haben mich zwischen die Laken gepfropft und ich bin wie ein hilfloses Kind, ein in altmodische Binden gewickelter Säugling. Ich kann meine Arme nicht bewegen, nicht die Beine. Ich kann nur schauen, die Lider auf- und zuklappen, das ist alles.

Die Ärzte sind gute Geister, die die stoffliche Existenz längst hinter sich gelassen haben. Sie sind von einer gleichbleibenden geduldigen Freundlichkeit, die mich vergessen macht, dass auch sie Schmerzen erleiden können und dass auch ihr Leben Traurigkeit kennt.

Anouk ist gekommen, so wie jeden Tag, heute mit einem Strauß roter Tulpen im Arm. Meine Augen folgen ihr, sie stellt das Kopfteil meines Bettes leicht schräg, sodass ich durch die Aussparungen, die sie in meinem Verband gemacht haben, ohne Mühe Anouks makellose Züge betrachten kann. Ein Sonnenstrahl fällt auf ihr Haar und auf eine Hälfte ihres Gesichts.

Sie beugt sich zu mir herunter, ihre Wangen sind von einem Pfirsichflaum bedeckt, so hauchzart, dass ich ihn nur wahrnehme, wenn sie ganz dicht bei mir ist, und auch nur deshalb, weil das Licht sie schräg von der Seite berührt.

Sie küsst mich.

Ja, auch meine Lippen haben sie ausgespart.

Dann geht Anouk zum Schrank, holt eine Vase, lässt Wasser hinein und stellt die Blumen auf meinen Nachttisch. Irritiert sehe ich die Stängel, die sich wie Schlangen aus dem Glas winden, das Rot der Blütenkelche, das meine ganze Aufmerksamkeit zu absorbieren scheint.

Lange nachdem Anouk gegangen ist, haftet mein Blick noch immer an den Tulpen. Sie sind so rot, *zu rot* vor dem Weiß, das mich umgibt. Sie sind wie Eindringlinge, wie fremde Wesen, von denen eine unerklärliche Gefahr auszugehen scheint. Ich beobachte, wie die letzten Sonnenstrahlen sie in einem noch irrsinnigeren Rot aufflammen lassen.

Plötzlich werden sie lebendig. Sie greifen nach mir mit ihren langen Armen, das Rot wird stärker, es breitet sich aus, es wächst ins Unermessliche. Ich spüre Schweiß auf meiner Stirn, in meinem Nacken, unter meinen Verbänden.

Ich will die Schwester rufen, aber Anouk hat vergessen, mir den Klingelknopf zwischen die Finger zu legen. So starre ich auf das lärmende Rot, das immer *noch* lauter wird, auf die Blüten, die immer näher kommen und mich zu verschlingen drohen.

Mein Atem geht stoßweise, ich habe das Gefühl, keine Luft mehr zu bekommen.

Und dann schreie ich.

Ich schreie so laut ich kann, doch es ist nur ein heiserer und seltsam dürftiger Ton, der da aus meiner Kehle dringt. Auch meine Stimmbänder sind bei dem großen Feuer, wie ich es bei mir stets nenne, verletzt worden. Immer wieder krächze ich: »Help me, help me!«

So sehr ich mich auch bemühe, es kommt niemand, um mich zu retten. Und irgendwann versinke ich in der gütigen Umarmung einer Ohnmacht.

Als ich erwache, ist es dämmrig im Zimmer, die Tulpen sind immer noch da, doch still und reglos nun. Endlich schaut die Nachtschwester herein. Ich gebe ihr zu verstehen, dass sie den Strauß hinausbringen und das Licht löschen soll. Dann lasse ich mir ein Schlafmittel verabreichen.

Ich liege im Dunkeln und versuche, zur Ruhe zu kommen. Die Angst hat mich angestrengt. Doch das Bild der lauten Tulpen ist so stark, dass ich noch eine Weile darüber nachgrüble, warum ein harmloser Blumenstrauß – noch dazu ein liebevolles Mitbringsel von Anouk – solch eine starke Reaktion hat auslösen können. Vielleicht haben die Tulpen mir ins Gedächtnis gerufen, dass es dort draußen, hinter diesen Mauern, ein anderes Leben gibt, ein pulsierendes, wildes, buntes Leben, das so viele Farben und so viele Facetten hat. Vielleicht wollten die Tulpen etwas mit Gewalt ans Tageslicht zerren, Fragen in mir aufwerfen nach all den Frühjahren, den Sommern, die ich schon erlebt habe. Und mir zeigen, dass ich *nichts* mehr weiß. Dass das Leben sich nicht in diesem Mikrokosmos hier erschöpft, in dieser weißwattigen, winterlichen Einsamkeit.

Doch da ist noch ein Gedanke, der mich mehr beunruhigt als die Gewissheit, dass das Leben an mir vorüberzieht. Es ist nur eine Ahnung, die durch nichts zu begründen ist als durch die Angst selbst. Dass nämlich hinter diesen Tulpen etwas lauert, das nur darauf wartet, mich anzuspringen und zu verschlingen.

Die Wochen ziehen vorüber wie Stunden. In all der Gesichtslosigkeit umschließt mich der »American Way of Being« wie ein Kokon aus Pragmatismus und Humor, mit einem Übermaß an Verständnis für jeden Nervenzusammenbruch, für jedes Sichgehenlassen.

Meine Therapeutin Julie, eine dunkelhaarige und ernste Frau mit einem wunderbaren und schleppenden Südstaaten-Slang, versucht, mich zum Sprechen zu bringen.

Es ist ja nicht so, dass ich nicht wollte. Ich *möchte* sprechen, aber ich erinnere mich an nichts.

Julie versucht, sich mit mir gemeinsam zu meiner Vergangenheit vorzutasten und Fragmente meines gespeicherten Lebens irgendwie aus mir herauszuholen. Doch ich tauge zu nichts.

Julie erklärt mir, ich solle die Erinnerungen zulassen, aber auf keinen Fall krampfhaft versuchen, sie herbeizugrübeln. Sie nennt meinen Zustand eine »partielle Amnesie« und bereitet mich darauf vor, dass mich einige Fetzen aus der Vergangenheit blitzlichtartig heimsuchen könnten – das sei sogar ziemlich wahrscheinlich.

In schockierenden Situationen oder bei Erfahrungen, die schwere Konsequenzen nach sich ziehen, entstehen detaillierte und permanente Erinnerungen an die Erfahrung direkt vor, während und nach dem schockierenden Ereignis. Diese Blitzlicht-Erinnerungen werden aufleuchten, mich erschrecken, mich verwirren, mich vielleicht auch ängstigen. Ich solle sie einfach annehmen, sagt Julie.

Entgegen ihrem Rat kann ich nicht aufhören zu grübeln. Ich frage mich immer und immer wieder: Was hat ein Strauß roter Tulpen mit Feuer und Tod zu tun?

Toter bei Großbrand in Lindau

Bei einem Großbrand auf dem Gelände der Firma Winther Simulatorenbau in Lindau (Bodensee) ist am späten Freitagabend ein Mann ums Leben gekommen. Der in Bregenz ansässige Inhaber des Unternehmens Max Winther wurde bei dem Versuch, den Mann zu retten, schwer verletzt. Wie die Polizei mitteilt, handelt es sich bei dem Toten vermutlich um einen Obdachlosen, der sich in der Vergangenheit wiederholt Zutritt zu einer der Lagerhallen verschafft hatte, um dort zu übernachten. Die Brandursache ist noch ungeklärt.

Vorarlberger Nachrichten, 7. Januar

Brennende Zigarette mögliche Brandursache

Nach dem Brand in einer der Lagerhallen der Firma Winther Simulatorenbau in Lindau haben Spezialisten des Landeskriminalamts die Ermittlungen übernommen. Nach Polizeiangaben suchte auch ein Spürhund nach Hinweisen auf die Ursache des Feuers. Einen technischen Defekt schlossen die Ermittler inzwischen aus. Den Untersuchungen zufolge wurde das Feuer, das in der Nacht von Freitag auf Samstag, den 5. Januar, ausgebrochen war, von einer offenen Flamme oder von Tabakglut ausgelöst. Ein Polizeisprecher gab als mögliche Brandursache eine brennende Zigarette an. Dies decke sich auch mit den Ergebnissen der Obduktion des Toten, bei der festgestellt wurde, dass der Mann stark alkoholisiert gewesen war. Der Inhaber der Firma Winther Simulatorenbau, Max Winther, der bei dem Versuch, den Mann aus den Flammen zu retten, lebensgefährlich verletzt wurde, ist gestern in eine Spezialklinik für rekonstruktive Chirurgie nach Los Angeles gebracht worden.

Vorarlberger Nachrichten, 30. Januar

Ein Mann ist gestorben, ein Opfer gieriger Flammen, und ich habe ihn nicht retten können. Ein Mann ist gestorben, sein Körper verbrannte zu einem schwarz verkrusteten Haufen Kohle. In manchen Momenten glaube ich, ihn zu sehen, vielleicht ist es aber auch nur die Vorstellung, die ich davon habe, wie es wäre, ihn zu sehen, dort, in einem brüllenden Meer aus Rot.

Und dann ist es auch schon wieder fort, dieses Fragment eines Bildes, aufgeflackert und ausgelöscht wie eine Stichflamme. Was bleibt, sind nur die Worte, Anouks Worte. Ein armes Schwein, denke ich, dieser Obdachlose, der dort verbrannt ist. Und ich konnte ihn nicht retten.

Ich grüble auch über unser Leben davor. Wir sind also ein kinderloses Ehepaar mittleren Alters. Warum haben wir keine Kinder? Ich wage nicht, Anouk zu fragen. Wenn sie der Grund dafür war, dann möchte ich sie nicht verletzen. Wenn ich der Grund dafür war, so gesellt sich zu meinen Zerstörungen auch noch dieser andere Makel. Und so ziehe ich in diesem Fall die Unwissenheit vor.

An einem Tag, an dem ein dürftiger Regen an die Fensterscheibe tickt, bringt Anouk einen Schuhkarton voller Fotos mit in die Klinik. Sie hat ihn sich von zu Hause schicken lassen.

Ich sehe Menschen, die mir fremd sind und von denen ich glaube, sie nie zuvor gesehen zu haben: mein Vater, der nicht mehr lebt, unsere besten Freunde Barbara und Karl.

Barbara ist eine auffallend schöne Person, die ihre Attraktivität wie eine Waffe vor sich herzutragen scheint. Karl sieht aus wie ein Mann, der seine Zeit auf dem Tennisplatz verbringt.

Fotos von ihren Eltern zeigt Anouk mir nicht.

Auf anderen Bildern sehe ich einen Mann mit braunem, leicht gelocktem Haar, gerader Nase und herausforderndem Blick. Sein Mund ist breit, die Lippen sind fein geschwungen, man könnte sie als sinnlich bezeichnen. Alles in allem ein Mann in seinen besten Jahren, der vielleicht etwas selbstgefällig wirkt. Und zu Übergewicht neigt. Anouk sagt, das bin ich.

Die Ärzte haben einige Fotos von mir digitalisiert und darauf Linien und Maße eingezeichnet. Dr. Nassr sagt, sie werden nun beginnen, die rechte Hälfte meines Gesichts, die bei dem Brand schwer verletzt wurde, wiederherzustellen.

Ich muss operiert werden, einmal, zweimal, mehrmals. Und vielleicht werde ich nach fünf Operationen, wenn sie ihre Skalpelle durch meine Haut geritzt, die Wangen mit Fleisch aus meiner Hüfte unterpolstert, einen Steg in den Knorpel meiner Nase implantiert und die Haut ausgetauscht haben, wieder sein wie früher. Aber *kann* ich das?

Am Tag vor der ersten Operation bitte ich Anouk, mir einen Spiegel zu bringen. Sie verlässt das Zimmer, kehrt nach einer Weile zurück und hält mir einen Handspiegel vor das Gesicht. Zuerst spüre ich nur, dass der Spiegel da ist, denn ich lasse meine Augen noch geschlossen. Langsam, ganz langsam öffne ich sie und starre auf das Abbild einer Mumie aus einem Horrorfilm. Auf einen lebenden Toten.

Ich mache
einen eigenen Raum
aus Luft und Atem
Da wohne ich
in meinem Untergang
und unterhalte mich
mit Fischen

ROSE AUSLÄNDER

Anouk

Meine Liebe zu Anouk war für mich wie ein kostbarer Schatz. Ein großes Glück war mir zuteil geworden, ohne dass ich etwas dazu getan hatte oder etwas dazu hätte tun können. In den Wochen und Monaten in der Klinik fragte ich mich ständig, ob ich schon früher unter diesem Gefühl gelitten hatte, sie nicht zu verdienen.

Ich beobachtete sie. Meine Augen folgten ihr durch die Löcher in meinem Verband und da ich den Kopf nicht wenden konnte, war es jedes Mal wie ein scharfer Schnitt, wenn sie aus meinem Gesichtskreis verschwand und ich nurmehr das Rascheln ihres Kleides oder ihre leisen Schritte hören konnte.

Wenn sie dann wieder eintauchte in die für mich sichtbare Welt, war das für mich ein Augenblick großer Erleichterung – der Moment, in dem ich ihr Lächeln wieder erblickte und mich davon überzeugte, dass sie mich noch nicht verlassen hatte. Der Gedanke daran war irrational, das wusste ich. Anouk hielt zu mir, sorgte sich hingebungsvoll um mich. Aber die dumpfe Angst, sie möglicherweise nie mehr sehen zu dürfen, ließ sich trotz allem nicht unterdrücken.

In diesen ersten Wochen, als eine Verletzung am Halswirbel mir nicht gestattete, den Kopf zu wenden, saß

Anouk oft an meinem Bett und erzählte. Am meisten aber liebte ich es, wenn sie mir vorlas. Dann war sie ganz bei mir und ich konnte sie unentwegt betrachten, für die Länge eines ganzen Kapitels oder mehr. Ich sah ihr zu, wie ihre Lippen die Worte formten, wie das Licht auf ihrem Haar wanderte, bis es im Zimmer dämmrig wurde und sie die Nachttischlampe einschaltete. Oft blieb mein Blick auch an der hauchdünnen Kette an ihrem Hals hängen und an dem Tropfen aus rotem Stein, der im Sonnenlicht wie Lava glühte. Ein Geschenk von mir, wie sie sagte. Manchmal trug sie auch ein Armband, das aus winzigen roten Korallen bestand und sich perfekt um ihre schmalen, weißen Handgelenke legte.

Ich liebte Anouk und diese Liebe hatte etwas Verzweifeltes, so, als wüsste ich von vornherein, dass unser Zusammensein nur vorübergehend sein konnte. Die Minuten, die wir miteinander verbrachten, schienen gezählt zu sein. Draußen vor der Tür würden Abschied und Traurigkeit auf uns lauern. In meinen klareren und stärkeren Momenten führte ich dies auf unsere Lebenssituation zurück. Anouk kam, blieb eine Weile, manchmal eine Stunde, manchmal auch drei, und dann ging sie fort und ließ mich allein zurück.

Das Zimmer kam mir dann unerträglich weiß und steril vor. Lebensfern.

Mich bedrückte der Umstand, hier wie gefesselt liegen zu müssen. In einem Korsett und mit Stahlschienen in beiden Beinen. Mit Binden, die mein verstümmeltes Gesicht irgendwie zusammenhielten.

Immer wieder fühlte ich die beklemmende Angst, Anouk würde draußen, in der *wirklichen* Welt, einen anderen finden: einen gesunden Mann mit einem starken Körper. Jemanden, der sie umarmen und tragen konnte, der sie – ganz anders als ich – auch mit dem Körper lieben konnte.

In meinen gedanklichen Monologen sprach ich mir selbst gut zu. Sicherlich litt ich einfach nur unter der Stille um mich herum. Unter der erzwungenen Isolation und der Unfähigkeit, mich verständlich zu machen. Und eigentlich war das Zimmer ja auch gar nicht so steril. Es war im Grunde sogar hell und freundlich und wie in allen teuren Privatkliniken legte man Wert darauf, eine wohnliche Atmosphäre zu schaffen.

Am Fenster stand ein Schreibtisch, etwas weiter davon entfernt eine kleine Sitzgruppe, ein Tisch und zwei Sessel aus weichem, weißem Leder. Gegenüber von meinem Bett hingen drei Fotografien, auf denen weite, in bläuliches Licht getauchte Landschaften zu sehen waren. Verschwommene Umrisse von Kamelen, eine blassgelbe Sonne vor einem hellgrauen Himmel, blaues Wasser und orangerote Fische. Schließlich die Weite der Sahara oder einer anderen unendlichen Wüstenei. Wenn Anouk das Zimmer verließ, sah ich die Kamele ziehen und begann, mit den Fischen zu sprechen.

»V« wie »Victory«

In diesen Monaten glaubte ich, es würde immer so weitergehen: das Warten von einem OP-Termin zum nächsten, dazwischen Angstschübe, die aufflammten und wieder abebbten.

Im Laufe der Zeit entwickelte ich eine Strategie gegen die Angst. Vor jeder Operation schob ich die Panik ein Stückchen mehr beiseite. Ich konzentrierte mich darauf, den Übergang vom Leben in den Narkoseschlaf genau zu beobachten. Von Mal zu Mal steigerte ich mich stärker in den Wunsch hinein, alles dokumentieren zu können. Ich wollte mir das letzte in mein Bewusstsein tretende Bild merken, die letzten Sekunden vor der Bewusstlosigkeit mit meinem geistigen Auge filmen und so in meinem Gedächtnis speichern. Ich wollte mehr erfahren über dieses Hinübergleiten in den Zustand meiner geistigen Nichtexistenz auf einem Operationstisch.

In den Nächten nach den Eingriffen träumte ich von Wörtern. Schon vor dem Einschlafen geisterten sie wie Spruchbänder, von Flugzeugen gezogen, durch mein Bewusstsein. Darauf stand: »Die Erfolge in der rekonstruktiven Chirurgie«, daneben Fotos von Xiao Liewen, dem chinesischen Mädchen, dem sie versucht hatten, ein menschliches Antlitz wiederzugeben. Wie gut ich doch dran war, dachte ich, wenn ich aus diesen Alpträumen erwachte und Xiao mich immer noch mit ihren geschundenen Gesichtsresten ansah. Sie hatte nurmehr ein Auge. Das Gewebe für ihre neue Nase war ihrem Bauch entnommen worden.

Auch mir haben sie nachgezüchtetes Hautgewebe transplantiert, aber es betraf nur einen vier Quadratzentimeter großen Bereich unterhalb des rechten Wangenknochens. »Lucky me«, wie man hier sagte! Mein Gesicht war *nur* von einer v-förmigen Nahtstelle durchzogen.

»V« wie »Victory«, das war kein Hohn.

Mein rechtes Ohr war an den Rändern zwar ein wenig gezackt, der rechte Rand meiner Oberlippe blieb farblos. Doch alles in allem haben sie mich passabel zusammengeflickt, und das mir damals endlos scheinende Leiden, die Omnipräsenz des Schmerzes, alles ist nun – fast – vergessen.

In den späteren Monaten, nachdem sie mir das Korsett abgenommen und die Stahlstäbe aus meinen Beinen entfernt hatten, musste ich gehen lernen. Anfänglich benutzte ich ein Gestell, dann zwei Krücken, dann nur noch eine. Ich weiß noch genau, wie ich das erste Mal alleine zum Schreibtisch ging, mich langsam auf den Stuhl setzte und hinaussah. Meine Beine schmerzten, ebenso mein Rücken. Doch ich trainierte eifrig weiter.

An einem sonnigen Tag tat ich meinen ersten selbstständigen Schritt nach draußen, stockend und ungeschickt. Es war, als wäre mir etwas längst verloren Geglaubtes wieder geschenkt worden, als wartete ein noch viel größeres, noch viel kostbareres Geschenk darauf, von mir in Besitz genommen zu werden. Das Leben selbst.

Der Tag, an dem sie mir endgültig die Verbände abnahmen, war gekommen. Ich weiß noch, wie meine Finger zitterten, als Anouk mir den Spiegel reichte. Ich weiß noch, wie ich ihn fast verfehlt hätte und er auf den Boden geglitten wäre, *beinahe*. Dr. Nassr hat ihn aufgefangen. Diesen Augenblick, ich werde ihn niemals vergessen, als ich das erste Mal nach all der Zeit meine Züge erblickte. Mit einer abrupten Bewegung riss ich den Spiegel Dr. Nassr aus der Hand und starrte hinein.

Traumschleife

Mehr als eineinhalb Jahre nach dem großen Feuer verließ ich die Rosenstein Clinic zum ersten Mal. Die Operationen, die sie inzwischen an mir vorgenommen hatten, waren erfolgreich verlaufen. Mein Gewebe brauchte jetzt längere Zeit Ruhe, um auszuheilen, sodass sie zu gegebener Zeit noch einmal würden Hand anlegen können.

Der Tag, an dem Anouk mich aus dem Krankenhaus abholte, war ein Montag im Oktober. Sie trug ein helles Seidenkleid, die Kette mit dem roten Tropfen und das Armband mit den Korallen, die wie winzige Zähne eines exotischen Fisches ihr Handgelenk umschlossen. Auf dem Kopf hatte sie einen breitkrämpigen, weißen Hut und ich dachte: »Wie schön sie ist.«

Auf dem Weg zum Parkplatz erzählte sie mir: Sie hatte ein Haus gefunden, ein Haus am Meer. Dorthin sollten wir uns zurückziehen und die Heilung meiner Wunden abwarten, bis es erneut – ein letztes Mal – Zeit wäre, in die Klinik zu gehen. Sie beschrieb das Haus, einen weiß gestrichenen Strandbungalow, nur sehr einfach ausgestattet, aber mit einer Veranda, die aufs Meer hinaus ging.

Auf dem Parkplatz steuerte sie auf einen 61er Caddy Convertible zu. Er hatte cremefarbene Ledersitze und vorne eine durchgehende Sitzbank. Ich sah sie an und setzte an, um etwas zu sagen. Ich fühlte mich nicht wie jemand, der zu so einem Wagen passte. Doch als ich die kindliche Freude sah, die in ihren Augen funkelte, schwieg ich.

Wir fuhren auf dem Pacific Coast Highway und es war wie in einem schönen Traum. Die Berge versanken im Meer, grüne Hügel, die jäh zu Fels wurden und ins Meer hineinstürzten. Scharfe, wie von einem wütenden Zyklopen ins Wasser geworfene Gesteinsbrocken, von Gischt umspült. Und der Himmel, der irgendwo hinter der Unendlichkeit den Ozean berührte.

Anouk hatte den Sommerhut gegen ein rotes Seidentuch eingetauscht. Sie trug eine altmodische Sonnenbrille mit großen Gläsern, die mich an alte Hollywoodfilme erinnerte. Anouk sprach ununterbrochen, gestikulierte, deutete auf die Berge, die Buchten, die Strände. Sie war voller Übermut, riss sich das Tuch vom Kopf, ließ es flattern wie einen roten Wimpel und der Fahrtwind zerrte an ihrem Haar.

Unterwegs bogen wir vom Highway ab und kauften in einem Superstore so viel ein, dass der Kofferraum und der gesamte Fond des Convertible mit Einkäufen vollgestopft waren. Anouk bestand darauf, bei einem Geschäft für Künstlerbedarf haltzumachen und Farben, Pinsel sowie eine Leinwand zu kaufen. Für mich. »Du musst irgendetwas tun.«

In einem Bookstore kaufte sie einen ganzen Stapel Bücher, denn wir hatten unsere täglichen Lesestunden beibehalten, auch, als meine Arme schon längst genesen waren und ich selbst ein Buch hätte halten können.

Als wir vom Pacific Coast Highway abbogen und das Sträßchen zum Haus hinabfuhren, verband Anouk mir die Augen mit ihrem roten Tuch. Einige Minuten später wurde der Duft des Meeres stärker. Ich hörte, wie sie langsamer fuhr und schließlich den Motor abstellte.

Jetzt drang das Rauschen der Brandung an meine Ohren. Ich spürte Anouks Finger an meinem Hinterkopf. Sie löste das Tuch und ich sah unser Paradies: das graue Strandhaus und die kleine Bucht. Der Zauber dieses Ortes raubte mir den Atem.

Unser Haus in Garrapata Beach war klein und aus Holz. Es hatte ein noch kleineres Nebengebäude, das einmal ein Atelier gewesen sein musste. Die Farbe begann besonders an der dem Meer zugewandten Seite abzublättern. Es lag am Ende einer beschaulichen Bucht, von der aus man über einen steilen und gewundenen Pfad zu einem großen, endlosen Strand gelangte.

Anouk hatte Monate gesucht. Und als sie das Haus zum ersten Mal sah, wusste sie gleich, dass sie dieses – und nur dieses – wollte. Sie fand heraus, dass es einem schrulligen Alten aus Santa Monica gehörte, der jedoch auf keinen Fall vermieten wollte. Anouk ließ nicht locker. Sie rief ihn an, fuhr sogar zweimal zu ihm hinaus und irgendwann, als sie schon drauf und dran war, ein anderes zu nehmen, meldete er sich unverhofft und sagte, wir könnten das Haus haben.

Der Bungalow bestand aus einer großen Wohnküche und einem fast ebenso großen Schlafzimmer. Außerdem gab es ein winziges Bad mit Dusche. Die Einrichtungsgegenstände waren alt und abgewohnt, verfügten aber über einen besonderen Charme, den ich mir nicht so recht erklären konnte.

Die Verandamöbel waren aus grauem, verwittertem Rattangeflecht, eine brüchige Korbschaukel hing von der Decke, das Bett schien selbst zusammengezimmert. In der

Küche stand ein runder Tisch mit ebenfalls zwei Rattanstühlen. Außerdem enthielt dieser Raum einen Kamin, davor stand ein Sofa mit einem verblichenen Rosenüberwurf.

Es war perfekt.

Ein überschaubares Reich, das wenig Pflege bedurfte, denn Anouk hatte angekündigt, dass sie keine Putzfrau wünschte und alles allein machen wollte. Ich fragte nicht nach dem Grund, wusste aber instinktiv, dass sie mir zuliebe auf eine Hilfe verzichtete. Sie wollte mir neugierige und mitleidige Blicke auf mein geschundenes Gesicht ersparen.

Mit der Zeit prägte sich das Muster unserer Tage und Nächte. An den Vormittagen malte ich, die Nachmittage verbrachte ich zusammen mit Anouk und meine Nächte waren traumbebildert.

Ich fühlte mich gut, obgleich die Bilder, die ich zu malen begann, von einem eher verstörten Innenleben sprachen. Das konnte ich auch ohne psychologische Ausbildung erkennen. Meine Werke ähnelten so gar nicht den freundlichen und naiven Landschaften, die ich in der Klinik unter Julies Führung zu Papier gebracht hatte.

Als Anouk das erste meiner Gemälde erblickte, wurde sie blass und stumm. Es war das schwarze Gesicht eines Mannes, der in einem Meer von Rot versank. Ich selbst war weder erschrocken noch bestürzt, nahm ich dies doch zum Zeichen, dass ich endlich begann, den Brand und alles, was zuvor geschehen war, zurück in mein Bewusstsein zu holen.

Für mich war es der Beginn eines langen Weges, der mich in Richtung Heilung führen sollte. Mir leuchtete ein, dass ich vor allem das Geschehen selbst verarbeiten musste und erst danach durch den Spiegel würde treten können.

Dahinter wollte ich *mich* wiederfinden. Möglichst unverstümmelt. Mit lückenloser Erinnerung. Sofern das menschenmöglich war.

Doch auf das erste folgte ein weiteres Bild, eines, das mich sehr wohl ängstigte, an dem ich aber – ganz objektiv und im freundlichen Tageslicht betrachtet – nichts Erschreckendes finden konnte. Ich hatte die Leinwand in zwei Hälften geteilt, aus der linken Seite wuchs ein Baum mit gelben Äpfeln, aus der rechten einer, der pralle rote Früchte trug. Beide Bäume schlängelten sich durch ein Fenster, dessen Rahmen goldene Ranken und eine türkisfarbene Borte zierten. In meinen Träumen hatte die Szenerie etwas Hebräisches, Alttestamentarisches. Ein Engel und ein Satan wirbelten darin durcheinander, in einem frenetischen Tanz, und aus irgendeinem Grund ließen mich die Bäume nicht an Adam und Eva, sondern an Kain und Abel denken. An einen blutigen Stein.

Jedes Mal beim Erwachen pochte mein Herz und noch im Halbschlaf tastete ich im Geiste das Bild ab. Ich hoffte, dass da eine Antwort wäre, irgendwo in mir, zum Greifen nah. Die Bäume trugen üppige Früchte, die verführerisch glänzten. Sie schimmerten, waren sinnlich, das Wasser lief mir im Mund zusammen. Ich biss hinein in halb festes, halb weiches Fleisch. Der Saft lief mir an den Mundwinkeln herunter, ich schmeckte die Süße bis tief in meinen Körper hinein, sie ging in mir auf, erfüllte mich ganz und betörte mich.

Und dann – mit einem Mal – war es, als hätte ich in etwas Wabbeliges gebissen, in etwas Glibberiges, das ich nicht identifizieren konnte.

Ich begann, die halb zerbissenen Apfelstücke auszuspeien. Ich spuckte und spuckte, konnte nicht aufhören, auch nicht, als längst nur noch Galle aus meinem Mund quoll.

Denn der Geschmack, der meinen Gaumen und meine Zunge durchdrang, war plötzlich rostig und zäh. Und fühlte sich an wie Blut.

Einmal erwachte ich mitten in der Nacht. Anouk lag neben mir, sie atmete tief und regelmäßig und der Schein des Mondes fiel auf ihren Schlaf. Ich sah sie, doch gleichzeitig hatte ich noch das Bild meines Traums – die beiden Apfelbäume – vor Augen. An jenem Tag hatte ich das Bild dazu fertiggestellt und noch nicht mit einem neuen begonnen.

Plötzlich rannte ich ins Atelier, von einem unerklärlichen Zwang gepackt. Ich nahm eine Flasche mit Acrylfarbe, schraubte sie auf und bespritzte das fertige Bild mit Rot.

Irgendwann hielt ich inne und starrte auf das Ergebnis. Der Anblick war mir auf sonderbare Weise vertraut. Und plötzlich glaubte ich zu wissen, dass dieses Bild irgendwo eine Wirklichkeit hatte.

Wenn ich zum Atelierfenster hinausblickte, sah ich Anouk oft auf dem Felsvorsprung sitzen. Sie trug einen altmodischen Badeanzug, der mich an die Diven der 50er-Jahre denken ließ.

Anouk war für mich ein lebender Anachronismus. Ihre Art, sich zu kleiden, die Zurückhaltung in ihrem Stil – sie zeigte niemals zu viel Haut –, die Sorgfalt, die sie bei der Wahl ihrer Kleidung erkennen ließ, machte sie zu einer Erscheinung aus einer anderen Welt und Zeit. Sie hätte ohne Weiteres eine Rolle in einem alten Hitchcock-Streifen übernehmen können. Sie war schön und kühl, erotisch und geheimnisvoll. Einige wenige Male sah ich sie dort lesen, doch meist saß sie einfach nur da und blickte aufs Meer hinaus.

Unser Leben verlief mit großer Regelmäßigkeit und frei

von Terminen. Das Mittagessen bereitete mal Anouk, mal ich. Danach legten wir uns meistens auf das selbst gezimmerte Bett, unter den Deckenventilator. Wir liebten uns und manchmal redeten wir. Später am Nachmittag setzten wir uns in den Convertible und fuhren die Küste entlang oder auf kleineren Straßen ins Landesinnere. An der Tankstelle in unserer Nähe kauften wir winzige, unglaublich süße und würzige Zimtkaugummis. Noch heute erinnert mich der Duft von Zimt an diese leichte und sorglose Zeit, von der ich damals so fest glaubte, sie sei der Anfang eines neuen und wunderbaren Lebens.

Anouk und ich entdeckten die Welt für uns. Auf diesen Ausflugsfahrten fühlten wir uns altmodisch, wie Sommerfrischler an einem Sonntag vor fünfzig Jahren.

Eines Tages erblickten wir ein kleines Hotel auf einem Hügel. Anouk lachte beim Vorüberfahren vor Entzücken und ich machte ohne lange zu überlegen den Vorschlag, dort etwas zu trinken.

Ich stellte fest, dass niemand mich anstarrte. Niemand verstummte, als ich das Foyer betrat. Dies nahm ich zum Zeichen, dass es Zeit wäre, einen ersten Schritt zurück ins normale Leben zu wagen, raus aus der Isolation.

An sonnigen Tagen setzten wir uns auf die Terrasse, tranken Tee aus altmodischen Tassen mit bukolischen Szenen und versanken in einer Atmosphäre von Fin de Siècle. An den wenigen Regentagen saßen wir im Wintergarten, ließen uns einlullen in das gleichförmige Ticken der Tropfen und sahen durch die gesprenkelte Scheibe hinunter in eine steil abfallende Schlucht, die mich an einen Miniaturcanyon erinnerte.

Der Kellner war ein älterer Herr im Frack und ich fragte mich bei jedem Besuch, wie er sich fühlen mochte, an diesem zurückgezogenen Ort über den Hügeln, so abseits der realen Welt aus Malls und Drive-Ins, aus Budweiser-Neon und Motels, die die Straßen säumten. Wo mochte er wohnen, war er verheiratet oder lebte er allein in einem kleinen Apartment? Hatte er Kinder?

Ich beobachtete ihn unauffällig und stellte mir all diese Fragen, spann mir ein Leben für ihn zurecht, in dem eine sanfte, freundliche und hübsche Frau mit dem Dinner auf ihn wartete. An anderen Tagen wiederum war ich mir sicher, dass er alleinstehend war und nach der Arbeit über den Wolken in einem Seven Eleven einkaufte, weil alle anderen Geschäfte dann schon geschlossen hätten. Gefragt habe ich ihn nie.

Das Hotel auf dem Hügel war der einzige Ort außerhalb unseres Strandhauses, den ich mehr oder weniger regelmäßig besuchte. Zu Beginn war es eine spontane und experimentelle Rückkehr in die Welt. Mit der Zeit wurden die Besuche dort zu einer Gewohnheit, die uns beiden lieb und teuer war. Und die doch ein jähes Ende finden sollte.

An einem Sonntag Anfang November kamen wir später als gewöhnlich zu unserem Hotel. Wir hatten den Nachmittag am Carmel River State Beach verbracht und wollten nun auf eine späte Tasse Tee hier einkehren.

Wir saßen im Wintergarten. Der Tee hatte dieselbe Farbe wie der Canyon unter uns. Wir beobachteten die länger werdenden Schatten. Die Erde leuchtete in einem bräunlichen Rot auf wie der Faltenwurf eines Gewandes, das über alles gebreitet lag. Ich saß mit dem Rücken zum Hotel, Anouk neben mir. Sie konnte sowohl die Aussicht genießen als auch den Raum überschauen. Wie oft in den vergangenen Tagen sprachen wir über meine nächste und zugleich letzte Operation, die unweigerlich näher rückte. Im Gegensatz zu den bisher erfolgten Gewebetransplantationen war dieser abschließende ein eher kleiner und unproblematischer Eingriff. Zudem nahm ich regelmäßig meine Medikamente, verzichtete ohnehin auf Alkohol, rauchte nicht und trug somit das Meinige zum Erfolg der Behandlung bei. Wir waren in gelöster, ja beinahe euphorischer Stimmung und machten Pläne für unsere Rückkehr nach Garrapata Beach.

Plötzlich hielt Anouk mitten in einer Bewegung inne und starrte hinter mich. Verwundert folgte ich ihrem Blick, doch von meiner Perspektive aus sah ich nichts, was Anlass für ihre schlagartige Veränderung hätte geben können.

Ich drehte mich wieder um, lächelte ihr zu und legte meine Hand auf ihre. Sie zitterte.

Ich fragte: »Was ist mit dir?«

Als Anouk nicht reagierte, folgte ich erneut ihrem Blick, sah aber noch immer nichts, was ihren Stimmungswandel hätte erklären können.

An einem Tisch im hinteren Bereich des Wintergartens saßen zwei ältere Ehepaare, die Empfangsdame stand neben einer Frau, die gerade eingetroffen war, und schien ihr einen Tisch zuzuweisen.

Die Frau stand mit dem Rücken zu uns, sie hatte dunkles, wallendes Haar, trug ein enges schwarzes Kleid mit einem breiten Gürtel in der Taille und extrem hochhackige Schuhe.

Noch einmal fragte ich Anouk und diesmal schenkte sie mir ein flüchtiges Lächeln, doch in ihren Augen stand etwas, das ich nur als Angst bezeichnen konnte.

Und dann gab es noch das Sandkastenbild. Im Gegensatz zu den Apfelbäumen löste es keine Ängste in mir aus.

Es war wie ein Bruchstück aus einem Traum, das losgelöst von etwas Großem und Ganzem isoliert durch mein

Bewusstsein trieb. Wie das vertraute Gesicht eines Menschen, den man nur vom Sehen her kannte, tauchte das Bild immer wieder vor mir auf. Eines Tages entschloss ich mich, es durch meine Acrylfarben auf der Leinwand sichtbar zu machen.

In diesem Tag- und Nachttraum war ich ein Kind und lebte in einem Wohnblock. Es war ein abschreckendes Gebäude, hässlich wie die typischen Plattenbauten der DDR. Die Siedlung war so farb- und trostlos, dass noch nicht einmal die Katzen in die Sandkästen pinkeln wollten. Eigentlich gab es dort auch gar keine Tiere, außer ein paar jämmerlichen, zerrupften Spatzen, die ich gefüttert habe, mit altem Weißbrot, diesem strohtrockenen Zeug, das seine Konsistenz auch nach zwei Wochen im Beutel nicht ändert.

Der Sandkasten war ein von Randsteinen eingefasstes graues Rechteck, in dem wir Kinder spielten. Der Sand war grob und alt und durchsetzt mit winzigen Betonsplittern, die irgendwann von irgendeiner Baustelle herbeigeschleppt worden waren. Auf jeden Fall brüllte die Sonne auf das Karree, ließ unsere Nasen und Schultern rot werden und unsere Haare golden.

Natürlich war der Rasen nicht grün und auch nicht dicht, es waren diese bräunlichen Rasenreste, zwischen den Stellen aus festgetrampelter Erde, die sich hartnäckig widersetzten, dem Vergehen, dem Verbrennen.

Wenn die Schatten länger wurden, dann kam *sie*, in ihrer weißen Bluse und dem grauen Rock. Und brachte das Glück mit.

Ich fragte mich oft, aus welchem Teil meines Lebens diese Traumschleife stammen mochte, in der ich immer wieder im Sand spielte und Spatzen fütterte. In meiner blauen Hose, mit zerschrammten Knien. Ein nimmer enden wollender Kreislauf.

Warum löste dieses Bild ein so starkes Gefühl – ja, Glück – aus, obwohl die Szenerie doch im Gegensatz zu den Apfelbäumen so offensichtlich öde war?

Diese und andere Fragen geisterten durch meinen Kopf. Dazu eine vage Unruhe, die mich nun oft an Deutschland denken ließ. Meine Vergangenheit war zwar verschüttet, aber es gab Hoffnung, noch mehr Bruchteile ausgraben zu können. Was auch immer es kosten mochte.

»Wie läuft's?«, fragte Julie, als ich einige Tage nach der letzten OP zu einem abschließenden Gespräch in ihrem Sessel versank. Ich überlegte lange und konnte keine passende Antwort finden.

»Denk immer daran: Du solltest deiner eigenen Vergangenheit nicht wie ein Detektiv hinterherspionieren.« Das hatte sie mir schon mal gesagt.

Ich zuckte mit den Achseln und brachte zögerlich hervor: »Nein, natürlich nicht.«

Julie fragte: »Also, Max, was wirst du nun als Nächstes tun?«

In diesem Moment entschied ich, dass ich nicht nach Garrapata Beach zurückkehren würde.

Diese Entscheidung schnitt in mein Bewusstsein wie ein scharfes Schwert. Vor meinem geistigen Auge flackerte das Sandkastenbild auf und mit einem Mal war klar, dass ich erst Ruhe finden würde, wenn ich herausgefunden hätte, was es damit auf sich hatte.

Anouk reagierte auf meine Entscheidung, als hätte ich nichts gesagt. Ich wiederholte meine Worte, aber sie sprach daraufhin noch immer nicht. Also schwieg auch ich und beobachtete die Pfauen, die sich um uns herum im Klinikpark tummelten und Räder schlugen. Das Sonnenlicht verlieh ihren Schwanzfedern einen matten Glanz und ließ ihr Gefieder wie einen kostbaren Renaissance-Stoff aussehen.

Irgendwann stand Anouk auf. Sie war sehr bleich, der Wind fuhr ihr durchs Haar und sie sagte: »Ich glaube nicht, dass das gut ist.«

»Warum denn nicht?«

Sie schüttelte den Kopf. Ich sah sie an. Im Profil wirkten ihre Gesichtszüge starr.

»Ich ... In der Firma läuft doch alles ... Herr Wenzlow ...«

»Darum geht es nicht.«

Abrupt wandte sie sich mir zu, fasste mit beiden Händen mein Gesicht und sagte eindringlich: »Du bist gerade operiert worden, jetzt gib dir doch um Himmels willen Zeit!«

»Zeit? Ich bin schon so lange von allem weg ... Ich *muss* zurück.«

»Aber warum so überstürzt? Wir müssen sowieso noch mal nach Garrapata zurück. Unsere Sachen ...«

»Ach was, das sind doch nur ein paar Bilder, die Staffelei und die Pinsel. Ich will sie nicht.«

»Dann lassen wir sie da. Ich habe eine andere Idee. Wie wäre es, wenn wir nach Prag gingen? Prag in der Vorweihnachtszeit, das war doch immer ...«

Unvermittelt stand ich auf. Ich konnte nicht länger ruhig auf der Bank sitzen bleiben. Eilig marschierte ich in Richtung des künstlichen kleinen Sees, den sie auf dem Gelände der Klinik angelegt hatten. Anouk hatte Mühe, mit mir Schritt zu halten. Sie verfiel in einen leichten Trab.

»Was ist denn in dich gefahren? War was in der Therapie? Hast du dich an etwas erinnert?«

»Nein.«

»Woher dann diese plötzliche Eile? Wir waren uns doch einig, dass ...«

»Ich muss es einfach wissen!« Ich war stehen geblieben.

In einiger Entfernung von uns, auf der anderen Seite des Sees, spielten zwei Patientinnen Federball. Ein Pfleger begleitete einen Patienten zu einer Bank am Ufer und wickelte ihn in eine Decke.

»Ich habe keine Ruhe mehr. Ich kann nicht länger in einem Traum leben. Auch wenn er noch so schön ist. Du und das Haus am Meer, das war wie aus einer anderen Welt. Aber das Leben bleibt nun mal nicht stehen ...« Meine Stimme war immer lauter geworden, die beiden Frauen hatten die Schläger sinken lassen und sahen zu uns herüber.

Anouk räusperte sich. »Es war ... es *ist* aus dieser Welt! Es ist *unser* Leben ... Ich finde ...«

»Ich habe immer mehr den Eindruck, dass du mich von zu Hause fernhalten willst!«, entfuhr es mir.

»Aber Max, wie kannst du ...«

»Ja, als wolltest du verhindern, dass ich wieder arbeite, dass ich wieder mein altes Leben aufnehme!«

Ich ereiferte mich, die Worte sprudelten nur so aus mir heraus. Anouks Augen füllten sich langsam mit Tränen, und doch konnte ich nicht an mich halten.

Da drehte sie sich einfach um und ließ mich stehen. Ich sah ihr nach, ihren geraden Rücken, wie sie ruhig und hoch erhobenen Hauptes davonging. Ihre gesamte Körperhaltung hatte etwas Vornehmes und gleichzeitig mühsam Beherrschtes. Die beiden Federballspielerinnen blickten wieder oder immer noch in meine Richtung, und plötzlich fühlte ich mich wie ein Idiot. Wie ein unbeherrschter Schwachkopf, der nichts Besseres zu tun hatte, als die Frau, die in den vergangenen zwei Jahren alles für ihn getan hatte, vor den Kopf zu stoßen. Mit völlig haltlosen Verdächtigungen.

Eine Weile lang stand ich noch dort herum und sah ins Wasser. Dann wandte auch ich mich ab und lief los. Zuerst langsam, dann immer schneller. Schließlich rannte ich, voller Angst, Anouk könnte schon gegangen sein, ohne dass ich Gelegenheit gehabt hätte, sie um Verzeihung zu bitten.

Ich traf sie an meiner Zimmertür. Sie hatte ihre Tasche über der Schulter, ihren Mantel über dem Arm und blickte starr an mir vorbei. Ich streichelte sie vorsichtig. Sie ließ es geschehen, immer noch ohne mich anzusehen.

»Es tut mir leid. Ich … Entschuldige.«

Ihr Gesichtsausdruck veränderte sich nicht. Anouk war blass und angespannt. Unendlich traurig sah sie aus. Ich fühlte mich schäbig.

»Anouk, ich habe überreagiert, ich war ungerecht und es tut mir leid. Ja, ich möchte mit dir nach Prag gehen. Und ich glaube, dass es wunderschön wird dort um diese Zeit.«

Langsam wandte sie den Kopf. Sie sah mich lange an, mit Tränen in den Augen. Doch als sie sprach, klang ihre Stimme beherrscht: »Du musst einfach wieder unter Menschen, das ist es. Du musst hinaus und die Welt wiederfinden, das wird dir guttun.«

Wie konnte ich ihr sagen, dass ich nicht *die* Welt wiederfinden wollte, sondern *meine* Welt?

Du fliehst und streust
die verwirrten Namen der Dinge
hinter dich.

HILDE DOMIN

Goldene Stadt

Der Flug von Los Angeles nach Prag war wie ein seltsamer Traum. Schon auf dem Flughafen von Los Angeles, dieser in alle Richtungen hinauswachsenden, riesenhaften Krake, kam ich mir vor wie einer, der aus seinem Kokon geschlüpft war. Fast zwei Jahre lang war ich in eine weiße und reine Welt eingesponnen gewesen. Fast zwei Jahre lang hatte mein Leben auf dreitausend Quadratmetern stattgefunden. In einem weißen Zimmer, das den Lebensmittelpunkt darstellte und von dem ich mich allerhöchstens einige Hundert Meter weit weg bewegt hatte, um im Park spazieren zu gehen. Und auch das Zwischenspiel in Garrapata Beach hatte fernab von jeglichen gesellschaftlichen Strukturen stattgefunden.

Weihnachten stand vor der Tür und es grenzte an ein Wunder, dass wir so kurzfristig überhaupt noch zwei Flugtickets ergattert hatten. Im Flugzeug roch es nach Tannenzweigen. Ich geriet unwillkürlich in Weihnachtslaune. Meine Stimmung war ausgelassen wie lange nicht mehr. Alles würde gut werden, das wusste ich nun.

Zur Feier des Tages wollte ich Wein trinken, doch Anouk lächelte die Stewardess kopfschüttelnd an und erinnerte mich an die Medikamente, die ich immer noch nehmen musste und die sich mit Alkohol kaum vertragen würden. So stießen wir mit Mineralwasser an, auf den ersten Schritt zurück in unser altes Leben. Anouks Augen wurden feucht. Ich redete mir ein, es seien Freudentränen.

Anouk, die rechts neben mir am Fenster saß, hatte den Kopf zurückgelegt. Sie schien zu schlafen. In der Sitzreihe links neben mir saß ein kleiner blonder Junge. Während des Starts begann er zu wimmern und drückte seine Händchen auf die Ohren. Tränen kullerten ihm die Backen herunter.

Ich spürte auf einmal das schier übermächtige Bedürfnis, diesen kleinen Kerl in den Arm zu nehmen, meine Hand auf sein Köpfchen zu legen und ihn fest an mich zu drücken. Immer wieder musste ich zu ihm hinsehen, auf sein kleines, verzerrtes Gesichtchen. Erst, als er sich beruhigte, konnte auch ich mich entspannen.

Anouk blinzelte, schlug die Augen auf und sah mich erschrocken an. »Was ist mir dir?«

Ich wusste nicht recht, was ich sagen sollte. »Der Kleine … Ich … Er tut mir so leid.«

Anouk legte den Arm um mich, zog meinen Kopf an ihren und küsste mir die Tränen fort. Ich fragte mich, ob ich schon früher so ein sentimentaler Typ gewesen war oder ob das große Feuer und die lange Zeit, die ich in der Klinik verbracht hatte, mich dazu gemacht hatten.

Bis zu unserer Ankunft sah ich hin und wieder zu dem Kleinen hinüber, der inzwischen damit beschäftigt war, auf einem Blatt Papier herumzukritzeln mit Stiften, die ihm die Stewardess gegeben hatte. Seine Bewegungen waren konzentriert und ungelenk. Das Ausmalbild zeigte etwas, das von mir aus wie eine Baustelle mit Baggern, Kränen und Lastwagen aussah, und der Kleine war rührend in seinem

Eifer, über sämtliche vorgegebenen Linien hinwegzumalen. Er hielt den Stift in der Faust, drückte fest auf und fuhr hin und her, mit eckigen Bewegungen, wobei er einige Male aufsah und seinen Vater anlächelte, der ihm ermutigende Worte zusprach.

Und auf einmal war es wieder da, das Gefühl der Rührung. Ich spürte erneut, wie mir die Tränen in die Augen stiegen. Rasch lehnte ich den Kopf zurück, blinzelte, schloss die Lider und blieb so sitzen, bis ich mich gefasst hatte.

Bei unserer Ankunft in Prag erklang ›Die Moldau‹ aus Lautsprechern. Ich sah hinaus in einen Regen aus grauen Bindfäden. Vor dem Taxistand wartete eine Traube Reisender, die sich nur zäh auflöste. Endlich stiegen auch wir in ein Taxi, auf dessen Hutablage ein Bäumchen mit roten, grünen und blauen Lichtern blinkte.

Bald steckten wir im Prager Schlechtwetterverkehr fest. Aus dem Radio tönte ›Last Christmas‹, tschechische Satzfetzen kamen und gingen und ich dachte noch, dass die Welt dabei war, eine zu werden, und ließ mich einlullen vom Regen, dem Lichterzauber über den Eingängen der Büros und Hotels und Restaurants. Mit Mühe entzifferte ich immer wieder Kreidetafeln, auf denen Knödel und Gulasch angepriesen wurden. In den Schaufenstern hingen bunte Holzmarionetten, Engel … und immer wieder Lichterketten.

Ich fühlte mich gut hier, in diesem alten Diesel-Mercedes, mitten im Stau, mit den Scheibenwischern, die sich rhythmisch über die Windschutzscheibe schoben.

Der Taxifahrer, ein schmaler junger Mann mit dichtem, schwarzem Haar, sah ernst und schweigend auf die Straße und ertrug die Tatsache, dass nichts voranging, mit unbeweglicher Miene und stoischer Ruhe. Irgendwann schafften wir es, zum Altstädter Ring durchzudringen.

An einer Straßenkreuzung hatte ich plötzlich das Gefühl, die Gegend wiederzuerkennen. Ganz unvermittelt tauchte es auf. Es war, als hätte man einen Filter vom Objektiv genommen. Die Farben und Konturen, die vorher nur vage zu erkennen gewesen waren, traten nun schärfer und deutlicher hervor. Allein, dass ich *wusste*, dass es nicht mehr weit sein konnte, war ein überwältigendes Zeichen. Irgendetwas in meinem Gedächtnis hatte sich in Bewegung gesetzt.

Anouk hatte den Kopf auf meine Schulter gelegt. Ihr Haar kitzelte meine Nase. Hinter uns ertönte wütendes Hupen. Unser Taxifahrer saß immer noch unbeweglich da, als könnte ihn nichts erschüttern. Draußen ging eine Frau vorbei, die mindestens neunzig sein musste. Ich sah ihr nach, wie sie, in einen dunkelbraunen Pelz gehüllt, über die Straße tippelte, einen winzigen Hund in pinkem Regencape hinter sich herziehend. Kurz darauf verschwand sie in der Menge auf dem Bürgersteig.

Unser Wagen schob sich wieder ein paar Meter vor. *Und da war es:* das riesenhafte rosa Kaninchen, auf dessen Kopf eine blaue Maus saß, die wiederum einen giftgrünen Kanarienvogel trug. Ich kurbelte die Scheibe herunter und mit einem Mal lief vor meinem inneren Auge ein Kurzfilm ab. Ich sah mich eintreten in diese Kleintierhandlung. Ich schritt durch die Tür mit den unzähligen Hundefotos und beim Betreten des Geschäfts ertönte statt der Türglocke Hundegebell und Katzengejammer.

Anouk musste die Veränderung meines Herzschlags gespürt haben. Vielleicht war mein Atem auch schneller geworden. Sie richtete sich auf und sah mich an.

Ich konnte nur stammeln. »Tierhandlung Pink Rabbit & Co. Ich kenne … Ich war schon mal hier!«

Eine zarte Röte überzog Anouks Gesicht, ein zittriges Lächeln hing in ihren Mundwinkeln und unvermittelt drückte sie mich heftig an sich. »Du wirst sehen, alles wird gut.«

Sie wiederholte diese Worte wie eine Beschwörung. »Alles, alles wird gut.« Es kam mir vor, als wollte sie nicht nur mich überzeugen, sondern auch und vor allem sich selbst.

Das Taxi bog in eine Seitenstraße ein und ich erkannte noch mehr: das Gebäude aus hellem Sandstein, in dem unser Apartment lag, die gotischen Wasserspeier an Dach und Vordach, die Linden zwischen Bürgersteig und Straße, die jetzt, mit unzähligen Lichtern bestückt, in die beginnende Dämmerung hineinschimmerten. Es war wie in einem schönen Traum.

Der Taxifahrer stellte unsere Koffer auf den Bürgersteig, nickte uns zu und fuhr davon, ohne ein einziges Wort gesprochen zu haben.

Ich trug unsere Koffer die Vortreppe hinauf. Vor der Haustür blieb ich stehen und sah mich um. Mein Blick schweifte die Fassade hoch und wieder runter, dann über das schmiedeeiserne Treppengeländer und über die Fratzen der Wasserspeier links und rechts des Vordachs. Sie fauchten mich mit spitzen Eckzähnen und aufgesperrten Rachen an. Mein Blick wanderte weiter über die schwarz glänzend lackierte Tür mit dem Messingring, der von einem Löwenmaul gehalten wurde. Und noch bevor Anouk den Schlüssel ins Schloss steckte und die Haustür aufdrückte, *wusste* ich, dass im Treppenhaus schwarz-weiße Fliesen im Schachbrettmuster angeordnet waren. Und dass das Haus einen uralten schmiedeeisernen Aufzug besaß, der stillgelegt worden war.

Unser Apartment lag im vierten und obersten Stock. Das Treppenhaus war schummrig, doch wir machten kein Licht und sahen stattdessen von jedem Treppenabsatz hinaus in die Lichterbäume, die verheißungsvoll und weihnachtlich glänzten.

Je höher wir stiegen, desto mehr veränderte sich die Perspektive und desto stärker wurde das Gefühl, sich einem sicheren Ort zu nähern. Man sah dieselbe Welt mit immer größerem Abstand, lebte aber gleichzeitig in der beruhigenden Gewissheit, jederzeit wieder rasch in die summende Geschäftigkeit der Großstadt zurückkehren zu können.

Die Wände waren graugrün gestrichen. An einigen Stellen begann die Farbe abzublättern, der schwarz-weiß gesprenkelte Terrazzoboden wies kleine Löcher auf und der Handlauf des Geländers glänzte dunkel von Tausenden von Berührungen. In der Luft hing ein Geruch nach trockenem Putz und Rosen, eine eigenartige Mischung. Dreimal mussten wir hoch- und wieder runtergehen, bis endlich alle unsere Koffer und Taschen oben vor der Wohnungstür standen.

Beim Betreten des Apartments empfingen uns weder abgestandene Luft noch Staub. Anouk erklärte, dass »Katy«, Katinka, hier gestern sauber gemacht hatte. Im Gegensatz zum Treppenhaus entsprach das Innere der Wohnung einem typisch östlichen Nach-Wende-Luxus.

In der Diele wurden unsere Schritte von einem dickflorigen weißen Teppich gedämpft, auf dem weder Schmutz noch die Zeit Spuren hinterlassen hatten. Ich lächelte in mich hinein. Nun war ich knapp zwei Jahre nicht in Deutschland gewesen. Dennoch hatte meine deutsche Vergangenheit mich so weit im Griff, dass ich beim Anblick dieses Teppichs unwillkürlich dachte, man würde in

Deutschland niemals wagen, eine Diele mit einem solchen Flor zu belegen.

Ich zog die Schuhe aus. Auf Zehenspitzen trat ich weiter hinein in die Wohnung und hielt den Atem an. Zum ersten Mal kam mir die Frage, womit wir das wohl alles finanziert hatten. Und ob die Geldquelle, aus der wir schöpften, womöglich einmal versiegen würde.

Das Apartment empfing mich wie eine vertraute Hülle. Ich betrat die ultramoderne Edelstahlküche, das Wohnzimmer, das Schlafzimmer, das Bad und fühlte mich mitgerissen wie in einem Strudel des Wiedererkennens. All meine Befürchtungen, meine Ängste, ich würde mich an nichts erinnern können, verloren sich im Nichts.

An der letzten Tür jedoch zögerte ich. Warum hatte ich auf einmal das Gefühl, etwas Verbotenes zu tun? Langsam drückte ich die Klinke herunter. Die Tür war verschlossen.

Ich ging zurück zu Anouk, die in der Küche stand und gerade eine Notiz las, die Katy hinterlassen hatte.

»Der Raum gleich neben dem Eingang ist abgeschlossen.« Ich sah Anouk fragend an.

Sie erwiderte meinen Blick flüchtig, zuckte mit den Achseln und sagte: »Katy. Sie schließt das Zimmer immer ab, bevor sie geht.«

»Wieso denn das? Was ist das für ein Raum?«

»Dein Arbeitszimmer.«

Ich verstand nicht. »Warum schließt sie es ab?«

»Großstadtneurotik, nehme ich an. Sie misstraut ihren Landsleuten.« Anouks Lachen klang leicht gekünstelt.

»Aha.«

»Auch wenn es natürlich Unsinn ist. Diese Tür kriegt jeder auf, der hinein will.«

Anouk kramte aus der Besteckschublade einen Schlüssel heraus. Den drückte sie mir in die Hand.

Ich schloss die Zimmertür auf und warf einen kurzen Blick hinein. Mir war, als hätte ich den Raum nie zuvor betreten. Später wollte ich mir das Zimmer genauer ansehen. Im Moment war ich müde von der Reise und sehnte mich nach einer Dusche.

Es war eine von diesen hypermodernen Massageduschen, bei denen zusätzlich zum Brausekopf Düsen in die Wand eingelassen sind. Ich wusste instinktiv, wie ich damit umzugehen hatte: Mit einem routinierten Handgriff stellte ich die Brause so ein, wie es mir angenehm war.

Während Anouk ein Bad nahm, legte ich die CD ein, die ganz vorne im Regal stand. Ich erkannte die melancholischen Klänge von Satie, tauchte ein in das ›Lent et douloureux‹, in langsam und zögernd erklingende Tastenanschläge, die den Zuhörer in einen runden, immer wiederkehrenden Bann zogen. So, als wäre der Pianist in einer großen Traurigkeit gefangen, die ihn davon abhielt, die Töne fließen zu lassen.

Ich drehte die Musik so laut, dass ich sie in jedem Raum hören konnte, und streifte dann durch die Wohnung wie ein Abenteurer auf Entdeckungsfahrt. Vor jeder Schranktür machte ich halt und wagte Prophezeiungen, was dahinter sein mochte. Jeder Versuch war ein Treffer.

Langsam geriet ich in einen Sog. Ich öffnete Tür um Tür, in immer schnellerem Tempo, spürte Euphorie in mir aufsteigen, Tränen über meine Wangen laufen. Schließlich hörte ich ein seltsames Wimmern, ein heiseres Weinen, erstickte Schluchzer. Erst nach einer Weile erkannte ich, dass sie aus meinem eigenen Mund kamen.

Ich kauerte auf dem weißen Teppich, wie ein Muslim

zum Gebet, und hämmerte mit den Fäusten auf den Boden, in immer wuchtigeren Schlägen.

Bis Anouk mich fand, meine Handgelenke umklammerte und ihre Worte endlich, endlich zu mir durchdrangen.

»Es ist gut. Alles ist gut.«

Julie hatte uns gewarnt, dass so etwas passieren könnte. Dass die unmittelbare und plötzliche Konfrontation mit meinem früheren Leben eventuell eine heftige und schmerzhafte Reaktion auslösen würde.

Der Wiedererkennungsschock würde von jedem anders verarbeitet. Da gab es Menschen, die keinerlei äußerlich erkennbare Reaktion zeigten, andere, die davonliefen. Wieder andere, die sich erst gar nicht richtig hineintrauten.

Julie beschrieb den Vorgang als einen Fallschirmsprung mit verbundenen Augen. Niemand konnte vorhersagen, wie die Landung sein würde. Ob man sanft und weich aufkäme, wie in Watte. Ob man urplötzlich in kaltes Wasser stürzte. Oder auf einem Geröllfeld aufschlüge.

Im Arbeitszimmer ließ ich den Blick spiralförmig durch den Raum schweifen. Ich saß an meinem Schreibtisch, in der Mitte des Raumes, und dachte darüber nach, was ich von all dem halten sollte, diesem auf Hochglanz polierten Ambiente. »Gediegener Luxus« – diese Bildunterschrift würden Journalisten von ›Homes and Gardens‹ oder einer anderen Einrichtungszeitschrift der gehobenen Klasse wählen. Ich musterte die marmornen Buchstützen, auf denen Windhunde zum Sprung ansetzten, und die Mahagonitäfelung, die von Erfolg und Sattsein sprach. Eingebaute Bücherregale mit farblich aufeinander abgestimmten Gesamtausgaben, deren Lederrücken nie ein Mensch berührt zu haben schien. Ich trat näher und las die goldenen Lettern einer altehrwürdigen Ausgabe der ›Encyclopædia Britannica‹ und des ›Brockhaus‹. (Wie um alles in der Welt hatte ich den hierher bekommen – in einem Schrankkoffer?)

Alles war offensichtlich zum Ansehen, *nicht* zum Lesen gedacht.

Daneben fanden sich versprengt ein paar Bücher, die benutzt aussahen: ein Dubbel – das klassische Nachschlagewerk für Maschinenbauer –, außerdem Formelsammlungen und verschiedene Fachbücher über Luft- und Raumfahrttechnik.

Hatte *ich* all das hier eingerichtet?

Gegenüber der Bücherwand prangten übergroße Fotografien, auf denen ich wie ein einsamer Held, ein gischtumsprühter Thor Heyerdahl, gegen die Fluten irgendeines Ozeans ankämpfte. Ich betrachtete die Bilder genau und fühlte – nichts. Keine aus den Tiefen emporsteigende Unruhe, keinen Drang, mir raue Winde um die Nase wehen zu lassen, kein Meer, das ich rufen hörte.

Noch einmal tastete mein Blick durch den Raum. Hätte ich nicht irgendetwas wiedererkennen müssen? Hätte nicht eine verblasste Liebe zu einzelnen Gegenständen Farbe annehmen müssen?

Das Einzige, was ich deutlich empfand, war Befremden. Befremden über die Möbel und die angeberisch aufgestellten Bücher. Wie hatte ich mich zustellen können mit nutzlosen Gegenständen, die noch nicht einmal ein leises Wohlgefühl in mir erzeugten?

Oder war es vielleicht Anouk gewesen, die dieses Zimmer eingerichtet hatte? Hatte sie sich womöglich auf den routinierten, aber unpersönlichen Blick eines Raumausstatters verlassen? Und hatte ich – aus Liebe zu ihr – geschwiegen?

Der Schreibtisch war ein Ungetüm aus poliertem Tropenholz. Ein antikes Stück, das sicher ein kleines Vermögen gekostet hatte. Die Knäufe waren in die Schublade geschnitzte Löwenköpfe, die Front wölbte sich in einem kühnen Schwung nach vorne. Ich fasste in das Löwenmaul und zog die Lade auf: grün ausgeschlagene Fächer, Stifte, Locher, Hefter, ein Speicherstick, Zettel, alles in soldatischer Ordnung. Dann öffnete ich die zweite Schublade: Mappen und ein Reisepass, von dem die obere rechte Ecke abgeschnitten war. »Bundesrepublik Deutschland« stand in goldenen Lettern auf weinrotem Grund. Ich schlug eine der ersten Seiten auf und blickte mir selbst, ein wenig jünger und unversehrter, entgegen. Vorsichtig blätterte ich weiter nach hinten, zu den Visaeinträgen. Offensichtlich hatte ich ein buntes Leben geführt. Hier stand es, die Stempel bewiesen es. Koreanische Schriftzeichen, arabische Schnörkel aus Syrien und Dubai.

Ich legte den Pass zurück und wollte die Schublade wieder zuschieben, doch etwas hatte sich verkantet. Deshalb zog ich die Schublade darunter heraus, griff hinein und spürte ganz hinten ein weiches Stück Stoff. Ich zerrte daran, bis ein kleiner Beutel zum Vorschein kam.

Neugierig löste ich das Band, das ihn zusammenhielt. Als ich den Gegenstand sah, den ich aus dem Beutel gezogen hatte, war ich verwirrt. Es war ein zweiter Pass, ebenfalls auf meinen Namen ausgestellt, und auch von ihm war die obere rechte Ecke abgeschnitten. Doch im Unterschied zum ersten Dokument enthielt dieses ausschließlich Sichtvermerke für die Einreise nach Russland. Die Seiten des Passes hatten nicht ausgereicht, um alle Reisen aufzunehmen.

Eine Weile lang grübelte ich darüber nach, warum ich für den gleichen Zeitraum zwei Pässe gehabt hatte. Ich wusste, dass es Geschäftsleute gab, die für die arabischen Länder einen separaten Pass hatten. Sie konnten somit ohne Probleme in die USA einreisen. Aber was für einen Sinn hatte es, Einreisen nach Syrien und Russland voneinander getrennt zu halten?

Ich zuckte mit den Schultern.

Durch die Entdeckung der Pässe war ich mir wieder wohler gesonnen. Reisen. Ich spürte Vertrautheit, ja Sicherheit in mir emporsteigen. Bilder traten vor mein inneres Auge: Flughäfen, Rollfelder. Hier gab es einen roten Faden, der mich mit meiner Vergangenheit verband. Irgendwo da drinnen in diesen Gehirnwindungen steckte alles, was ich wissen musste – verschüttet zwar, aber dennoch präsent. Nichts war verloren gegangen. Ich musste es nur freischaufeln. Und es war, wie Anouk sagte, alles würde gut werden. Mehr und mehr der abgebrochenen Teile meines Selbst würden zu mir zurückkehren. Die Fragmente würden sich aneinanderreihen und letztendlich ein Bild ergeben, mit dem ich leben konnte.

Am nächsten Morgen erwachte ich früh. Wie von fern hörte ich Regentropfen, die auf das Oberlicht fielen. Noch bevor ich die Augen öffnete, stieg eine Erinnerung in mir auf – die Erinnerung an einen Morgen in meinem früheren Leben, an diese Wohnung, an dieses Schlafzimmer.

Als hätte mir jemand einen leichten Schlag versetzt, lief urplötzlich eine Szene vor mir ab: Ich sah mich selbst hier liegen, neben Anouk. Es war ein ebenso grauer Tag wie dieser und ich beobachtete die Regentropfen. Plötzlich erschien Anouks Gesicht über mir, ihre Schultern schimmerten milchweiß im Dämmerlicht. Ich streichelte sie, ihre weiße Haut, das Haar, ihre kleinen, runden Brüste. Sie trug nichts außer dem roten Stein um ihren Hals und sie sagte: »Ich will dich nicht verlieren.« Und über dieses Bild legte sich unmittelbar ein anderes: Anouk, die aufsprang, in wütender Raserei, nackt, und Weingläser zerschmetterte. Ich hörte sie schreien: »Ich halte das nicht mehr aus!«

Schweißgebadet öffnete ich die Augen und die Bilder waren verschwunden. Neben mir, auf dem dunkelgrauen Kissen, lag Anouk, ihre Züge entspannt, wie die eines Kindes. Leise erhob ich mich, noch immer verwirrt von der Szene, die so plötzlich von irgendwoher gekommen war.

Ich schlich aus dem Zimmer, ging in die Küche, setzte Wasser auf und sah aus dem Fenster. Mir gefiel die summende Geschäftigkeit, das alte Gesicht des Viertels, das in neuem Glanz erstrahlte. Ganz besonders mochte ich die Jugendstilfassade des Hauses schräg gegenüber, wenn die Nachmittagssonne die Goldornamente der winzigen Balkone zum Glitzern brachte. Ich liebte die Papeterie an der Ecke, in der man florentinisches Papier kaufen konnte. Prag – das waren auch die unzähligen edlen Cafés, in denen man Künstler neben Müttern mit ihren Kindern sitzen sah. Und plötzlich wusste ich auch, dass es hier irgendwo eine Konditorei gab, in der man die knusprigsten Karlsbader Oblaten bekam.

Das Wasser brodelte und riss mich aus meinen Betrachtungen. Ich bereitete mir eine große Tasse mit heißem, starkem Kaffee und ging hinüber in mein Arbeitszimmer. Wie schon am Tag zuvor ließ ich mich wieder in der Einbuchtung des gewölbten Schreibtischs nieder, nahm den ersten Schluck und spürte, wie das Koffein die Lebensgeister in mir weckte.

Mein Blick heftete sich auf die Rücken der jungfräulichen Nachschlagewerke und blieb an einer Reihe von Ordnern hängen, die diszipliniert und langweilig nebeneinander im Regal standen. Ich trat näher, zog einen von ihnen heraus. Er enthielt Unterlagen, die die Wohnung betrafen.

Ich klappte ihn wieder zu, nahm den nächsten und stieß schließlich auf die Überschrift »Lebenslauf«.

Mein Herz schlug schneller. Hier konnte ich womöglich mehr über mich selbst erfahren.

Ich legte den Ordner auf den Tisch, beugte mich darüber und begann zu lesen: »Maximilian Friedrich Winther, geboren am 05.07.1962 in Leipzig. Vater: Dipl.-Ing. grad. Georg Winther. Mutter: Heidelinde Winther, geborene Schröder, Sekretärin.«

Anouk hatte mir das alles erzählt, doch es hier schwarz auf weiß zu sehen, war noch einmal etwas anderes. Und ich war beruhigt: Irgendwie fühlte es sich auch wirklich *richtig* an. Vor allem Leipzig fühlte sich richtig an.

Fing ich vielleicht endlich an, mich an meine Kindheit zu erinnern?

Aber nein. Je weiter ich las, desto schwächer wurde das Gefühl wieder.

Aus Anouks Berichten wusste ich, dass mein Vater mit mir damals aus der Ostzone geflüchtet war, nur er und ich. Was mit meiner Mutter geschehen war, wusste sie nicht. Mein Vater hatte wohl bald wieder geheiratet, eine wohlhabende Frau, Margarete – eine Fabrikantentochter, wie Anouk es ausdrückte –, doch er sei 1970 bei einem Unfall ums Leben gekommen. Und ich sei bei meiner Stiefmutter aufgewachsen.

Weiter las ich: »1980 Abitur in Lindau am Bodensee, dann Studium der Luft- und Raumfahrttechnik in Stuttgart, zwei Auslandssemester in England. Nach dem Studium ein paar Jahre bei eine Firma in München, die Simulatoren baut. 1985 Gründung eines eigenen Unternehmens: Winther Simulatorenbau.«

Ich war ein Selfmademan, was auch immer das bedeuten sollte.

Noch einmal überflog ich die Vita und mein Blick streifte erneut den Ort, an dem ich geboren war. Leipzig. Der Sandkastentraum fiel mir ein. Vielleicht lag der Ursprung dieses Traums ja dort? Andererseits war ich zum Zeitpunkt der Flucht ein Jahr alt gewesen. Eigentlich noch etwas zu jung, um im Sandkasten zu spielen. Zu jung, um auf die Frau im grauen Rock zuzulaufen.

Am Abend rannte ich. Über die Karlsbrücke, durch einen Park, dessen Name mir nicht einfiel, ich umrundete das Strahovsky Stadion in großem Bogen und lief zurück durch die Straßen der Malá Strana.

Im Laufe des Tages waren die Temperaturen gesunken, weiß dampfte mein Atem in der Dunkelheit. Die kalte Luft tat mir gut, machte meine Lungen weit und den Kopf klar.

Ich lief schnell, durch Seitenstraßen, den Blick mal nach innen, mal nach außen gerichtet. Ich hatte ein Gefühl von Klarheit und Stärke. Und von Dankbarkeit. Wer hätte das gedacht, dass ich je wieder so würde laufen können?

Ich überholte Passanten, die letzte Weihnachtseinkäufe erledigten, Hundebesitzer, die einen Abendspaziergang machten, joggte vorbei an Antiquitätenhändlern und gemütlich aussehenden Restaurants mit dunkler Holztäfelung; an Schaufenstern, in denen bestickte Tischdecken mit russischen Maruschkas wetteiferten, an Antiquariaten, in denen sich Bücher bis unter die Decke stapelten.

Ich ließ mich voll und ganz vom Charme der Goldenen Stadt betören. Und spürte die Tradition, den alten Zauber Prags, der immer noch oder wieder da war, zwischen Sozialismus und Aufbruch in eine neue, westlichere Zeit.

Die meisten Geschäfte hatten inzwischen geschlossen. Nur in ein paar Souvenirläden brannte noch Licht. Ich sah eine Traube junger Leute, vielleicht italienische Touristen, die eine Auswahl Holzmarionetten begutachteten. Eine Schiefertafel vor einem »Restaurace« pries Speckknödel und andere deftige Gerichte an. Mein Magen knurrte unüberhörbar. Ich wäre gerne eingekehrt, aber musste nun meinen Schritt eher noch beschleunigen. So verschwitzt, wie ich war, konnte ich jetzt nicht anhalten. Ich würde mich sofort erkälten.

Wie ich dorthin gekommen war, weiß ich nicht. Aber plötzlich entdeckte ich auf der anderen Straßenseite die Tierhandlung Pink Rabbit, die ich gestern vom Taxi aus gesehen und wiedererkannt hatte.

Abrupt blieb ich stehen. Eine dicke Frau lief in mich hinein und fluchte. Ich stammelte eine Entschuldigung, noch immer zu den überdimensionalen Leuchttieren hinüberstarrend, die sich über der Eingangstür wie die Prager Variante der Bremer Stadtmusikanten türmten.

Zögernd sah ich mich um. Vielleicht suchte ich in einem fremden Gesicht einen Hinweis darauf, was zu tun wäre. Doch keiner der ernsten Prager beachtete mich. Sie umrundeten mich wie Wasser, das um einen Stein fließt.

Beim Betreten der Fahrbahn wäre ich um ein Haar von einem Wagen erfasst worden. Eine Hupe ertönte, ein Mann brüllte ein tschechisches Schimpfwort, vielleicht einen Fluch, den ich nicht verstand.

Ich taumelte und blieb mit bebenden Knien zwischen zwei geparkten Autos stehen. Das Blut rauschte in meinen Ohren. Ein paarmal atmete ich tief ein und aus. Als ich mich so weit im Griff hatte, dass das Zittern in meinen Beinen abgeebbt war, betrat ich den Laden.

Beim Öffnen der Tür ertönte statt der Türglocke ein Konzert aus Bellen und Miauen.

Ein hagerer Mann mit spärlichem Haarwuchs und einem schiefen Lächeln kam auf mich zu und sagte: »Dobrý večer!« Als er meinen unsicheren Gesichtsausdruck sah, schwenkte er sofort auf Englisch um und fragte: »Can I help you?«

»No, no …« Ich winkte ab und fügte an, dass ich mich nur kurz umsehen wollte.

Er machte eine einladende Geste mit beiden Händen.

Der Raum war vollpfropft mit Käfigen und Aquarien. Es zwitscherte und piepste aus jedem Winkel. Eine junge Frau mit ausladenden Hüften in schlecht sitzender Hose war dabei, die Fische zu füttern und sprach in melodischem Singsang mit ihnen.

Ich ging durch die Reihen, sah weiße Mäuse und Goldhamster, dunkelbraune Meerschweinchen und zitronengelbe Wellensittiche. Keck und unberechenbar blickten mich ein paar exotische Papageien an. Eine Weile lang drückte ich mich vor einem grün-roten Vogel herum, bevor ich den Mut fasste, auf den dünnen Mann zuzugehen und ihn zu fragen: »Können Sie sich an mich erinnern?«

Er sah mich an, als sei ich eine von jenen bedauernswerten, aber doch irgendwie allgegenwärtigen Gestalten, die tief gebeugt auf dem Pflaster knien, die Hände um den Spendenbecher geschlungen und den Kopf auf dem eiskalten Pflaster. Mit einer Mischung aus Verachtung und Mitleid sagte er nur: »Ne.« Dann drehte er sich um und ließ mich stehen.

Weihnachten kam und ging, wir standen auf der Karlsbrücke und betrachteten die träge fließende Moldau. Wir hörten Barockmusik im Spiegelsaal des Klementinums, flanierten Arm in Arm durch die Gassen der Josefstadt. Wir tranken Punsch (alkoholfreien, da ich immer noch regelmäßig Medikamente nehmen musste) und machten es uns ansonsten in unserem Wohnzimmer gemütlich. Es war eine vorübergehende Rückkehr in die Vertrautheit.

An Silvester gingen wir früh zu Bett. Wir waren müde und hatten beide keine Lust auf das Spektakel am Wenzelsplatz und den Trubel am Altstädter Ring. Um Mitternacht wachten wir auf, vom Feuerwerk, doch gingen wir bald darauf wieder zu Bett.

Im Januar hängte ich in meinem Arbeitszimmer die Heyerdahl-Fotos ab und das Sandkastenbild auf. Anouk kaufte neue Malsachen für mich. Ich installierte die Staffelei, doch all die Skizzenbücher und Leinwände blieben unberührt.

Stattdessen begann ich, das Arbeitszimmer systematisch zu erforschen. Die Tür hatte ich zuvor verriegelt. Dann nahm ich jeden einzelnen Gegenstand in die Hand, in der Hoffnung, dass er etwas zu mir »sagen« würde.

Irgendwann zog ich einen Aktenordner heraus und fing an, ihn Seite für Seite durchzublättern Ich las mich durch Kaufverträge der Prager Wohnung, erschrak über den Preis, den wir vor sieben Jahren gezahlt hatten, hielt Rechnungen von Malern und Installateuren, Bodenlegern und Innenausstattern in der Hand. Mein armes Gehirn hatte Mühe zu akzeptieren, dass ich jemals so viel Geld für die Renovierung eines Apartments in der Prager Altstadt ausgegeben hatte. Unfassbar, dass ich jemals so viel Geld »gemacht« hatte und wohl noch immer »machte«.

Im Rahmen meiner heimlichen Nachforschungen ging ich noch einen Schritt weiter. Während sich Anouk beim Friseur oder bei einer Massage verwöhnen ließ, über den Wenzelsplatz bummelte oder im Prague Gym Gewichte stemmte, suchte ich – unter einem Vorwand – jeden einzelnen dieser Handwerker auf. Ich strickte Geschichten, um den Arbeitern von Angesicht zu Angesicht gegenüberzustehen, fabulierte etwas von anderen Wohnungen, die es herzurichten galt, und dass ich unbedingt dieselben Leute wieder beauftragen wollte. Doch egal, ob es sich um den kleinen dicken Maler Krystof handelte, um den dünnen, kettenrauchenden Installateur Jiri, um die quirlige Hanka, die unser Apartment eingerichtet hatte: Ich erkannte niemanden wieder. Keiner von ihnen löste auch nur einen Funken des Wiedererkennens in mir aus.

Und so trat ich auf der Stelle.

Irgendwann landete ich gedanklich wieder beim Pink Rabbit, meiner einzigen wackeligen Brücke, die mich ein Stück weit in das Prag meiner Vergangenheit hineintrug. Getrieben von dem Gedanken, irgendetwas finden zu *müssen*, wühlte ich mich erneut durch sämtliche Ordner in meinem Regal. Bei jedem Umblättern hoffte ich, auf eine Rechnung vom »Rabbit« zu stoßen, die mir ein handfestes Alibi verschaffen würde, zu dem dünnen Mann zurückzukehren. Ich musste wohl seinem Gedächtnis ebenso wie meinem auf die Sprünge helfen.

Es sollte bei dem Wunsch bleiben. Stattdessen wusste ich nach ein paar Wochen genauestens Bescheid über die Prager Wasser- und Abwasserpreise, über Müllgebühren und Stromgelder.

Es waren Wochen der leisen Entfernung von Anouk. Sie spürte meinen Rückzug und ich ahnte, dass es sie verletzte. Ein paar Tage nachdem ich mich in meinem Arbeitszimmer wie in einer Festung verschanzt hatte, begann Anouk, allein auszugehen.

Es lag nichts Trotziges oder Beleidigtes darin. Jedes Mal,

bevor sie ging, klopfte sie sacht, streckte den Kopf durch die Tür und warf mir einen Kuss zu. Ich gab ihn zurück und sie zog lächelnd die Tür hinter sich zu. Dennoch konnte ich den traurigen Schatten, der sich hin und wieder über ihren Blick legte, nicht übersehen.

Wenn sie sich unbeobachtet fühlte, wirkte sie resigniert. Sie schien ein trauriges Ereignis zu erwarten, das unabwendbar schien. Die meiste Zeit jedoch war sie aufmerksam und besorgt um mich, wie immer in den vergangenen zwei Jahren.

Ich weiß nicht, ob sie ahnte, was ich tat. Ich weiß nicht, ob sie wusste, dass ich verzweifelt versuchte, die Puzzleteile eines verlorenen Lebens zusammenzutragen. Wenn ja, so ließ sie sich nichts anmerken und ging jeden Morgen, nachdem sie ausgiebig Zeitung gelesen und Kaffee getrunken hatte, aus dem Haus. Im Grunde wusste ich genauso wenig, was *sie* tat.

»Maaxx! Bist *du* das wirklich?«

Ich drehte mich um und noch bevor ich den Mann mit dem kehligen Ausruf erblickte, wusste ich, dass ich ihn nicht erkennen würde.

Ich musste etwas ratlos dreingeschaut haben, denn er rief: »Ich bin's, Jaro, erkennst du mich nicht?«

Der Mann, der sich Jaro nannte, hatte meine Hand ergriffen und schüttelte sie, während er mir mit der anderen auf die Schulter klopfte. Er war groß, breit, vom Typ her ein richtiger Seebär. Sein massiger Körper steckte in einem teuren Anzug, der jedoch den Eindruck vermittelte, als würde er jeden Moment explodieren. Jaro hatte große, behaarte Hände, ein markantes, gut geschnittenes Gesicht, sein Haar war von einem lebendigen Braun, leicht rötlich, und seine Augen sehr blau. Er strahlte Wärme und Liebenswürdigkeit aus und bemühte sich vergeblich, nicht auf meine Narbe zu starren. Sollte ich ihm sagen, dass ich ihn nicht kannte?

Ich fühlte ein dümmliches, verrutschtes Lächeln auf meinem Gesicht. Wusste nicht so recht, wohin mit meinem Blick, mit meinen Händen. Jaro aber legte einfach den Arm um mich und schob mich in das nächstbeste Lokal, einen gewölbekellerartigen Starbucks. Ich dachte flüchtig darüber nach, woher ich auf einmal zu wissen glaubte, dass man den besten Kaffee in Prag im Coffeeheaven am Wenzelsplatz bekam.

»Wie lange ist das jetzt her? Vier Jahre, fünf Jahre?« Jaro bestellte zwei Kännchen Kaffee und deutete mit dem Finger auf die Auslage mit Blaubeermuffins.

»Ja, gern«, krächzte ich, räusperte mich und straffte die Schultern.

Jaro reichte mir eine Riesentasse und den Muffin. Wir schlängelten uns zwischen den Tischen hindurch zu einem Platz am Fenster, der gerade frei wurde. Als wir einander schließlich gegenübersaßen, sah ich in sein bärengütiges Gesicht und sagte: »Es ist schon eine Weile her, dass wir uns … ähm … gesehen haben …«

»Das kannst du laut sagen. Ihr seid ja irgendwann nach Deutschland abgetaucht und habt euch nicht mehr gemeldet.«

Er bemerkte wohl meinen alarmierten Blick und fuhr rasch fort: »So ist das doch im Leben. Die Jahre vergehen. Und dann war da schließlich noch …«

»Ich hatte einen … Unfall.«

»Aber jetzt bist du wieder fit? Wie geht's Anouk?«

Er sprach ihren Namen so seltsam kehlig aus, dass ich lachen musste.

»Gut. Es geht ihr gut.«

»Dann seid ihr also noch zusammen?«

Ich musste verblüfft ausgesehen haben, denn er lachte etwas gekünstelt auf und fuhr fort: »Das ist wunderbar ... in dieser schnelllebigen Zeit. Aber man kann nicht vorsichtig genug sein. Du erinnerst dich doch noch an Miroslav? Miroslav Zednik, den Makler? Er hat inzwischen die dritte Frau. Das wäre nichts für mich, rein in die Federn, raus. Ich habe fünfzehn Jahre gebraucht, mich an Zuzana zu gewöhnen.«

Er lachte gutmütig. Zuzana musste seine Frau sein.

Eine Weile lang sagte keiner von uns ein Wort. Dann brach ich das Schweigen: »Was ich vorhin sagen wollte: Ich hatte einen Unfall ... ein Brand in meiner Firma, bei dem ein Mann ums Leben kam.«

Sein Blick streifte meine Narbe, er nickte: »Ja, du hast dich verändert. Nicht nur äußerlich. Du bist viel ernster. Ein anderer Ausdruck in deinen Augen, würde Zuzana sagen.«

»Tja ... was soll man machen? Aber sie haben mich ganz gut wieder zusammengebastelt. Allerdings leide ich unter einer partiellen Amnesie. Es gibt Dinge und Menschen, an die ich mich nicht erinnere. Und an dich ...«

Jaro sah ernst aus, als er nickte und den Satz für mich beendete: »... an mich erinnerst du dich auch nicht.«

Wir unterhielten uns mehrere Stunden lang. Er gab mir ein ausführliches Update über sein Leben, über unsere Freundschaft sowie darüber, was in den Jahren, seitdem wir uns aus den Augen verloren hatten, geschehen war. Jaro war Inhaber und Geschäftsführer eines Recyclingunternehmens in der tschechischen Provinz. Einer, der nach der Wende auf die richtigen Pferde gesetzt und ein kleines Vermögen erwirtschaftet hatte.

Jaro und ich, wir hatten uns vor fünf Jahren im Four Seasons beim Frühstück kennengelernt. Wir waren ins Gespräch gekommen, weil wir beide nach einer Wohnung in der Prager Altstadt gesucht hatten.

Jaro wollte seine lebenslustige Frau Zuzana zufriedenstellen. Sie war in Prag aufgewachsen, eine Städterin durch und durch. Nur Jaro zuliebe war sie in das Provinznest gezogen, in dem Jaros Unternehmen seinen Sitz hat. Zuzana wäre dort jedoch vor Langeweile fast umgekommen. Sie hatte es in all den Jahren nicht geschafft, sich eine Beschäftigung zuzulegen, die sie dort, in der Provinz, hätte pflegen können. So hatten sie entschieden, eine Wohnung in der Nähe der Karlsbrücke zu kaufen, um dort, wann immer es ging, die Wochenenden zu verbringen. Und so unterhielten sie ein Abonnement für die Staatsoper und das Rudolfinum, bestellten regelmäßig einen Tisch im Pálffy Palác, um – wie Zuzana es ausdrückte – nicht vollkommen zu verbauern.

Vor diesem Hintergrund hatten sich unser beider Wege gekreuzt. Wir hatten gemeinsam nach einem Apartment gesucht, und das angenehmerweise, ohne uns Konkurrenz zu machen. Denn Jaro und Zuzana hatten weitaus luxuriösere Ansprüche als Anouk und ich.

Anouk reagierte verhalten auf Jaros Einladung. Sie war besorgt. Ich glaube, sie ahnte, dass ich mich an nichts von dem, was er erzählt hatte, erinnerte. Und auch nicht an Jaro selbst.

»Ich befürchte, dass es dir zu viel werden könnte. Lass es langsam angehen.«

Ich zog sie an mich, umfasste ihre Taille und sah ihr ins Gesicht. »Du bist besorgt. Das gefällt mir … So weiß ich, dass du mich liebst.«

»Das weißt du doch sowieso.« Sie versuchte, sich aus meiner Umarmung zu winden.

Ich hielt sie fest und sagte: »Ich mag Jaro. Ich freue mich, ihn wieder getroffen zu haben. Und außerdem: Ist es nicht Zeit, wieder unter Menschen zu gehen ... unter *Freunde*?«

Anouk zögerte. Ein weicher Ausdruck glitt über ihr Gesicht. »Ja, natürlich musst ... sollst du wieder in Gesellschaft. Aber ...«

»Ich würde die Einladung wirklich gerne annehmen. Durch das Gespräch mit Jaro ist mir klar geworden, dass es nichts gibt, *geben darf,* wovor ich mich fürchten müsste.«

Erst viel später sollte ich erkennen, wie sehr ich mich in diesem Punkt geirrt hatte.

Zuzana war ein freundliches und argloses Geschöpf, das im Leben hauptsächlich damit beschäftigt schien, die Hülle straff zu halten. Als ich ihre Hand schüttelte und sie sich ehrlich zu freuen schien, war ich überrascht darüber, wie jung sie war. Später, nachdem wir in alten Fotos von ihr und Jaro geblättert hatten, erkannte ich, dass sie selbst die Zeit angehalten hatte.

Sie war ein Goldköpfchen, mit vollen Lippen und einem Körper, der wahrscheinlich auch das Skalpell von westlichen Chirurgen und die Möglichkeiten moderner Silikon-Implantate kennengelernt hatte. Sie musste Anfang vierzig sein, und doch war ihre Haut völlig faltenfrei, ein wenig zu glatt, und ihre Lippen und Brüste waren ein wenig zu prall.

»Ich freu mich soo, euch wiederzusehen«, rief Zuzana mit entwaffnender Herzlichkeit, als sie die Tür öffnete. Sie umarmte zuerst mich, dann Anouk. Ich weiß noch, wie gegensätzlich die beiden mir in diesem Moment vorkamen: Zuzana mit starkem Make-up, breitem Lachen und diesem kehligen Akzent. Anouk hingegen von einer spröden und einsamen Schönheit.

Wir traten ein. Unsere Schritte knarzten auf einem wunderschönen Parkett mit Einlegearbeiten, es roch stark nach Blumenpotpourri, so wie es manchmal in den Toilettenräumen edler Hotels riecht. Jaro kam uns aus dem Wohnzimmer entgegen, auch er lächelte sehr breit, sehr entwaffnend. Ich freute mich, ihn zu sehen.

Wir saßen uns gegenüber, Jaro und Zuzana auf der einen Seite, Anouk und ich auf der anderen. Zuzana war damit beschäftigt, den Tomaten-Mozzarella-Salat zu verteilen, Jaro schenkte Mineralwasser ein. Dann bot er Anouk von dem Weißwein an. Ich beobachtete von der Seite, wie sie Jaro das Glas entgegenhielt.

Irgendwie wirkten Anouks Züge angespannt. Ihr Kopf war steif geradeaus gerichtet, so, als würde sie meinem Blick bewusst ausweichen.

Jaro schenkte anschließend Zuzana und sich selbst ein. Auf einmal erschienen mir auch Jaros und Zuzanas Mienen künstlich oder erzwungen fröhlich. Ich suchte auf dem Tisch nach meinem Weinglas, fand keines und deutete lachend auf mein Wasserglas: »Das nenne ich eine Wiedersehensparty. Mich wollt ihr wohl auf dem Trockenen lassen!«

Ein seltsames Schweigen legte sich über unsere Runde. Zuzana, die bis eben noch von den Vorzügen des italienischen Feinkostgeschäfts um die Ecke geschwärmt hatte, rieb verlegen ihre Finger auf dem Tischtuch hin und her. Jaro stellte betont langsam die Flasche auf der Anrichte ab.

Ich hörte Anouk Luft holen: »Nein, aber ich habe Jaro gesagt«, und dabei sah sie Jaro an, »dass du im Moment noch Medikamente nimmst, die sich mit Alkohol nicht vertragen.«

Jaro sagte tonlos: »Na ja«, und Zuzanas Mund öffnete sich zu einem gequälten Lächeln. Ich sah von einem zum anderen. Was genau hatten sie mir gerade gemeinschaftlich verschwiegen?

An jenem Abend bei Jaro und Zuzana war ich von einer seltsamen Unruhe erfasst worden. Was enthielten sie mir vor? Was würde ich erfahren, wenn ich nachfragte oder gar in meine Heimat – also nach Deutschland – zurückkehrte? Ich glaubte, eine Ahnung zu haben. Jedoch war ich hier in Prag noch umgeben von einer Art transparenter Mauer, die mich in scheinbarer Sicherheit wiegte.

Es dauerte ein paar Tage, bis ich den Mut fasste und bei Jaro anrief. »Ich muss dich sprechen. Wann hast du Zeit?«

Er druckste herum, er habe Termine. Ich drängte ihn zu einem kurzen Treffen um die Mittagszeit im Café Slavia in der Národní Třída.

Als ich das Café betrat, war Jaro schon da. Vor seiner hünenhaften Gestalt wirkten die Bistrotische noch zierlicher, die braunen Holzstühle noch zerbrechlicher. Jaro lächelte. Er wich meinem Blick aus, als ich mich zu ihm setzte. Die Kellnerin, eine junge Frau mit schwarzen Locken, nahm meine Bestellung auf.

»Du weißt, was ich dich fragen möchte?«, begann ich das Gespräch.

»Ich …ähm … habe keine Ahnung.« Er räusperte sich.

»Was war los an dem Abend: Warum habt ihr mich mit dem Wein ausgespart?« Ich fixierte Jaro und er wand sich unter meinem Blick.

»Anouk sagte es doch … wegen deiner Medikamente.«

»Das war doch nicht alles.«

»Wie kommst du darauf?«

Jaro rückte die Speisekarte zurecht und platzierte Zuckerstreuer und Kerze exakt in der Tischmitte. Die Kellnerin kam und stellte meinen Espresso vor mir ab.

Ich wurde wütend. »Wie ich darauf komme! Ich habe vielleicht ein Problem mit ein paar Teilen meines Erinnerungsvermögens, aber mit meiner Wahrnehmung ist noch alles in bester Ordnung!«

Jaro schaute mich an wie ein betretener Bär aus einem Comic-Strip, der etwas verkehrt gemacht hatte.

Das brachte mich nur noch mehr auf die Palme. »Warum sagst du mir nicht einfach, was los ist?«

Er hob zu sprechen an, stockte, setzte erneut an und verstummte wieder.

Ich hätte ihn am liebsten mit meinem Blick festgenagelt. »Jaro, ich versuche, dort weiterzugehen, wo ich vor zwei Jahren stehengeblieben bin. Ich erinnere mich an manches, aber an vieles auch nicht. Und da wäre es doch hilfreich, wenn ein Freund mir einfach die Wahrheit sagen würde. Oder glaubst du, es ist angenehmer, mit dunklen Ahnungen zu leben, die dir nachts aus allen Zimmerecken entgegenkommen?« Meine Stimme war vor Erregung immer lauter geworden. Eine Frau, die mit ihrer kleinen Tochter am Nebentisch saß, sah mich empört an.

Jaro sprach jetzt betont leise. »Anouk hat mich gebeten, nichts zu sagen.«

»Wie bitte?«

»Sie rief an, vor unserem Dinner an jenem Abend. Sie bat mich und Zuzana, dir nichts zu sagen. Weil es ja der Vergangenheit angehört.«

In diesem Augenblick glaubte ich zu verstehen, wie man sich fühlte, wenn man zu Stein wurde. Ich war von Verrat umgeben, von wohlmeinendem Verrat, der dennoch Verrat blieb.

Wie aus weiter Ferne hörte ich Jaros Stimme: »Ich habe es ihr versprechen müssen.«

Eine Weile lang sprach keiner von uns ein Wort, dann sagte ich: »Du wirst dieses Versprechen nicht halten können.«

Jaro sah mich entgeistert an: »Das *muss* ich. Sie hat gesagt, du warst in psychotherapeutischer Behandlung. Ich will dir auf keinen Fall schaden.«

Die Frau vom Nebentisch stand auf und dirigierte ihre kleine Tochter an einen Platz am anderen Ende des Raumes.

Ich beugte mich zu Jaro und raunte ihm zu: »Das ist nicht der Punkt. Ich wäre fast verbrannt! Ich hatte so schlimme Verletzungen, dass ich fast gestorben wäre. Und ich habe mein Gedächtnis verloren. Es war eine schwierige Zeit, doch das Schlimmste liegt jetzt hinter mir. Ich bitte dich nur darum, mir die Wahrheit zu sagen, nicht mehr und nicht weniger.«

Jaro sah mich mit weit aufgerissenen Augen an. Ich umfasste sein Handgelenk: »Bitte.«

»Eigentlich ...«, begann er, »gibt es gar nicht so viel zu sagen. Das Einzige, worum Anouk mich gebeten hat, war ... Also, ich sollte dir nicht erzählen, dass du ... früher gern ... nun ja ... Du hast gern mal einen über den Durst getrunken, aber letztendlich haben wir das doch alle ...«

»Was?«

»Wir haben doch früher gerne mal zusammen was getrunken, wir vier.«

Ich wusste nicht, was ich sagen sollte. Jaros Worte weckten in mir keinerlei Erinnerungsbilder.

»Das war, bevor Zuzana auf diese ›Fit-for-Life-Schiene‹ aufsprang.« Jaro verdrehte die Augen. »Keinen Kaffee mehr, nur noch einmal die Woche ein Glas Weißwein und ansonsten Salat, Salat, Salat, sodass er dir schon zu den Ohren rauswächst!«

»Lenk nicht ab.«

»Wie gesagt, wir haben damals alle mehr getrunken.«

»Und ich habe mich dabei besonders hervorgetan.«

Jaro blickte zum Fenster hinaus. »Wenn du so willst, ja. Ich erinnere mich an das letzte Mal, als du ziemlich getankt hattest. Wir waren im Zofín, danach noch in irgendeiner anderen Kneipe und sind schließlich bei euch zu Hause gelandet. Ich weiß nicht mehr, was wir dort noch zu uns genommen haben, aber Tequila war bestimmt dabei.«

Mein Herz pochte. Gespannt wartete ich auf die Fortsetzung. Als Jaro jedoch einfach stumm blieb, drängte ich: »Das ist doch nicht alles.«

»Ach, Max. Du wurdest immer ziemlich forsch, wenn du getrunken hattest.«

»Du meinst *ziemlich aggressiv*?«

»Na ja.«

»Und was genau geschah dann?«

»Ihr habt euch gestritten, du und Anouk.«

Auf einmal wollte ich von all dem nichts mehr wissen. Aber Jaro war nun nicht mehr zu stoppen. Mit fast kindlichem Trotz in den Augen sah er mich an und erzählte: »Ich weiß nicht mehr, worum es ging, auf jeden Fall war's nur eine Banalität. Und dann bist du auf sie losgegangen. Du hast ihr eine gescheuert.«

»Ich habe Anouk *geschlagen*?«

»Du hast ihr eine – wie man so schön sagt – schallende Ohrfeige verpasst. Sie ist umgefallen und mit dem Kopf gegen die Tischkante geknallt. Gott sei Dank ist ihr nichts weiter passiert. Ich meine, sie war nicht schlimm verletzt oder so. Das war das letzte Mal, dass wir euch gesehen haben. Ihr müsst kurz darauf nach Deutschland zurückgekehrt sein.«

Jaros Worte hallten von irgendwo an mein Trommelfell. Ich spürte, wie mein Gesicht vor Scham brannte, wie ich schluckte. Dann schaute ich in Jaros Augen und entdeckte sein Bedauern darin. Es war, als trennte uns eine Glasglocke. Als säße ich unter dieser Glocke und draußen war die Welt.

Wie aus weiter Ferne hörte ich Jaro sagen: »Zuzana und ich, wir hatten angenommen, dass euch der Vorfall so unangenehm war, dass ihr euch deshalb nicht mehr gemeldet habt. Es tat uns so leid. Wir hatten so schöne Zeiten miteinander, so viel Spaß. Und dann plötzlich, von heut auf morgen, ist der Kontakt abgebrochen. Wir haben das sehr bedauert.«

Ich saß regungslos da. Jaros Wortschwall ergoss sich über mich wie ein eisiger Regenschauer.

Ich hatte Anouk geschlagen. Ich hatte unter Alkohol die Kontrolle verloren. Und ich wusste nichts mehr von alldem.

Julie hatte mal von Selbstschutz gesprochen. Jetzt schossen mir ihre Worte wieder durch den Kopf. Sie hatte mich informiert: Manche Patienten verdrängen die Erinnerung an unangenehme Ereignisse aus der Vergangenheit mit aller Kraft. Unter Umständen kommen diese nie wieder an die Oberfläche.

Was hatte ich in meinem früheren Leben noch alles getan? Was für ein Mensch war ich gewesen? Wie schrecklich, dass meine Umgebung ganz selbstverständlich etwas von mir wusste, was mir verborgen blieb.

Jaro riss mich aus meinen Gedanken. »Mensch, Max, lass doch die Vergangenheit ruhen. Du hast deine Gesundheit wieder, du hast noch einmal Glück gehabt bei diesem

Brand. Und du hast eine Frau, die dich über alles liebt, das sieht ein Blinder. Eine Frau, die alles für dich tun würde. Denk an mich: Ich habe eine Frau, für die ich alles tue und die für sich alles tut.« Er lächelte. Es war ein kleines, trauriges Lächeln. Dann beugte er sich vor, sah mich konzentriert, ja beschwörend an und wiederholte: »Lass es ruhen! Nimm dieses zweite Leben, das dir geschenkt wurde, und lebe.«

Ich weiß noch gut, wie ich vom Tisch aufstand und Jaro mich vergebens am Arm zu fassen versuchte.

Ich marschierte aus dem Café.

Jaro rief mir etwas hinterher, das ich nicht verstehen *wollte*. Ich blickte lediglich einmal kurz zurück. Sein Gesicht formte Grimassen wie in einer Szene aus einem Stummfilm. Der Mund bewegte sich ton- und sinnlos. Ein armseliger Fisch. Das nächste Bild war schon ein anderes.

Der Himmel war blau – unpassend heiter für meine innere Unruhe. Ich schlich durch die Straßen, wie betäubt, in Gedanken nur bei *einer* Sache. Wie war es bloß möglich, dass ein Mensch ein Mensch blieb, dass er wusste, wie Pizza schmeckte und Gulasch, dass er sich an die Prager Balkonrede von Hans-Dietrich Genscher erinnerte und daran, dass wir in Prag ein Apartment hatten. In einem Haus, das einen stillgelegten Fahrstuhl besaß. Dass das Jahr 365 Tage hatte und es Schaltjahre gab. Doch dass er sich *nicht* daran erinnern konnte, Freunde namens Jaro und Zuzana gehabt zu haben. Und auch nicht daran, seine Frau geschlagen zu haben. Was hatte Anouk noch alles mit mir durchmachen müssen?

Vor einem Blumenladen prallte ich in einen Mann, der auf dem Bürgersteig Pflanzen wässerte. Ich sah, wie sein

Mund ein O formte und er mir irgendetwas hinterherrief. Kein Ton. Nicht für meine Ohren. Noch so eine Stummfilmfigur.

Was hatte Anouk mir alles verschwiegen, als sie im weißen Zimmer der Rosenstein Clinic mein Leben für mich zusammenfasste? Wie viel hatte sie mir – um meinetwillen – *nicht* erzählt?

Ich beschleunigte mein Tempo. Von den Passanten nahm ich nur Silhouetten wahr.

Vor meinem inneren Auge stand immer die gleiche angehaltene Filmszene: vier Menschen, angetrunken in unserem Wohnzimmer. Jeder hält ein Glas in der Hand. Eine Flasche Tequila steht auf dem Tisch, daneben eine Karaffe mit Wasser und ein Schälchen mit Zitronenschnitzen. Soweit das Standbild.

Ich strengte mich an, den Film weiterlaufen zu lassen. Doch die Gesichter blieben starr, ihre Mienen unbeweglich. Sie verharrten in immer gleicher Pose am Tisch. So sehr ich mich auch anstrengte, ich konnte mich nicht erinnern. Mein Verstand blockierte.

Ich rannte schneller. Schweiß lief mir in die Augen. Mein Atem ging in Keuchen über, aber ich konnte nicht stehen bleiben. Ich konnte nicht anhalten, bevor ich den Film nicht zum Laufen gebracht hätte. Ich wollte, ich *musste* die Szene sehen. Wie mochte sich das alles abgespielt haben? Die erhobene Hand, der Schlag, der Fall, der Aufprall. Anouk.

Geliebte Anouk.

Mir war, als ginge es um mein Leben.

So war es. Es ging buchstäblich um mein Leben. Ich musste das, was in meiner Erinnerung davon übrig war, zusammentragen. Musste die Fragmente, die sich bei dem Brand wie die Splitter einer zerborstenen Scheibe in alle Richtungen verteilt hatten, wiederfinden und zusammensetzen. So lange, bis die Scheibe wieder ganz war. Wie scharf und spitz die Splitter, die ich entdecken würde, auch sein mochten. Ich würde sie mir ansehen, jeden einzelnen. Und wenn ich mir dabei die Finger zerschneiden würde.

Ich musste nach Deutschland zurückkehren.

Durch die geschlossene Wohnungstür drangen die langsamen Takte von Saties ›Lent et douloureux‹. Es war, als habe Satie jeden Tastenanschlag für sich gesetzt, um den Schmerz, der von jedem einzelnen ausging, ein wenig hinauszuzögern, um diesem Schmerz und dieser Traurigkeit noch eine kurze Weile nachzusinnen und sie dann loszulassen.

Anouk lag auf dem Sofa. Im Gegenlicht hob sich ihr Profil deutlich vom Hintergrund ab. Das Licht warf einen weichen und milchigen Schimmer auf ihre Haut. Es war das marmorne, gedämpfte Weiß einer Statue, unwirklich in jenem Moment. So, wie auch ihre Schönheit unwirklich war. Anouk hatte die Hände hinter dem Kopf verschränkt, ihre Augen waren weit geöffnet. Sie trug einen Pullover, dessen Gewebe durchbrochen war. Es erinnerte mich an die Waben eines Bienenstocks und war so dünn, dass sich ihr Unterhemd und auch ihre Brustwarzen deutlich darunter abzeichneten.

Vielleicht war es die Musik, die sich wie ein Trauerflor über alles legte und meine Entschlossenheit dämpfte. Viel eher aber war es der Ausdruck in ihren Augen, so starr und verloren, der mich zögern ließ. Ihr jetzt sagen, dass ich nach Deutschland zurückkehren wollte, so bald wie möglich, am besten morgen schon?

Das ›Lent et douloureux‹ verklang. Es war die letzte Aufnahme auf der CD und nun erfüllte Stille den Raum.

Anouk machte eine leichte, kaum wahrnehmbare Bewegung mit dem Kopf, sah mich aber noch immer nicht. Und in diesem Moment entdeckte ich die Tränen, die zwei glänzende Bahnen auf ihre Wangen gezeichnet hatten.

Ich schloss die Haustür und ging auf Anouk zu. Sie musste mich bemerkt haben, doch sie blieb reglos. Erst als ich vor ihr stand, sagte sie, ohne den Blick von dem abzuwenden, was sie in ihrem Inneren sah: »Jaro hat es dir erzählt.«

Ich reagierte nicht.

Anouks Augen glitten zu mir, tastend, und blieben irgendwo an meinem Hals, an meiner Brust hängen. Ich beugte mich über ihr Gesicht. Sie kam mir winzig vor. Zitternd flüsterte ich: »Warum hast du mir das verschwiegen?«

Auf einmal sah sie mich direkt an und hielt den Blick fest auf mich gerichtet. Die Intensität und das plötzliche Leuchten in ihren Augen jagten mir Schauer über den Rücken.

»Weil es nicht wichtig ist«, antwortete sie und zog mich zu sich hinunter. Sie hielt mein Gesicht in beiden Händen, fuhr mit einem Finger über die Narbe, den farblosen rechten Rand meiner Lippen. Dann bedeckte sie es mit Küssen.

Es war das letzte Mal, dass wir uns dort liebten. In unserem selbst geschaffenen Wolkenkuckucksheim in der Stadt der hundert Türme.

Zwei Tage später saßen wir im Flugzeug nach Zürich.

Mit zahllosen Händen
greift die Zeit
nach dem
Geflimmer aus
Blumen und Tropfen
nach Hitze und Eis
nach Menschen
auf der Flucht
vor dem Nichts

ROSE AUSLÄNDER

Irrlichterhaus

Genauer gesagt war es eine Rückkehr nach Österreich. Denn unser Haus lag an der Grenze zu Deutschland, über der Stadt Bregenz, auf halber Höhe eines Berges, der »Pfänder« heißt. Von dort oben musste man eine prächtige Aussicht auf den Bodensee haben. Ich brannte darauf, alles, was ich bisher nur von Anouks Fotos kannte, kennenlernen zu können. Eine seltsame Art, nach Hause zurückzukehren.

Ich wollte mein Zuhause voller Zuversicht betreten. Ich wollte die Hoffnung herbeizwingen, dass beim Anblick des Hauses alles wieder da sein würde, die Erinnerung, die Gefühle, die man für sein Zuhause hat und damit die Sicherheit. Die Sicherheit eines Alltags, in den man schlüpft wie in einen bequemen, uralten Mantel. Doch die Klauen der Furcht schlossen sich enger um mein Herz, als wir in die kleine Straße einbogen. Anouk sagte, dieser Weg führe direkt zu unserem Haus. Es ging in engen Serpentinen den Berg hoch. Weit unten lag der See wie mit Silber übergossen.

Schon nach ein paar Kehren sah man das Haus. Ein typisches Vorarlberger Bauwerk, innovativ, klar in seiner Struktur und hypermodern. Es sah nach Exklusivität aus. Und nach Geld.

Anouk hatte mir erzählt, dass ich darauf bestanden hätte, ein Haus am Berg zu bauen. Von Bregenz nach Lindau, wo meine Firma ansässig war, waren es nur wenige Minuten mit dem Auto.

Wir mussten ja förmlich im Geld schwimmen. Der Gedanke befremdete mich irgendwie. Wie war es möglich, dass ich, der ich nun zerfressen war von Selbstzweifeln, unsicher bei jedem Schritt, so offensichtlich einmal überaus erfolgreich gewesen war? Über welche Fähigkeiten hatte ich verfügt? Und – das war die Frage, die mir am meisten Angst einflößte – würde ich diese Fähigkeiten in mir wiederentdecken? Was war, wenn nicht? Wenn ich ewig – bis zu meinem Tode – als dieser halbe Mensch, diese Figur ohne Vergangenheit weitermachen müsste, einfach so, völlig unspektakulär?

Sie musste doch irgendwo sein, diese Vergangenheit. Irgendwo in meinem Gedächtnis *musste* es Spuren meiner Eltern, Freunde und Verwandten geben. Ich war einmal ein Kind gewesen, das mit seinem Vater aus Ostdeutschland in den Westen gekommen war. Ich hatte Abitur gemacht und studiert, hatte gearbeitet und in einem prächtigen Haus am Berg gelebt. Aber im Moment war da nur die riesige Leerstelle in meinem Gedächtnis. Und noch nicht einmal an den Vater konnte ich mich erinnern.

Die weiß getünchten Außenmauern sollten wohl ein griechisches Ambiente verbreiten, genau wie die beiden halbrunden turmartigen Erker, die das Haus links und rechts begrenzten. Die Aussicht verzauberte mich sofort. Der Bodensee erstreckte sich glänzend bis zum Horizont, wo er die entfernten Hügel berührte. Die Abendsonne zauberte noch einmal, bevor der Tag enden sollte, mit all den

Farben, die sie auf ihrer Palette trug. Die Wiesen unter uns leuchteten in beinahe unwirklichem Grün, im Garten lehnten sich pralle rosa Pfingstrosen über den Zaun, die Buchenhecke, die unser Grundstück umgab, stand in sattem Maigrün und links und rechts des Eingangs wucherte eine gelbe Kletterrose.

Anouk hielt vor der weißen Doppelgarage, ließ die Scheibe herunter und tippte einen Zahlencode auf einer Bedientafel ein. Das Tor öffnete sich langsam. Vor uns tauchten die Hecks eines schwarzen Jeeps und eines schwarzen Porsches auf. Anouk zog den Zündschlüssel ab.

Am Flughafen in Zürich hatten wir uns diesen Mietwagen genommen. Anouk hatte darauf bestanden. Für den Zug hatten wir zu viel Gepäck, sie wollte aber auch nicht mit einem Fremden zwei Stunden in einem Taxi von Zürich bis Bregenz zurücklegen müssen. Auch wenn das bedeutete, dass wir morgen zunächst den Leihwagen wieder loswerden mussten.

Ich stieg aus und drehte mich einmal um mich selbst, ließ den Blick rundum schweifen, um jedes auch noch so winzige Detail aufzunehmen. Das Abendlicht auf den gelben Rosen, das Grün der Wiesen, das Weiß unseres Hauses, all das schien perfekt. Und doch war die Luft voller Ahnungen, schien das Idyll mir trügerisch. So sehr ich auch rätselte, ich konnte nicht sagen, ob die Ahnungen mich aus der Vergangenheit heraus berührten oder ob es eine auf die Zukunft gerichtete abstrakte Furcht vor dem Leben war.

Wir betraten das Haus durch die Garage. Die ganze Zeit über sprachen wir kein Wort. Als hätten wir beim Hinauffahren des Bergs eine stumme Übereinkunft getroffen. Ich bemerkte wohl, wie Anouk mir ein ums andere Mal einen Blick zuwarf. Aber ich sah sie nicht an, wusste also nicht, ob er besorgt oder forschend, neugierig oder ängstlich war. Ich wollte, ich *konnte* jetzt nicht sprechen und Anouk wusste das.

Mit klopfendem Herzen betrat ich das Wohnzimmer. Ein in Weiß und hellem Grau gehaltener Raum, der wohl bewusst zurückhaltend möbliert und dekoriert war, um die Aufmerksamkeit nicht von der grandiosen, ja atemberaubenden Aussicht abzulenken. Ich stellte mich ans Fenster und lauschte dem Hämmern meines Herzens. Dabei fühlte ich eine Beklemmung, die so dumpf war, dass ich sie an den Rand meines Bewusstseins drängte, um nicht komplett von ihr überwältigt zu werden.

Mit einem Ruck löste ich mich aus meiner selbst gewählten Erstarrung und ging in die Küche. Auf der Arbeitsfläche aus grauem Stein lag eine beige Karte aus handgeschöpftem Papier. »Willkommen daheim«, stand in geschwungenen Lettern darauf. Und: »Im Kühlschrank ist Lasagne. Wenn ich nichts höre, bin ich übermorgen früh um 8.00 Uhr bei Ihnen. Mit herzlichem Gruß, Martha Meerbaum.« Ein Strauß roter Tulpen stand daneben. Ich stockte und blinzelte irritiert.

Anouk war neben mich getreten. »Wie lieb von ihr, dass sie daran gedacht hat …«

Ich wollte mich an etwas erinnern, doch es blieb blass und verwaschen.

Anouk nahm die Karte in die Hand. Ich betrachtete den Strauß noch eine kurze Weile, kam mir dann töricht vor und kehrte ins Wohnzimmer zurück. Es bildete zusammen mit dem Esszimmer einen Raum.

Der Tisch war festlich gedeckt, mit weißem Porzellan und roten Kerzen. Ich ging weiter, durch die nächste Tür, hinter der das Arbeitszimmer lag – meines, wie ich sofort erkannte. Gespannt sah ich mich um. Seitlich befanden sich ein offener Kamin aus grauem Marmor, ein paar Stühle, davor eine Sitzgruppe aus Leder in demselben Grau und ein kleiner, eigenartig geformter Steintisch. Auf der anderen Seite ein Schreibtisch, ein Flachbildschirm.

Flüchtig öffnete ich ein paar Schubladen, sah Büromaterial, Papiere und ein Mobiltelefon, von dem ich annahm, dass es meines war. Ich spürte, dass Anouk hinter mir das Zimmer betreten hatte, drehte mich aber nicht um.

Und dann ging alles ganz schnell.

Wie ferngesteuert rannte ich nach oben, von einem mir unerklärlichen Bedürfnis getrieben. Von Raum zu Raum. Bis ich ins Schlafzimmer kam, wo ich auf der Schwelle stehen blieb, mit rasendem Puls.

Ich starrte in den Raum. Es gab auf den ersten Blick nichts, was meine Angst hätte auslösen oder erklären können. Wie alle Räume war auch das Schlafzimmer lichtdurchflutet. Die Möbel, die darin standen, waren klar und nüchtern, im Grunde sogar unpersönlich wie in einem Hotelzimmer.

Und dennoch war da etwas.

Ich konnte den Raum nicht betreten. Was war das für eine Wahrheit, die mein Gedächtnis nicht mehr kannte, mein Körper aber sehr wohl?

Anouk war mir gefolgt, sie stand ganz dicht hinter mir, ich spürte ihre Wärme und plötzlich umarmte sie mich fest. Sie schlang ihre Arme um meine Brust und umklammerte mich und ein Schluchzen brach aus ihr heraus, ein Beben, das ihren ganzen Körper erschütterte.

Welche Erinnerungen geisterten durch dieses Zimmer?

In dieser Nacht träumte ich wirres Zeug. Zum ersten Mal seit dem Brand war ich wieder in der Halle meiner Firma. Es war heiß, so heiß, dass ich keine Luft mehr bekam.

Die Flammen leckten mir gierig entgegen. Auf einmal: ein Schrei – ein gellender Laut, den ich nicht zuordnen konnte, weil das Feuer um mich her noch lauter brüllte.

Jetzt überschlugen sich die Bilder und purzelten wild durcheinander: Kurz erschien das Bregenzer Haus, dann der Garten, in dem rote Tulpen wie Schlingpflanzen wucherten. Unvermittelt wurde der Garten wieder zu der Halle, in der das Feuer tobte. Mir wurde immer heißer. Plötzlich tat es einen Schlag und etwas stürzte von der Decke. Ein Balken.

Dann riss der Film und ich wechselte zu einer anderen Traumszene. Hier war Anouk. Sie kniete über irgendetwas, richtete sich langsam auf, trat einen Schritt zur Seite und gab den Blick frei. Auf eine Gestalt am Boden.

Ich erkannte mich selbst, blutüberströmt. Und ich wusste, dass ich tot war.

Barbara

Am nächsten Morgen wurde ich durch die Türglocke geweckt. Draußen stand eine schöne Frau mit dramatisch geschminktem Mund und lachte mich an. Es war Barbara.

Für den Bruchteil einer Sekunde schien Anouks Lächeln in den Mundwinkeln festzufrieren. Ihr Gesicht stand in seltsamem Gegensatz zu ihren Worten: »Bärbel, was für eine Überraschung!«

Ein wenig hölzern erwiderte sie Barbaras Umarmung. Während Anouk Küsse auf beide Wangen entgegennahm, fühlte ich Barbaras Blick auf mir ruhen. Sie sagte: »Frau Meerbaum hat mich angerufen. Sie hat mir gesagt, dass ihr da seid.«

Barbaras Augen waren dunkel und auf eine Art und Weise geschminkt, die mich an Brigitte Bardot oder an Frauen aus den 60er-Jahren erinnerte. Sie hatte welliges dunkelbraunes Haar, trug ein enges schwarzes Kleid mit einem breiten Gürtel. Der Ausschnitt des Kleides lenkte den Blick auf ein üppiges Dekolleté. Rote Fußnägel lugten keck unter feinen Riemchen von ziemlich hochhackigen Sandaletten hervor. In Barbaras Stimme schwang eine weiche Vorarlberger Kadenz mit.

Es gab nichts an dieser Frau, was mir bekannt vorgekommen wäre. Sie ging auf mich zu, drückte intensiv meine Hände und ich glaubte, Tränen in ihren Augenwinkeln blitzen zu sehen. Die roten Lippen lachten und gaben den Blick frei auf ebenmäßige weiße Zähne. Sie wandte sich an Anouk: »Dass du ihn wiedergebracht hast!«

Ich lächelte ebenfalls und war ein wenig verlegen angesichts der offensichtlichen Rührung, die meine Rückkehr auslöste. Barbara hielt meine Hände noch immer fest umklammert und ich wusste nicht so recht, wie ich mich elegant aus ihrem Griff lösen konnte.

»Also, Max, du hast uns ja einen gehörigen Schrecken eingejagt. Und dann all diese Operationen, wir glaubten schon, ihr würdet nie mehr zurückkommen.« Sie verstummte und betrachtete mich eindringlich. Ihre Aufmerksamkeit kam einer Röntgenuntersuchung gleich. Dann hakte sie sich bei mir unter und führte mich in unser Wohnzimmer. Sie sprach weiter. Die Worte sprudelten nur so aus ihr heraus, über Amerika, das Fliegen und die Aussicht, die von uns hier oben *noch* schöner sei. Anouk hatte erwähnt, dass Barbara mit ihrem Mann etwas unterhalb, in unmittelbarer Nachbarschaft zu uns, lebte.

Barbara richtete sich wieder an Anouk: »Karl hat ja gesagt, ich soll euch um Gottes willen erst mal in Ruhe ankommen lassen. Aber was weiß denn Karl schon.« Sie berührte Anouk am Ellenbogen. Die beiden lächelten sich an.

Anouk kochte Kaffee, Barbara folgte ihr in die Küche und ich entschuldigte mich. Ich wollte duschen und mich anziehen. Außerdem musste ich Zeit gewinnen.

Barbara. Während das heiße Wasser in einem dicken Strahl auf meinen Rücken prasselte, versuchte ich zu rekapitulieren, was ich über Barbara wusste. Was hatte Anouk mir erzählt?

Barbara war mit Karl verheiratet, auch ihn kannte ich von Bildern. Ein durchtrainierter, braun gebrannter Mann in unserem Alter, mit blondem Haar, das an der Stirn auszukahlen begann.

Barbara war Anouks beste Freundin. Die beiden Frauen hatten sich während des Studiums in Wien kennengelernt. Als Anouk mich heiratete, heiratete Barbara Karl.

Karl handelte mit Immobilien und hatte uns seinerzeit das Grundstück hier besorgt, über dunkle Kanäle, vermutete ich. Barbara war – wie Anouk – nicht berufstätig. Sie hatten zwar beide studiert, Amerikanistik die eine, Germanistik die andere, doch waren beide niemals ins Berufsleben eingestiegen.

Ich drehte an der Mischbatterie und hielt mein Gesicht unter den eiskalten Strahl. Was gab es noch zu wissen? Da war ein Sohn, Martin. Er musste 15 oder 16 sein. Dann dachte ich an das Haus, auf das Anouk gestern vom Auto aus gezeigt hatte. Es war ein klobiges, fast schon protziges Gebäude, von einem hohen Metallzaun umgeben.

Ich verließ die Dusche, zog ein Paar Boxershorts an und legte mich aufs Bett. Irgendetwas in mir, ein aufkeimendes Widerstreben, hinderte mich daran, nach unten zu gehen und mich mit Anouk und Barbara an den Kaffeetisch zu setzen.

Hatte ich Angst, dass Barbara allzu schnell bemerken würde, wie wenig ich über meine persönliche Vergangenheit wusste? Wie viel hingegen wusste Barbara? Was hatte Anouk ihr erzählt? Hatten sie sich in den zwei Jahren geschrieben, miteinander telefoniert?

Barbara strahlte die Selbstsicherheit eines Menschen aus, der *eingeweiht* war. Vielleicht bildete ich mir das aber auch nur ein, schließlich waren alle Menschen in meinem früheren Lebensbereich informiert. Alle außer mir hatten *das komplette Bild.* Sie besaßen sämtliche Puzzleteile und es war nur klar, dass sie Sicherheit ausstrahlten.

Schließlich schob ich mein Unbehagen zur Seite, zog mich nun doch an und ging hinunter.

Ich erinnere mich noch genau an das Bild, das sich mir bot, als ich die Schiebetür zur Seite drückte: Anouk, in schneeweißem Morgenmantel, die Sonne, die sich in ihrem Haar verfing und es aufleuchten ließ, wie eine Aureole. Die mit grauem Stoff bezogenen Stühle auf ihren Metallrohrbeinen, die um den großen, kühlen Steintisch standen, der Aschenbecher aus dickem Glas, der die Sonnenstrahlen zersplittern ließ. Und Barbara, die sich zu mir umdrehte, eine Zigarette in der Hand, und mich erneut aufmerksam betrachtete. Barbara, im schwarzen Kleid, Barbara, deren Haar rötlich aufflackerte und ihren Kopf wie züngelnde Flammen umgab.

Engel und Teufel, dachte ich in diesem Moment, Himmel und Hölle an einem Tisch.

Nachdem Barbara gegangen war, räumte Frau Meerbaum, die inzwischen ebenfalls eingetroffen war, die leeren Tassen ab. Unsere Hausangestellte hatte Anouk mit sichtlicher Rührung, mich hingegen auffallend zurückhaltend begrüßt.

Anouk schlüpfte in eine Jeans und zog ein T-Shirt über den Kopf, um in den Garten zu gehen. Ich blieb allein zurück und sah ihr nach. Durch das Wohnzimmerfenster beobachtete ich, wie Anouk entlang der Hecken von ausgrünendem Buchsbaum marschierte, vorbei an Stauden, die rot, gelb und blau blühten. Am Rand der ursprünglich säuberlich angelegten Kieswege schoss das Unkraut in die Höhe und altes Laub bedeckte die weißen Kieselsteine.

Frau Meerbaum trat hinter mich. »Ich soll nix machen, hat sie g'sagt. Im Garten, mein' ich.«

Ich wandte mich um. Frau Meerbaum sah an mir vorbei, hinaus zu Anouk.

Frau Meerbaum gehörte zu der Art von Frauen, die sich wenig oder gar nicht für Mode zu interessieren scheinen. Ihr eckiger Körper steckte in einer blauen Kittelschürze, die ihre ohnehin nicht vorhandene Taille noch ein wenig mehr begradigte. Sie strich mit beiden Händen über ihre Schürze. »Ihre Frau hat noch nie jemanden in ihren Garten g'lassen, außer das eine Mal, als der große Walnussbaum hat weg müssen.«

Ich erinnerte mich an nichts. Nicht an den Nussbaum, nicht an das Fällen. Ich nickte in der Hoffnung, Frau Meerbaum zum Weitersprechen zu animieren, und sagte dann, als sie noch immer schwieg: »Ja, so ist sie. Sie hat ihren eigenen Kopf.«

»Wenn ich dran denk', wie sie all die Buchsbäumerl selber g'setzt hat, Hunderte müssen das g'wesen sein. Und dann die Stauden und erst die Rosen. Wie sie immer nach Steinfurth g'fahren ist, wegen ihrer alten Rosen. Ganz narrisch war's damit.«

Ich nickte erneut. Wenn es nicht so bitter gewesen wäre, hätte ich fast darüber lachen können. Bis gestern hätte ich nicht einmal im Traum zu denken gewagt, dass Anouk je einen Spaten in die Hand nehmen würde. Ich seufzte. Nichts war, wie ich vermutete.

Frau Meerbaum sah mich fragend an.

Ich lächelte und fühlte mich verpflichtet, irgendetwas zum Gespräch beizutragen. Doch das Einzige, was mir einfiel, war ein allgemeingültiges: »Ja, so Rosen haben schon einen besonderen Zauber.«

Sie sah mich irritiert an, setzte zu einer Bemerkung an,

schien es sich dann jedoch anders zu überlegen und klappte den Mund wieder zu. Ich nickte ihr aufmunternd zu, fragte: »Sie wollten gerade etwas sagen?«

Frau Meerbaums Kirschäuglein funkelten schwarz. »Wenn Sie's wissen wollen, *ja*. Ich dacht' grad', das hätten'S früher auch nicht über die Lippen 'bracht. Sie haben ja bloß Augen für d'Arbeit g'habt und den Garten ham'S kaum g'sehen!«

Ich musste verdutzt dreingeschaut haben, denn sie sagte: »Sei's drum. Jedenfalls hat sie am Telefon immer g'sagt: ›Lassen Sie's sein. Ich werd tun, was zu tun ist. Wenn wir zurückkommen.‹ Bis vorgestern wusst' ich ja nicht mal, dass Sie überhaupt wiederkommen würden.« In ihrem Ton schwang eine beleidigte Note mit.

Langsam begriff ich, dass Frau Meerbaum, eine arbeitsame und überaus disziplinierte Dame, ihre Schwierigkeiten damit gehabt haben musste, dem Garten beim Wachsen zuzusehen.

»Die Buchsbäumerl hätten schon im letzten Jahr dringend einen Fassonschnitt 'braucht«, fügte Frau Meerbaum wie zur Bestätigung meiner Vermutung an.

Durch das Fenster sahen wir zu, wie Anouk die Heckenschere ansetzte, in gekonnten Schnitten über die Buchsbäumchen fuhr und deren grüne Triebe abrasierte.

»Sie wird eine Weile brauchen, um das alles wieder in Ordnung zu bringen.« Frau Meerbaum drehte sich um und machte sich daran, den ohnehin sauberen Tisch mit einem Tuch zu bearbeiten.

Ich hätte Frau Meerbaum gerne gefragt. Nach dem Garten, nach Anouks Gewohnheiten, was sie getan hatte, den ganzen Tag, vor dem großen Feuer. Wie hatte sie ihre Stunden verbracht? Mit einer Frau Meerbaum, die den Haushalt führte und einkaufte, kochte und wusch. Mit einem

Mann, der sich offenbar in seine Arbeit vergraben hatte, Tag um Tag.

Und ich hätte sie gerne nach Anouk und mir gefragt, nach unserem Leben, nach unserer Ehe. Ich hätte sie gerne gefragt: »Haben Anouk und ich uns geliebt?«

Frau Meerbaum verschwand in der Küche und ich sah weiter zum Fenster hinaus. Anouk hatte das Haar mit einem Band im Nacken zusammengefasst. Sie trug Handschuhe. Der Hut, den sie vorhin aufgesetzt hatte, lag auf der Hecke wie auf einem Ablagetisch. Die Sonne war hinter einer grauen Wolkenwand verschwunden. Wahrscheinlich würde es bald regnen.

Anouk war immer noch dabei, die vielen Hecken, die sie eigenhändig in schönen geometrischen Mustern angelegt hatte, zurechtzustutzen. Es war ein friedliches und auch fremdes Bild. Anouk, die etwas tat, von dem ich bis eben nicht gewusst hatte, dass es ihre Passion gewesen war. Ich hatte nicht gewusst, dass meine Frau viele Stunden und Tage ihres früheren Lebens in einem Garten verbracht hatte. Wie viele andere Passionen meiner Frau waren mir noch verborgen geblieben?

Ich erinnerte mich jetzt, dass sie auf unseren Fahrten mit dem Convertible oft auf einige besonders seltene Sträucher aufmerksam gemacht hatte. Plötzlich fiel mir der Pflanzenführer ein, den sie sich in Kalifornien besorgt hatte. Auf unseren Spaziergängen hatte sie mir die seltsamsten Namen daraus vorgelesen: »Coyote Brush, Poison Oak und Sticky Monkeyflower«. In meiner Selbstzentriertheit hatte ich geglaubt, sie wolle mich aufmuntern. Daran, dass sie zur Abwechslung mal eigene Interessen verfolgen könnte, hatte ich auch nicht eine Sekunde lang gedacht.

Der Himmel hatte sein Kleid gewechselt und trug jetzt Trauer. Anouk räumte die Heckenschere auf. Mit einem Rechen kratzte sie den Grünverschnitt auf einen Haufen, packte alles in einen Weidenkorb und verschwand im hintersten und zugleich untersten Gartenteil, dort, wo Büsche mir die Sicht nahmen und außerdem einige größere Bäume standen.

Die Stauden leuchteten noch immer in ihren prächtigen Farben, aber auf einmal erschien mir all der Blütenzauber giftig und unwirklich. Wind war aufgekommen. Er fuhr mit ungeduldigen Fingern durch die Eschen und Birken, zerrte launisch an ihrem Laub.

Ich trat auf die Terrasse. Der Wind war schwülwarm, fast tropisch. Mein Atem stockte kurz. Dann wurde das Rauschen lauter. Der Wind leckte immer heftiger an den silbernen Unterseiten der Blätter, bis sie sich vereinzelt umkehrten und dabei kurz aufblitzten. Die ganze Szenerie griff nach mir wie ein Alptraum.

Ich versuchte, meine völlig haltlosen, irrationalen Wahrnehmungen abzuschütteln. Es gelang mir nicht. Hier draußen in Anouks wundervollem Garten gab es etwas Bedrohliches.

Ich kam mir so lächerlich vor, konnte aber das Gefühl, das sich meiner mit unbezwingbarer Gewalt bemächtigt hatte, nicht beiseite schieben. Ich meinte ein Flüstern zu hören. Ich wollte zurück ins Wohnzimmer laufen, aber meine Beine versagten den Dienst.

Genauso unerbittlich wie die Laute des Windes um meine Ohren tanzten, stiegen jetzt qualvolle Bilder in mir auf. Ich konnte sie aber zumindest zuordnen. Sie stammten aus einem Film, den ich vor vielen Jahren gesehen hatte.

Mein Verstand sagte mir, dass ich erleichtert sein müsste. Es war ja *nur ein Film*, an den ich dachte. Doch die Erleichterung wollte sich nicht einstellen.

Da war ein Mann, ja, jetzt erinnerte ich mich deutlich, ein Fotograf. Er hatte heimlich ein Liebespaar geknipst. Er meinte, mit seinen Fotos den Zauber ihrer Liebe eingefangen zu haben. Doch beim Entwickeln der Negative erschien eine weiße, teigige Fratze im Gebüsch. Die Kamera hatte einen Toten fotografiert.

Es schüttelte mich.

Ich sah, wie Anouk mit dem leeren Korb zurückkehrte, wie sie mit raschen und entschiedenen Bewegungen die Gartengeräte zusammensammelte und wieder aus meinem Gesichtsfeld verschwand.

Der Ausdruck in Anouks Augen wirkte eigenartig kalt.

Ich taumelte. War ich tatsächlich dabei, verrückt zu werden? Ich steigerte mich in eine erschreckende Negativität hinein, sah hinter allem und jedem etwas lauern, im eigenen Garten Tod und Verdammnis.

Das sind aus der Untätigkeit geborene Ängste, dachte ich, *das ist es*. Ich war viel zu lange ziellos durch die Zeit geschwommen und hatte mich ganz und gar auf mich selbst und meine Innenschau konzentriert. Nun war es also so weit, dass ich aus diesem stumpfen Müßiggang heraus zu phantasieren begann.

Erste Regentropfen fielen, ich straffte die Schultern. So konnte es nicht mehr weitergehen. Ab morgen würde ich wieder in meiner Firma erscheinen.

Wenzlow

Am Dienstag nach unserer Rückkehr betrat ich zum ersten Mal wieder mein eigenes Unternehmen. Es kam mir vor, als erlebte ich eine mir völlig unbekannte Welt.

Genau in der Mitte des Betriebsgeländes stand eine alte gelbe Jugendstil-Villa, in der sich die Büros, auch meines, befanden. Im Außenbereich waren nirgends Bäume zu sehen, nur eine einzige riesenhafte, unglaublich alte Ulme, die mich an einen Dom erinnerte. Offensichtlich war sie vom Ulmensterben ausgespart geblieben und ich nahm sie und ihre strotzende Lebenskraft als gutes Omen.

Als ich das Haus betrat, sah ich, wie der Pförtner, auf dessen Namensschild »Hugo Hartmann« stand, zusammenzuckte. Mit einem Ruck stand er auf, trat durch seine Glastür, ergriff meine Hand und schüttelte sie. Tränen stiegen in seine Augen und ich fragte mich, ob ich ein guter Chef gewesen war. Ich erwiderte seinen Händedruck, meinerseits mit Rührung kämpfend, und murmelte ein paar Worte. Hartmann ging an seinen Platz zurück und ich betrat die Eingangshalle.

Vor der Treppe blieb ich stehen. Mein Blick schweifte über den Marmorboden, in dessen Mitte ein Stern eingearbeitet war, und über das schmiedeeiserne Geländer mit dem Handlauf aus dunkel glänzendem Holz. Von der

Eingangshalle gingen vier weiß lackierte Kassettentüren ab. Neben den Türen waren kleine Plexiglasschilder angebracht. In der Mitte zwischen zwei Türen stand auf einer Marmorsäule ein großes Bouquet praller, explodierender Pfingstrosen.

Ich warf einen raschen Blick über meine Schulter und sah, dass Hugo Hartmann bemüht war, mir nicht hinterherzustarren. Er rutschte unbehaglich auf seinem Drehstuhl hin und her und fixierte die Zeitung vor sich.

Noch immer stand ich in der Halle herum und wartete wohl unbewusst darauf, irgendetwas wiederzuerkennen. Einen Trumpf hielt ich jedoch in Händen: Es würde *keine* peinliche Vorstellung werden, wenn ich nun mein Büro finden musste. Anouk hatte das Gebäude für mich skizziert, mir jeden Raum und seine Lage beschrieben. Mein eigenes Büro würde ich nicht verfehlen können. Es lag im ersten Stock ganz hinten.

Langsam marschierte ich die Treppe hinauf. Unterwegs begegnete mir kein Mensch. Ich öffnete die Tür zu meinem Büro am Ende des Korridors und blieb im Türrahmen stehen. Wenn ich je auf ein Erlebnis des Wiedererkennens gehofft hatte, so sollte ich nun bitter enttäuscht werden.

Ich stand hier und fühlte – *nichts*. Nichts als absolute, weiße Neutralität.

Mein Büro war geräumig, großzügig, luftig. Der Schreibtisch stand in einem halbrunden Erker, im rechten Bereich befand sich eine Sitzecke aus dunkelbraunem Leder. Der Stil ähnelte meinem Prager Arbeitszimmer.

Ich ließ mich hinter dem Schreibtisch nieder. Diese Ernüchterung musste ich erst einmal verdauen. Ich erkannte rein gar nichts wieder.

Während meiner mehr als zweijährigen Abwesenheit waren die Geschäfte einfach ohne mich weitergelaufen. Der Vertrieb hatte weiterhin Aufträge akquiriert und abgewickelt, die Mitarbeiter hatten weiterhin Software entwickelt, Elektronik ausgelegt, Kabinen zusammengebaut, Instrumententafeln montiert, Bewegungssysteme installiert. Die Gehälter waren weiterhin geflossen ... Am Morgen wurde das Licht eingeschaltet, es wurde gearbeitet, am Abend wurde das Licht wieder ausgeschaltet. Ein ewiger Kreislauf. Ohne mich.

Wolf Wenzlow, Prokurist, Ingenieur und mein Stellvertreter, hatte meinen Platz eingenommen und alles hatte ohne mich genauso funktioniert wie zuvor mit mir.

Auf dem Weg zu Wenzlows Büro versuchte ich mich zu erinnern, wer mir gleich entgegentreten würde. Aber so sehr ich mich auch bemühte, Wenzlows Gesicht blieb zweidimensional wie das Foto von ihm, das Anouk mir gezeigt hatte. Ich sah eine untersetzte Gestalt vor meinem inneren Auge. Wenzlow hatte auf dem Foto gerade eine Rede auf einer Betriebsfeier gehalten. Am auffälligsten an ihm waren wohl seine breiten Schultern und das kurzgeschorene Haar mit tiefen Geheimratsecken.

Ich durchquerte das Vorzimmer zu Wenzlows Büro. Seine Sekretärin war entweder im Urlaub oder gerade unterwegs. Ich klopfte. Auf sein »Herein« hin öffnete ich die Tür.

Einen Moment lang blickten wir uns an. Er schien fassungslos. Ich hingegen war erleichtert, dass das Gesicht auf dem Foto deckungsgleich war mit dem des Mannes, der nun vor mir stand.

Wenzlow erhob sich langsam und trat mir entgegen, noch immer schweigend. Ich wusste, dass nicht nur mein

Gesicht anders geworden war – wenngleich sie es, den Fotos nach zu urteilen, gut hingekriegt hatten. Auch mein Körper musste sich verändert haben. Ich dachte an die Fotos, die Anouk mir gezeigt hatte. Damals hatte ich einige Kilo mehr auf die Waage gebracht. Jetzt war ich ziemlich hager. Aber mein Gesicht hatte sich offensichtlich am stärksten verändert. Es lag an der tiefen v-förmigen Narbe, die meine rechte Wange wie ein geheimnisvolles Zeichen prägte und sich quer durch die Augenbraue schnitt. Außerdem waren fast überall Spuren der Gewebetransplantationen zu sehen.

Wenzlow drückte mir die Hand, räusperte sich und murmelte: »Ich weiß nicht, was ich sagen soll. Ich bin froh, dass es Ihnen wieder gut geht.« Er hielt kurz inne und legte den Kopf schief. »Es geht Ihnen doch gut?«

Ich nickte und deutete auf mein Gesicht: »Ich bin wie neu.«

Wenzlow ließ ein vorsichtiges Lächeln erkennen.

Wir standen eine Weile lang verlegen herum. Keiner wusste so recht, was er sagen sollte. Wenn ich je die Fähigkeit der leichten Konversation beherrscht hatte, so war sie mir in letzter Zeit völlig abhanden gekommen. Wenzlow sah ebenfalls nicht so aus, als sei er ein Meister des Small Talk. Auch schien er nicht zu wissen, wohin mit seinen Armen.

Irgendwann ließ er ein tonloses »Naja« verlauten. Dann wandte er sich um und zeigte auf die Papiere, die sich auf seinen beiden Schreibtischen und auf sämtlichen Fensterbänken stapelten. »Ich habe den Laden so weitergeführt, wie ich glaubte, dass Sie es gewollt hätten. Nach dem Brand hat Ihre Frau mich ja dann angerufen und gesagt, es wäre nicht klar, wann Sie wiederkämen … oder ob überhaupt. Bis zu einer endgültigen Entscheidung sollte alles so laufen wie immer. Und das hab ich dann gemacht … den Laden am Laufen gehalten.«

Ich lächelte ihm zu. Es sollte beruhigend wirken, kam aber wohl etwas schräg bei ihm an, denn jetzt wirkte er noch unsicherer. Ich musste das Ruder an mich reißen: »Na, dann wollen wir mal. Ich fürchte, Sie werden mir ein umfassendes Update geben müssen.«

Er ging hinüber zu seinem Computertisch und setzte sich. Ich nahm ihm gegenüber Platz. Er blätterte in seinem Kalender zurück bis zu dem Tag vor dem großen Feuer.

»Hm … tja … Wir hatten damals gerade den zweiten Simulator an Trenitalia geliefert und waren dabei, die Einrichtarbeiten vorzunehmen und die Abnahme vorzubereiten … im Dezember vor dem Brand. Und Sie waren – wie immer zwischen den Jahren – mit Inventur beschäftigt. Zusammen mit Müller. So auch am Tag des Brandes.«

Müller. Ich kannte keinen Müller. Nichts regte sich, es gab kein Anzeichen von Vertrautheit. Stattdessen erschien vor meinem inneren Auge wieder das Feuer, der Rauch. Ich fühlte, wie mein Herz schneller schlug, wie meine Hände zuckten.

Aus weiter Ferne drang Wenzlows Stimme an mein Ohr: »… diese Probleme mit dem Simulatorraum. Die Italiener waren noch im Rohbau, Bodenbeläge, Elektrik, Malerarbeiten – nichts war fertig, obwohl wir in einer Woche liefern sollten. Wir wollten das Projekt zu Ende bringen, natürlich auch, um den Zahlungsmeilenstein zu erreichen. Sie haben damals viel herumtelefoniert, auf Englisch. Aber dann gab's Verständigungsschwierigkeiten und Sie schalteten einen Dolmetscher ein.«

Ich nickte. Wenzlow runzelte die Stirn und starrte vor

sich hin auf den Boden. Er schien persönlich berührt, als er anfügte: »Und dann gab's ja zu dieser Zeit noch diese Schwierigkeiten mit einem unserer wichtigsten Männer. Urplötzlich hatte er uns seine Kündigung auf den Tisch geknallt.«

Wieder nickte ich, obwohl ich keine Ahnung hatte, von wem er sprach. Vielleicht würde mein Nicken ihn zum Weitersprechen animieren?

Wenzlow schluckte und fasste sich schnell wieder. »Sei's drum. Jedenfalls hatte er sich den schlechtesten Zeitpunkt für einen Weggang ausgesucht. Er wusste doch, dass wir dringend das Sichtsystem für die Werksabnahme fertigbekommen mussten. Und da blieb die ganze Sache allein an Hoffmann hängen.«

»Hat Hoffmann denn das schaffen können, so plötzlich die Arbeit von zwei Leuten zu machen?«

Wenzlow hob den Kopf. »Ich sage Ihnen, der hat diese Firma in den ersten Wochen nicht mehr verlassen, so war das! Der hat sich total reingekniet und dann ging's schon irgendwie. Von dieser Sorte bräuchte man noch ein paar Leute mehr. Obwohl – unser Team ist nach wie vor hoch motiviert.« Wenzlow machte eine bedeutungsvolle Pause. Er schien stolz auf seine Arbeit zu sein. Dann seufzte er: »Ja, ja, so war das damals alles. Aber die Sache mit der Kündigung war schon rein persönlich gesehen enttäuschend für mich. Dass einer so gar kein Zugehörigkeitsgefühl hat … ›Corporate Identity‹ nennen sie das doch heutzutage …«

»Na ja, aber irgendwie kann man das doch auch verstehen, wenn einer mal was anderes machen will.«

Wenzlow sah mich überrascht an. »Also, Sie sind ja inzwischen viel milder geworden. Wenn ich da an früher denke … Aber egal. Es war mehr die Art, wie das abgelaufen ist, die mich irritiert hat. Er hätte ja vorher mal ein Wort sagen können.«

Ich wollte mich nicht in die Geschichte vertiefen und wechselte das Thema. »Und wie ist die Sache mit den Italienern ausgegangen?«

»Das Ganze hat sich um zwei Monate verzögert. Ich bin dann selbst noch mal hingefahren, um das Prozedere zu beschleunigen.«

Ich zögerte.

Wie sollte ich jetzt bloß endlich die Rede auf das Wesentliche, das Eigentliche bringen, auf das, was mir wirklich am Herzen lag? Ich wollte mich dabei ja nicht völlig entblößen.

»Herr Wenzlow, ich weiß nicht, wie ich es Ihnen sagen soll. Am besten wahrscheinlich direkt: Ich leide unter partieller Amnesie. Ich kann mich an manches schlichtweg nicht erinnern.«

Wenzlow sah mich betreten an. »Das ... muss schlimm sein.«

»Na ja ... Ich brauche in der nächsten Zeit vielleicht ein wenig Ihre Hilfe.«

Wenzlow setzte zu sprechen an, doch ich hob die Hand.

»Was mich im Moment beschäftigt – ähm, das hat vielleicht auch damit zu tun, dass ich gerade erst zurückgekehrt bin –, nun, das ist der Tag des Brandes. Ich war also zwischen Weihnachten und Dreikönig in der Firma, um Inventur zu machen, richtig? War das denn ... üblich?«

Wenzlow nickte. Dann lächelte er zweideutig. »Sie waren praktisch *ständig* in der Firma. Jedenfalls mehr *in* der Firma als außerhalb. Ja. Und Sie haben mit dem Müller aus der Buchhaltung alles durchgesehen.«

»Aha. Und dieser Mann, der Obdachlose ...«

»Giaconuzzi.«

»Dieser Giaconuzzi hatte sich bei uns ein Nachtlager eingerichtet?«

»Ja.«

»Und das nicht zum ersten Mal?«

»Nein, der Wachdienst hatte ihn auch vorher schon zwei-, dreimal aufgegriffen.«

»Aber wieso hat er sich ausgerechnet unser Gelände ausgesucht?«

»Der war früher mal bei uns gewesen, als Hilfsarbeiter. Dann hat Lemberg ihn entlassen. Alkoholprobleme.«

»Und warum ist er immer wieder zum Übernachten gekommen?«

»Na, ich nehme an, weil er sich eben bei uns auskannte. An jenem speziellen Tag war's sicherlich auch die Kälte, die ihn wieder hergetrieben hat. Es hatte bestimmt nicht mehr als minus zehn Grad, und das seit Tagen.«

»Und die Polizei?«

»Die Polizei?«

»Na ja, wenn das bekannt war, hat ihn denn keiner angezeigt?«

Wenzlow räusperte sich. »Tja ... also ... wir haben damals auf eine Anzeige verzichtet.«

»Aha.« Ich überlegte. An dieser Stelle hätte ich gerne nachgebohrt, aber ich durfte mich jetzt nicht an Details festbeißen. »Und wie ist Giaconuzzi aufs Gelände gekommen?«

»Die ersten beiden Male wohl durch ein Loch im Zaun. Zu den Obstplantagen hin. Dann hat man das repariert und das nächste Mal war er mit einem Bolzenschneider am Werk. Da ist der Lemberg aber richtig abgegangen. Er hat ihn sich vorgeknöpft und hätte seine Hand dafür ins Feuer gelegt, dass ...« Wenzlow verstummte. Er schien sich der

Redewendung, die er soeben verwendet hatte, bewusst zu werden.

»Dass was?«

»Dass Giaconuzzi es nicht noch einmal wagen würde.«

»Aber schließlich hat Giaconuzzi es doch noch mal probiert. Und es ist schlecht ausgegangen für ihn«, murmelte ich vor mich hin.

»Naja, hätte sich halt nicht ins Koma saufen sollen, noch dazu mit 'ner brennenden Zigarette in der Hand.«

»Dass das so schnell gehen kann ...«

»Ob's schnell gegangen ist, wissen wir nicht. Vielleicht kokelte das erst ewig vor sich hin.«

»Die Zigarette ist also auf den Schlafsack gefallen?«

»Ich nehme mal an, dass er sich, wie's halt so üblich ist, gut mit Zeitungspapier ausstaffiert hat ... Isoliermaterial, wenn man so will ... rundherum. Aber warum fragen Sie nicht bei der Polizei nach, ich meine, Sie könnten da sicher mal einen Blick in die Akten werfen.«

Ich nickte.

Dann fiel mir plötzlich noch etwas ein, was ich unbedingt erfahren musste. Ich fasste mir ein Herz und hob an: »Sie sagten vorhin, *ich*, ich habe ...«, ich räusperte mich noch einmal, »... immer viel gearbeitet.«

»Könnte man sagen, ja.«

Ich zögerte wieder. Die Frage, die ich zu stellen gedachte, fiel mir nicht leicht. Konnte ich dem Mann wirklich vertrauen? Würde er den Mund halten? Doch ehe die Vorsicht mich bremsen konnte, warf ich alle Bedenken über Bord und hörte mich selbst: »Und meine Frau?«

»Ihre Frau?« Wenzlow schien den Sinn meiner Frage nicht zu verstehen.

»Ja. Wie stand Anouk dazu, dass ich so viel gearbeitet habe?«

Er sah mich stumm an. In sein Gesicht trat ein Ausdruck, den ich nicht zu deuten wusste. Auch meinte ich, eine Änderung in seiner Haltung wahrzunehmen. Mir war, als ginge er plötzlich in Hab-Acht-Stellung. Er räusperte sich. Dann sagte er: »Es gab … gewisse Spannungen zwischen Ihnen.«

»Spannungen.«

Wenzlow wandte sich ab, nahm Papiere von einem Stapel und legte sie auf einen anderen. Ich betrachtete seinen Rücken, beobachtete seine Bewegungen, wie er die Ecken des Stapels gerade rückte.

Dann drehte er sich unvermittelt um und sagte: »Herr Winther. Ich habe gehört, dass Sie viele Monate in der Klinik waren. Ich habe gehört, dass Ihre Frau immer an Ihrer Seite war. Warum wollen Sie in die Vergangenheit reisen, wenn die Gegenwart so viel besser aussieht? Lassen Sie die alten Geschichten ruhen. Fangen Sie einfach von vorne an.«

Ich war nicht fähig zu antworten. Mein Blick ruhte weiterhin auf Wolf Wenzlow und er schien auch gar keine Antwort zu erwarten. Er strahlte jetzt fast so etwas wie Güte aus. Auf einmal überkam mich eine brennende Sehnsucht danach, all meine Vorsätze fallen zu lassen und diesen Mann komplett einzuweihen, ihm von meiner inneren Zerrissenheit zu erzählen. Und von den eigenartigen Anfällen in meinem Schlafzimmer und in dem verwunschenen Garten. Doch irgendetwas hielt mich davon ab.

Den restlichen Tag über bemühte Wenzlow sich, mich vollkommen sachlich mit allerhand Informationen über aktuelle Entwicklungen in meinem Unternehmen zu versorgen. Doch ich hatte Mühe, mich zu konzentrieren. Mein Büro kam mir fremd vor. Nur mit der resistenten Ulme vor dem Fenster konnte ich etwas anfangen. Sie spendete mir Kraft, wann immer ich hinaussah.

Meine Gedanken schweiften ab, zurück zu Toni Giaconuzzi, der auf so entsetzliche Weise ums Leben gekommen war. Wenzlow erzählte mir dies und jenes, zeigte mir Pläne und Verträge. Und schließlich ging er mit mir in die neue Halle, die nach dem Brand errichtet worden war und in der man gerade den zweiten Simulator für die syrische Bahn zusammenbaute.

Während ich den Blick durch die wie geleckt aussehende Halle wandern ließ, kam mir eine Idee. Vielleicht würde es helfen, Fotos von der alten, völlig abgebrannten Halle anzusehen. Nur: Gab es derartige Fotos überhaupt?

Wenzlow war mitten im Satz: »... erst mal mit der Lieferung abwarten.«

Ich nickte zerstreut und dachte darüber nach, ob sich vielleicht in den Polizeiakten Fotos vom Brandort finden ließen.

Ein Räuspern drang an mein Ohr. Ich spürte Wenzlows Blick auf mir.

»Entschuldigen Sie, ich war grad' ... Was sagten Sie?«

»Was den Simulator für die Syrer angeht, überlegen wir derzeit, ob wir die Lieferung nicht lieber auf Eis legen sollten.«

Fragend blickte ich ihn an. Wenzlow strich sich über seinen zurückweichenden Haaransatz.

»Wegen der letzten Rate für den ersten Simulator. Sie haben das Geld einbehalten. Unter einem fadenscheinigen Vorwand. Das syrische Transportministerium hat Bedenken angemeldet wegen dieser alten Geschichte mit der Kabine.«

Ich starrte vor mich auf den Boden. Das waren lauter

böhmische Dörfer für mich und ich brauchte all meine Kraft, um mir nichts davon anmerken zu lassen.

Nicht zum ersten Mal drängte sich mir die Frage auf, wie weit eine Amnesie eigentlich gehen konnte. War es möglich, dass man das, was man einmal studiert oder gelernt hatte, vergessen konnte, einfach so? Aber die Ärzte hatten mir doch gesagt, dass diese Lücken nicht das Fachwissen mit einschlossen. Und irgendwie hatte ich ja auch verstanden, was Wenzlow mir erzählt hatte. Aber all diese Fachausdrücke, mit denen er wie selbstverständlich um sich warf, diese hoch komplizierten technischen Zeichnungen, all das war mir nicht geläufig.

Ich erschrak, denn ich war so sehr mit mir selbst beschäftigt gewesen, dass ich Wenzlow schon wieder nicht zugehört hatte. Er schien das nicht zu bemerken oder zumindest geflissentlich zu übergehen. Mit ruhiger Stimme erklärte er: »Wir hatten damals Schwierigkeiten gehabt, die Original-Lokteile zu bekommen, und waren so ein paar Monate in Verzug geraten. Allerdings hatte sich dann herausgestellt, dass die Syrer ohnehin den Aufstellungsort alles andere als fertiggestellt hatten. Und dennoch wurde unser Rückstand jetzt als Vorwand herangezogen, die letzte Rate nicht zahlen zu müssen.«

»Tja …« Ich zögerte unter Wenzlows Blick. Erwartete er nun eine Entscheidung von mir?

Ich musste irgendetwas sagen. »Dann bleibt uns wohl nichts anderes übrig, als die Summe … äh … abzuschreiben. Oder was meinen Sie?«

Wenzlow stutzte. Er sah mich an, als hätte ich gerade etwas sehr Ungewöhnliches, ja nahezu Unmögliches gesagt. Einen Moment lang war er so irritiert, dass er kein Wort herausbrachte. Dann schien er sich zu fassen und nickte.

Ich wollte das nicht so stehen lassen. »Sie halten solch eine Vorgehensweise nicht für richtig?«

Wenzlow strich sich über die Stirn. »Nun … doch. Aber – ehrlich gesagt – ich bin ein wenig überrascht.«

»Ach ja? Worüber denn?« Ich suchte seinen Blick, doch er wich mir aus und beschäftigte sich erneut mit der Ausrichtung der Papiere. »Es ist nichts. Nur, dass ich Sie anders in Erinnerung hatte.«

»Wie denn?«

»Hmm … wie soll ich sagen … weniger kompromissbereit.«

»Sie meinen, ich war früher kampfeslustiger? Aggressiver?«

»So könnte man es vielleicht ausdrücken, ja.« Er sah mich nun direkt und forschend an, als hätte er gerade eine hochinteressante Entdeckung gemacht. Meine neuen Verhaltensweisen schienen ihn zu beeindrucken.

Ich hatte jedoch keine Lust, mich auf eine weiterführende psychologische Erläuterung einzulassen. Abwehrend seufzte ich: »Dieses Feuer … der Tote … mehr als eineinhalb Jahre Krankenhaus, das ist eine lange Zeit. Man verändert sich, ohne es bewusst darauf anzulegen.« Statt meiner Amnesie beschäftigte mich jetzt eine ganz andere Frage: »Was ist eigentlich mit Russland?«

Die Reaktion Wenzlows, wenn man das Fehlen einer solchen so bezeichnen konnte, war völlige Verständnislosigkeit. Ich wurde unsicher, doch dann dachte ich an all die russischen Sichtvermerke in meinem alten Reisepass. Ich sagte, wobei ich mich um einen forschen und zugleich belustigten Ton bemühte: »Nun, *irgendetwas* muss ja bei all den Reisen herausgekommen sein … damals.«

Immer noch schien Wenzlow in keinster Weise zu verstehen, worauf ich hinauswollte. Es war, als würden wir verschiedene Sprachen sprechen. Er räusperte sich und sagte dann so, als täte es ihm leid, mir nichts Vernünftiges antworten zu können: »Meines Wissens haben wir nach Russland noch kein Angebot abgegeben. Wie kommen Sie denn darauf?«

»Ich ... ähm ...« Was sollte ich jetzt antworten? Sollte ich ihm von all den Einreisestempeln in meinem Pass berichten? Warum wusste er nichts davon? Was um Himmels willen hatte ich so oft in Russland gemacht, wenn ich *nicht* für mein Unternehmen gereist war? Schmierige Geschichten über Gewerkschaftsführer auf Lustreisen in Brasilien kamen mir in den Sinn und mir wurde immer unbehaglicher. Mein Verstand lief im Kreis wie ein gefangenes Tier hinter Gitterstäben. Mir fiel beim besten Willen keine plausible Antwort ein. Und so schwieg ich.

Während ich den Wagen über den kleinen Grenzübergang von Lindau nach Österreich lenkte, rief ich bei der Lindauer Polizei an. Nach einigem Hin und Her vereinbarte ich einen Termin für den nächsten Vormittag. Ja, ich könne die Akten bezüglich des Brandes einsehen, wurde mir schließlich versichert.

Dann überlegte ich, wie ich in Erfahrung bringen konnte, was ich so oft in Russland getrieben hatte. Ich beschloss, mich in dieser Frage vorsichtig an Anouk heranzutasten. Der Rettungsanker, an den ich mich gedanklich klammerte, war, dass Anouk und ich offenbar schon immer ein Faible für die russische Kultur gehabt hatten.

Aber dann hatte ich noch eine andere Idee: Bevor ich mich vor Anouk in wirren Fragen verhaspeln würde, könnte ich nach *ihrem* alten Reisepass suchen. Vielleicht würde ich darin die gleichen Sichtvermerke finden.

Als ich nach Hause kam, war niemand da. Dies war nicht

weiter verwunderlich, da mich um diese Zeit sicherlich keiner zurück erwartete. Frau Meerbaum war inzwischen gegangen und wo Anouk steckte, konnte ich noch nicht einmal ahnen.

Ich hatte also beste Gelegenheit, mich sofort auf die Suche nach Anouks Reisepass zu machen. Anouk würde spätestens gegen 19 Uhr zurück sein. Das zumindest wusste ich. Anouk hatte am Morgen in meinem Beisein Frau Meerbaum nach dem Sendetermin einer Gartensendung im Bayerischen Fernsehen gefragt. Unsere knurrige Hausangestellte hatte daraufhin etwas von 19 Uhr gemurmelt.

Im Grunde suchte ich gerade eine Stecknadel im Heuhaufen, soviel war klar. Aber wenn ich systematisch vorgehen würde, von unten nach oben, konnte ich vielleicht erfolgreich sein.

In meinem Arbeitszimmer war erwartungsgemäß nichts zu finden. Ich durchstöberte die Regale im Wohnzimmer. Dabei stieß ich auf Berge von Gartenzeitschriften und CDs. Verblüfft zog ich eine ganze Batterie von Rammstein-Aufnahmen hervor. Wie konnte Anouk sich nur dieses widerwärtige Zeug reinziehen?

Außerdem fand ich zahlreiche Ausgaben von ›Yacht‹ und ›Sailing‹. Die mussten mir gehören. Ich dachte kurz darüber nach, wie es möglich war, durch so ein Ereignis auch seine Passion zu verlieren. Andererseits hatte ich in den vergangenen zwei Jahren weiß Gott andere Sorgen gehabt!

Dann war ich an der Tür zu unserem Schlafzimmer angelangt. Wie jedes Mal verspürte ich auf der Schwelle dieses ungute Gefühl. Es war mittlerweile Viertel vor sieben. Mit einem Ruck drückte ich die Klinke herunter und betrat den Raum. Aufgeräumt und scheinbar friedlich blickten mir die Einrichtungsgegenstände entgegen.

Das Innenleben von Anouks Sekretär war hingegen chaotisch. Alles mögliche war wahllos hineingestopft worden. In der untersten Schublade fand ich alte Briefe und erkannte, dass sie von mir stammten. Ich las Absender und Poststempel. Ich musste sie während meiner Auslandspraktika geschrieben haben, aus Hatfield. Was hatte ich für eine eckige, ungelenke Krakelschrift gehabt! Gerne hätte ich ergründet, was ich damals für ein Mensch gewesen war, was mich bewegt hatte, was ich für wert befunden hatte, zu Papier zu bringen. Und wie ich Anouk meine Liebe zu ihr begreiflich gemacht hatte. Aber etwas hielt mich zurück, die Briefe aus den Umschlägen zu ziehen. Etwas hinderte mich daran, sie auseinanderzufalten und die krakelig festgehaltene Wahrheit zu erkunden. Ich stopfte alles zurück. Schließlich war ich auf der Suche nach etwas ganz Bestimmtem.

Ich wühlte mich weiter durch Briefmarken und Umschläge, fand einen Hefter, einen Fotoapparat, einen Locher und einen Stempel. Ich stutzte. Ein Rundstempel, so, wie man ihn auf Ämtern verwendet? Ich holte ihn heraus und sah ihn mir genauer an. Was um Himmels willen hatte Anouk zu stempeln gehabt? Ich drehte das Teil in der Hand, konnte aber die spiegelverkehrt in den Gummi geritzten winzigen Buchstaben nicht entziffern. Also nahm ich einen Umschlag aus dem Altpapier, holte das blaue Kissen und drückte den Stempel darauf.

»Öffentlich bestellte und beeidigte Dolmetscherin für die englische Sprache«, stand im Halbkreis rund um Anouks Namen. Meine Frau war Dolmetscherin und ich hatte keine Ahnung davon gehabt!

Ich legte Kissen und Stempel vorsichtig zurück an ihren Platz. Eine Weile lang saß ich einfach nur da, untätig und unfähig, mich zu rühren. Schließlich schob ich die Schublade zu. Es war jetzt fünf vor sieben. Ich hatte nicht mehr viel Zeit. Gleich würde Anouk die Haustür aufschließen.

Mit einem Ruck zog ich die letzte Lade auf. Hier fand ich die Bedienungsanleitung für einen Photosmart, einen Stapel offizieller Briefe, die ich durchblätterte, Passbilder und – ganz hinten – ein in dunkelblaues Leinen gebundenes Buch. Ich hielt es für ein Adressbuch.

Hastig zog ich es hervor, schlug es auf und sah – Anouks Schrift, flüssig und entschieden hingeworfene Zeilen.

Das musste ein Tagebuch sein.

Ehe ich mich versah, hatte ich schon den letzten Satz darin gelesen.

In diesem Moment hörte ich Schritte auf dem Gang. Schnell und leise schob ich die Lade zu, streifte meine Schuhe ab, schmiss mich aufs Bett und schloss die Augen.

Ich hörte, wie jemand leise die Tür öffnete und hereintrat. Das musste Anouk sein. Dann war es eine Weile lang ganz still. Ich hielt die Augen fest geschlossen und bemühte mich, so ruhig und gleichmäßig zu atmen, als ob ich fest schliefe. In Wahrheit aber verschlug es mir bei dieser gekünstelten Aktion schier den Atem.

Ich hatte das dringende Bedürfnis, nach Luft zu schnappen. Es wurde stärker und stärker. Ich konnte es nicht länger unterdrücken. Wenn ich nicht gleich einen tiefen, befreienden Atemzug nehmen würde, würde ich ersticken. Aber ich durfte mich doch nicht verraten!

Eine jähe, schwarze Angst überkam mich. Warum sagte sie kein Wort?

Ich hielt es nicht länger aus und öffnete die Lider. Da waren Anouks geheimnisvolle Augen. Meine Frau stand am Fußende des Bettes, regungslos, wortlos.

Es war inzwischen fast Mitternacht geworden. Nach einem kuscheligen Abend zu zweit wollten wir nun zu Bett gehen. Anouk war in der Dusche und ich durchsuchte eilig meinen Nachttisch. Ich staunte nicht schlecht: Da waren Kondome mit Erdbeeraroma, eine halbvolle Tube Gleitcreme, Schnüre und Handschellen.

Während ich noch immer auf die Sachen in meiner Hand starrte, betrat Anouk das Zimmer, mit nassen Haaren und in ein großes weißes Badetuch gehüllt. Ich versuchte zu lächeln, aber meine Mundwinkel fühlten sich verkrampft an.

Anouks Blick streifte wortlos die Handschellen. Dann setzte sie sich mit dem Rücken zu mir auf ihre Betthälfte und begann betont langsam, ihre Hände einzucremen.

Ich räusperte mich und fragte, wobei ich mir töricht vorkam, ein unreifer Junge, der von seiner Mutter mit verbotenem Spielzeug erwischt wurde: »Ist das alles von mir?«

Mit einem Ruck drehte sie sich zu mir um. In ihren Augen blitzte etwas auf und in ihrer Stimme schwang ein Anflug von Schärfe mit: »Nun, das ist Max Winthers Nachttisch, also werden es auch Max Winthers Sachen sein, nicht wahr?«

Anouk kehrte mir den Rücken zu und sagte: »Gute Nacht.«

Sie sagte es so knapp wie möglich und ihre Stimme hatte einen Unterton, den ich nicht einordnen konnte. War sie wütend auf mich, war sie traurig? Oder schwang da Verachtung mit?

Anouks Atem ging regelmäßig. Sie war eingeschlafen. Ich lag neben ihr, immer noch ein Opfer meiner eigenen wilden Gedanken. Und endlich ließ ich die Frage zu, die ich die ganze Zeit verdrängt hatte: Was hatte ich mit diesen Handschellen zu schaffen gehabt?

Die Antwort war eigentlich klar und ich hätte mich gerne bei Anouk rückversichert, doch der kühle Hauch, der von ihr zu mir herübergeweht war, als sie mich mit den Dingern in der Hand auf dem Bett sitzen sah, deutete keine gute Erinnerung an. Ich wagte nicht, weiter darüber nachzudenken.

Doch ein anderer unangenehmer Gedanke blubberte jetzt an die Oberfläche. Hatte ich diese Accessoires jemals unter Alkoholeinfluss benutzt? Jaros Erzählung hatte mich noch immer im Griff und ich hoffte inständig, dass ich niemals getrunken und dann etwas mit diesem Equipment angefangen hatte.

Die Stille erdrückte mich. Nach unserem Aufenthalt in Prag empfand ich diese Ruhe teils als Segen, teils als Fluch. Ich lag hellwach in der Dunkelheit. Die Nacht malte unheimliche Schatten an die Zimmerwand.

Ich dachte an Wenzlows Worte über Anouk und mich. Und an den Satz, den ich zufällig in ihrem Tagebuch gelesen hatte. Es war nur ein einzelner Satz, aus dem Zusammenhang gerissen, gewissermaßen ein Satz ohne Heimat, der nun in der Dunkelheit über mir schwebte: *Wie ich ihn hasse.*

Wen hatte sie damit gemeint?

Ich rollte die Gedanken wie Steine hin und her. Sollte ich Anouk ansprechen, sie einfach bitten, mir die Wahrheit zu sagen? Über die Handschellen, den Alkohol, das Tagebuch? Aber sie hatte ja schon vorher – in Prag – etwas vor mir verborgen. Mit pochenden Kopfschmerzen und völlig erschöpft schlief ich irgendwann ein.

Der nächste Morgen brachte mir Küsse und Verwirrung. Ich blinzelte und sah Anouk, die sich nackt und lächelnd über mich beugte. Ihr Haar kitzelte mein Gesicht, meinen

Hals. Die Schatten der Nacht verschwanden und der gestrige Tag mit seinen Entdeckungen erschien mir nunmehr weit entfernt. Und alles Misstrauen verflüchtigte sich unter ihren Fingerspitzen.

Beim Morgenkaffee, den wir im Bett mit prächtiger Aussicht auf den See tranken, fragte ich sie nach *ihrem* Leben.

Im ersten Moment sah sie verwirrt aus. Doch dann begann sie zu erzählen und mir fiel auf, dass wir in den vergangenen beiden Jahren fast nur über mich gesprochen hatten. Es war gerade so, als hätte unser beider Kraft nur für das Aufarbeiten von Max Winthers Vergangenheit gereicht.

Anouk formte ihre Worte zunächst stockend. Doch nach einer Weile flossen sie geschmeidig und ich erfuhr all das, was ich ihr in meinem gestrigen Misstrauensanfall als aktives Verschweigen unterstellt hatte. Sie schilderte mir ihre Liebe zu Pflanzen und dass sie die Pläne für den Garten eigenständig ausgearbeitet hatte.

Wie nebenbei erfuhr ich auch von ihrer Familie. Dass Anouk zu Hause »die Landschaftsgärtnerin« genannt wurde, dass sie von der Mutter vieles über Symbiosen und Verträglichkeiten, über Kräuterspiralen und Rosenzüchtungen gelernt hatte.

Es war, als würde ich Anouk gerade erst kennenlernen.

Wie nebenbei erwähnte sie auch, dass sie schon seit Jahren nicht mehr für das Gericht dolmetschte. Die Lust daran hatte sie durch einen schmierigen Anwalt verloren, der ihr wohl penetrant nachgestellt hatte.

Anouk griff nach der Thermoskanne und schenkte mir Kaffee nach. Dann küsste sie mich und sagte sanft: »Lass uns fortgehen von hier.«

Ich hätte mich beinahe verschluckt. Was war das für ein

plötzlicher Stimmungswechsel? In ihrer Stimme glaubte ich ein eigenartiges Zittern gehört zu haben.

»Aber wir sind doch gerade erst angekommen.« Meine Worte kamen mir hölzern vor. Darum lenkte ich schnell ein: »Es geht mir gut. Wenn es das ist, worum du dir Sorgen machst.«

Anouk stellte ihre Kaffeetasse ab, umschlang die Knie mit beiden Armen und blieb so sitzen, ohne etwas zu erwidern.

Ich hatte das Gefühl, etwas sagen zu müssen. »Wir könnten ja für ein verlängertes Wochenende wegfahren. Oder wegfliegen.«

Sie reagierte nicht und so versuchte ich es noch mal: »Na ja, vielleicht auch eine Woche oder zwei?«

Anouk horchte auf. »O ja, lass uns wieder nach Prag gehen. Oder wir fliegen nach Arriba. Dort waren wir schon so lange nicht mehr.«

»Ich dachte eigentlich an etwas ganz anderes.«

»Ach so? An was denn?«

»Na, ich möchte gern mal irgendwohin, wo wir beide noch nie waren.«

Anouk sah mich erwartungsvoll an.

Ich holte tief Luft. Das war meine Chance. »Ich dachte, wir könnten mal nach Russland fliegen.« Jetzt war es heraus. Gespannt wartete ich. Doch als Antwort erhielt ich nur ein verwirrtes: »Was willst du denn da?«

Ich räusperte mich, nahm einen weiteren Schluck Kaffee und antwortete: »St. Petersburg. Ich habe im Flieger einen Artikel darüber gelesen. Klang ziemlich interessant.«

Auf Anouks Gesicht war nicht das leiseste Anzeichen davon zu erkennen, dass wir je einen Fuß auf russischen Boden gesetzt hätten. Ich wagte einen erneuten, deutlicheren Vorstoß: »Die Bilder in dem Artikel waren sehr stimmungsvoll. Wäre es nicht gut, mal etwas ganz Neues zu erkunden?«

Anouk blickte noch immer skeptisch drein. Verhalten sagte sie: »Wenn du meinst …«

Es war nur allzu deutlich, dass Anouk noch nie dort gewesen war. Und dass sie nicht wusste, dass ich schon oft Reisen nach Russland unternommen hatte. Offenbar hatte ich ihr von keiner einzigen erzählt.

Zwei Stunden später verließen wir beide das Haus. Ich fuhr davon mit einem dumpfen Gefühl, das ich nicht einordnen konnte. Ich war Anouk ein Stück näher gekommen, und doch war da so etwas wie ein Vakuum. Es gab nach wie vor einen Bereich, der mir verschlossen blieb.

In einer Viertelstunde hatte ich den Termin bei der Lindauer Polizei. Unterwegs fiel mir wieder das Tagebuch ein. Ein Tagebuch *war und blieb* Privatsache, sagte ich mir. Niemand hatte das Recht, ungebeten in die intimsten Gedanken und Gefühle eines anderen einzudringen. Auch ein Gedächtnisverlust war keine Entschuldigung dafür. Doch quälend deutlich sah ich Anouks Handschrift vor mir – die Buchstaben von eleganter Leichtigkeit, die Worte: *Wie ich ihn hasse.*

Auf dem Polizeipräsidium vertiefte ich mich in die Fotos von dem katastrophalen Brand in meiner Firma. Entgegen meiner Hoffnung regte sich nichts in mir. Kein Funke der Erinnerung, keine plötzlich aufziehende Klarheit beim Anblick der Verwüstung.

Zerstreut blätterte ich noch ein wenig in den Papieren herum, als mir ein paar Worte ins Auge stachen: »Justus Hürli« und »Zeugenaussage«.

Ich richtete mich auf und begann zu lesen. Ein Zeuge,

ein gewisser Justus Hürli, hatte sich nach dem Brand gemeldet und ausgesagt, dass es sich bei dem Toten seiner Meinung nach *nicht* um Toni Giaconuzzi handeln könne. Dieser sei nämlich eine Woche vor dem Brand nach Brasilien geflogen.

Verwirrt hielt ich inne. Giaconuzzi, Alkoholiker und Obdachloser, in Südamerika? Wie passte denn das ins Bild?

Zehn Minuten später saß ich einem Polizisten namens Gertl gegenüber, ein behäbiger Mann mit Schnauzbart und beträchtlicher Leibesfülle, der seinerzeit mit der Untersuchung des Falles betraut gewesen war.

»Dieser Mann hier, Justus Hürli, hat damals behauptet, Giaconuzzi sei nach Brasilien geflogen.«

Gertl schnaubte. Mit einem bayerischen Bass, der auf der Wies'n sicherlich großen Eindruck hinterlassen hätte, polterte er: »Ach, der *Hürli* ... der ist uns damals arg auf die Nerven gegangen! Immer wieder war der da und hat nicht locker g'lassen ...«

»Aber Sie haben ihm nicht geglaubt?«

»Der Hürli war ein *Junkie*, verstehen'S, dem hat das Heroin das G'hirn rausblosen.«

»Aha«, sagte ich. »Und was genau hat dieser Hürli ausgesagt?«

»Na ja, im Prinzip des, wos in der Aussage steht. Nämlich, dass der Giaconuzzi ein Ticket g'habt haben soll, nach Rio de Janeiro.«

»Ein Flugticket nach Rio? Das ist ja allerhand.«

Gertl nickte. »Und dann soll er ihm Geld gezeigt haben, viel Geld ...«

»Aber ... woher soll Giaconuzzi – der war doch arbeitslos – denn Geld gehabt haben?«

»Eben! Und diesen Schmarrn hat ihm eben keiner glauben können.«

»Aber … ich verstehe das nicht. Warum hätte dieser Hürli sich die Mühe machen sollen, die Polizei davon zu überzeugen …«

Gertl stützte die Unterarme auf die Schreibtischplatte und beugte sich vor.

»Der Hürli war ein Junkie. Ich weiß nicht, ob Sie Erfahrung haben mit Junkies?« Gertls Gesicht bekam einen verächtlichen Ausdruck.

Ich zögerte einen Moment lang. Irgendetwas passte hier nicht. Und dann kam ich darauf, was es war: »Ich habe zwar keine Erfahrung mit Drogenabhängigen, aber … ist es nicht eher so, dass sie die Polizei meiden?«

Gertl betrachtete mich mit einer Mischung aus Mitleid und Ungeduld. »Herr Winther, ich versteh ja, dass die Sache Sie beschäftigt. Da ist ein Mann umgekommen, auf Ihrem Firmengelände. Aber Sie selbst haben doch Ihr Leben aufs Spiel gesetzt, um ihn zu retten, und Sie wären dabei fast selbst verbrannt. Lassen'S die Sache ruhen, da ist nix, was es noch zu wissen gäb.« Er zog die Mappe zu sich heran, schlug sie zu und stand auf.

Ich blieb sitzen. »Ich … ich würde mich gerne mit dem Mann unterhalten. Wo finde ich ihn?«

»Was weiß ich!« Gertl zuckte die Achseln. »Der hat sich sicher längst den goldenen Schuss gesetzt.«

Ich erhob mich und trat zu Gertl. »Aber falls er noch lebt?«

»Der war aus der Schweiz, glaub ich. Moment …« Gertl begann, in der Akte zu blättern. »Da. Ursprünglich aus Zürich, bevor er hierher an den Bodensee kam. Hier ist die Anschrift von seinen Eltern … wenn'S die wollen. Aber wissen'S scho: Von *mir* ham'S die net!«

Ich nickte. Gertl nickte. Dann kritzelte er Namen und Anschrift auf ein Stück Papier und sagte: »Ja mei.«

Scherer Consult

An diesem Tag begann ich damit, meine Firmenvergangenheit systematisch aufzuarbeiten. Ich ließ mir aus der Buchhaltung und dem übrigen Archiv die Akten der vergangenen Jahre kommen. Gegen Mittag hatte ich herausgefunden, dass ich einen florierenden und in Expansion begriffenen Betrieb besaß, der eine Umsatzrendite zwischen zehn und zwölf Prozent jährlich erwirtschaftete. Einen Großteil des Gewinns hatte ich allerdings in die Erweiterung unseres Firmengeländes investiert, angrenzende Grundstücke erworben und darauf ein Bürogebäude und eine neue Fertigungshalle bauen lassen. Meine Mitarbeiter waren hochqualifiziert und – wie ich an den Gehaltszahlungen erkannte – ebenso hoch dotiert. Mir selbst blieb auch ein stattliches Einkommen, das allerdings nicht ausgereicht haben durfte, um ein Haus dieser Art an den Berg zu setzen und obendrein eine Zweitwohnung in Prag zu kaufen.

Ich musste nach Hause fahren und meine privaten Finanzen überprüfen. Bei meinen bisherigen Berechnungen war ich auf ein Einkommen von 270 000 Euro im Jahr gekommen. Vielleicht hatte ja Anouk Geld in unsere Ehe gebracht. Die Fotos, die sie mir unlängst gezeigt hatte, sprachen von Wohlstand und Eleganz in ihrem Elternhaus. Ich allein hätte mir diese Anschaffungen nur unter einer Bedingung leisten können. Steckte ich bis zum Hals in Schulden?

Um fünf Uhr nachmittags fuhr ich nach Hause und schaltete den PC in meinem Arbeitszimmer an. Wie zu erwarten gewesen war, verhinderte ein Passwort mein weiteres Vordringen. Ich beschloss, mir an einem der nächsten Tage eine Boot-CD zu besorgen – in der Hoffnung, dass der Computer nicht geschützt wäre. Ich war gerade dabei, noch ein wenig am Passwort herumzulaborieren, mit der üblichen Geburtstagsdatengeschichte, mit Namen oder sonstigen Eindeutigkeiten in meinem Leben, als Anouk hereinkam und mir die Hände auf die Schultern legte. Sie beugte sich zu mir herab und küsste mich aufs Haar. Dann sagte sie: »Barbara hat eben angerufen.«

Auf meinen fragenden Blick hin fuhr sie fort: »Auf meinem Handy. Sie möchte eine Wiedersehensparty für uns geben.«

Ich zuckte zusammen. Mein Magen verkrampfte sich und ich spürte Übelkeit aufsteigen, wie vor einer Prüfung.

Anouk schien mein Unbehagen zu bemerken. »Ich habe ihr gesagt, ich müsse erst mit dir sprechen.« Sie sah mich mit aufeinandergepressten Lippen an. Ich konnte nicht erraten, was sie dachte.

»Na ja, ich …« Mehr brachte ich im Moment nicht heraus. Ich wollte niemanden verletzen. Aber der Gedanke, mit einem Haufen Fremder in einem Raum zusammengepfercht zu sein, die alle mehr über mich wussten als ich selbst, schnürte mir die Luft ab.

Anouks Blick strich über mein Gesicht. Darin lag wieder diese unsägliche Zärtlichkeit. Sie fragte verständnisvoll: »Soll ich ihr sagen, dass wir das lieber noch ein bisschen hinausschieben wollen?«

Ich entschloss mich zum Sprung ins kalte Wasser. Ich redete mir gut zu. Es konnte ja schließlich auch etwas Gutes haben, all diese Menschen aus meiner Vergangenheit auf einmal zu treffen. Womöglich käme ich sogar etwas einfacher davon, als wenn ich lauter Vier-Augen-Begegnungen gehabt hätte.

Zusammen mit Anouk ersann ich einen Plan. Wir baten Barbara, die Feier erst in vier Wochen stattfinden zu lassen. Dann ließ Anouk sich von Barbara die Namen der Gäste geben. Wir verbrachten die nächsten Abende damit, Steckbriefe über alle Geladenen zu erstellen. Es war, als lernte ich die Lebensläufe von historischen Personen auswendig. Und wir hatten unseren Spaß dabei. Anouk ließ es nicht an Insider-Anekdoten fehlen. So konnte ich mir die Charakteristika der einzelnen Personen besonders leicht einprägen.

Als ich die Lektionen gelernt hatte, hielt Anouk mir abwechselnd verschiedene Fotos unter die Nase oder nannte nur einen Namen und fragte mich ab. Es war wie bei einer Prüfung, nur dass ich die bezauberndste Lehrerin der Welt vor mir sitzen hatte und wir die eine oder andere Prüfungseinheit im Bett absolvierten.

Aber *Bett* bedeutete gleichzeitig *Schlafzimmer*, und die Schwelle zu diesem Raum barg für mich noch immer dumpfe Gefühle. Ich brachte das letztlich mit einer Angst vor der »Handschellen-Wahrheit« in Verbindung. Bis eines Nachts der Traum des hebräischen Bildes wiederkehrte und die Furcht von einer ganz neuen Seite aus beleuchtete.

In dieser anderen Dimension wusste ich zunächst nicht, wo ich war. Ich stolperte eine Treppe hinauf, einen Gang entlang, auf eine Tür zu. Es war wie in vielen Alpträumen. Ich hatte das Gefühl, in Watte zu versinken. Meine Füße, meine Beine gehorchten mir nicht, sie waren aus Blei, wie mit unsichtbaren Gewichten beschwert.

Mit einem Mal hörte ich jemanden schreien – durchdringend, scheußlich. Ich wusste, dass es aus dem Zimmer hinter der Tür am Ende des Korridors drang. Endlich hatte ich es bis dorthin geschafft. Als ich nach der Klinke griff, schwang die Tür auf. Es war, als strömte eine furchtbare Wahrheit aus diesem Zimmer. Sie griff mit unsichtbaren Krallen nach mir.

Ich taumelte durch die Tür und da sah ich es: das Bild mit den beiden Bäumen, das ich in Garrapata Beach gemalt hatte. In diesem Moment erkannte ich, dass ich zu Hause in Vorarlberg war. Genau über unserem Bett hing das Bild mit den Äpfeln, dem Engel und dem Satan.

Ich wagte nicht, Anouk von diesem erschütternden Traum zu erzählen. Womöglich hätte ich diesen irrationalen Eindrücken dann eine Macht über mich gegeben, der ich nicht mehr entkommen wäre. Keiner sollte etwas von meiner ständigen inneren Unruhe erfahren.

Am folgenden Abend ging Anouk allein aus und ich war froh darüber. So konnte ich ungestört meinen Gedanken nachhängen. Und weitere Nachforschungen anstellen.

Ich holte den Zettel, den der Polizist Gertl mir gegeben hatte, und wählte die Nummer von Martha und Urs Hürli. Zehnmal ließ ich es klingeln, aber keiner hob ab. Also legte ich wieder auf und fasste den festen Vorsatz, es am nächsten Tag erneut zu versuchen.

Dann setzte ich mich an den Computer – inzwischen hatte ich mir eine Boot-CD besorgt – und machte mich daran, ihn zu überlisten. Ich saß noch nicht lange, als es an der Haustür klingelte.

Es war ein ungewöhnlich heißer Abend. Alle Fenster standen offen. Die Klimaanlage hatte ich ausgeschaltet, um den Duft der frühsommerlichen Blüten hereinzulassen.

Ich war in Shorts und lief barfuß zur Tür. Wahrscheinlich hatte Anouk etwas vergessen. Fröhlich riss ich die Tür auf und schnitt eine Grimasse, um sie zum Lachen zu bringen.

Aber vor mir stand Barbara. Mein Grinsen gefror.

Barbara war heute wie auch das letzte Mal auffällig geschminkt: knallrote Lippen und schwarz umrandete Augen. Doch diesmal trug sie Weiß, ein Sommerkleid mit dünnen Trägern. Wie schon das letzte Mal steckten ihre Füße in schwindelerregend hohen Sandaletten, deren Bänder sie mehrere Male um die Waden geschlungen hatte. Die Fußnägel stachen grellrosa ins Auge.

»Servus.« Sie strahlte mich an und blickte über meine Schulter ins Haus. »Ich hoffe, ich störe euch nicht. Aber ich dachte, ich bring euch die endgültige Gästeliste. Wer nun wirklich kommt und wer nicht.«

»Anouk ist nicht da ... sie ist bei einem Vortrag in Feldkirch.«

Barbara schlug – immer noch lachend – die Hand vor den Mund. Etwas theatralisch, wie ich fand. »Ach, das hatte ich ganz vergessen.«

Ich kam mir unbeholfen vor, barfuß, in meinen Shorts. Noch dazu hatte ich diese pubertäre Grimasse geschnitten. Ich war ganz und gar nicht auf Besuch eingestellt und hatte eigentlich vorgehabt, mich heute intensiv mit meinem PC zu beschäftigen. Aber unhöflich wollte ich auch nicht sein. Also straffte ich innerlich die Schultern und lächelte zurück: »Willst du auf ein Glas hereinkommen?«

»Warum nicht! Dann können wir gleich noch ein paar Details zur Party besprechen.« Sie blinzelte mich kokett an, was mich nur noch mehr verwirrte.

Sie trat ein und stolzierte hüftschwingend an mir vorbei. »Klick-klack« machten ihre Absätze auf dem Marmorfußboden.

Ich holte eine Flasche Wasser und zwei Gläser und stellte alles auf ein Tablett. Dann ging ich zum CD-Spieler und drehte die Musik leiser. Das Tablett brachte ich auf die Terrasse, wo Barbara ein Streichholz an eine große weiße Kerze hielt. Eine Blase aus gelblichem Licht entzündete sich unter ihren Händen. Schatten zuckten über Barbaras Gesicht. Ihr Haar wirkte jetzt schwärzer als schwarz. Wir setzten uns und sahen dem Glitzerspiel der Lichter im Tal und am anderen Seeufer zu. Ich spürte ihren Blick auf mir.

»Du hast dich verändert«, sagte sie.

Ich wurde unsicher und nahm einen Schluck Wasser. »Wie meinst du das?«

»Ich meine nicht nur deine Stimme. Oder die Spuren dieses ... furchtbaren Feuers.« Mit einer aufreizenden Geste berührte sie ihre eigene Wange an der Stelle, wo bei mir die Narbe saß. Sie sah mich unverwandt an. Ihr Blick hatte etwas Forschendes, Lauerndes. Barbara erklärte: »Du hörst Klassik. Und noch dazu Satie.«

Ich nickte, als sei mir das Sonderbare an meiner Wahl selbst bewusst.

Barbara ließ nicht locker. »Früher war es Rammstein.«

Ich zuckte zusammen. Also gehörten die gesammelten Werke nicht Anouk, sondern mir.

»Na ja, so ein Erlebnis verändert einen«, murmelte ich.

»Ich hoffe, nicht allzu sehr«, bemerkte Barbara anzüglich, räkelte sich auf ihrem Stuhl und schlug die Beine betont langsam übereinander.

Wir nippten an unserem Wasser. Stille trat ein. Dann griff Barbara nach ihrer Tasche, zog ein Blatt Papier heraus und entfaltete es.

»Also, eigentlich kommen alle. Bis auf Siggi und Gudrun, die sind in Urlaub, und Patrick, der ist für zwei Monate in Patagonien.«

Ich griff nach ihrer Liste: »Hm … gut.«

Die Gesichter auf Siggis und Gudruns Steckbriefen schwirrten mir durch den Kopf – satte Gesichter mit lachenden Mündern. Im Geiste betete ich herab: beide Mitte vierzig, vielbeschäftigte Unternehmer aus Dornbirn, mit mehreren Einrichtungsgeschäften, fahren nur selten in Urlaub. Ich sagte: »Haben sie sich also doch mal entschlossen zu relaxen!«

Barbara schnaubte: »Ja, ein Wunder, nicht? Die halten sich doch sonst immer für unentbehrlich.«

Patricks Steckbrief verdrängte Siggi und Gudrun vor meinem inneren Auge. Der Mann war hochgeschossen, in den späten Fünfzigern, Reisefotograf: »Und Patrick ist also auf einem Patagonien-Trip. Da findet er sicher jede Menge Motive.«

Es funktionierte, *ich* funktionierte. Ich spürte Erleichterung und Euphorie, wie ein Kind, das seine Verse beherrschte. Ein Knopfdruck, und ich hatte die passende Information parat. Wir unterhielten uns noch eine Weile. Ich wurde immer selbstsicherer, machte immer neue Anmerkungen zu gemeinsamen Bekannten. Wie ein Debütant, der erfolgreich seinen Eintritt in die Gesellschaft meisterte. Ich bildete mir ein, dass Barbaras Blick nicht mehr ganz so forschend war. Doch plötzlich sagte sie: »Wie du redest! Du hast dich wirklich verändert.«

Ich fühlte mich ertappt. Aber sie konnte doch von meinen »Lektionen« nichts wissen! Augenblicklich beschloss ich, mich trotz allem nicht verunsichern zu lassen, und blieb betont cool: »Zwei Jahre USA gehen halt nicht spurlos an einem vorüber.«

Tonlos sagte sie: »So wird es wohl sein.« Dann fragte sie unvermittelt: »Und mit dir und Anouk ist alles wieder in Ordnung?«

Im ersten Moment wusste ich nicht, was ich von dieser Frage halten sollte. War es Neugierde, die Barbara dazu veranlasst hatte? Ich empfand es als seltsam, dass sie *mir* diese Frage stellte. Wo doch Anouk ihre beste Freundin war.

»Es geht uns gut. Die schlimmste Zeit haben wir hinter uns.«

Nachdem Barbara gegangen war, setzte ich mich wieder auf die Terrasse. Noch immer spürte ich Barbaras Forscherblick auf mir. Sie hatte mich keine Sekunde aus den Augen gelassen. Wie viel wusste diese Frau? Vielleicht hatte Anouk ihr – unter Freundinnen – *alles* erzählt?

Ich trank mein Glas leer, pustete die Kerze aus, stellte die Gläser aufs Tablett neben die Flasche und sah noch einmal in den Lichterzauber, der Deutschland, Österreich und die Schweiz in einer einzigen Kette verband. Die süße Nachtluft stieg mir in die Nase. Fledermäuse stießen über mir ihre seltsamen Schreie aus und Grillen zirpten angeregt im trockenen Gras.

Gerade wollte ich den Blick abwenden, als ich unter mir, im Garten, eine Bewegung wahrzunehmen glaubte.

Leise trat ich ans Geländer, sah angestrengt in die gestaltlosen Schatten und lauschte. Mit größter Vorsicht zog ich mich aus dem Lichtschein, der aus dem Wohnzimmer fiel, zurück und bewegte mich langsam auf den unbeleuchteten Teil der Terrasse zu. Im hinteren Eck des Gartens, vor den Eiben, hob sich – ganz schwach nur, aber dennoch unverkennbar – etwas Helles ab. Jemand stand dort hinten und sah zu mir herauf.

Ein paar Minuten musste ich so dagestanden haben, den Blick auf den hellen Fleck gerichtet. Was sollte ich tun? Rufen? Loslaufen und die Gestalt zu fangen versuchen? Bis ich käme, wäre sie längst über alle Berge.

Plötzlich hörte ich ein leises, kaum wahrnehmbares Rascheln. Der helle Fleck war verschwunden.

Minuten später starrte ich noch immer regungslos in die Dunkelheit. Ich scannte den Garten in der Hoffnung, noch einmal einen Blick auf die Erscheinung zu erhaschen. Aber da war nichts Außergewöhnliches mehr zu sehen.

Verwirrt wandte ich mich ab und ging ins Haus. Auf einmal war ich mir nicht mehr sicher, ob das, was ich gesehen hatte, überhaupt real gewesen oder eher meiner überreizten Phantasie entsprungen war.

Als ich wieder an meinem PC saß, kam mir Barbaras Frage nach Anouk und mir erneut in den Sinn. Und dass Barbara damit ja angedeutet hatte, dass es eine Zeit gegeben haben musste, in der bei Anouk und mir *nicht* alles in Ordnung gewesen war.

Anouk kehrte spät zurück und ging gleich zu Bett. Ich machte mir nichts daraus, denn ich war nach wie vor mit dem PC beschäftigt. Schließlich gelang es mir noch in dieser Nacht, den Computer zu überlisten. Und hier waren sie also: meine Dateien aus der Zeit vor dem großen Feuer. Welch einen Schatz hatte ich da endlich gehoben!

Ich fand einen Pfad- und Dateienwald vor, den ich mir nun systematisch vornahm, in alphabetischer Reihenfolge. Viele der Vorgänge kannte ich aus der Firma. Ich hatte mir damals wohl fast alle Projekte auf meinen Privat-PC geladen.

Nach einer Stunde stieß ich auf einen interessanten Unterordner. Er hieß: »Bank CA St. Gallen AG«. Darunter waren Kontoauszüge aus sieben aufeinanderfolgenden Jahren abgelegt. In regelmäßigen Abständen waren Eingänge zu verzeichnen. Immer handelte es sich um größere Summen zwischen 300 000 und 400 000, einmal auch 550 000

Schweizer Franken. Und immer war die in Auftrag gebende Stelle eine Firma, die »Scherer Consult« hieß und ihren Sitz offenbar in Liechtenstein hatte.

Vor etwas über zwei Jahren hatten sich auf diesem Konto 4453 230 Schweizer Franken befunden. Die größte Abbuchung war im Jahr 2000 eine Überweisung auf ein anderes Schweizer Konto über 3,5 Millionen Franken, die da hieß: »Haus«. Als Kontoinhaber war Max Friedrich Winther eingetragen, ich selbst.

Den Rest der Nacht verbrachte ich damit, alle in meinem Arbeitszimmer herumstehenden Ordner zu sichten. Ich hatte definitiv keine Schulden bei irgendeiner Bank, soviel war mir nun klar. In meinem Schreibtisch stieß ich erneut auf das Mobiltelefon, von dem ich annahm, dass es meines war. Nach einigen Fehlversuchen gelang es mir, die korrekte PIN einzugeben. Es war mein Geburtsjahr, wie originell!

Ich stellte fest, dass ich 610 Telefonnummern gespeichert hatte, und nahm mir vor, so bald wie möglich alle Einträge durchzusehen. Letztlich wankte ich mit brennenden Augen und schweren Gliedern zu Bett. Ich sank in einen Schlaf, der mir den alttestamentarischen Traum mit seinen üblichen Ängsten und keinerlei Erholung bringen sollte.

Verwirrspiel

Einmal in der Woche telefonierte Anouk mit ihrer Mutter Hella in Karlskrona. Nach jedem Telefonat kam sie zu mir und bestellte »liebe Grüße, auch von Papa«.

Langsam begann ich mich zu fragen, warum keiner der beiden direkt mit mir sprechen wollte. Warum Anouk niemals gekommen war, mir den Hörer hingehalten und gesagt hatte: »Pa will dich sprechen.« Es war ein seltsames *Un-Verhältnis*, das ich zu meinen Schwiegereltern hatte.

Am Morgen nach Barbaras Besuch – es war erst kurz nach halb neun und schon sehr heiß – wollte ich endlich mehr erfahren. Anouk kniete an einem Rosenbeet, mit einer Hacke in der Hand, und stach das Unkraut aus.

Ich kam direkt auf sie zu. »Willst du denn deine Eltern nicht mal wiedersehen?«

Sie blickte zu mir auf, die breite Krempe ihres Strohhuts beschattete ihre Augen und tauchte das Gesicht in ein oranges Licht. Auf ihrer Nase und ihrer Oberlippe perlten winzige Schweißtropfen.

»Ja, natürlich möchte ich sie wiedersehen. Aber ich will dich doch nicht allein hier lassen ... *noch* nicht.«

Auf den Gedanken, wir beide könnten ihre Eltern gemeinsam besuchen, kam sie offenbar gar nicht. Ich ließ mir nichts anmerken. Aber hatten denn meine Schwiegereltern nicht den Wunsch, ihren angeheirateten Sohn bald wiederzusehen? Schließlich wäre ich beinahe ums Leben gekommen.

So sagte ich: »Ich rufe sie einfach an und lade sie ein. Barbaras Wiedersehensfeier ist doch ein wunderbarer Anlass für einen Besuch.«

Anouk lächelte etwas gekünstelt: »Ja, eigentlich hast du ja recht ... Ich weiß nur nicht, ob sie kommen können. Mama fühlt sich zur Zeit nicht so gut. Ihr Diabetes macht ihr zu schaffen, vor allem bei dieser Hitze.«

»Das werde ich dann ja hören. Aber einladen möchte ich sie auf jeden Fall. Immerhin haben sie ihre Tochter schon lange nicht mehr gesehen – wie lange eigentlich?«

»Drei Jahre.«

Als Anouk meinen Gesichtsausdruck bemerkte, beeilte sie sich hinzuzufügen: »In dem Jahr vor dem Brand wollte ich sie mal besuchen, aber dann ist immer etwas dazwischengekommen.«

Ich nickte. Die Sonne brannte mir auf den Rücken, meine Haare fühlten sich an wie ein heißer Helm. Ehe ich dazu kam, etwas zu erwidern, begann Anouk, wild in der Erde herumzustochern. Dann zupfte sie ein Kraut nach dem anderen aus dem Boden und warf alles hektisch in einen Korb. Ihre Stimme klang extrem engagiert, als sie sagte: »Weißt du was? Lass *mich* sie anrufen ... gleich nachher. Vielleicht klappt's ja. Es wäre zu schön!«

Ich beugte mich zu ihr hinunter, küsste sie und sagte: »Ich freu mich. Bis heute Abend also. Ach – was hast du dir für diesen Tag eigentlich vorgenommen?«

Anouk machte eine ausladende Geste. »Na, hier weiterzumachen natürlich. Du siehst ja, wie der Garten aussieht, verheerend.«

»Seit unserer Rückkehr arbeitest du ununterbrochen in

diesem Garten. Du wirst dich noch überanstrengen. Es ist ja so heiß. Geh doch mal baden. Oder leg dich mit einem Buch in den Schatten.«

»Also, Max, es ist ja lieb, dass du dich so sehr um mich sorgst! Aber glaub mir, es gibt für mich nichts Schöneres, als in diesem Garten zu arbeiten. Ich werde voller Freude wie ein altes Bauernweiblein den ganzen Tag über hier knien.«

»Trotzdem ...«

»Was willst du: Der Kühlschrank ist voll, die Meerbäumin kocht mir was Feines, ich brauch mich zwischendurch nur an den gedeckten Tisch zu setzen. Und dann zupf ich ein bisschen weiter. Ich werde heute keinen Schritt aus diesem Garten tun!«

»Na gut. Denkst du dran, deine Eltern anzurufen?«

»Aber ja, ich komm gleich mit rein ...«

Ein Blick auf die Uhr zeigte mir, dass ich schleunigst los musste. Für zehn Uhr war eine Besprechung mit Wenzlow und Hoffmann angesetzt und ich hatte vorher noch ein paar andere Dinge zu erledigen. Zunächst wollte ich rasch nach Vaduz fahren, um mehr über die Liechtensteiner Firma »Scherer Consult« zu erfahren. Und im Büro würde ich dann die Adressenlisten, die ich aus meinem Computer »gehoben« hatte, mit Barbaras Liste vergleichen. Vielleicht waren auch einige Geschäftskontakte darunter, die zu identifizieren mir Frau Meyer, meine Sekretärin, behilflich sein konnte. Und die Nummern, die dann noch übrig wären, würde ich einfach anrufen. Ich musste nun wirklich mehr Licht in meine undurchsichtige Finanzlage bringen.

Anouk verschwand im Wohnzimmer, ich setzte mich in meinen Wagen und machte mich auf den Weg zur Firma.

Als ich schon fast am Fuße des Pfänders angekommen war, fiel mir ein, dass ich die Listen in der Diele liegengelassen hatte. Außerdem stand auf den Papieren die Adresse von »Scherer Consult« in Vaduz. Zu dumm! Auch wenn dann die Zeit ziemlich knapp würde – ich musste mir dringend diese Unterlagen holen. An einem Feldweg drehte ich und fuhr zurück.

Als ich das Haus betrat, war Frau Meerbaum gerade oben an der Treppe und saugte. Durch die offene Tür zum Wohnzimmer vernahm ich Anouks Stimme. Wegen des Staubsaugerlärms hatte sie wohl nicht bemerkt, dass ich noch mal zurückgekommen war.

Jetzt konnte ich Anouks Worte recht deutlich verstehen: »Ja, Mama, nein, Mama, es ist wirklich alles in Ordnung.«

Offenbar telefonierte sie bereits mit ihren Eltern. Ich nahm die Listen, die noch immer auf dem Schränkchen lagen.

Im Wohnzimmer sagte Anouk gerade: »Er ist dabei, sich einzurichten.«

Ich war im Begriff, die Klinke der Haustür herunterzudrücken, als ich Anouk weitersprechen hörte. »Ja, natürlich ist es schade. Aber er braucht einfach noch ein wenig Zeit. Vielleicht im Herbst. Ja, ich würde euch auch gerne wiedersehen. Aber wir sollten Geduld haben.«

Aus der Küche drang Radiomusik. Das Sonnenlicht fiel durchs Fenster und ließ die Staubpartikel wie winzige Lichtpunkte tanzen. Frau Meerbaum hatte den Staubsauger in ein anderes Zimmer gezogen und die Sauggeräusche drangen nunmehr gedämpft herunter.

Ich war verwirrt.

Was dann folgte, wollte ich nicht wahrhaben. Anouk hob wieder an: »Das ist schön, ja, du hast recht. Die Familie muss wieder zusammenfinden. ... Ja, er hat sich wirklich verändert. ... Nein, seitdem kein einziges Mal. Er ist jetzt immer sehr liebevoll. ... Mama, Menschen verändern sich. ... Warten wir doch einfach den Herbst ab. Bis dahin wird er sich eingelebt haben und außerdem ist es hier dann auch viel schöner. Diese vielen Touristen, die das Seeufer bevölkern und die Straßen verstopfen, du weißt schon ... Ja, ich hätte euch auch lieber jetzt schon gesehen. Aber es ist einfach noch zu früh für ihn.«

Ich stand da, regungslos.

Draußen fuhr ein Wagen vorbei, in der Küche versuchte ein munterer Radiomoderator, Sommerstimmung zu verbreiten.

Vielleicht hatte Anouk mich nicht richtig verstanden? So *musste* es sein. Jedenfalls hatte sie gerade alles daran gesetzt, einen möglichen Besuch ihrer Eltern unmöglich zu machen.

In Vaduz brauchte ich nicht lange zu suchen. »Scherer Consult« lag am Ortseingang, in einer ruhigen Seitenstraße. Nachdem ich mehrfach geklingelt, aber keiner geöffnet hatte, versuchte ich mein Glück bei den anderen Klingelknöpfen des Hauses. Erst beim letzten hatte ich Erfolg.

Ein Immobilienmakler, der sein Büro im Erdgeschoss hatte, schlurfte zur Tür. Er lachte verächtlich, als ich nach »Scherer Consult« fragte.

»Das ist doch nur 'ne Briefkastenfirma. Genauso wie die anderen hier im Haus.« Der Mann deutete auf die vier Schilder über seinem eigenen. »Hoffe mal, Sie haben da kein Geld investiert.«

Ziemlich belämmert stand ich da und verwünschte meine Naivität, die mich hierher geführt hatte. Dann bedankte ich mich rasch, stieg wieder in meinen Wagen und fuhr davon. Im Rückspiegel sah ich, wie der Immobilienmensch mir kopfschüttelnd hinterherschaute.

Wie um alles in der Welt konnte ich jetzt noch irgendetwas über »Scherer Consult« in Erfahrung bringen? Ich war zu verärgert, um einen sinnvollen Gedanken zu fassen. Noch ein loses Ende, das ich in Händen hielt.

Meine Mitarbeiter waren mir fremd. Ich hatte das Gefühl, als hörte ich Namen wie Sailer, Pfefferberg, Wischnewski, Hoffmann, Kabirske, Meyer zum ersten Mal in meinem Leben. Dennoch merkte ich, dass es mir guttat, mit ihnen zusammenzuarbeiten. Es waren nicht nur die Leute, die mir gefielen, sondern auch die Sache selbst. Unsere Konzepte und Projekte, Bahn- und Flugsimulatoren, all das faszinierte mich. Das musste ja auch seit eh und je so gewesen sein, zumindest wenn ich Wenzlow glauben sollte. Ich fühlte, dass der Boden unter mir von Tag zu Tag sicherer wurde.

Nach den vergangenen zwei Jahren, in denen ich darauf konzentriert gewesen war, mich selbst wiederzufinden, genoss ich es geradezu, wieder aktiv zu werden und mich meiner Umgebung zuzuwenden. Die Rastlosigkeit, die mich in den letzten Tagen in Garrapata Beach überfallen hatte, die Verunsicherung, die mich von Prag weg- und hierher zurückgetrieben hatte, waren immer, wenn ich mich in meiner Firma aufhielt, verschwunden.

In unserer Zehn-Uhr-Besprechung ging es um alle aktuellen Projekte. Wir diskutierten gerade heiß und effektiv, als mir völlig unvermittelt der Gedanke an die Adresslisten durch den Kopf schoss. Er ließ mich von da an nicht mehr los. Für mich hatte das muntere, unbelastete Arbeiten ein abruptes Ende gefunden.

Gegen Mittag konnte ich endlich dem inneren Drang nachgeben: Ich erstellte einen Ausdruck von sämtlichen in meinem Handy gespeicherten Telefonnummern, nahm Barbaras Auflistung zur Hand und strich alle mir bekannten Namen durch. Dann legte ich Frau Meyer die Seiten vor, bat sie darum, die Kontakte durchzugehen und alle *ihr* bekannten Namen ebenfalls durchzustreichen. Ich begründete diesen Auftrag damit, meine Kontakte auf den neuesten Stand bringen zu wollen, und sie fand glücklicherweise auch nichts Merkwürdiges daran. Dass es bei dem großen Feuer ein weiteres Brandopfer, nämlich mein Gedächtnis, gegeben hatte, brauchte sie ja nicht zu wissen.

Am Ende blieben neun unbekannte Nummern übrig. Ich klickte ein wenig im Internet herum und konnte weitere acht Nummern streichen. Sie gehörten zu einem Installateur, einem Maler, einem Weinlieferanten und so fort.

Und dann versuchte ich es noch einmal bei Justus Hürlis Eltern.

»Urs Hürli.«

Vor Aufregung wäre mir fast der Hörer aus der Hand gerutscht.

»Mein Name ist Max Winther. Ich weiß nicht, ob ich bei Ihnen richtig bin, aber ich würde gerne, ähm, Ihren Sohn, Justus Hürli, sprechen.«

Lähmendes Schweigen.

»Hallo? Sind sie noch dran?«

Ein verärgertes Raunen in der Leitung gab mir die Antwort.

»Bitte, ich möchte gerne Ihren Sohn sprechen.«

»Ich habe keinen Sohn mehr.«

Mein Mut sackte ein gehöriges Stück weiter nach unten. Zu spät.

»Das … tut mir sehr leid … Ich … mein Beileid.«

»Das braucht Ihnen nicht leid zu tun«, herrschte Urs Hürli mich an. »Irgendwo in St. Gallen treibt der sich jetzt rum.«

»Er – er ist also nicht tot?«

»Nein. Jedenfalls war er das vor einem halben Jahr noch nicht.«

»Und ... wissen Sie, wie ich ihn erreichen kann?«

»Was wollen Sie denn von dem? Sind Sie etwa auch einer von denen?«

»Von *denen*?«

»Na, eben auch so ein fürchterliches Wrack, das sich ständig mit Alkohol und Drogen abfüllt!«

Ich zögerte. Am liebsten hätte ich dem barschen Alten ein paar passende Worte gesagt, aber dann wäre die Wahrscheinlichkeit, Justus Hürli ausfindig zu machen, wohl noch stärker gegen Null gelaufen. Ich zwang mich, möglichst verbindlich zu klingen.

»Ich muss ihn in einer Angelegenheit sprechen, die für mich sehr wichtig ist. Vor zwei Jahren hat er eine Aussage gemacht, bei der Polizei, und dazu wollte ich ihn noch einmal etwas fragen.«

»Sind Sie Polizist?«

»Nein, nein, ich bin nur ...«

Der Mann wollte meine Erklärung offensichtlich gar nicht mehr hören, denn er bellte: »Seine Nummer hab ich nicht. Aber der soll jetzt in irgend so einem Laden arbeiten, der alte Bücher anbietet, die sowieso keiner haben will.«

»Sie meinen ein Antiquariat?«

»So nennt sich das wohl.«

Inzwischen war es Abend geworden. Ein flaues Gefühl im Magen erinnerte mich daran, dass ich seit unserer morgendlichen Besprechung, bei der es Butterbrezeln gegeben hatte, nichts mehr gegessen hatte. Die Sonne stand schon schräg. Bald würde sie hinter das Dach der Fertigungshalle tauchen. Ich ging zum Fenster, öffnete es weit und ließ die letzten Strahlen einströmen. Die Ulme vor meinem Fenster wisperte vertraulich.

Versöhnlich gestimmt setzte ich mich wieder an meinen Schreibtisch. Frau Meyer streckte den Kopf herein und grüßte stumm winkend, weil sie sah, dass ich den Hörer in der Hand hielt. Ich tippte gerade eine der Nummern ein, zu der ich bisher noch keinerlei Anhaltspunkte gefunden hatte.

Es tutete. Dann hörte ich jemanden etwas nuscheln.

Ich verstand nicht, fragte nach und die Stimme wiederholte, deutlicher nun und sichtlich genervt: »Erotic Center, haaallooo!«

Ich stutzte. Schnell murmelte ich etwas von »verwählt«. Dann hörte ich noch, wie der Mann am anderen Ende ein »Na, sicher doch« von sich gab. Völlig perplex legte ich auf.

Die Handschellen fielen mir wieder ein.

Ich fühlte, wie dieses schummrige Milieu mir Angst einjagte.

Mir wurde übel. Wenn jemand eine Nummer in seinem Handy speicherte, so bedeutete dies doch, dass er sie öfters benötigte! Was hatte ich bloß mit einem Sexshop zu schaffen gehabt?

Ein Bild tauchte vor mir auf. Das Bild eines Mannes, der mit flackerndem Blick und feuchten Fingern in einer schmierigen Zeitschrift blätterte. Er sah aus wie ich.

Und da war noch ein anderes, noch abstoßenderes Bild. Ich sah Anouk, mit Handschellen ans Bett gefesselt. Und mich, betrunken und …

Unwillkürlich schlug ich mit der Faust auf den Tisch. Ein scharfer Schmerz in meiner Hand verscheuchte die Bilder.

Die Tür ging noch einmal auf, diesmal war es Wenzlow, der den Kopf hereinstreckte und »Bis morgen dann!« rief.

Nun war also keine Nummer mehr übrig. Ich hatte sie alle verfolgt. Aber es gab noch zwei große Fragezeichen. Sie standen hinter »Scherer Consult« und Justus Hürli.

Mit diesem Junkie wollte ich auf jeden Fall sprechen. Immerhin hatte ich schon mal die Information, dass er am Leben war.

Ich rollte mit dem Schreibtischstuhl an den PC und gab im Google-Suchfenster die Begriffe »Antiquariat« und »St. Gallen« ein. Die Suchmaschine offerierte mir zwei Buchläden.

Ich versuchte es unter der ersten Nummer und erfuhr kurz darauf, dass dort kein Justus Hürli bekannt war.

Bei der zweiten Nummer ließ ich es dreimal, viermal, zehnmal klingeln. Irgendwann schaltete etwas in der Leitung und ich hörte, wie der Klingelton zu einem rascheren Rhythmus fand. Oder war es nur ein Besetztzeichen? Unzufrieden legte ich auf.

In der Schreibtischschublade fand ich eine Packung Kaugummis, riss sie auf und nahm mir einen. Das Hungergefühl wurde aber nur noch schlimmer. Trotzdem konnte ich mich nicht überwinden aufzustehen. Ich saß einfach eine Weile herum.

Nach ein paar Minuten wählte ich noch mal die Nummer von vorhin. Ohne Erfolg.

Als ich so dasaß und darauf wartete, dass etwas geschehen würde, dachte ich an den Morgen und an Anouks Telefonat, das ich mit angehört hatte.

Mein Leben wurde immer wirrer. Ich hatte das Gefühl, in eine Art Strudel hineingeraten zu sein. Es war, als ob ich mich unter etwas Dumpfem duckte. Es konnte jederzeit auf mich herabsausen. Unzählige Fragen trieben mich um.

Plötzlich wurde mir eines klar: Der einzige Weg, Gewissheit zu erlangen, war, Anouk um ein offenes Gespräch zu bitten, endlich. Diese Geheimniskrämerei – wenn auch aus vermeintlicher Rücksichtnahme – musste ein Ende haben.

Ich beschloss feierlich, in entspannter Atmosphäre mit ihr zu sprechen. Nicht zu Hause. Dort fühlte ich mich nicht wohl. Ich blätterte die Gelben Seiten durch, nahm den erstbesten Namen eines Restaurants, das mir vage bekannt vorkam, und reservierte einen Tisch für acht Uhr.

Wenn ich mich beeilte, würde ich es vor Ladenschluss schaffen, Blumen oder eine andere Aufmerksamkeit für Anouk zu besorgen.

Auf einmal fühlte ich mich sicher. Ja, das war der richtige Weg. Ein Leben und auch Liebe konnten nur auf der Grundlage von Vertrauen existieren, dachte ich, und kam mir dabei sehr weise (aber auch ein wenig lächerlich) vor. Auf jeden Fall hatte bislang etwas zwischen uns gestanden, etwas Düsteres und für mich nicht Greifbares, und ich vermutete, dass Anouk mir dieses Etwas genauer erklären konnte.

Voller guter Vorsätze machte ich mich auf den Weg nach Bregenz. Um diese Zeit herrschte wie immer viel Verkehr. Man stand und fuhr, aber wenn man fuhr, dann nur im Schritttempo.

Die Floristin in dem kleinen Blumengeschäft in der Römerstraße war gerade dabei zu schließen und wuchtete Terrakottatöpfe hoch, um sie für die Nacht in den Laden zu verfrachten. Ich ließ mir einen raffinierten Strauß aus edlen weißen Blüten und hellgrünem Laub zusammenstellen, den die Floristin mit Bast umwickelte. Voller Ungeduld trat ich von einem Fuß auf den anderen. Ich konnte es kaum erwarten, Anouk zu begegnen – jetzt, da ich den Entschluss gefasst hatte, Klarheit in mein Leben zu bringen! Endlich würde ich die Wahrheit einfordern. Natürlich sanft und liebevoll. Mir war mittlerweile egal, wie unangenehm diese Wahrheit wäre. Sie wäre die Grundlage für eine gemeinsame und wunderbare Zukunft. Eine Zukunft mit Anouk.

Lautes Hupen riss mich aus meinen Zukunftsvisionen, holte mich zurück in die Bregenzer Innenstadt. Ich hatte meinen Jeep in zweiter Reihe direkt vor dem Geschäft geparkt. Ein älterer Mann stand in der offenen Tür seines Wagens und sah sich gleichzeitig nach allen Seiten um. Er gestikulierte wild fluchend. Rasch bezahlte ich, nahm meinen Strauß und fuhr davon, unter wüsten Vorarlberger Verwünschungen, von denen »elendiglicher Siach« und »Piefke« noch die nettesten waren.

Wenn ich jetzt zurückblicke und an meine damalige Stimmung denke, an den Vorsatz, partout hoffen zu *wollen*, wird mir ganz wehmütig ums Herz. Am liebsten würde ich den Gedanken daran verscheuchen. Damals konnte ich nicht wissen, dass unsere Zukunft so eng und schicksalhaft mit unserer Vergangenheit verknüpft war. Was war dagegen schon ein Blumenstrauß oder ein offenes Gespräch?

Die Taten waren geschehen. Ihre Schatten lagen dunkel und furchtbar über unser aller Leben. Es gab beinahe nichts, was uns hätte retten können. *Beinahe.*

Unbeschwert und naiv fuhr ich an jenem Abend mit meinem Strauß und den guten Vorsätzen in Richtung Pfänder. An einer Tankstelle sah ich sie dann. Sie stand an der vorderen Zapfsäule, schön und elegant, und ließ Benzin in den Porsche laufen. Im ersten Moment dachte ich, ich hätte mich getäuscht, so wie das immer ist, wenn man etwas oder jemanden an einem bestimmten Ort nicht erwartet hätte.

Ich bremste, ließ das Fenster herunter, rief und winkte wild. Doch Anouk bemerkte mich nicht. Sie stand weiterhin unbeweglich da, eine Grace Kelly an einer Tankstelle in Bregenz.

Im dichten Berufsverkehr gelang es mir nicht gleich zu wenden, und als ich schließlich auf die Tankstelle zufuhr, bog Anouk gerade auf die Straße ein. Drei Wagen vor mir steuerte sie den Porsche in die unserem Zuhause entgegengesetzte Richtung.

Wo wollte sie denn um diese Uhrzeit noch hin? Ich versuchte mich zu erinnern, was sie am Morgen gesagt hatte, ob sie von irgendwelchen Plänen erzählt hatte, kam aber auf nichts.

Es war heiß an diesem Abend. Ich schaltete die Klimaanlage ein. Der Akku meines Handys war natürlich ausgerechnet jetzt mal wieder leer. Anrufen konnte ich Anouk also nicht. An einer Ampel wollte ich zu ihr vorlaufen, um sie über unser kurioses Zusammentreffen zu informieren.

Andererseits interessierte es mich auch brennend, wohin sie gerade unterwegs war. Und das würde ich vielleicht eher herausfinden, wenn ich mich nicht zu erkennen gab.

So folgte ich Anouk. Mein schlechtes Gewissen beruhigte ich damit, dass ich ihr ja am Zielort gleich von meinen Plänen für den Abend berichten konnte. Neben mir lag der wunderschöne Blumenstrauß und ich freute mich auf das Restaurant in der Bregenzer Innenstadt.

Anouk entfernte sich immer weiter vom Zentrum, fuhr in Richtung Südwesten, durch Hard, überquerte den Rhein und passierte die Schweizer Grenze. Ich blieb stets einige Wagen hinter ihr, was bei dem hohen Verkehrsaufkommen nicht besonders schwierig war.

Nach einer knappen halben Stunde passierten wir das

Ortsschild von St. Margrethen, wo sie rechts abbog, sich dann wieder links hielt und schließlich vor einem anonymen Wohnblock zum Stehen kam. Diese Häuserzeile war an Hässlichkeit kaum zu überbieten.

Ich hatte gut zwanzig Meter hinter ihr angehalten, vor einer Blumenkastensperre aus Beton, wie man sie in den Achtzigern zur vermeintlichen Verschönerung aufgestellt hatte.

Mittlerweile wollte ich nur noch wissen, was Anouk hier vorhatte. Blumenstrauß und Restaurant waren aus meinem Bewusstsein verschwunden. Ich wunderte mich, mit welcher Selbstverständlichkeit sie diese mir völlig unbekannte Gegend angesteuert hatte, über die Zielstrebigkeit, mit der sie in die Parkbucht gefahren war – gerade so, als hätte sie das schon tausendmal getan.

Mit entschlossener Miene stieg Anouk nun aus dem Wagen und marschierte flott auf die Haustür von Nummer 37 zu. Ich sah, wie sie rasch einen Blick den Parkplatz hinauf- und hinunterwarf und etwas aus ihrer Handtasche zog. Es musste ein Schlüssel sein. Sie steckte ihn ins Schloss und verschwand kurz darauf hinter der Eingangstüre.

Eine Weile lang saß ich dumpf hinter dem Steuer, der Motor lief und ich starrte immer noch auf die Tür aus Riffelglas, hinter der Anouk verschwunden war. Wie in einer Endlosschleife stellte ich mir permanent dieselbe Frage: »Was macht sie da drinnen?«

Mein Gehirn schob diese fünf Worte im Kreis herum, ohne sich einer Antwort zu nähern. Einen Augenblick lang war ich versucht, mich dem absurden Gedanken hinzugeben, dass es gar nicht Anouk gewesen war, die ich gesehen hatte, sondern eine Doppelgängerin. Doch dann sah ich wieder den Porsche auf dem Parkplatz und erinnerte mich, wie sie vor mir hergefahren war und ich das Kennzeichen entziffert hatte.

Anouk kam nicht wieder heraus. Ich hatte eine gefühlte Ewigkeit regungslos gewartet. Nun hielt ich es nicht mehr aus.

Ich legte den Gang ein und fuhr nach Hause. Es war, als bewegte ich mich durch Watte. Als führe ich durch eine Umgebung, die nicht existierte, in einer Gegenwart, die mir wie ein Zerrspiegel meines Lebens erschien.

Als ich die Diele betrat, war Frau Meerbaum gerade dabei, ihre Handtasche und ihren Schlüssel vom Vitrinenschränkchen zu nehmen. Ihren komischen Hut hatte sie bereits aufgesetzt und den – wie sie es nannte – Staubmantel trug sie über dem Arm. Sie sah mich verwundert an.

»Haben'S schon Feierabend? Na, des nenn' ich eine Überraschung.«

Ich wunderte mich über diese Frage, weil ich bereits öfters um diese Zeit abends da gewesen war, doch sie fuhr fort: »Früher, da hat die Frau Winther immer g'sagt: ›Wenn mein Mann vor zehn zu Hause ist, dann ist er krank.‹«

Ich brummte eine Erwiderung. Frau Meerbaum ging bereits auf die Tür zu, als ich anhob: »Ach, sagen Sie, wo wollte meine Frau denn hin?«

Sie hielt auf der Schwelle inne, überlegte kurz, sagte dann: »Tja, jetzt wo Sie fragen … Vor ein paar Stunden ist's losg'fahr'n, zum Gartencenter. Wollt' Schneckenkorn und Rosendünger b'sorg'n.«

»Wissen Sie noch die genaue Uhrzeit, wann sie weggefahren ist?«

Frau Meerbaum glaubte, ich mache mir Sorgen um Anouk, denn sie antwortete: »Drei wird's g'wesen sein, mein' ich, aber so genau weiß ich's nimmer. Aber machen

Sie sich keine Sorgen. Sie wird halt jemanden getroffen haben. Vielleicht ham's noch einen Kaffee getrunken.«

Ich sah auf die Uhr. Anouk war also seit über dreieinhalb Stunden unterwegs. Sie war über die Grenze gefahren, in eine andere Stadt. Mit großer Selbstverständlichkeit hatte sie vor einem mir völlig fremden Haus gehalten, die Haustür aufgesperrt und diese hinter sich zugezogen.

Als Anouk zwei Stunden später endlich nach Hause kam, suchte ich heimlich ihr Gesicht ab nach Spuren eines begangenen Verrats. Was hatte sie dort zu schaffen gehabt, an einem Mittwochabend? Äußerlich gab ich mich unbeteiligt und kramte in irgendwelchen Unterlagen. Innerlich war ich unerträglich gespannt darauf, was sie erzählen würde. Aber sie drehte den Spieß einfach um, indem sie sagte: »Oh, du bist schon da?«

»Ja.«

Sie ging ins Esszimmer und musste dabei unweigerlich auf den Strauß stoßen, den ich in eine Vase gestellt hatte.

»Was für wunderschöne Blumen!«, hörte ich sie rufen. Kurz darauf stand sie wieder in der Tür zum Arbeitszimmer, die Vase in Händen, und fragte leise: »Sind die für mich?«

»Für wen sonst?«

Ein seltsamer Ausdruck huschte über ihr Gesicht, der so rasch wieder verschwand, dass ich schon glaubte, mich getäuscht zu haben. Doch als sie fragte: »Wo hast du die denn her, die sind wirklich bezaubernd!«, lag auch etwas wie Beklommenheit in ihrer Stimme. Vielleicht rätselte sie, in welchem Blumenladen ich gewesen war, ob es der kleine in der Römerstraße gewesen war, während sie dort quasi um die Ecke an der Tankstelle gestanden hatte.

»Wann hast du die denn besorgt? Hier macht doch alles um sechs zu.«

»Ich habe heute früher Schluss gemacht.«
»Oh.«
»Ich wollte dich überraschen.«
»Das ist ja lieb.« Ihre Worte klangen unehrlich, ihre Freude gekünstelt. »Tja, ich war noch unterwegs, ich brauchte ein paar Sachen für den Garten. Das ist aber schade. Wenn ich das gewusst hätte, dass du heute früher kommst!« Sie sprach immer schneller und auf ihren Wangen erschienen hektische rote Flecken.
»Lass nur, das macht nichts. Irgendwann muss ich ja auch mal dieses Zeug hier durchsehen.« Ich deutete auf die Ordner in den Regalen und lächelte zurückhaltend. Anouk hielt den Strauß an ihre Nase und roch an den Blumen, die nicht dufteten.
Wie nebenbei fragte ich: »Warst du sonst noch wo?«
Ihr Kopf fuhr mit einem Ruck hoch. Ich sah schnell weg, während sie mich jetzt direkt fixierte.
»Ja ... ich bin noch ein wenig durch die Innenstadt gebummelt. Ich wollte sehen, ob sich etwas verändert hat in den letzten zwei Jahren.«
»Und?«
»Was und?«
»Hat sich etwas verändert?«

Ernten, was man sät

Ich benötigte dringend Abstand – zu Anouk, zu jenem unglücklichen Mittwochabend. So kam mir eine Dienstreise nach Mailand gerade recht.

Einer unserer Simulatoren hatte einen Defekt und ich hatte die Gelegenheit genutzt, Hoffmann zu begleiten und mich wieder mit den italienischen Geschäftspartnern vertraut zu machen.

Auf der Rückfahrt von Mailand tobte ein heftiges Unwetter. Hoffmann, der am Steuer saß, war ganz nah an die Windschutzscheibe herangekrochen, wohl in der Hoffnung, in dieser gekrümmten Haltung etwas mehr von dem Geschehen auf der Fahrbahn zu erkennen. Außerdem schien er extrem kurzsichtig zu sein. Ich verspürte den Drang, auf ein imaginäres Bremspedal im Beifahrerfußraum zu treten. Irgendwann nickte ich ein und wachte erst wieder auf, als wir schon fast an der Einfahrt zum San-Bernardino-Tunnel angelangt waren.

In der Eintönigkeit unter den gelblichen Lichtern im Tunnel flogen meine Gedanken zu Anouk. Ich sah sie vor mir in ihrem weit schwingenden Rock mit dem breiten Gürtel, das rote Seidentuch ums Haar geschlungen, die Augen hinter der Sonnenbrille verborgen. Ihre Füße steckten in roten Sandalen, die einen winzigen runden Absatz hatten, so wie manche Damenschuhe in den 50er-Jahren. Wie attraktiv sie war!

Der Gedanke, dass Anouk einen Liebhaber in St. Margrethen haben könnte, trieb mir eine heiße Röte auf die Wangen. Ich spürte einen seltsamen Kitzel, ein Gefühl, das zwischen Rage und Erregung taumelte und das ich selbst nicht so recht verstehen konnte.

Anouk in den Armen eines anderen Mannes. Anouk, die in einer anderen Umarmung versank, die Süße eines anderen Kusses spürte. Ein Liebhaber! Wäre das nicht der klassischste aller Gründe? Alltäglich und banal, ein Gedanke, den zuzulassen ich endlich den Mut haben sollte.

Aber: Er passte einfach nicht. Passte nicht zu der Liebe, mit der sie mich in der Zeit nach dem Brand umgeben hatte, passte nicht zu der Zärtlichkeit in ihren Blicken, nicht zu den Berührungen und auch nicht zu der Passion, mit der wir uns geliebt hatten. Nun gut, das war vor allem in Amerika gewesen, in Garrapata Beach, und in Prag, zischte mir eine leise Stimme aus dem Untergrund zu. Hatte sich nicht seit unserer Rückkehr immer wieder ein dunkler Schatten über unsere Liebe gelegt?

Was war mit all den Bildern und Alpträumen, die mich fortwährend plagten? Was bedeuteten die Ahnungen, die mich stets bedrückten, wenn ich die Schwelle zu unserem Schlafzimmer überschritt? All das hatte unsere Liebe auf eine harte Probe gestellt.

Doch – so sagte ich mir nun, während Hoffmann neben mir Flüche vor sich hin murmelte – so schnell war doch keiner, wenn es darum ging, sich einen Liebhaber zuzulegen! Ich dachte an unsere letzte Nacht in Prag, an die verzweifelte und traurige Sehnsucht, die Anouk ausgestrahlt hatte. Ich hatte das als Sehnsucht nach *mir*, nach Zweisamkeit mit mir interpretiert. So sehr konnte ich mich doch nicht getäuscht haben. So schnell konnte man doch nicht umschalten von einem Ehemann zu einem Liebhaber. Oder doch?

Ich schielte auf den Tacho. Inzwischen fuhren wir nur noch 40 km/h. Meine Hoffnung auf eine Wetterberuhigung nördlich der Alpen hatte sich nicht erfüllt und zu dem Unwetter hatte sich die Dunkelheit gesellt. Der Regen fiel in sturzbachartigen Güssen vom Himmel.

Ich fragte Hoffmann, ob wir einen Fahrerwechsel vornehmen sollten, aber er schüttelte nur den Kopf und schaute weiterhin verbissen auf die Fahrbahn.

Dann wandte ich mich erneut meinen Gedanken zu. Jetzt war ich bei der Möglichkeit angelangt, Anouk einfach zur Rede zu stellen. Ich konnte sie vielleicht fragen: »Ich habe dich in dieses Haus in St. Margrethen gehen sehen. Was hast du dort getan?«

Doch schon während diese Option auftauchte, wusste ich, dass ich sie verwerfen würde. Tief in meinem Inneren glaubte ich wohl nicht recht daran, dass ich auf diesem Weg die Wahrheit erfahren würde. Zudem könnte bei Anouk der Verdacht entstehen, ich hätte sie bespitzelt.

Viel näher war mir da der Gedanke, einfach zu dem Haus zu fahren und erst mal die Klingelschilder zu lesen. Es konnte ja sein, dass dort jemand wohnte, den Anouk irgendwie betreute, um den sie sich einfach kümmerte. Eine alte Dame zum Beispiel, ein gebrechlicher Onkel. Ich musste fast laut herauslachen, so absurd war dieser Gedanke und so lächerlich der Eifer, mit dem ich mich sofort daran klammerte.

Auf der Höhe von Thusis ließen die Regengüsse nach und gingen in ein gleichmäßiges Nieseln über. Hoffmann entkrampfte sich. Er klebte jetzt nicht mehr direkt hinter der Scheibe.

Es war tiefe Nacht, als ich zu Hause ankam. Ich nahm an, dass Anouk schon lange eingeschlafen war, und redete mir ein, dass ich sie nicht stören wollte. So bezog ich im Wohnzimmer auf dem Sofa Quartier. Ich öffnete alle Schiebetüren zum Garten und ließ die frische Nachtluft herein mit ihrem Rauschen und einem Wehen in den Blättern.

Noch lange saß ich wach auf meinem Lager, blickte hinab ins Tal und ließ die unzähligen Lichter auf mich wirken. In der Mitte ein schwarzes Nichts: der See. Nun war ich also wieder zurück. Die kurze Gnadenfrist war vorüber und das Rad drehte sich weiter, *musste* sich weiterdrehen, irgendwie. Noch immer war ich zu keinem Entschluss gekommen. Was sollte ich bloß tun, um mehr Licht in die mir unbegreifliche Beobachtung vor einem Wohnblock in St. Margrethen zu bringen?

Zu allem Überfluss fiel mir auch noch ein, dass am Abend des nächsten Tages Barbaras von langer Hand geplante Wiedersehensfeier stattfinden sollte. Mit Grausen dachte ich an all die Menschen, die ich nicht mehr kannte, die *mich* aber sehr wohl kannten und erwarteten, einen verloren geglaubten Freund genau an der Stelle wieder zu begrüßen, an der er vor zwei Jahren gestanden war.

Aber genug davon. Es gab schließlich Wichtigeres. Mit aller Gewalt versuchte ich, die Gedanken an dieses fürchterliche Fest zu verdrängen, und wandte mich stattdessen meinen Finanzen zu.

Ich speiste meinen luxuriösen Lebenswandel also aus einer mir unbekannten Quelle. Meine Muskeln spannten sich an. Wut stieg in mir auf – eine Wut auf das Schicksal, das einen Teil meines Erinnerungsvermögens einfach geschluckt hatte. Eine sinnlose und kraftraubende Wut. Spruchbänder zogen an meinem inneren Auge vorüber. Dass man im Leben immer das erntete, was man zuvor gesät hatte. Ich fragte mich, wie meine Saat wohl ausgesehen haben mochte.

Am nächsten Tag bemühte ich mich erneut, das Antiquariat, in dem Justus Hürli möglicherweise arbeitete, telefonisch zu erreichen. Wieder ging keiner ran. Das ungute Gefühl, das stets beim bloßen Gedanken an ein Gespräch mit Hürli aufkam, war inzwischen purem Wissensdurst gewichen. Ich ertappte mich selbst bei einem dümmlichen Grinsen und dem Gedanken, dass mein Gedächtnisverlust zumindest *ein* Gutes hatte: Das Leben war richtig spannend. Es war – positiv betrachtet – eine einzige große Entdeckungsreise durch ein unbekanntes Land. So ähnlich musste Humboldt sich gefühlt haben!

Natürlich hätte man genauso gut sagen können, so ein Zustand gleiche einer Fahrt in einer Geisterbahn. Ich wusste nie, wann die nächste Fratze vor mir hochschnellen, wann die nächste Leiche – aus meinem Keller? – vor mir auftauchen würde. Mein Lächeln sackte von den Mundwinkeln.

In der Mittagspause brach ich auf. Nach einer Dreiviertelstunde Fahrt stellte ich fest, dass St. Gallen eine schmucke kleine Stadt ist. Ich konnte davon ausgehen, früher öfters hier gewesen zu sein, nannte ich doch ein mit Fränkli gut bestücktes Schweizer Nummernkonto bei einer St. Galler Bank mein eigen.

Nachdem ich auf der Suche nach der entsprechenden Straße zunächst ein paar vergebliche Runden gedreht hatte und immer wieder an derselben Stelle gelandet war, entschloss ich mich doch, nach dem Weg zu fragen. Ein Mann mit freundlich-rundem Mondgesicht bemühte sich, mir eine genaue, aber komplizierte Wegbeschreibung zu liefern.

Das half mir kaum weiter. Im Wirrwarr der schmalen

Gässchen fiel mir auf, wie merkwürdig es doch war, dass ich kein GPS in meinem Wagen hatte. Nach ein paar weiteren Runden und zwei weiteren hilfsbereiten Passanten gelangte ich schließlich an mein Ziel.

Das Antiquariat lag ein wenig außerhalb des Zentrums. Die Straße war breit und gesäumt von einem einzigen endlos langen Gebäude, das mich an Londoner Lagerhäuser erinnerte. Ich zögerte.

Was erwartete ich mir eigentlich von diesem Gespräch? Was hoffte ich bei einem direkten Zusammentreffen mit Hürli zu erfahren? War nicht ohnehin alles, was er zu sagen gehabt hatte, in den Polizeiakten vermerkt?

Für einen Moment glaubte ich nicht mehr daran, dass Toni Giaconuzzis Behauptungen, das große Los gezogen zu haben, etwas Besonderes auf sich hatten. Etwas, das in irgendeiner Weise mehr Transparenz in meine Vergangenheit bringen konnte, in dieses Leben, das wie eine Theaterbühne hinter einem rotsamtenen Vorhang verborgen lag.

Aber ich war nun mal hier und wollte endlich vorankommen. Ich durfte mir keinen Rückzieher erlauben.

Das Antiquariat wirkte verlassen. Im Inneren des Ladens brannte, soweit ich von hier aus erkennen konnte, kein Licht. Überhaupt war außer mir weit und breit kein Mensch zu sehen. Ich blickte auf die Uhr. Mittlerweile war es kurz nach drei. Selbst die kleinen Geschäfte, die gewöhnlich um die Mittagsstunde schlossen, hätten nun wieder öffnen müssen.

Ich löste den Sicherheitsgurt und stieg aus. Nach der Fahrt im gut klimatisierten Wagen war es, als würde ich von einem Eisschrank in einen Backofen wechseln. Vielleicht hatte ich schon früher die Hitze nicht vertragen. Aber dann dachte ich an Kalifornien und dass ich dort niemals auch nur einen Anflug von Kreislaufschwäche verspürt hatte.

Ich sah mich um und ging schräg über die Fahrbahn, direkt auf das Antiquariat zu. Vor dem Schaufenster machte ich halt und ließ meinen Blick über die Auslage schweifen. Eine Unmenge von Büchern blickte mir entgegen. »Sven Hedin« stand auf einigen der grauen und braunen Einbände, über einen Buchdeckel zog eine Karawane, auf einem anderen segelte ein Dreimaster. Keines der Bücher war mit einem Preis versehen. Ein paar kleinere Exemplare in knallrotem Einband lagen auch herum, »Baedeker« stand in goldgeprägten Lettern darauf.

Ich versuchte, ins Ladeninnere zu spähen, sah aber nur mein eigenes Spiegelbild. So legte ich beide Hände wie ein Schild über die Augen, beugte mich vor und hoffte, hinter den Bücherregalen etwas auszumachen. Doch nichts regte sich. Ich legte in einem müden Versuch die Hand auf die Klinke und erwartete, den Laden verschlossen vorzufinden. Überraschenderweise ließ sich die Tür ganz einfach öffnen.

Ich trat ein, begleitet von einem blechernen Läuten. Der Geruch von Staub und Trockenheit schlug mir entgegen. Dann hörte ich, wie eine Männerstimme, eine angenehm kräftige und wohlgelaunte Stimme, aus einem Hinterzimmer rief: »Ich chum glich« – »Ich komme gleich« auf Schwyzerdütsch.

Gerade überlegte ich noch, warum ich eigentlich eine brüchige und zittrige Stimme erwartet hatte, als ein mittelgroßer Typ, etwa in meinem Alter, in Jeans und schwarzem Nike-Shirt mit dem Aufdruck »Berlin Marathon« vor mir auftauchte. Bei meinem Anblick stutzte er kurz. Dann sagte er in nahezu dialektlosem Deutsch: »Ich fass' es nicht – Max Winther!«

Die Stille, die auf seine Worte folgte, war beinahe mit den Händen zu greifen. Wir standen uns gegenüber, sahen uns an. Justus Hürlis Gesichtsausdruck blieb unverändert, freundlich und zugleich unergründlich. Auf einmal überkam mich eine große Müdigkeit, die nichts mit körperlicher Schwäche zu tun hatte. Er schien auf etwas zu warten, eine Erklärung, eine Eröffnung, irgendetwas. Darum räusperte ich mich und fragte: »Könnten wir uns irgendwo unterhalten? Es gibt da etwas, was ich gerne von Ihnen wüsste …«

Hürli nickte, dann bat er mich, Platz zu nehmen. »Ich koche uns erst mal einen Tee. Einen heißen Tee gegen die Hitze! Sie glauben's vielleicht nicht, aber das ist die beste Erfrischung.«

Bei näherem Hinhören erkannte man die Schweizer Hintergrundmelodie in seinem Hochdeutsch.

Mit einem leichten Nicken setzte ich mich im Hinterzimmer an einen eigentlich runden Tisch, dessen Platte zur Hälfte an die Wand geklappt war.

Ich hörte Justus Hürli im Nebenraum hantieren. Ein Topfdeckel klapperte, Geschirr klirrte. Als ich schon glaubte, er würde niemals wieder auftauchen, stand er plötzlich da und stellte eine eierschalenfarbene Kanne auf den Tisch. Daneben platzierte er zwei elegante Tassen und schenkte mir ein. Er setzte sich, nahm Zucker aus einer anachronistischen silbernen Zuckerdose und rührte ihn in seinen Tee. Ich tat es ihm nach, dann sagte ich: »Ist das Ihr Laden?«

Hürli schüttelte langsam und ernst den Kopf. »Das wäre wohl zu viel des Guten.«

»Warum das?«

»Nun, ich nehme an, Sie kennen meine Geschichte. Oder den Teil, der meinen Zustand vor mehr als zwei Jahren betrifft.«

»Ihre Drogenabhängigkeit.«

»Ja.«

Ich wusste nicht, was ich nun sagen sollte, ohne dämlich, gönnerhaft oder weltfremd zu klingen. Schließlich fiel mir nichts Besseres ein als: »Aber Sie haben es geschafft.«

Hürli lächelte nachsichtig, fast väterlich.

»Das«, sagte er und nahm einen Schluck Tee, »wird sich erst auf meinem Totenbett zeigen. Ob ich es *geschafft* habe.«

»Aber ... Sie sehen ... *gut* aus. Sie tragen dieses Shirt ...«

»Das hat nichts zu sagen. Es zählt nicht ... So sehe ich *heute* aus, verstehen Sie. Aber das sagt nichts ... gar nichts darüber aus, wie ich *morgen* aussehen werde.«

»Das verstehe ich nicht.«

»Tja, wie soll ich sagen. Einmal Junkie, immer Junkie. So ist das nun mal. Da darf man sich nichts vormachen. Ich kenne Leute, die waren fünfzehn, zwanzig Jahre lang clean, und dann sind sie rückfällig geworden. Totaler Absturz.«

»Aber nun arbeiten Sie hier.«

Er lachte. »Sie können es nicht lassen, hm? Unverbesserlicher Optimist. Tut mir leid, Ihnen sagen zu müssen, dass es den Laden in zwei Monaten nicht mehr geben wird.«

»Warum?«

»Die Bibliophilen sterben langsam aus. Herr Feigenbaum ist schon alt und niemand will das Geschäft übernehmen.«

»Das ist ... schade.«

»Finde ich auch.«

»Und was werden Sie dann machen?«

»Ich werde schon etwas finden.«

»*Sie* sind Optimist. Aber das muss man wohl auch sein, wenn man ... Wie haben Sie das denn geschafft, damals?«

»Wie ich clean geworden bin? Mit einer Methadon-Therapie. Seit ich clean bin, engagiere ich mich da auch, bei einem Methadon-Projekt. Dreimal die Woche nachmittags.«

Jetzt entstand eine Pause. Ich überlegte fieberhaft, wie ich weiter vorgehen sollte.

Justus Hürli betrachtete mich schweigend. Er nahm seine Teetasse hoch, trank einen Schluck, setzte sie mit einem Klirren auf den Unterteller und sagte unvermittelt: »Sie sind doch sicher nicht gekommen, um sich mit mir über mein Drogenproblem zu unterhalten?«

Hätte die Frage nicht so geklungen, wie sie aus Justus Hürlis Munde klang, hätte er mich nicht angesehen, als habe er ein großes und tiefes Wissen um die Welt und ihre Belange – ich hätte weiterhin geschwiegen. So, wie ich seit dem großen Feuer geschwiegen hatte, wie ich Jaro und Frau Meerbaum, Wenzlow und Hoffmann und letztlich Anouk gegenüber geschwiegen hatte.

»Worüber möchten Sie mit mir sprechen?« Dabei sah er mich an, als wüsste er die Antwort längst.

»Nach dem Brand damals … Also, was ich sagen will: Ich war schwer verletzt und mein Erinnerungsvermögen weist ein paar Lücken auf. Ich kann mich an einzelne Dinge nicht mehr erinnern, die vor dem Brand geschehen sind. Ich war lange weg, in Kliniken und so …« Das war natürlich hoffnungslos untertrieben. Schließlich hatte ich fast gar keine Erinnerung mehr. Aber ich wollte mich nicht gleich vollkommen entblößt in die Hände eines Fremden begeben.

Hürli nickte. Er saß einfach da und nickte, als hörte er derartige Geschichten jeden Tag.

Ich holte tief Luft. »Die Sache lässt mir einfach keine Ruhe. Und nun bin ich dabei, na sagen wir mal, das Trauma aufzuarbeiten. In diesem Zusammenhang habe ich mir noch einmal die Polizeiakten vorgenommen.«

Es war, als würde in Hürlis Gesicht ein Vorhang fallen. Mit einem Mal wirkte er wachsam, ja distanziert.

»Und da wollten Sie sich diesen Junkie, dieses hirntote Wrack, das damals solche Behauptungen aufgestellt hat, einmal persönlich vorknöpfen?«

Er sah wohl meinem Blick an, was ich von dieser letzten Bemerkung hielt, und so lächelte er wieder und fügte erklärend hinzu: »Die haben mich damals behandelt wie Dreck. Aber irgendwie …« Er zuckte mit den Achseln.

»Hören Sie!« Ich beugte mich vor. »Ich wäre nicht gekommen, wenn es für mich nicht wichtig wäre. Ich wäre nicht gekommen, wenn ich mit den Ansichten der Polizisten konform ginge. Aber es gibt da Dinge … aus meiner Vergangenheit … Verstehen Sie, ich habe Lücken in meinem Gedächtnis …«

»Und nun sind Sie gekommen und wollen meine Mosaiksteine haben, nicht wahr?«

Ich musste ihn verblüfft angesehen haben. Seine Ausdrucksweise war gewöhnungsbedürftig, geradezu kryptisch. Hürli deutete auf meinen Tee, der noch unberührt dastand, und forderte mich auf: »Trinken Sie! Es hilft Ihnen, Ihre Gedanken einzusammeln.«

Der Tee war inzwischen nurmehr lauwarm. Ich trank ihn in einem Zuge aus und Hürli schenkte uns beiden noch einmal nach. Dann nahm er eine gestopfte Pfeife zur Hand, steckte sie zwischen die Zähne, zündete sie aber nicht an. Ich fragte: »Brauchen Sie Feuer? Leider habe ich keines …«

Er lächelte. »Ich auch nicht. Nicht mehr. Ist eine Marotte von mir. Ich gestehe mir in Gedanken die Freiheit zu, sie jederzeit anzuzünden, tue es dann aber doch nicht. Bis jetzt.« Er zog an der kalten Pfeife. Unvermittelt fragte er: »Und Ihrer Frau, wie geht es der?«

Ich stutzte, doch dann antwortete ich: »Gut, sie ist bei dem Brand nur leicht verletzt worden.«

Wieder nickte er und sah dabei aus, als habe er diese, und genau diese Antwort erwartet. Er strahlte die ruhige Gewissheit eines Menschen aus, der langsam oder gar nicht urteilt. Der die anderen machen lässt, weil sie ohnehin ihren Weg gehen werden.

Dann fragte er: »Was möchten Sie von mir wissen, Herr Winther?«

»Also ...« Ich stockte, atmete tief ein und ließ meinen Blick über die vergilbten Buchrücken gleiten. »Ich weiß ja auch nicht. Ich nehme an, es gibt nicht viel Neues, was Sie mir sagen könnten. Im Prinzip wollte ich nur noch einmal von Ihnen ... persönlich hören, was Sie damals schon zu Protokoll gegeben haben.«

Sein Mienenspiel blieb rätselhaft und wie man bei einem Buch in schlichtem Einband nicht ahnen konnte, was es barg, konnte auch ich nicht erkennen, welche Gedanken sich hinter Justus Hürlis Stirn bewegten. Ich fuhr fort: »Sie sagten damals, dass der Tote Ihrer Meinung nach nicht Giaconuzzi war.«

»Dieser Meinung bin ich immer noch.« Er sah mich fest an. Ich hielt es für fast unmöglich, dass dieser Mann, der solch eine Sicherheit, ja Gewissheit ausstrahlte, phantasierte. Weder jetzt noch damals. Ich wartete darauf, dass er sich in irgendeiner Weise rechtfertigen würde, doch er sagte nichts. Also hakte ich nach: »Bitte erzählen Sie mir alles.«

Hürli nuckelte wieder an seiner kalten Pfeife und sah mich weiterhin schweigend an, als grüble er – ja, worüber? Schließlich fragte er lakonisch: »Wieso?«

Es war ein Geduldsspiel. Dieser Mann war eine harte Nuss. Als er immer noch nicht reagierte, fuhr ich ihn an: »Nun erzählen Sie mir's endlich! Was ist denn schon dabei, meine Güte!«

Heißer Zorn stieg in mir auf – eine kaum zu bändigende Wut, gepaart mit der Verzweiflung darüber, dass ein Teil meines Gedächtnisses für mich nicht mehr zugänglich war. Am liebsten hätte ich Hürli am Schlafittchen gepackt und das bisschen, was er wusste, aus ihm herausgeschüttelt. Warum musste er mich so hinhalten? Er würde doch ohnehin nur wiederholen, was im Polizeiprotokoll stand. Ich krampfte meine Finger um die Tischplatte, starrte auf meine Hände, weil *er* auf meine Hände blickte, und sah, dass die Adern an den Handgelenken wie blaue Schnüre hervortraten.

Wieder völlig unvermittelt fragte er: »In der Zeitung habe ich gelesen, dass Sie in einer Spezialklinik in den USA behandelt wurden. War Ihre Frau auch dort?«

Ich wischte seine Frage mit einem trotzigen »Ja« beiseite. »Sie hat sich um mich gekümmert. Die ganze Zeit. Ohne sie hätte ich es nicht geschafft!«

Hürli schien zu überlegen. Endlos lang. Böse Witze über das Reaktionstempo der Leute aus Bern fielen mir ein. Ich wollte mich schon nach seiner Herkunft erkundigen, als ich glaubte, nicht recht gehört zu haben: »Lieben Sie Ihre Frau?«

Ich presste die Lippen zusammen und zischte ihn an: »Ich bin nicht gekommen, um mit Ihnen über meine Gefühlslage zu sprechen.«

Das Gespräch verlief so unerfreulich! Ganz anders als ich beabsichtigt hatte. Ich hatte mir – wenn überhaupt – vorgestellt, in diesen Laden zu marschieren und kurz eine Frage an einen blassen und ungesund aussehenden Ex-

Junkie zu richten. Der Typ hätte eine mir schon bekannte Geschichte bestätigt und ich wäre wieder meiner Wege gegangen. Ich hätte getan, was ich hatte tun können, die Sache wäre erledigt gewesen, abgehakt.

Aber Hürli hatte allem eine neue Wendung gegeben. Eine beunruhigende Wendung. Seine Fragen gefielen mir nicht. Sie rührten unmittelbar an meinen wunden Punkt: die Liebe zwischen Anouk und mir.

»Also *ja*. Sie scheinen Ihre Frau sogar sehr stark zu lieben, sonst wären Sie jetzt nicht hier«, gab Hürli sich selbst die Antwort. »Dann will ich Ihnen jetzt etwas sagen: In meinem Leben habe ich schon eine Menge an Dreck gesehen, der eigentlich für mehrere Menschen reichen würde. Doch irgendwie habe ich es geschafft, aus diesem ganzen Elend herauszukommen, bis jetzt. Ich habe gesehen, wie Leute buchstäblich verreckt sind, im Delirium, auf der Straße, auf irgendeinem Klo in irgendeiner Stadt. Und das Erlebnis damals, mit der Polizei, mit diesen miefigen Beamten, die mich wie eben jenen Dreck, der ich war, behandelt haben, das hat mich – ob Sie's glauben oder nicht – aufgerüttelt. Ich war ganz unten und das war meine Chance für einen Neuanfang. Die habe ich genutzt. Und Sie auch.« Hürli stach mit dem Finger in meine Richtung. »Auch Sie haben eine zweite Chance bekommen. Sie sind, soweit ich das sehe, gesund und bis auf ein paar Narben sieht man nicht viel … Sie mögen ein paar Gedächtnislücken haben. Aber Sie haben, wenn ich mich nicht irre, eine Firma. Und Sie haben eine Frau, die Sie liebt. Und alles andere wird sich finden.«

»In den USA hätten Sie gute Aussichten als Laienprediger.«

Er ignorierte meinen scherzhaften Tonfall und sah mich ernst an. Plötzlich sagte er: »Ich sehe schon, Sie wollen es trotzdem wissen.«

Ich nickte.

Er seufzte. Ohne weitere Umschweife legte er los: »Was ich zu sagen habe, wird Ihnen nicht gefallen. Denn es ist genau das, was ich damals bei der Polizei zu Protokoll gegeben habe.

Herr Winther, ich bin sicher, dass der Tote auf Ihrem Firmengelände *nicht* Toni Giaconuzzi war.

Es war genau zwei Tage nach dem Brand in Ihrer Firma. Ich weiß das deshalb, weil ich die Schlagzeilen über den Brand am Zeitungsständer gesehen hatte. An diesem Tag traf ich *ihn* am Friedrichshafener Bahnhof. Wir wechselten ein paar Worte. Aber wir waren nicht gut miteinander bekannt. Er war ein – entschuldigen Sie den Ausdruck – aufschneiderisches Arschloch, ein unangenehmer Typ eben, der dauernd mit allem Möglichen vom Leder zog. Er prahlte mit allen erdenklichen Projekten, in die er angeblich gewinnbringend ›investiert‹ hatte. In Wahrheit war das einzige Projekt, bei dem ich ihn wirklich aktiv erlebt habe, das Schnaps-Projekt, na ja ... Wo war ich? Ach so, ja ... Dort am Bahnhof lud er mich zu einem Bier ein, was ziemlich ungewöhnlich für ihn war. Wie wir anderen ja auch war Giaconuzzi eigentlich ständig pleite.

Ich glaubte ihm kein Wort, dachte, am Ende würde ich für ihn mit bezahlen müssen, und das sagte ich ihm auch. Na ja, und dann holte er ein fettes Bündel Geldscheine aus der Tasche: Hunderter und ein paar Fünfhunderter. Ich war sprachlos. Als er das bemerkte, zog er auch noch ein Flugticket aus der anderen Tasche und hielt es mir vor die Nase. Es war auf seinen Namen ausgestellt, an das Datum erinnere ich mich nicht. Aber ich bin ganz sicher, dass es echt war. Und dass sein Name darauf stand: *Toni Giaconuzzi*. Und das alles zwei Tage *nach* dem Brand in Ihrer Firma. Er kann also nicht dabei umgekommen sein!«

Ich hatte Justus Hürli die ganze Zeit über scharf fixiert. Seinen Bericht hatte er sicher und flüssig vorgetragen, so, als hätte er diese Worte schon oft gesprochen, als hätte er sie völlig verinnerlicht. Er wirkte äußerst souverän. Wie ich ihn so vor mir sitzen sah, erschien es mir unmöglich, ihm nicht zu glauben. Aber es konnte doch nicht sein, dass die Polizei ihn dermaßen falsch eingeschätzt hatte.

Mir fehlten die Worte. »Also, Herr Hürli ... Ich weiß nicht, was ich sagen soll. Sie scheinen sich vollkommen sicher zu sein.«

»Ich *bin* vollkommen sicher.«

»Aber die Polizei – wieso haben die Ihnen nicht geglaubt?«

»An dem Tag, an dem ich meine Aussage gemacht habe, war ich ... na ja, wie soll ich sagen ... extrem schlecht drauf. Auf Entzug, wenn Sie sich vorstellen können, was das bedeutet. Aber ich *weiß* doch, dass ich ihn gesehen habe! Er war auf dem Weg nach Zürich. Von dort aus ging sein Flug. Noch am selben Tag.«

Hürli musste damals tatsächlich ein vollkommen anderes Erscheinungsbild abgegeben haben. Es hatte vermutlich in krassem Gegensatz zu dem Eindruck gestanden, den er heute und hier vermittelte.

Jetzt kam er noch mal auf seine Schlüsselsituation mit Giaconuzzi zurück: »Ich habe das Geld ja mit eigenen Augen gesehen. Und genauso das Ticket. Daran gibt es keinerlei Zweifel. Natürlich war er wieder unter Dampf, wie meistens, aber das tut nichts zur Sache.«

Hürli sah nachdenklich vor sich hin. Ohne den Blick von der Tischplatte zu nehmen, fuhr er fort: »Ich habe ihn dann noch zum Zug begleitet. Beim Abschied war mir fast ein wenig rührselig zumute, ich konnt's gar nicht fassen. Und er in seinem Dusel wohl auch nicht. Jedenfalls war er schon eingestiegen, als er plötzlich etwas faselte davon, dass da *noch einer von der Sorte* gewesen sei.«

Ich horchte auf: »Wie hat er das denn gemeint?«

»Das habe ich ihn auch gefragt. Aber er hat nur seine wichtigtuerische Miene aufgesetzt, sodass ich mir dachte: Doch gut, dass der Depp abhaut.«

»Und das Geld? Haben Sie ihn denn gar nicht gefragt, wo er das ganze Geld – und das Ticket – her hatte?«

»Klar hab ich ihn das gefragt.«

»Und?«

»Nichts Brauchbares. Er sei – so sagte er – zur richtigen Zeit am richtigen Ort gewesen.«

Ich dachte über diese Worte nach. Was konnte Giaconuzzi damit gemeint haben? Mir fiel gleich noch etwas anderes ein: »Aber die Polizei hätte das mit dem Ticket doch herausfinden können. Sein Name musste doch auf irgendwelchen Passagierlisten verzeichnet gewesen sein.«

Hürlis Antwort begann mit einem empörten Prusten. »Von denen hat sich keiner die Mühe gemacht. Keiner wollte das, was ein abgehalfterter Typ wie ich gesagt hatte, nachprüfen.«

Eine Weile lang schwiegen wir beide und hingen dem Gesagten nach.

Ich hatte plötzlich das Gefühl, dass Hürli mich mitleidig betrachtete.

»Was ist?«, fragte ich.

Er sah weg und blinzelte. Dann stand er langsam auf, nahm die Teekanne und trug sie zum Spülbecken.

»Nichts«, sagte er und begann, mit Hingabe die Kanne auszuspülen. Das alles kam mir wie ein Ablenkungsmanöver vor. Offensichtlich versuchte Hürli, mir etwas zu verschweigen.

»Doch«, sagte ich, »da ist noch was. Ich spüre das. Bitte sagen Sie mir alles, was Sie wissen.«

Er trocknete die Hände an einem Geschirrtuch ab. Dann drehte er sich langsam zu mir um. Seine Miene verriet nichts. Eine Weile lang maßen wir uns stumm. Irgendwann sagte er: »Ich bin mir nicht so sicher, ob man viel auf Giaconuzzis Gefasel geben sollte. Ich meine, als er da in den Zug stieg, stand er ja wirklich unter Strom.«

»Aber ... Sie selbst ...«

»Sie meinen, ich selbst war damals auch nicht besser drauf? Das mag stimmen.« Er schien zu überlegen und starrte wieder abwesend vor sich hin. Plötzlich schoss es aus ihm heraus: »Ich sagte Ihnen vorhin, lassen Sie's ruhen, seien Sie dankbar ... Ich will hier nicht die Giftpfeile eines Versoffenen abschießen, das verstehen Sie doch. Wenn nun gar nichts dran war ...«

»Mann, jetzt reden Sie doch endlich! Ich *muss* es wissen. Alles!«

»Also gut.« Er zuckte mit den Schultern. Die Bewegung hatte fast schon etwas Trotziges an sich. »Kurz vor der Abfahrt, er stand schon im Zug, brüllte er mir etwas zu von ›Scheißweibern‹ und dass die Winther die Schlimmste sei. Er rief mir zu, dass sie es ›die ganze Zeit mit dem anderen getrieben‹ habe. Dann nuschelte er noch irgendeinen Namen. Und dann gingen die Türen zu.«

Party

An die Rückfahrt erinnere ich mich kaum. Ich weiß nur noch, dass ich nach Hürlis Satz mit den »Scheißweibern« völlig betäubt aufgestanden war. Beim Hinausgehen nahm ich seine Stimme beinahe nicht mehr wahr.

Er rief wie von weit her: »So bleiben Sie doch, warten Sie! Das hat wahrscheinlich gar nichts zu bedeuten!«

Ich spürte eine Hand, die mich am Arm berührte, Finger, die sich darum schlossen, neben mir plumpsten ein paar Bücher zu Boden. Dann erklang ein blechernes Scheppern, eine Tür schlug zu und draußen umfing mich die Hitze wie ein bleierner Mantel.

Irgendwie musste ich es auf die Autobahn geschafft haben, denn ich erinnere mich an das Vorüberrasen der Bäume, an andere Wagen, die ich rechts hinter mir ließ, immer wieder andere. Im Nachhinein betrachtet war es ein Wunder, dass ich nicht in die Fänge der Schweizer Polizei geriet oder dass die Beamten an der Grenze zu Österreich nicht schon vorgewarnt waren. Aber da war niemand, der mich aufgehalten hätte. Der Schweizer Grenzbeamte sah mich noch nicht einmal an und der Österreicher winkte mich mit einer müden Geste weiter.

Irgendwo auf einem Parkplatz vor Bregenz hielt ich an. Die Schlaflosigkeit der letzten Nacht saß mir in den Knochen. Es war mir unmöglich, auch nur noch einen Meter weiter zu fahren. Ich nickte an Ort und Stelle ein.

Es dämmerte bereits, als ein Geräusch mich aufweckte und ich erschrocken bemerkte, wo ich überhaupt war. Ich blinzelte benommen, ließ die Scheiben herunter und startete den Motor.

Laue, süße Sommerluft wehte zu mir herein. Über den Feldern lag eine Abendstimmung, wie sie schöner nicht hätte sein können. Der Duft von frisch gewendetem Heu ließ eine unbestimmte Sehnsucht in mir aufkommen.

Aber gleich würde ich Anouk gegenüberstehen. Ich würde in ihre Augen sehen und mich fragen, ob das die Augen einer Frau waren, die mich betrogen hatte. Ich würde sie ansehen, ihr Gesicht, ihre Lippen, den kleinen Leberfleck auf ihrem Jochbein, ihre Brüste, die sich unter ihrem Oberteil abzeichneten. Und ich würde mich fragen, ob es wahr war: ob diese Lippen einen anderen geküsst hatten, ob diese Arme einen anderen umschlungen hatten, ob dieser Körper einen anderen empfangen hatte, ob diese Frau in der Umarmung eines anderen versunken war.

Wie würde ich ihr gegenübertreten? Konnte ich ihr gegenüberstehen, ohne sie anzuschreien?

Ich spürte eine heiße Wut in mir, die alle anderen Gefühle unter sich erstickte. Ein Racheengel breitete seine Flügel aus, um Anouk ihrer gerechten Strafe zuzuführen. Aber was *war* ihre gerechte Strafe? Und vielleicht stimmte das ja alles auch gar nicht?

Ich wurde unsicher. Konnte, durfte ich den lallend hervorgebrachten Behauptungen eines Alkoholikers Glauben schenken? Noch dazu, wenn diese aus zweiter Hand kamen und die »zweite Hand« in dem Fall einem ehemaligen Junkie gehörte?

Zählte nicht vielmehr der Eindruck, den ich selbst von

Anouk und ihren Gefühlen mir gegenüber hatte? Seit dem Brand war ja auch so unendlich viel geschehen. Wie hatte sie sich um mich gekümmert, wie hatte sie an meinem Bett gesessen, Tag um Tag, mich gestützt, um meine Beine wieder zum Gehen zu bringen. Sie hatte mir vorgelesen, Stunde um Stunde, Nachmittage lang. Sie hatte mich gefüttert, als meine beiden Arme im Gips waren, mich gestreichelt. Ich hatte ihre Liebe gespürt.

Und selbst wenn es so gewesen sein sollte – wenn wir uns vor dem Brand fremder gewesen waren als jetzt; wenn ein anderer Mann dabei gewesen war, unsere Ehe zu unterminieren –, so war es doch Vergangenheit.

Und wenn es so gewesen sein sollte, dass ich Anouk – unter Alkohol – geschlagen hatte, so war sie doch bei mir geblieben, all die Jahre, und der Brand war ein Ende und ein Neubeginn zugleich gewesen. Jedenfalls hatten wir in den Jahren nach dem Brand eine unglaubliche Nähe erfahren. Sollte ich das alles nun zerstören?

Doch dann trat meine Beobachtung vom vergangenen Tag wie ein Schatten aus einem dunklen Winkel hervor und plötzlich passte alles. Anouk war zu ihrem Liebhaber unterwegs gewesen, zu einem romantischen Stelldichein zwischen der Gartenarbeit und dem Abendessen. Sie hatte die Beziehung zu diesem Mann wieder aufgenommen, nach über zwei Jahren, sie hatte unseren Neubeginn verraten, das, was ich für unzertrennlich gehalten hatte, getrennt, mit einer Leichtigkeit, die mich erschaudern ließ. Und wenn dem so war, dann, ja, was dann? Trennung? Scheidung? Ein Leben ohne Anouk? Wie konnte ich ohne sie leben?

Ein sauberer Schnitt, sagte man nicht so? Doch was hätte ich letztendlich davon, dass er sauber wäre? All das Elend, all die Einsamkeit an den Sonntagen ohne Anouk! Sollte ich um sie kämpfen? Ich war mir nicht sicher, ob es diesen oft pathetisch postulierten Kampf um einen Menschen überhaupt gab. War der Kampf nicht längst verloren in dem Moment, in dem ein solcher nötig wurde? Man konnte doch keine Gefühle herbeikämpfen!

Doch egal, ob Kampf oder »nur« Konkurrenz: Um *dem anderen* angemessen zu begegnen, musste ich erst einmal wissen, wer er war. Als ich schließlich in unsere Einfahrt bog, hatte ich einen Entschluss gefasst.

Ich war so sehr in Gedanken versunken, dass ich erst im zweiten Moment stutzte. An unserem Haus hatte sich etwas verändert.

Zuerst war es nur ein Gefühl, eine Ahnung. Irgendetwas war anders als sonst. Schon rein optisch. Alles wirkte feindlich. Und dann wusste ich, was diesen Eindruck verursachte: Es waren die Fenster, die mich irritierten. Frau Meerbaum und auch Anouk ließen sie bei diesen hohen Temperaturen normalerweise weit offen stehen. Jetzt jedoch sah ich in die geschlossenen Fenster, die mir wie blicklose Augen entgegenstarrten.

Ich nahm meine Tasche vom Beifahrersitz und schlug die Wagentür zu. Gerade als ich mich zum Haus hin umdrehte, wurde die Tür aufgerissen und Anouk tauchte im Türrahmen auf. Es war klar, dass es Anouk war, die dort stand, aber ihr Aussehen unterschied sich grundlegend von dem Bild, das sie üblicherweise abgab. Das Haar war nachlässig im Nacken geflochten. Viele Strähnen hatten sich wieder gelöst und hingen wirr herum, ihre Augen waren rot und verquollen, das Gesicht schweißbedeckt.

Anouks Mund war verzerrt. Sie fixierte mich starr und blickte gleichzeitig durch mich hindurch. Sie musste mich für eine Erscheinung halten. Aus ihrer Kehle drang ein seltsamer Laut wie das Wimmern eines kleinen Tieres, eines verendenden Tieres.

Ich erschrak. So hatte ich sie noch nie erlebt.

Lange standen wir beide regungslos da. Bis sie sich aus ihrer schrecklichen Erstarrung löste, auf mich zurannte, die Arme um mich schlang und nicht aufhören konnte zu schluchzen.

Nur langsam beruhigte sie sich. Trotz der Hitze und des Schweißes fühlte sich ihre Haut kalt an. Ich packte sie aufs Sofa, deckte sie mit einem dünnen Plaid zu und redete sanft auf sie ein.

Wie sollte ich diesen Zustand meiner Frau bloß einordnen? Immer war sie die Starke gewesen, die Ruhige, die Souveräne. Sie hatte unsere Belange in den USA gemanagt und mein Leben gleich mit. Nicht ein einziges Mal hatte ich daran gedacht, dass ihre Belastbarkeit Grenzen haben könnte.

Ich suchte nach Cognac, fand aber weder im Wohnzimmer noch in der Küche Alkohol, und so kochte ich ihr einen Kräutertee, auf dessen Packung »zur Beruhigung der Nerven« stand.

Während ich neben ihr saß, ihren Kopf stützte und zusah, wie sie in kleinen Schlucken trank, wich mein erster Schrecken. Dafür machte ich mir nun ernsthafte Sorgen. Was hatte sie so schonungslos aus der Bahn geworfen? Ich dachte an ihre Eltern – ein Unfall, eine Krankheit?

Möglichst ruhig bat ich Anouk: »Erzähl mir doch, was passiert ist.«

Ihr Kopf fuhr mit einem Ruck herum. Sie sah mich an, als traute sie ihren Ohren nicht, als könnte sie nicht fassen, worum ich sie eben gebeten hatte. Dann antwortete sie und die Schlichtheit ihrer Worte erschütterte mich:

»Ich dachte, du seist tot!«

In diesem Moment läutete das Telefon.

Wir sahen uns an, doch keiner von uns machte Anstalten, aufzustehen und abzuheben. Anouk, weil es ihr gleichgültig schien; ich, weil ich verzweifelt versuchte, die Bedeutung ihrer Worte zu verstehen.

Da fiel mir ein, dass ich mich in der Firma nicht abgemeldet hatte. Offenbar hatten alle bereits versucht, mich zu erreichen. Mein Handy hatte ich nicht dabei gehabt. Mir kam der 16-Uhr-Termin mit dem Unterlieferanten in den Sinn ... Ja, so musste diese Verwirrung entstanden sein: Ich war nach der Mittagspause einfach nicht wieder in mein Büro zurückgekehrt. Über Stunden hinweg hatte niemand gewusst, wo ich steckte. Wahrscheinlich hatte die Meyerin dann Anouk angerufen und gefragt, ob sie eine Ahnung habe. Und Anouk hatte angenommen, dass, ja was? Dass ich verunglückt war? Dass ich das Opfer eines Verbrechens geworden war? Entführt?

Wieder begann das Telefon zu läuten, doch diesmal so lange, bis sich der Anrufbeantworter einschaltete. Anouks Ansage erklang, dann ein Piepton, kurz darauf hörten wir: »Servus, hier ist Barbara. Ich frage mich, wo ihr seid! Alle sind schon da, nur die Ehrengäste nicht. Also: Wenn ihr dann bitte mal die Güte hättet und euch zumindest melden würdet!«

Wir hatten Barbaras Party einfach vergessen.

Ich schlug mit der flachen Hand gegen meine Stirn. Wie dumm! Aber diese dämliche Fete hatte jetzt gerade noch gefehlt. So, wie wir uns im Augenblick fühlten, konnten wir keinesfalls auf ein Fest gehen.

Ich trottete zum Telefon und fragte Anouk nach Barbaras Nummer.

Anouk zögerte. »Was wirst du ihr sagen?«

»Dass wir krank sind. Eine Sommergrippe.«

»Das kannst du nicht machen.«

»Warum nicht?«

»Weil sie ... sie hat wochenlang auf diese Party hingearbeitet.«

»Es tut mir ja auch leid. Aber du siehst wirklich nicht so aus, als ob du jetzt unter Leute gehen könntest.«

Anouk schwieg. Sie war noch immer blass, verschwitzt, fast ein wenig verhärmt. Wir würden nicht gehen. Wir *mussten* hierbleiben und uns beruhigen, soviel war klar. Zumindest für mich.

Dann hörte ich sie mit erstaunlich gefasster Stimme sagen: »Das können wir wirklich nicht machen. Wir müssen hingehen.«

Ich war sprachlos.

Sprachlos ob der Klarheit, mit der sie sich plötzlich wieder artikulierte. Ob der Entschiedenheit, die in ihrem Tonfall mitschwang.

Sie rieb sich über das Gesicht, küsste mich, stand auf, streckte eine Hand nach mir aus und sagte: »Komm. Wir sind doch zusammen. Gemeinsam schaffen wir das.«

Die Fahrt zum Haus von Barbara und Karl dauerte nur wenige Minuten. Es waren quälende Minuten, in denen ich mir das Gehirn zermarterte. Was würde mich erwarten? Und woher hatte Anouk die Kraft genommen, plötzlich wieder aufzustehen?

Ich fühlte mich wie ein Schauspieler, der in ein fremdes Stück gesteckt wird, auf eine fremde Bühne, wohl wissend, dass der Vorhang sich gleich heben und er hilflos auf dieser Bühne stehen würde.

Doch ich konnte jetzt nicht mehr aussteigen. Der Wagen

rollte unaufhaltsam weiter. Ich hatte bei unserem überstürzten Aufbruch natürlich keinerlei Zeit mehr gehabt, mich noch einmal mit den Steckbriefen zu beschäftigen. So hoffte ich inständig, trotz aller Widrigkeiten der vergangenen Tage und Stunden in der Lage zu sein, mich an all die Details zu den einzelnen Personen erinnern zu können.

Links und rechts der Straße reihten sich parkende BMW, Porsche, Mercedes und Range Rover.

Anouk sagte tonlos: »Hier sind wir«, und bog um die letzte Kurve.

Ich war mehr als verkrampft. Nervös wischte ich mir die Handflächen an meiner Hose ab, doch es nützte nichts. Sie waren feucht und blieben es auch, feucht und eiskalt. In meinem Hals steckte ein grauenhaft großer Kloß. Mir war schlecht. Mein Darm war in hellem Aufruhr und mein Herz hämmerte so verrückt gegen die Rippen, dass ich glaubte, es müsste zerspringen.

Warum hatte ich nur solche Angst? Da drinnen waren doch lauter Freunde. Warum konnte ich nicht einfach sagen: »Hi, hier bin ich wieder, ich brauche eure Hilfe.«

Aber schon der Anblick der PS-starken Nobelkarossen flößte mir unsäglichen Abscheu ein. Mit den Besitzern dieser sündhaft teuren Wagen wollte ich nichts zu tun haben. *Nur:* Warum schreckte mich der sichtbare Beweis ihres Wohlstands so sehr ab? Das war meine Kragenweite, all diesen Menschen konnte ich auf Augenhöhe begegnen, denn auch ich war wohlhabend. Und dennoch fühlte ich mich klein. Und unehrlich. Wie ein Hochstapler.

So standen wir denn vor Barbaras Haustür, Anouk in einem schwarzen Cocktailkleid, mit einem hauchdünnen Schal um den Hals, ich in Poloshirt und Freizeithose. Gerade, als ich meine Hand zur Klingel führen wollte, wurde die Tür mit Schwung geöffnet. Karl stand vor uns. Ebenfalls in lässiger Freizeitkleidung, in einem Ralf-Lauren-Hemd, braungebrannt, mit zurückweichendem Haaransatz, so, als sei er eben seinem Steckbrieffoto entstiegen. Sein Lachen war breit und ließ zwei Reihen weißer Zähne aufblitzen, ein Burt Lancaster in Reinformat. Er drückte mich kurz an sich und hielt sich ansonsten daran, mir mit »alter Kumpel« auf die Schulter zu klopfen.

Zum Glück erinnerte ich mich augenblicklich daran, was ich mit Anouk trainiert hatte. Kaum dass ich Karl sah, legte sich ein imaginärer Schalter in meinem Kopf um und ich erwiderte sein »ServusHeiliCiao« mit der gewohnt zotigen Bemerkung. Meine Unsicherheit überspielte ich durch einen besonders kernigen Tonfall.

Hinter Karl tauchte Barbara auf, wieder in den obligatorischen Stilettosandalen mit Riemchen, die sich bis zum Knie hochschlangen. Ihr Kleid war diesmal rot wie die Sünde selbst und ließ tief blicken.

»Ihr Lieben!«, flötete sie zur Begrüßung. »Wo wart ihr denn so lange? Ich fürchtete schon, ihr würdet kneifen!«

Während Anouks und Barbaras Wangen sich flüchtig berührten, sagte Anouk mit einer Leichtigkeit, die mir Schauer über den Rücken jagte: »Ach, du weißt ja, wie das mit Max ist. Über der Arbeit vergisst er beinahe alles. Er hatte noch einen Termin und steckte dann im Pfändertunnel im Stau!« Ihr Lachen perlte geradezu. Unglaublich. Wie machte sie das nur? Sie wirkte unbesiegbar. Eine schöne Frau, die sich in allen Lebenslagen sicher fühlt.

»Oho, ich hatte gehofft, Max, der Workaholic, gehört endgültig der Vergangenheit an.« Das war der braungebrannte Karl.

Das Haus unserer Gastgeber war unserem gewissermaßen recht ähnlich, nur dass man es mit weitaus mehr Marmor ausgestattet hatte. Insgesamt gesehen wirkte es unangenehm protzig.

Ein junger Mann in weißem Hemd und schwarzer Hose kam auf uns zu, ein Tablett vor sich her balancierend. Ich griff nach einem Glas Orangensaft. Heute Abend würde ich alle mir noch zur Verfügung stehenden Gehirnzellen benötigen. Anouk nahm ein Glas Champagner. Ich bemerkte mit Befremden, wie sie es in einem Zug leerte. Sie musste meinen Blick gespürt haben, denn sie sagte, ohne mich anzusehen und ohne dass ihr das engelhafte Lächeln vom Gesicht geglitten wäre: »Wenn ich mir diesen Zirkus hier anschauen soll, ohne einen Krampf zu kriegen, dann nur durch eine Champagner-Brille. Halloo, Martha, na das ist ein Wiiiedersehen!« Die letzten Worte galten einer drallen Person in einem viel zu engen Oberteil.

Kurz darauf spürte ich, wie weiches Fleisch sich an mich drängte. Eine Stimme jauchzte: »Mäxchen, wir fürchteten, dich *niemals* wiederzusehen!«

Überall tauchten Gesichter auf, Gesichter mit lachenden Mündern, Frauen mit roten Lippen, Männer, die mir wie zuvor Karl kumpelhaft auf den Rücken klopften.

In meinem Kopf begann ein Film abzulaufen. In fieberhafter Eile rief ich Steckbriefe ab und ordnete möglichst viele Eigenschaften möglichst treffend zu. Ich war ein Rechner, der in Windeseile die passenden Namen ausspuckte. Doch dieser Rechner hatte nicht alle Daten parat und so ließ ich mich einfach umarmen, umarmte meinerseits und wurde schließlich quer durch den Raum gereicht, von Partygast zu Partygast, bis ich am Ende vor Wenzlow zum Stehen kam.

Er musterte mich mit großem Mitgefühl, aber auch einen Tick zu aufmerksam und zu eindringlich. Wir standen einander gegenüber, jeder mit einem kleinen, verlegenen

Lächeln auf den Lippen. Wenzlow ergriff als Erster das Wort: »Nun bin ich aber froh.«

Ich verstand sofort, was er meinte, und erwiderte: »Ich hatte heute Nachmittag etwas zu erledigen. Hat ein bisschen länger gedauert.«

»Frau Meyer hat bei Ihnen zu Hause angerufen. Ich hoffe, sie hat nicht alles in Unruhe versetzt.«

Wieweit kannte er Anouk? Ob er ahnte, was sie meinetwegen durchgemacht hatte?

Jetzt kam von irgendwoher Gläserklingeln. Es wurde schnell lauter. Dann tauchte Karl neben mir auf. Mit erhobenem Glas begann er feierlich: »Liebe Freunde! Heute ist ein ganz besonderer Anlass, zu dem wir uns hier versammelt haben – ein erfreulicher Anlass, denn wir alle haben etwas wiedergefunden. Genauer gesagt haben wir *jemanden* wiedergefunden. Ein Freund und eine Freundin, die eine schwere Zeit erleben mussten, sind zurückgekehrt, nach mehr als zwei langen Jahren, in denen sie uns gefehlt haben und in denen wir schon nicht mehr damit gerechnet hatten, dass sie wiederkehren würden. Jetzt jedoch sind sie da und ich kann nur sagen, wie glücklich wir sind, dass ihr – verlorene Freunde – zurückgekommen seid. Und so erhebe ich mit euch allen mein Glas und trinke auf das Glück, dass das Schicksal euch – Anouk und Max – gnädig gesinnt war. Ich trinke auf die frohen Stunden, die wir in der Vergangenheit miteinander verbracht haben, und auf die vielen frohen Stunden, die wir noch miteinander erleben werden. Auf euch, auf Anouk und Max!«

Karl war ein geübter Redner, ein wenig pathetisch zwar, aber seine Worte klangen fröhlich und mitreißend. Nur wurde ich das Gefühl nicht los, dass sein Lächeln unecht war. Vielleicht lag es an meiner eigenen Anspannung, an dem Bewusstsein, im Mittelpunkt zu stehen, den ganzen Abend lang. Wer mich genau beobachtete, bemerkte sicherlich sofort, wie unwohl mir zumute war.

So mussten sich Dreharbeiten anfühlen. Wir waren ein perfektes Team am Set, vorneweg die Protagonisten. Dann kamen die Statisten, denen man gefärbtes Wasser in die Gläser geschüttet hatte. Sie lächelten und taten so, als würden sie sich angeregt unterhalten. Als wäre alles echt! Als perlte tatsächlich Champagner in ihren Kelchen, als würden sie sich tatsächlich freuen, als hätten sie tatsächlich einen verloren geglaubten Freund wiedergefunden.

Ich sah in all die glänzenden Gesichter, in all die Augen, die um unseretwillen so freundlich zu blicken schienen, nickte auf all die scherzhaften und lustigen Satzfetzen, die zu mir herüberwehten.

Ich lächelte zurück und hakte im Geiste meine Liste ab. Ach ja, das waren Traudl und Wolfgang, Petra mit Walter, Sylvia, Emmi, Johann, das musste Rebecca sein, das Paul. Und so in einem fort. Immer wieder erhob ich mein Glas, prostete jemandem zu und schlenderte schnell zum nächsten Grüppchen. Ich erkannte sie alle. Von den Fotos. Und dabei blieben sie mir alle zutiefst fremd.

Je später es wurde, desto lauter wurde das Gelächter, desto lebhafter die Gesten und funkelnder die Blicke. Im Gegensatz zur Mehrheit der Gäste blieb ich bei Wasser und Orangensaft. Mittlerweile gelang es mir, mich ein wenig zu entspannen. Ich rief die Anekdoten zu den Gesichtern ab, ließ, wenn es passte, eine Bemerkung fallen, die von Vertrautheit kündete, und schloss mich ansonsten dem Lachen der anderen an.

Anouk hatte recht gehabt. Barbara hatte wirklich alle Register gezogen. Im Garten gab es Gauklerspiele und Pantomimenstücke. Eine große Blonde mit erstaunlich tiefer

Stimme sang mal Jazziges, mal Poppiges, Südamerikanisches und sogar ein wenig Fado. Unzählige Fackeln tauchten den Garten in ein sanftes orangerotes Licht.

Inzwischen hatte ich Anouk völlig aus den Augen verloren. Erst spät sah ich sie wieder. Sie stand im Garten, einem großen dunkelhaarigen Mann gegenüber. Es musste John sein, ein Galerist aus Bregenz. Die Schatten der Fackeln zuckten über Anouks Gesicht.

Ich befand mich in einer dunklen Ecke des Gartens und beobachtete die beiden. Anouk redete aufgeregt auf ihn ein und er lauschte ernst und aufmerksam.

In diesem Moment explodierte der Himmel über uns. Das Feuerwerk begann.

Jemand berührte mich am Arm. Barbara.

Sie lächelte mir zu und deutete mit dem Zeigefinger nach oben. Gelbe, grüne und rote Raketen jagten einander, anschließend zauberte jemand Herzen aus unzähligen Rotpunkten über unsere Köpfe und schließlich ließen bunte Lichterbäume ihre Früchte in der Dunkelheit verglimmen. Barbara schien äußerst zufrieden mit diesem Programmpunkt zu sein.

Sie hakte sich bei mir unter und zog mich ein Stück weit fort, hinter einen Baum.

Jetzt folgte noch eine Zugabe: Goldregen in immer höheren Kaskaden. Eine Weile lang betrachteten wir alles schweigend. Ich war gelöster Stimmung, erleichtert wie schon lange nicht mehr. Im wahrsten Sinne hatte ich die Feuertaufe bestanden. Ich war in Max Winthers verblasste Spuren getreten und ein Stück weit in ihnen zurückgegangen.

»Endlich bist du wieder da.« Barbaras Stimme riss mich aus meinen Gedanken. Ihr Mund war viel zu nah an meinem Ohr.

Auf meiner Netzhaut verglühten neuerliche Lichtreflexe und Barbaras Gesicht tauchte unmittelbar vor mir auf. Es leuchtete in den Farben des Feuerwerks, ihre Pupillen funkelten dunkel.

»Du hast dich verändert.« Ihre Augen glitten über mein Gesicht. Mir wurde unbehaglich zumute. »Dein Blick, selbst deine Stimme. Und du bist … verhalten geworden.«

Ich wusste nicht, was ich erwidern sollte, bis mich ein Böllerknall mit rosa Funkenregen aus der Verlegenheit rettete. Und dennoch: Barbara sah aus, als würde etwas fehlen, als müsste ich in irgendeiner Form reagieren, ja gar, als hätte ich meinen Einsatz verpasst.

Als sie erneut zu sprechen anhob, schwang etwas in ihrer Stimme mit, das ich nicht deuten konnte. Der Tonfall war eindringlich und sanft zugleich. In jedem Fall äußerst unangenehm.

»Was ist bloß passiert?«

Ich räusperte mich. »Du weißt doch, was passiert ist!«

»Das meine ich nicht.«

»Was meinst du dann?«

»Das weißt du nicht?«

»Nein, Barbara …« Ich wollte mich nicht weiter in eine Ecke drängen lassen. Angriff war noch immer die beste Verteidigung. »Ich wäre fast gestorben bei diesem Brand. Ich hatte schwere … schwerste Verletzungen und ich …« Ich verstummte abrupt. Ich konnte und wollte Barbara mein Geheimnis nicht preisgeben.

Doch Barbara schien zu spüren, dass es da noch etwas gab, und ihr Blick bekam etwas Bohrendes, ihre Stimme drängte: »Max, was ist denn geschehen? Um Himmels willen, sag es mir!«

Mit einem Mal presste sie sich an mich und schlang die Arme um meinen Hals. Ihr Atem roch nach Alkohol und ihr Parfüm war schwer und süß. Sie flüsterte wieder viel zu nah an meinem Ohr: »Du kannst das alles doch nicht vergessen haben!«

Jetzt dämmerte mir, worauf ihre Anspielungen abzielten. Ich erschrak, mir wurde schwindlig. Hastig sah ich mich um. Glücklicherweise waren wir den Blicken der anderen entzogen.

Ich wich zurück. Doch Barbara rückte nach, ihr Mund ganz dicht an meinem. »Was ist nur los mit dir! All die Dinge, die wir miteinander ... getan haben! Weißt du noch, unser Wochenende in Florenz?«

Mir wurde immer heißer. Die Gedanken überschlugen sich wie herabpurzelnde Steine. Das alles konnte, das alles *durfte* nicht wahr sein.

»Dass du wieder da bist, nach dieser endlosen Zeit ...« Sie begann ihre Lippen auf meine zu pressen, ihre Hände glitten meinen Rücken hinunter und ich spürte ihre Brüste.

Das Feuerwerk war zu Ende. Die Musik setzte ein. Wie durch einen Nebel hörte ich ›Corcovado‹ von Getz. Plötzlich löste Barbara sich von mir und trat einen Schritt zurück. Fast tonlos flüsterte sie: »Das glaube ich nicht. Du kannst doch nicht alles vergessen haben, das mit uns.«

Sie sah mich völlig unverwandt an und schlug die Hände vor den Mund, so, als stünde in meinem Blick etwas Unaussprechliches geschrieben. Und dann stieß sie aus: »Du bist so anders! Es ist gerade so, als ... wärst du ein Fremder.«

Gänzlich verwirrt drehte ich mich um und rannte davon. Weg von dieser Frau, die irgendein diffuses Recht auf mich zu haben glaubte, weg von der brünstigen Schwüle ihres Körpers, ihres Parfums, das inzwischen sicher schon in meinen Kleidern und in meinen Haaren hing. Weg von der Erkenntnis, ein Betrüger gewesen zu sein, ein Verräter, der verraten worden war.

Alttestamentarisches

In dieser Nacht hallten Barbaras Worte aus der Erinnerung zu mir herüber. *Ein Fremder.* Wenn sie gewusst hätte, wie recht sie damit hatte! Dass ich tatsächlich ein Fremder war unter all diesen Menschen, die mir doch eigentlich vertraut hätten sein sollen.

Aber es ging ja noch weiter. Ich war ein Fremder vor mir selbst. Noch beim Einschlafen grübelte ich und als der Schlaf endlich kam, wurde ich von Alpträumen geplagt. Es begann immer auf dieselbe Weise.

Ich fahre nach Hause, in der festen Absicht, Anouk zur Rede zu stellen. Sie hat irgendetwas getan, aber ich kann mich nicht mehr daran erinnern. Ich bin so voller Groll! Um mich herum ist alles schwarz: die Straße, das Tal. Es gibt keine Lichter, keine Häuser, nur die Schwärze der Nacht.

Der Alptraum eines Wissenschaftlers, der über der Vorstellung des Nichts, der Unendlichkeit, seinen Verstand verliert.

Ich fahre durchs Dunkel, auch mein Auto hat keine Scheinwerfer. Ich fahre langsam, tastend, einmal komme ich fast von der Straße ab. Unter mir gähnt der Abgrund. In letzter Minute reiße ich das Steuer herum.

Und plötzlich ist da unser Haus. Hell erleuchtet. Eine absurde Fatamorgana, die aus der Wüsteneinsamkeit herauswächst. Ich bin erleichtert, doch dann merke ich, dass etwas nicht in Ordnung ist. Hier lauert etwas Krankes, Bedrohliches.

Ich stelle den Wagen ab, gehe auf den Eingang zu. Er verströmt gleißendes Licht. Von innen dringen Stimmen heraus. Ich bin verwirrt und habe Angst, große Angst. Ich muss zu Anouk. Doch Anouk ist da drinnen, inmitten der Stimmen, und ich weiß: Wenn ich dort hineingehe, wird auch auf mich das Scheinwerferlicht fallen. Alle werden sehen, dass ich ein Fremder bin.

Ich beschließe, das Haus durch die Hintertür zu betreten. Behutsam schleiche ich durch den Garten. Immer tiefer tauche ich ein ins Gestrüpp. Äste knacken unter meinen Schritten, Laub raschelt.

Plötzlich weiß ich, dass etwas Furchtbares, Grauenerregendes in diesem Gebüsch verborgen liegt. Ich kann mich nicht mehr bewegen. Es ist gerade so, als steckten meine Füße in Beton. Schweiß rinnt über meine Stirn, tropft in meine Augen.

Mit allerletzter Anstrengung gelingt es mir, einen Schritt, zwei Schritte zu tun.

Dann geht es weiter. Ich weiß, dass ich leise sein muss. Wie ein verängstigtes Tier schleiche ich im Halbkreis um die Partygesellschaft herum. Die Menschen im Garten lachen dämonenhaft.

Jetzt sehe ich Anouk.

Sie steht am Rand des Gartens, neben einem Brunnen, und taucht ihre Hände ins Wasser. Ich bin erleichtert. Eine warme Woge des Glücks streicht wie ein Sommerwind über mich hinweg. Anouk ist da und ich weiß nun, dass alles gut werden wird.

Aber da tritt ein Schatten hinter ihr hervor, ein großer Mann, der die Arme nach ihr ausstreckt. Im ersten Moment verstehe ich nicht. Die einzige Frage, die mich beschäftigt, ist nun, warum Anouk die Sonnenbrille trägt, warum sie das Tuch um ihr Haar geschlungen hat.

Da verschwindet Anouk in den Armen des Schattenmannes.

Ich will schreien, ihr zurufen, ich breche aus dem Gebüsch hervor. Aber Anouk ist verschwunden.

An dieser Stelle reißt der Film und wird in einer anderen Szenerie fortgesetzt.

Jetzt bin ich im Haus, in unserem Schlafzimmer. Ich zittere, denn etwas Schlimmes ist passiert. Aber ich habe die Erinnerung daran verloren. Ich sehe Julie, die dasteht und mich ansieht. »Take your time«, sagt sie mit weicher Südstaatenstimme – »Lass dir Zeit.«

Schnell verblasst Julies Erscheinung wieder und ich bin allein. Hier stehe ich, am Fußende des Bettes, und da ist es wieder: das alttestamentarische Bild.

Ich starre wie gebannt darauf.

Es kommt immer näher. Die beiden Bäume wachsen in grotesker Heiterkeit in unser Zimmer hinein, sie strecken ihre Zweige wie Fangarme nach mir aus. Engel und Satan geraten in Bewegung. Alles ist lebendig. Von irgendwoher spritzt Blut.

In diesem schrecklichsten aller Momente wachte ich auf. Und erkannte, dass es nur ein Traum war, wenngleich mir tatsächlich der Schweiß in die Augen rann. Anouk lag neben mir. Ihre weiße Schulter stach klar von der Dunkelheit im Raum ab. Anouk hatte das Gesicht zur Seite gedreht. Sie atmete ruhig und gleichmäßig.

Was war mit diesem Schlafzimmer, was war mit dieser Wand hinter unserem Bett? Warum kehrten sie immer wieder zu mir zurück, diese beiden Bäume, selbst nach solch einer Nacht, nach solch einem Tag, wie ich ihn gestern erlebt hatte?

Ich sah auf die Uhr. Es war halb acht. Behutsam schlug ich die Decke zurück, stieg aus dem Bett und stellte mich ans Fußende, genau dorthin, wo ich in meinem Alptraum gestanden hatte.

Alles sah aus wie immer. Alles war vertraut und doch irgendwie fremd. Der Spiegel, der über dem Kopfende unseres Bettes hing, erwiderte meinen Blick. Ich sah in Max Winthers Augen. Er stand da, mit nacktem Oberkörper, ohne sich zu rühren, und schaute mich an.

Das Morgenlicht fiel von der Seite auf sein Gesicht und die Schatten zeichneten ein »V« auf seine Wange.

Plötzlich wusste ich, was falsch war.

Es war der Spiegel.

Leise ging ich zur Wand hinüber und hob ihn an, gerade so viel, dass ich dahintersehen konnte. Ich ging zurück, um das Bett herum, zur anderen Seite, und hob auch dort den Spiegel ein Stück weit von der Wand weg.

Und da sah ich sie. Sie waren nicht auf den ersten Blick erkennbar. Erst, als ich mich vorbeugte und sie von einem bestimmten Winkel aus betrachtete, bemerkte ich Schatten – leichte, kaum wahrnehmbare Umrisse, zwei rechte Winkel. Und mit einem Mal war klar: Hier hatte früher etwas anderes gehangen.

Die Paradiesbäume!

Von dieser Wand herab hatten mich Engel und Satan angesehen, hier, an dieser Stelle. Und ich hatte eine Idee, wie ich mir letzte Gewissheit verschaffen konnte.

Ich verlebte ein von Ungeduld und Erwartung geprägtes Wochenende. Am Montagmorgen war es endlich soweit. Anouk stand unter der Dusche und ich fand Frau Meerbaum in der Küche.

»Guten Morgen.«

»Guten Morgen. Sie sind ja noch da! Möchten Sie einen Kaffee?«

»Ja, gerne.«

Frau Meerbaum, in ihrem gestärkten Haushaltskittel der

Inbegriff von Arbeitsamkeit, richtete eine gelbe Untertasse und einen Löffel her. Dann stellte sie eine orangerote Tasse unter die Austrittdüse des Kaffeeautomaten. Ich überlegte, wie ich das Gespräch unauffällig und direkt auf den Schlafzimmerspiegel lenken konnte. Mir blieb nicht viel Zeit, da Anouk ihre Morgentoilette sicher bald beendet haben würde.

»Sagen Sie, Frau Meerbaum, ich spiele mit dem Gedanken, ein paar Möbel umzustellen, vielleicht auch ein paar Bilder auf- oder umzuhängen.« Ich kam mir vor wie ein Idiot und hätte mich ohrfeigen mögen – »Ich spiele mit dem Gedanken«: Was für ein Holzkopf! War ich denn nicht in der Lage, eine direkte Frage zu stellen?

Frau Meerbaum nahm die Tasse aus dem Automaten und stellte sie mit leichtem Klimpern auf die Untertasse.

»So, so. Früher haben'S sich ja nicht grad' b'sonders für die Wohnungseinrichtung interessiert.« Es klang wie ein Vorwurf.

»Nun ja … Das war früher. So ein Erlebnis verändert einen Menschen halt.« Musste ich mich vor dieser Person rechtfertigen, wenn ich ein Bild aufhängen wollte! Was dachte sie sich überhaupt.

»Bei Ihnen stimmt das jedenfalls. Aber ich bin nicht bös' drum.«

»Ja? Naja also.« Ich räusperte mich. Die Zeit wurde nun wirklich knapp. »Zum Beispiel finde ich, dass der Spiegel im Schlafzimmer woanders besser aussehen würde.«

»Haben'S denn schon mit der Frau Anouk d'rüber g'sprochen?«

Frau Meerbaum begann, die Geschirrspülmaschine auszuräumen. Das Sonnenlicht fiel schräg auf die schwarze Arbeitsplatte aus Granit und berührte Frau Meerbaums eisgraues Haar. Sie wirkte kühl und abweisend. Offensichtlich wartete sie darauf, dass ich ging. Es war gar nicht so leicht, Frau Meerbaum durch Gerede von der Arbeit abzuhalten.

»Ich frage mich, ob ein buntes Bild den Raum nicht eher beleben würde. Ein bisschen Farbe ins Haus bringen, das sollte man!« Durch und durch behämmert kam ich mir vor und Frau Meerbaum schien derselben Meinung zu sein.

Schnell trank ich meinen Kaffee aus. Er schmeckte lack und lauwarm. Frau Meerbaum schwieg konsequent, räumte klappernd Geschirr aus, öffnete Schranktüren und schloss sie wieder. Gerade als ich mich geschlagen geben wollte, kam sie doch noch aus der Reserve: »Aber net wieder dieses scheußliche Bild, wo mich der Deibel immer beim Bettenmachen ang'schaut hat!«

Ich umklammerte die Tasse fester. Wie beiläufig wollte ich wissen: »Ja, warum denn nicht? Und wo ist dieses Bild überhaupt?«

»Des hat die Frau Anouk doch in den Keller getan, mit mir zusammen, weil doch damals die Flecken draufkommen sind.« Sie presste die Lippen zusammen und sah aus, als müsste sie sich bremsen, nicht weiterzusprechen.

Ich war jetzt hellwach und mit allen Sinnen bei Frau Meerbaum. »Das Bild ... Ich weiß, ehrlich gesagt, gar nicht mehr genau, welche Farben es hatte.«

Nur widerwillig schien Frau Meerbaum sich zu einer Antwort durchzuringen. »Ja, blau und gold ist's doch g'wesen, und die Früchte gelb und rot, das Engele war hellblau und gold und das Teufele halt so, wie's sind: rot und a bisserl schwarz. Aber tun'S mir einen G'fallen und lassen'S des Ding da, wo's is'!«

»Wenn es Ihnen partout nicht gefällt, dann werden wir sicher ein anderes finden. Aber sagen Sie, was waren denn das für Flecken, die darauf gekommen sind?«

»Des müssten *Sie* doch am besten wissen!«

Ich spürte, wie eine heiße Röte mein Gesicht und meinen Hals überzog. Fühlte mich wie ertappt von dieser Frau, die nie ein Blatt vor den Mund zu nehmen schien.

Frau Meerbaum hatte sich inzwischen dem Kühlschrank zugewandt und begann, die Einkäufe aus ihrer Tasche zu holen. Ich sah ihr zu, wie sie Butter und Joghurt, Eier und Speck auspackte. Völlig unvermittelt hob sie an: »Ja, das war bei meinem verstorbenen Mann, dem Walter, auch so. Hinterher hat er von nix wissen wollen. Aber Sie werden sich doch erinnern, dass Sie die Flasch'n mit dem Rotwein an der Wand zerdeppert hab'n.«

Ich musste sie angesehen haben wie ein bedauernswerter Schwachkopf, denn ihre Stimme wurde leiser und weicher, als sie sagte: »Na, das ist ja alles Gott sei Dank Vergangenheit. Sie tun jetzt ja gar nimmer trinken. Schaun'S, des ham'S dem Walter voraus: Der hat bis zum Schluss g'soff'n. Und dann isser einfach umg'fall'n.«

In diesem Moment hörte ich Schritte auf der Treppe. Rasch sagte ich das Erstbeste, was mir in den Sinn kam. »Ich habe so einen großen Hunger. Können Sie mir nicht ein bisschen Speck anbraten?«

Frau Meerbaum zuckte die Achseln und sagte: »Ja, wenn'S meinen ...«

Sie klapperte mit der Pfanne, öffnete eine Packung Speckwürfel und stach ein Stück Butter ab. Ich drehte mich um. Anouk stand stumm im Türrahmen. Ich hätte beim besten Willen nicht erraten können, was sie dachte.

Eilig würgte ich den Speck hinunter. Nebenbei blätterte ich in der Zeitung, in der Hoffnung, unsichtbar zu werden. Wenn Frau Meerbaum nun, in Anouks Anwesenheit, bloß nicht das Gespräch über das Bild fortsetzte.

Meine Gedanken rasten wie auf einem Formel-1-Parcours, prallten aufeinander und überschlugen sich. Wie war es möglich gewesen, dass Anouk mir nie etwas gesagt hatte? Nicht in Garrapata Beach, als ich besonders stark von Alpträumen geplagt worden war, und auch sonst nicht! Sie wusste nur zu gut, dass ich im Traum Bilder gesehen hatte, die ich nicht einordnen konnte. Ausgerechnet dieses Bild hätte sie doch sofort wiedererkennen müssen. Warum hatte sie mir nie erklärt, dass es einmal bei uns im Schlafzimmer gehangen hatte? Und was war in jener Nacht geschehen? Was hatte ich noch getan, außer eine Rotweinflasche an der Zimmerwand zu zerschmettern?

Als Anouk sich nach dem Frühstück an die Gartenarbeit machte und Frau Meerbaum im oberen Stock mit dem Staubsauger zugange war, marschierte ich hinunter in den Keller.

Und da stand er – hinter Umzugskartons, einer alten Stehlampe, einem ausladenden Buffet, mit der Vorderseite zur Wand: mein Holz und Leinwand gewordener Alptraum.

Wie viele Nächte hatte es mich verfolgt, durch wie viele Träume hatte es mich gejagt, dieses Bild, das ich bisher als pures Produkt meiner irregeleiteten Phantasien aufgefasst hatte! Es waren exakt die Bäume, die mich auf meinen Strandläufen in Garrapata Beach verfolgt hatten, die ich mit ungeschickten Händen auf Leinwand gebannt hatte.

Ich zog die Leinwand ein Stück weiter nach vorne. Es war, als träte ich der Fotografie meines eigenen Traumbilds gegenüber. Alles war genau so, wie ich es schon hundertfach nächtlich gesehen hatte. Sogar die dunklen Flecken, die ich im Traum für Blut gehalten hatte, waren da.

Das wirklich Irritierende aber war, dass ich Frau Meerbaums Worten einfach nicht glauben konnte. Das waren nie und nimmer Rotweinflecken.

Nach dieser Entdeckung setzte ich mich ins Auto und fuhr. Ich fuhr und wusste nicht wohin, nur fort wollte ich. Fort aus diesem Haus, in dessen Keller ein Bild stand, das ich bis heute Morgen lediglich für die Ausgeburt meiner Phantasie gehalten hatte. Jetzt, da es in der Realität aufgetaucht war, jagte es mir panische Angst ein. Die Schrecken eines Alptraums waren nichts dagegen.

Ich musste außerdem so schnell wie möglich fort von der Meerbäumin, die mir ihre offenkundige Missbilligung gezeigt hatte; fort von Anouk, die immer weiter von mir wegzudriften schien.

Am liebsten wäre ich fortgegangen aus diesem Leben, das ein einziges Rätsel, eine einzige Lüge war.

Ich fuhr den Pfänder hoch und auf der anderen Seite wieder hinab, folgte kurvigen Sträßchen, die mich tiefer und tiefer in die Einsamkeit des Bregenzer Waldes führten.

Auf einem Wanderparkplatz hielt ich an. Als Erstes rief ich Wenzlow an, sagte, ich würde heute nicht kommen. Dann wühlte ich im Handschuhfach, denn ich wusste, dass dort ein Block war und auch ein Kugelschreiber. Von rasender Eile getrieben flogen die Worte aufs Papier: »Max Winther«. Ich schrieb meinen Namen in die Mitte, umkreiste ihn und sandte davon Strahlen aus, an deren Ende ich schrieb, was mir gerade so einfiel. Der erste Strahl endete mit: »Schmeißt Rotweinflaschen an die Wand«, der zweite: »Betrügt seine Frau«, der dritte: »Wird von seiner Frau betrogen« und immer so weiter. »Hat Geld, aber woher?« folgte auf: »Trinkt zu viel und verliert die Kontrolle«, »Schlägt seine Frau«, »Hat Handschellen – wozu?«.

Und so kritzelte ich alles, was mir einfiel, auf das Blatt. Bis es voll war.

Ich versuchte, ein Muster zu erkennen, eine Struktur meines früheren Lebens zu erspüren: Was für ein Mensch war ich gewesen? Offensichtlich war der Max Winther von früher tatsächlich ersetzt worden durch den Max Winther, der ich jetzt war.

Aber warum konnte oder wollte sich keiner mit mir darüber unterhalten? Anouk. Sicher, sie hatte mit mir zusammen in der Rosenstein Clinic mein Leben rekapituliert. Doch es war eine zensierte Version der Wahrheit gewesen.

Von den Ausbrüchen unter Alkohol musste ich von Jaro erfahren, dann Wenzlows Andeutungen über den Zustand unserer Ehe, früher, vor dem Brand. Dann das Gespräch mit Hürli. Zweifel und neue Fragen, die nach einer Antwort schrien. Und schließlich Barbara, Anouks beste Freundin, die sich an mich drängte und allen Ernstes behauptete, sie und ich, wir hätten früher …

Konnte das sein? War das alles möglich? Aber vor allem: War es möglich, dass ein Mensch sich an nichts, nichts von alledem erinnerte?

Und was war mit dem Schweizer Konto, mit diesen Unsummen, die regelmäßig darauf geflossen waren?

Was würde passieren, wenn ich weiter forschte, wenn ich den Spuren nachginge, zurück in die Vergangenheit? Was wäre, wenn sie auf dem Weg verblassten und nicht mehr erkennbar wären? An das Bild im Keller mochte ich gar nicht erst denken.

Ich war an einem Punkt angelangt, an dem ich eine weitere Entscheidung treffen musste. Aber vielleicht war das alles ja gar nicht nötig? Warum konnte ich nicht einfach sagen: Ich akzeptiere. Ich nehme mein Leben, mich, so an, wie ich bin, und lebe einfach drauflos, ab jetzt. Ich lasse die Vergangenheit ruhen. Mut zur Lücke – in meinem ganz speziellen Sinn.

Es war nun einmal so: Ich konnte mein Gedächtnis nicht zwingen, sich zu erinnern. Aber *eine* Wahl hatte ich: Entweder ich würde mich weiterhin durch mein Leben jagen lassen wie durch eine Geisterbahn. Oder aber ich würde ab heute sagen: Ich steige aus, ich verlasse die Geisterbahn. Ich lasse die Skelette, die Krokodile, die nach mir schnappen, die Schreie, die an mein Ohr dringen, die Horrorbilder einfach hinter mir.

Anouk und ich. Wir hätten alles zurücklassen können. Mit einem Umzug nach Prag wäre alles erledigt gewesen.

Aber noch während ich mit den Möglichkeiten wie mit Bällen jonglierte, wusste ich, dass ich nichts von alledem tun würde. Ich würde mich weder der Geisterbahn entziehen noch die Schnitzeljagd aufgeben. Ganz im Gegenteil.

Der Wanderparkplatz begann sich zu füllen. Jeder versuchte, noch einen Schattenplatz zu ergattern. Männer und Frauen in Kniebundhosen und groben Schuhen stiegen aus, schulterten ihre Rucksäcke und griffen zu den Teleskop-Wanderstöcken. Dann marschierte man los.

Wie banal wirkte der Ernst dieser strammen Wandersleute vor meiner ausweglosen Situation. Ich hätte aussteigen und ihnen zuwinken mögen. Seht her! Ich bin Max Winther! Früher war ich wohl ein richtiges Schwein, jedenfalls habe ich meine Frau mit ihrer besten Freundin betrogen und wahrscheinlich auch krumme Geschäfte gemacht. Aber ich weiß es nicht mehr. Ich habe es *vergessen*!

Ich sah ihnen hinterher, wie sie zielstrebig und ohne nach rechts oder links zu blicken den Wanderweg hinaufstapften. Sie würden erst innehalten, wenn sie den Berg erklommen hatten. Sie würden erst innehalten, wenn sie am Ziel waren.

Die Sonne stand inzwischen schon recht hoch, die Windschutzscheibe wirkte wie ein Brennglas. Mir wurde warm hinter dem Steuer. Ich öffnete die Fahrertür. Die Luft war angenehm kühl und trug eine Botschaft zu mir herein. Es war, als hätte ich eine stumme Antwort auf mein inneres Gefecht erhalten, und es breitete sich fast so etwas wie Ruhe in mir aus.

Es zeichnete sich immer deutlicher ab, was ich tun würde. Ich sah einen Weg vor mir. So, wie diese stramm-forschen Wandersleute Kehre um Kehre nahmen, würde auch ich vorankommen. Ich würde nicht eher rasten, bis ich mir sicher war, dass es nichts mehr zu erfahren gäbe, nichts mehr zu entdecken.

Der Andere

Mit pochendem Herzen saß ich vor dem verhassten Haus Nr. 37. In meiner Einbildung fürchtete ich, dass jeden Augenblick die Tür aufgehen und Anouk Arm in Arm mit ihrem Liebhaber über die Schwelle treten würde.

Eine halbe Stunde oder länger musste ich so gesessen haben. Es war inzwischen unerträglich heiß im Wagen. Ich stieg aus. Nachdem ich mich eine Weile lang vor den Briefkästen des Nebenhauses herumgedrückt hatte, fasste ich endlich Mut und ging zum Eingang mit der Nummer 37.

In dem Haus wohnten zahlreiche Parteien, die Atmosphäre war an Anonymität kaum zu überbieten. Mein Blick glitt über die Namen: »Hofer«, »Rüthli«, »S. Mitteregger«, »Monika Leithe«, »Lewinsky«, »N. u. P. Kleinmann«, »Ciampolat« und wie sie alle hießen. Bei jedem dieser Namen verweilte ich, jeden dieser Namen sprach ich leise und langsam vor mich hin. Ich lauschte ihrem Klang nach, horchte in mich hinein. Meine Augen scannten die Buchstaben und blieben letztlich an »Lewinsky« hängen.

Hatte ich diesen Namen schon einmal gehört? Das Herz schlug mir bis zum Hals, meine Handflächen wurden feucht. Meine Hand zitterte, als ich den Finger auf den Klingelknopf legte. Ja, »Lewinksy«, dieser Name klang irgendwie vertraut. Ich drückte. In der Erwartung, gleich das Knacken der Gegensprechanlage zu hören, hob ich den Kopf und lauschte.

Aber da war nichts, kein Laut, keine Antwort. Ich klingelte noch einmal, trat ein paar Schritte zurück und blickte an der schmutziggrauen Fassade empor. Glasbausteine markierten von außen den Verlauf des Treppenhauses. Immer wieder formten meine Lippen den Namen »Lewinsky«. Ich wiederholte ihn wie ein Mantra, eine Zauberformel, die mir die Macht gab, diesen Menschen vor meinem inneren Auge zu materialisieren. Nun war mir völlig klar, dass der Name »Lewinsky« zu einem Mann gehören musste.

In welcher Etage, in welcher Wohnung lebte *er*? Es war noch keine Woche her, dass Anouk ihn besucht hatte. In einem luftigen Sommerkleid, mit roten Lippen war sie wie selbstverständlich durch diese Tür getreten. Hatte er schon mit ausgebreiteten Armen auf sie gewartet?

Mein Gesicht glühte. Unwillentlich überkamen mich Bilder von nackten, sich wälzenden Leibern, von ineinander verschlungenen Armen, von Händen, die gierig nach den Brüsten meiner Frau tasteten.

In diesem Moment ging die Tür auf und eine Frau mit stumpfem, platinblondem Haar, etwa in meinem Alter, kam heraus. Ich fühlte mich ertappt. Sicherlich sah man mir die Art meiner Gedanken nur zu deutlich an.

Ihr Blick streifte mein Gesicht, flüchtig nur. Dann tat sie einen Schritt zur Seite und murmelte: »Pardon.«

Ehe es mir gelang, mich zu fangen, stieg sie in ein Auto und fuhr davon. Warum nur hatte ich sie nicht nach Lewinsky gefragt?

Ich musste weitere eineinhalb Stunden vor dem Haus ausharren, bis der nächste Bewohner, ein knorriger Alter mit einem Pinscher an der Leine, auftauchte.

Diesmal zögerte ich nicht: »Entschuldigen Sie. Ich wollte zu Herrn Lewinsky.«

Der Alte zog seinen Hund, ein zitterndes Häuflein Fell, an mir vorbei, langte mit einer Hand in seine Westentasche und zog einen Schlüssel heraus. »Ja, dann klingeln Sie halt bei ihm.«

»Das habe ich bereits getan.« Ich versuchte, meine Stimme *nicht* zu erheben und den Mann *nicht* am Kragen zu packen und zu rütteln. Für wie blöd hielt der mich!

Der Mann stand etwas ratlos vor mir herum. Seine Bemerkung war offenbar nicht zynisch gemeint gewesen. Ich half ihm auf die Sprünge: »In welchem Stock wohnt denn Herr Lewinsky?«

»Was weiß ich.« Der Mann zuckte die Achseln, schloss auf und blieb stehen, einen Arm in die Tür gestemmt. Das Hündchen tippelte nervös von Bein zu Bein. »Wissen Sie, hier kümmert sich jeder um seinen Kram.« Bei ihm hörte sich das Wort an wie »Grom« und erst im zweiten Moment verstand ich, was er meinte. Das war ja mal ganz was Neues, dachte ich.

Offenbar wartete er darauf, ob ich noch etwas sagen würde. Mir fiel weiter nichts ein als mich zu bedanken. Er zuckte wieder mit den knochigen Schultern und betrat hinter seinem Hündchen das Haus. Die Tür fiel mit einem satten Geräusch ins Schloss.

Einen kurzen Moment war ich ratlos. Aber ich wollte mich jetzt nicht bremsen lassen. Ich dachte an Hürli. Ihn würde ich anrufen! Vielleicht hatte ich Glück und er würde sich an den Namen erinnern.

»Hürli.«

»Max Winther hier. Guten Tag, Herr Hürli.«

»Grüezi, Herr Winther. So geht es Ihnen denn gut.«

»Ob es mir gut geht, weiß ich nicht so genau, aber ich muss Sie etwas fragen.«

»Nachdem Sie neulich so davongestürzt sind! Ich hatte Sorge, Sie würden sich etwas antun.«

»Ich bin doch nicht lebensmüde.«

»Das weiß man vorher nie so genau.«

Eine Pause trat ein.

Hürli brach das Schweigen: »Was wollten Sie mich fragen?«

»Also, wie soll ich sagen ... An dem Tag, an dem Sie Giaconuzzi trafen und er diese Bemerkung machte ... über meine Frau. Sie sagten, er habe da einen Namen genannt.«

Wieder war es still. Dann raschelte irgendetwas, so, als würde eine Zeitung zugeklappt. Schließlich sagte Hürli: »Herr Winther, es ist lange her. Ich bin mir nicht sicher.«

»Bitte. Wenn Sie sich an irgendetwas erinnern, dann sagen Sie es mir.«

»Ich ... ich bin mir eben nicht sicher. Aber komischerweise bilde ich mir ein, dass der Name etwas mit diesem amerikanischen Präsidenten zu tun hatte.«

»Obama?«

»Nein, Clinton. Der hatte doch mal so eine Affäre. Ach ja, jetzt weiß ich's wieder. Das Gedächtnis baut sich ja die seltsamsten Eselsbrücken. Der hatte doch mal was mit dieser Praktikantin. Hieß die nicht Lewinsky?«

Diese Wahrheit war schwer zu ertragen. Das Blut pochte in meinen Schläfen. Ich blieb eine Weile im Auto sitzen und betrachtete die Eingangstür. Hier also wohnte der Liebhaber meiner Frau.

Es war keine verblasste Affäre, die irgendwann einmal, vielleicht aus dem Überschwang des Augenblicks heraus, ihren Anfang genommen hatte und dann, wie so viele, schnell wieder verklungen war. Nein. Anouk hatte nach unserer Rückkehr den Faden dort wieder aufgenommen, wo sie ihn unmittelbar nach dem Brand abgelegt hatte.

Noch immer konnte ich nicht so recht daran glauben, dass meine Frau so kaltblütig sein sollte. Vielleicht war alles ganz anders. Hatte vielleicht *er* Kontakt zu Anouk aufgenommen, nachdem er von unserer Rückkehr erfahren hatte? Möglicherweise sogar gegen ihren Willen ein Treffen erzwungen? War sie ihm in irgendeiner Art verfallen? Sexuelle Hörigkeit, emotionale Abhängigkeit? Oder erpresste Lewinsky sie? Vielleicht damit, sich das Leben zu nehmen, wenn sie nicht zu ihm zurückkehrte?

Fragen über Fragen. Ich richtete mich abrupt auf und stieß dabei so ungeschickt gegen das Lenkrad, dass ich schmerzhaft meine Rippen spürte. Egal, was passieren würde – ich musste alles herausfinden.

Zu Hause war es still. Frau Meerbaum hatte heute nur einen halben Tag gearbeitet. Was Anouk vorhatte, hatte sie mir nicht verraten. Ihr Wagen stand nicht mehr in der Garage.

Jetzt war die Gelegenheit günstig, um den ersten Teil meines Plans in die Tat umzusetzen. Schnurstracks lief ich nach oben und hielt auf Anouks Schreibtisch zu. Mit zitternden Händen zog ich die Schublade auf, in der ich kürzlich auf ihr Tagebuch gestoßen war.

Ich tastete mich weit nach hinten, bis zur Rückwand der Schublade. Hier gab es loses Papier, Briefbögen und Umschläge, aber kein Tagebuch. Seltsam. Ich leerte den gesamten Inhalt der Schublade auf den Boden. Auch jetzt tauchte das Tagebuch nicht auf.

Verwirrt nahm ich mir die nächste Schublade vor und

durchwühlte schließlich den ganzen Schreibtisch. Ich fand das Tagebuch nicht. Anouk musste es inzwischen herausgenommen haben.

In immer wilderer Entschlossenheit durchsuchte ich die übrigen Möbel des Zimmers, hob sogar die Matratzen an, schob die Kommode von der Wand, ließ meine Finger über die Rückwand des Kleiderschranks gleiten. Doch da war nichts. Das Tagebuch war und blieb verschwunden.

Ich saß noch eine Weile auf dem Bett und spürte eine mürbe Schwäche in den Gliedern. Irgendwann raffte ich mich auf, legte alles wieder an seinen Platz und ging in die Küche. Dort holte ich ein Stück Lasagne aus dem Kühlschrank und stellte den Teller mit dem Gericht in die Mikrowelle. Während der Teller sich drehte und ich wie hypnotisiert darauf starrte, klingelte mein Mobiltelefon.

»Winther.«

»Wir haben gehört, dass Sie wieder im Lande sind.«

Es war eine tiefe, sonore Männerstimme und ich kannte sie nicht.

»Wer ist denn da?«

Ich hörte den Anrufer lachen. »Ihren Sinn für Humor haben Sie jedenfalls nicht verloren. Die Frage ist, wie es mit Ihren zeitlichen Kapazitäten aussieht.«

Der Tonfall des Mannes war freundlich, gleichmütig, doch hinter der Freundlichkeit blitzte etwas Bedrohliches auf.

Wer zum Teufel war das nun schon wieder?

Doch ehe ich meiner Wut Luft machen konnte, öffnete sich hinter mir die Tür und Anouk fragte: »Du bist zu Hause?« Und so drückte ich einfach auf die Aus-Taste und warf den Unbekannten aus der Leitung und aus meinem Leben.

Dass sich die Schreckensgespenster der Vergangenheit aber nicht so einfach in Luft auflösten, ahnte ich zum damaligen Zeitpunkt noch nicht. Und das war vielleicht auch gut so.

Anouk trat zu mir, legte ihre Hände sanft auf mein Gesicht und küsste mich lange und innig. »Lieber, du siehst so müde aus.« In ihrem Blick lagen Sorge und Zärtlichkeit.

Ich schluckte. Was war sie doch für eine hervorragende Lügnerin! So also sah der Blick einer Frau aus, die sich aller Wahrscheinlichkeit nach bis vor Kurzem noch in den Armen eines Liebhabers gewälzt hatte.

»Willst du dich nicht ein wenig hinlegen?« Sie begann, sich die Bluse aufzuknöpfen. »Komm, wir gehen nach oben.«

Ich taumelte, doch mein Plan hatte nun Priorität. Ich würde nicht eher ruhen, bis ich Bescheid wusste. Und so sagte ich: »Weißt du, ich glaube, ich brauche mal wieder etwas Bewegung. Ich wollte gerade das Rad rausholen.«

Anouks Lächeln zitterte. Vielleicht aus Erleichterung? »Ja, tu das, du bist schon lange nicht mehr den Pfänder hochgefahren.«

Ich schlüpfte in Radlerhosen und in ein albernes buntes Shirt, auf dem »CSC« stand und in dem ich mir viel zu dick vorkam. Bevor ich starten konnte, musste ich noch die Reifen aufpumpen. Dann schrieb ich »Lewinsky« auf einen Umschlag, den ich mit ein paar Briefsendungen in einen Rucksack steckte. Es konnte losgehen.

Allerdings fuhr ich nicht bergauf, sondern talwärts in Richtung der deutschen Grenze. Ich hielt mich immer am Seeufer und irgendwann, es musste eine gute halbe Stunde gedauert haben, gelangte ich schließlich nach St. Margrethen.

Vor Lewinskys Haus angekommen, zögerte ich nicht

und drückte unverzüglich auf den Klingelknopf. Als auch auf mein zweites Läuten niemand reagierte, arbeitete ich mich systematisch nach oben vor. Bei »Monika Leithe« hörte ich, wie die Sprechanlage knarzte und eine weibliche Stimme aus dem Lautsprecher schnarrte: »Ja, bittschön?«

»Express Fahrradkurier. Ich habe eine Eilsendung für Herrn Lewinsky. Er ist nicht da. Könnten Sie den Brief annehmen?«

Es folgte ein kurzes Schweigen. Die Frau überlegte offenbar, was zu tun war. Wenig später summte der Öffner, ich drückte die Tür auf und betrat das Treppenhaus.

Hier roch es nach Waschmittel und Steinfußboden. Ich ging die Treppe hoch. In einer Wohnungstür stand eine Frau mit fein säuberlich angeordneten Lockenwicklern auf dem Kopf. Sie trug ein rot-weiß getupftes Sommerkleid und ich erkannte in ihr die Frau, die neulich das Haus verlassen hatte, als ich zum ersten Mal davor gestanden hatte. Aus der Wohnung drang hysterisches Hundekläffen.

Ich wiederholte: »Express Fahrradkurier. Hier, eine Eilsendung für Herrn Lewinsky. Würden Sie das für ihn annehmen?«

Die Frau zögerte, bevor sie sprach: »Im Prinzip schon. Nur weiß ich nicht recht ... Der ist ja nie da.« Behutsam betastete sie ihre Lockenwickler. »Nicht, dass ich dann auf dem Brief sitzen bleibe.«

»Wann haben Sie ihn denn zuletzt gesehen?«

»Na ja, ich wohne ja erst seit Kurzem hier. Und sowieso sieht man sich ja nicht so oft. In diesen Hochhäusern. Oder zumindest achtet man nicht darauf. Also ... seien Sie mir nicht böse, aber ich nehme den Brief lieber nicht an.«

»Wo wohnt denn der Hausmeister? Vielleicht kann der mir helfen …«

»Da kommt nur einer von extern, wenn mal was zu tun ist. Aber schieben Sie doch den Brief einfach unter der Tür durch. Jetzt, wo Sie schon mal im Haus sind.«

»Das darf ich leider nicht.« Ich versuchte, möglichst routiniert und professionell zu wirken.

In diesem Moment wurde die Haustür unten geöffnet und jemand kam die Treppe herauf. Es war eine schwindsüchtig aussehende junge Frau in einem lappigen Baumwolltop, die ein Baby auf dem Arm hielt. Das Kind glubschte vor sich hin und ich sagte: »Entschuldigen Sie, ich habe eine Sendung für Herrn Lewinsky.«

Die Frau zuckte nur mit den Achseln und nuschelte: »Keine Ahnung.«

Die Hitze duckte sich auf dem Bürgersteig vor dem Haus. Ich stand ein wenig ratlos an meinem Rad herum, als das Handy zu dudeln begann.

Es war Wenzlow, der von mir eine Entscheidung wegen eines neuen Angebots nach Indien erwartete. Ich war kurz angebunden. Ein wenig unwirsch vertröstete ich ihn auf den nächsten Morgen. Gerade wollte ich mein Rad besteigen, da klingelte es erneut. Ohne auf die Nummer zu achten, bellte ich ins Telefon: »Was denn noch?«

»Servus, Max«, gurrte Barbara.

Ich hielt den Atem an, überlegte fieberhaft, wie ich mich verhalten sollte, und entschied mich für ein geschäftsmäßiges »Hallo, Barbara«.

Als sie weiter nichts sagte, fragte ich ebenso förmlich: »Was kann ich für dich tun?«

»Was ist denn das für eine Frage … was du für mich tun kannst. Du hörst dich an wie ein Obstverkäufer!«

»Barbara, ich bin hier gerade mit dem Fahrrad unterwegs. Können wir später telefonieren?«

»Wie bitte? Ich hör wohl nicht recht!«

»Was ist denn an dieser Bitte so ungewöhnlich? Lass uns einfach später reden.«

»Ich will *jetzt* reden. Und ich lasse mich von dir nicht vertrösten. Oder wegschieben. Du behandelst mich wie ein lästiges Kind. Das war nicht immer so.«

»Barbara. Es ist so viel geschehen …«

»›Barbara, Barbara.‹« Sie äffte meinen Ton nach. »Ich weiß selbst, dass ich so heiße … Und was soll denn das bedeuten, ›es ist viel geschehen‹?«

»Das Feuer, meine Operationen, die Reha. Seit unserer Rückkehr kostet mich alles so viel Kraft … und Zeit.«

»Früher warst du es immer, der mich nach *meiner* Zeit gefragt hat!«

Plötzlich spürte ich eine seltsame Erheiterung. Das war die Farce eines Gesprächs, es war die Wortwahl aus einer drittklassigen Vorabendserie, Folge hundertfünf … Und in diesem Sinne hörte ich mich selbst sagen: »Die Zeiten ändern sich.«

Barbara schien das Ganze nicht so zu sehen wie ich, denn sie erwiderte beißend: »Seid ihr etwa wieder richtig zusammen?«

Barbara spielte also auf meine Ehe mit Anouk an. So unverfänglich wie möglich antwortete ich: »Wir sind verheiratet. Anouk ist meine Frau.«

Ich hörte, wie Barbara nach Luft schnappte und dann auflachte. Es klang bitter. Bitter und zynisch: »Das war doch damals auch kein Hinderungsgrund für dich, es mit mir quasi hinter jeder Ecke zu treiben!«

Ihre Worte waren wie Peitschenhiebe. Heiße Scham überzog mein Gesicht mit einem fürchterlichen Brennen.

Barbara machte gnadenlos weiter. »Und außerdem: Das mit dem Verheiratetsein war ja nur noch eine Frage der Zeit.«

»Was sagst du da?«

»Komm, komm, jetzt tu mal nicht so unschuldig. Du hast nur noch überlegt, wie du dich am besten aus dieser Ehe davonstehlen konntest, ohne zu viel berappen zu müssen.«

Ich zwang mich zur Ruhe. »Liebe Barbara, jetzt ist nicht der richtige Zeitpunkt, um über so etwas zu sprechen.«

»Ach, und wann, Verehrtester, wird der richtige Zeitpunkt gekommen sein?«

»Barbara ...«

»Was ›Barbara‹ ... Lass doch endlich mal meinen Namen aus dem Spiel! Du willst mich hier am Telefon vertrösten. Oder besser noch: Du willst mich abspeisen! Mit ein paar freundlichen Worten und der Mahnung zur Geduld. Die liebe Barbara ist ja, ach, so verständnisvoll. Weißt du was?« Ihre Stimme wurde lauter und immer schriller.

Ich fand das Ganze nur noch erbärmlich.

Barbaras Wortschwall wollte nicht enden: »Ich habe mir das jetzt eine Weile angeguckt. Am Anfang sagte ich mir noch, man muss ihn schonen. Als wir bei dir auf der Terrasse saßen, in jener Nacht, da dachte ich, ich werd' nicht mehr! So was kannst du mit mir nicht machen ... all die Jahre ... Was denkst du, was ich hier ausgestanden habe! Als ich hörte, dass du schwer verletzt bist ... Und sie dich nach *Kalifornien* geschleppt hat! Das muss man sich mal vorstellen. Und jetzt bist du wieder da und es ist gerade so, als wärst du ein Fremder! Was hat sie mit dir gemacht, da unten in Los Angeles oder wo auch immer sie dich hinverfrachtet hat?«

Ihre Stimme erstickte. Sie schien mit den Tränen zu kämpfen und plötzlich tat sie mir leid.

Ernüchtert erkannte ich, dass ich, ich allein für das Unglück, das diese Frau empfand, verantwortlich war. Was hatte ich da nur angerichtet? Was hatte ich dieser Frau alles versprochen, *damals*?

Sie war ein Opfer des *früheren* Max Winther. Aber diesen Max Winther gab es nicht mehr und das musste ich ihr begreiflich machen. Als ich nun weitersprach, bemühte ich mich um einen väterlichen Tonfall: »Barbara. Lass uns in Ruhe darüber reden. Und bitte nicht am Telefon. Wie sieht's bei dir nächste Woche aus?«

»Nächste Woche!«, kreischte sie und ich musste den Hörer ein Stück vom Ohr weghalten. »Du glaubst doch wohl nicht, dass ich bis nächste Woche warten werde. Ich bin es leid zu warten ... Ich habe über zwei Jahre gewartet! Was hat sie bloß mit dir angestellt! Ich will eine Erklärung, und zwar sofort. Sonst werde ich deiner süßen Anouk mal erzählen, was ihr treusorgender Ehemann vor dem Brand so alles getrieben hat ... und mit wem!«

»Das wirst du nicht!«

»Wieso sollte ich nicht?« Auf einmal klang sie ruhig, beängstigend ruhig.

»Sie ist deine Freundin.«

»Sie hat dich mir weggenommen ... damals.«

Es wurde immer komplizierter. Offenbar war das nur die Spitze des Eisbergs.

Um Zeit zu gewinnen, sagte ich: »Und denk doch mal an Karl.«

»An den?«, erwiderte sie müde. Dann sagte sie unvermittelt: »Wann?«

»Übermorgen wäre gut.«

»Heute.«

»Heute geht's partout nicht. Ich habe ein wichtiges Geschäftsessen mit Kunden aus Italien. Das kann ich auf keinen Fall absagen.« Wie glatt und leicht die Lüge über meine Lippen kam!

Barbara gab nur ein winziges Stückchen nach: »Dann morgen.«

Ich holte tief Luft. »Also gut. Morgen gegen Mittag?«

»Ja, an der üblichen Stelle.«

»Welche meinst du?«

»Du bist wirklich unglaublich! Du tust einfach so, als hättest du alles vergessen!«

»Wo also?«

»In Eichenberg. Ich spreche von dem Wanderparkplatz in Eichenberg.«

»Um eins.«

»Sei pünktlich. Sonst kann es sein, dass ich die Geduld verliere und direkt zu ihr fahre!«

Über der Stadt lag eine Dunstglocke, die die Luft mit Schwere erfüllte. Während ich nach Hause radelte, lief mir der Schweiß beständig in die Augen. Mit jedem Tritt in die Pedale versuchte ich, das Unbehagen wegzustrampeln, doch es klebte wie Pech an mir. Mittlerweile war mir jeder Preis recht. Ich musste die ganze Wahrheit über meine Vergangenheit herausfinden. Und heute Nacht würde ich den nächsten Schritt tun.

Unser Haus war wunderbar kühl. Während die Haustür hinter mir ins Schloss fiel, warf ich einen Blick auf das Display meines Mobiltelefons. Ich war beim Hinauffahren zweimal von einem nicht identifizierten Teilnehmer angeklingelt worden.

Die Dusche war eine unsägliche Wohltat. Ich stand, wie mir vorkam, stundenlang unter dem prasselnden Wasserstrahl. Mit nassen Haaren und einem Handtuch um die

Hüften ging ich schließlich ins Arbeitszimmer. Das Lämpchen des Anrufbeantworters blinkte. Ich drückte auf »Wiedergabe«.

Was ich hörte, nahm mir die Luft zum Atmen. Ich erkannte seine Stimme sofort, obwohl ich nichts über ihn wusste. Es war derselbe Mann, der mich schon einmal angerufen hatte. Diesmal sagte er lediglich vier Worte. Aber diese trafen mich wie ein Messer ins Herz. In schneidendem Befehlston, mit russischem Akzent, tönte es vom Band: »*Rufen Sie mich an.*«

Verwirrt drückte ich die »Repeat«-Taste. Der Mann hatte tatsächlich nur diesen einen Satz von sich gegeben. Offenbar ging er davon aus, dass ich seine Stimme erkennen würde und zudem seine Nummer hatte. Ich war tief beunruhigt. Welche Macht meinte er über mich ausüben zu können?

Ich löschte die Nachricht.

Die nächste Mitteilung auf dem Band stammte von Barbara. Sie musste kurz nach unserem unerfreulichen Handy-Gespräch diese Nummer gewählt haben. Abstoßend süßlich flötete ihre Stimme: »Hallöööchen, Liebes! Anoukchen, hättest du nicht Lust, morgen Nachmittag mit mir auf die Auktion beim Zeller zu gehen? Sag mir Bescheid, Schatzi, und auch sonst hab ich dir jede Menge zu berichten.« Barbara hatte ihrer Stimme einen kumpelhaft-verschwörerischen Ausdruck gegeben.

Aufmerksam beobachtete ich später, wie Anouk die Nachricht ihrer Freundin abspielte. Ein säuerliches Lächeln trat auf Anouks Gesicht. »Na, die hat's ja mal wieder ganz wichtig …« Mit leicht gequälter Miene ging Anouk ins Wohnzimmer, um Barbara zurückzurufen.

Aufgeregt blieb ich im Arbeitszimmer zurück. Durch die

Tür drangen Wortfetzen von Anouk in einem Tonfall, der etwas Gezwungenes hatte.

Ich hatte Barbaras Warnung verstanden.

Late Night Show

Es war nach zwei, als ich mich leise erhob, um Anouk nicht aufzuwecken. Ich schlüpfte in ein schwarzes Shirt, zog eine dunkelgraue Hose an und schlich mich in die Diele. Dort, so wusste ich, lag Anouks Schlüsselbund wie immer auf dem Vitrinenschränkchen.

Die Nacht war sternenklar und überraschend kühl. Wüstenklima, dachte ich, als ich hinaustrat und auf die funkelnden Lichter der Stadt unter mir blickte. Das Garagentor öffnete sich beinahe lautlos. Bevor ich in den Wagen stieg, ließ ich den Blick die Straße entlangschweifen.

Seit jenem Abend, an dem ich jemanden in unserem Garten zu sehen geglaubt hatte, überfiel mich hin und wieder eine Furcht, die ich jedoch jedes Mal bereits im Entstehen beiseite wischte. Wer würde sich schon die Mühe machen, mich aus dem rückwärtigen Teil unseres Gartens heraus zu beobachten? Und doch lauerte – dicht unter der Oberfläche – eine leise und hartnäckige Furcht, die beim kleinsten Anlass bereit war, mich anzufallen.

Ich schüttelte mich, verwünschte murmelnd mein Hasenherz, bestieg den Wagen und ließ den Motor an. Der Motorenlärm würde nicht bis ins Schlafzimmer dringen, war es doch zur anderen Seite, zum Tal hin, ausgerichtet.

Auf dem Weg durch die menschenleeren Straßen fiel mir ein Wagen auf, der eine Weile lang hinter mir herzufahren schien. Doch während ich in St. Margrethen rechts abbog, fuhr er geradeaus weiter. Als ich Lewinskys Straße erreicht hatte, war es kurz vor halb drei.

Den Wagen parkte ich ein gutes Stück weit entfernt von Lewinskys Haus, neben einem weißen Lieferwagen. Ich ließ die Fenster hinunter, stellte den Motor ab und lauschte in die Nacht. Die Straßenlaternen verbreiteten ein orangerotes milchiges Licht und tauchten die Welt außerhalb der Lichtkegel in ein umso tieferes Dunkel. Nichts war zu hören als ein vereinzelter Wagen, der in der Ferne auf wer weiß welches Ziel zuhielt.

Die Sommernacht hüllte alles in tiefen Schlaf. Mir schoss durch den Kopf, wie abenteuerlich das Ganze im Moment war. Ich fragte mich, was genau ich dort eigentlich zu entdecken hoffte und was ich, wenn ich nichts entdecken würde – was weitaus wahrscheinlicher wäre –, tun würde.

Im Grunde war es vielleicht sogar sinnlos, lächerlich und zudem gefährlich. Was, wenn man mich erwischte? Würde ich dann verhaftet werden? Na ja, das – nach der Milde der hiesigen Rechtsprechung zu urteilen – sicherlich nicht. Aber von einer Anzeige könnte ich wohl ausgehen. Und wäre ich dann vorbestraft?

Ich lehnte den Kopf gegen die Nackenstütze, atmete tief ein und entschied mich dafür, es sofort anzugehen, sonst würden die Schreckensgespenster möglicher strafrechtlicher Konsequenzen übergroß und ich würde unverrichteter Dinge nach Hause zurückkehren.

Schnell ließ ich die Fenster hoch, nahm Anouks Schlüsselbund vom Beifahrersitz und stieg aus. Einen kurzen Moment blieb ich im Schatten des Lieferwagens stehen und blickte die Straße auf und ab. Dann setzte ich mich langsam in Bewegung und tauchte ein in den milchigen Lichtkegel der Laterne.

Vor dem Eingang zu Haus Nr. 37 nahm ich den Schlüssel, von dem ich glaubte, dass er passen würde. Fehlanzeige. Ich probierte weitere drei aus, bis ich endlich den richtigen erwischte.

Wie ein Dieb glitt ich ins Haus und drückte vorsichtig und lautlos die Tür hinter mir zu. Wieder lag dieser spezielle Treppenhaus-Geruch in der Luft. Vor Lewinskys Wohnung machte ich halt und lauschte eine Weile ins Dunkel.

Nichts.

Kein Laut war zu hören. Es war völlig still, gerade so, als hätte alles Leben in diesem Haus, in dieser Nacht, aufgehört zu existieren.

Dann klingelte ich.

Wie ein Messer zerschnitt der schrille Ton die Stille. Ich schreckte unwillkürlich zusammen. Panik stieg in mir auf. Gleich würde die Tür aufgehen und Lewinsky heraustreten. Er würde mir gegenüberstehen und mich fassungslos, vielleicht ein wenig erschrocken, ansehen. Wusste er, wer ich war? Hatte er mich schon einmal gesehen? Hatte Anouk ihm Bilder von mir gezeigt?

Als nichts geschah und die Stille Stille blieb, läutete ich ein zweites Mal. Ich wollte ganz sicher gehen. Dieses Mal erschrak ich nicht. Mit angehaltenem Atem stand ich da und suchte vorsorglich nach einer Erklärung für diese nächtliche Ruhestörung.

Als sich abermals nichts rührte, nahm ich denselben Schlüssel, mit dem ich die Haustür aufgeschlossen hatte, und steckte ihn ins Schloss. Er passte auch hier. Langsam drehte ich ihn, öffnete die Tür und lauschte wieder.

Nichts.

Ich sprach mir selbst gut zu: Wenn das Schrillen dieser Glocke ihn bisher nicht geweckt hatte, war er entweder ohnmächtig oder sturzbetrunken. Und dann würde er durch meine bloße Anwesenheit kaum aufwachen.

Vorsichtig trat ich ein.

Jetzt fiel unten die Eingangstür mit ihrem satten Klatschen ins Schloss. An diese Möglichkeit hatte ich gar nicht gedacht. Was war, wenn Lewinsky ausgerechnet um diese Zeit nach Hause kam? Ich blieb wie angewurzelt stehen, so regungslos, als könnte eine einzige Geste mich bereits verraten.

Und tatsächlich. Da waren Schritte, die sich näherten, Füße, die Stufe um Stufe die Treppe hinaufstiegen. Dann verstummten die Tritte. Jemand stand auf dem Treppenabsatz direkt vor Lewinskys Wohnung.

Mein Herz raste. Wie hatte ich auch nur auf diese pubertäre Idee kommen können, mich einfach in eine fremde Wohnung zu schleichen? Wo sollte ich mich verstecken?

Doch ich hatte Glück. In diesem Moment hörte ich, wie die Tür zur Nachbarwohnung aufgesperrt, geöffnet und wieder geschlossen wurde. Dann war alles ruhig.

Eine Weile noch lauschte ich meinen eigenen Ängsten nach, atmete so flach ich konnte und hörte doch nur das Pochen meines eigenen Herzens im Ohr. Und endlich überwand ich mich und tastete nach dem Lichtschalter. Ich fand ihn links neben der Tür.

In der Wohnung roch es muffig und ungelüftet. So, als sei schon länger keiner mehr hier gewesen. Als das Licht aufflackerte und es hell wurde, erstand vor meinen Augen ein grauer Teppichboden, dann, ein wenig oberhalb, ein Korridor, der auf eine Tür am Ende zuführte und von dem links und rechts je zwei Türen abgingen.

Langsam öffnete ich die erste Tür zu meiner Linken, immer gewahr, dass plötzlich eine andere aufgehen und

Lewinsky vor mir stehen könnte. Ich ließ den Rollladen herunter, dann erst machte ich Licht. Die Küche war ein enger Schlauch, dicht bestückt mit grauen Hochglanzschränken, die bis unter die Decke vollgestopft waren. Es war eine typische Küche. Ich hatte solche Küchen schon oft gesehen und mich jedes Mal gefragt, ob die Bewohner sie tatsächlich so – und nicht anders – hatten haben wollen oder ob ein Mangel an Phantasie und Mut sie dazu gebracht hatte, sich ihre Küche mit diesem gesichtslosen Einheitsmist zuzupflastern. Über dem Minitisch mit zwei reichlich unbequem wirkenden Sitzgelegenheiten hing eine magnetische Pinnwand, die mir jedoch keinerlei Informationen lieferte. Sie war leer.

Ich klappte die grauglänzenden Schranktüren auf, hinter denen, in Trostlosigkeit vereint, einige Teller und Tassen auf ihren Einsatz warteten. In einem Vorratsschrank fanden sich eine Tüte Zucker, Kikkoman-Sojasauce, Reisnudeln, Asia-Cracker, eine lila Büchse Jasmin-Tee und getrocknete Morcheln. Offensichtlich hatte Lewinsky eine Vorliebe für fernöstliches Essen.

Bei diesem Anblick zuckte ein Gedanke auf. Ich hätte Sennesblätter mitbringen und unter den Tee mischen können. Sie wirkten schon in geringer Dosis herrlich abführend. Ich hätte außerdem den Zucker mit Glaubersalz versetzen können …

Rasch arbeitete ich mich weiter vor, entdeckte einen Wok, Stäbchen und allerlei andere Utensilien, die die Vorliebe für Asiatisches unterstrichen.

Dann öffnete ich den Kühlschrank. Gähnende Leere. Obendrein war er ausgeschaltet. In der Tür klemmte das zigfach gefaltete Blatt einer Küchenrolle. Ich ging zum Wasserhahn, drehte ihn auf. Wie zur Bestätigung knallte und gluckerte er. Ein dicker Strahl rostbrauner Brühe schoss aus dem Hahn. Hier hatte schon länger keiner mehr Reisnudeln gekocht.

Nun fühlte ich mich sicherer. Nacheinander öffnete ich alle Schubladen, drang bis in die hintersten Winkel von Lewinskys Unterschränken vor. Ich wusste nicht, was genau ich zu finden hoffte, ich suchte nichts Konkretes, wie auch! Aber ich registrierte alles. Das Besteck mit den schwarzen Kunststoffgriffen, die chinesischen Schüsselchen und die Porzellanlöffel. Auch die Tassen aus hauchdünnem Knochenporzellan. Von denen wusste ich unbesehen, dass in ihrem Boden der Kopf einer Geisha sichtbar wurde, sobald man sie gegen das Licht hielt. Und so war es auch.

Etwas verwirrt verließ ich die Küche und begab mich ins Wohnzimmer. Noch im Dunkeln ließ ich die Jalousien herunter – naturfarbene Bambusrollos, wie ich im Schein des Korridorlichts mehr erahnte als erkannte. Dann drückte ich den Lichtschalter, doch nichts geschah. Ich sah mich um und merkte, dass hier gar keine Deckenlampe hing. Im Raum verteilt waren mehrere Stehlampen. Ich schaltete sie ein und ließ den Blick schweifen.

Das Wohnzimmer war ganz im japanischen Stil eingerichtet und trotz der vertrockneten Pflanzen, die wie eine Batterie Kriegsvergessener auf dem Fensterbrett aufgereiht waren, gefiel mir die sparsame Möblierung. Lewinsky hatte auf jeglichen Tand verzichtet.

Zum Blumengießen war Anouk jedenfalls nicht hier gewesen, schoss es mir durch den Kopf, während meine Finger die vertrockneten Blätter einer Lucky Bamboo Glückspyramide berührten. Die Wand um die Fenster war bambusgrün gestrichen, auf zwei kleinen roten Lacktischchen standen Schalen aus Bambusholz, in denen frische Räucherstäbchen und Streichhölzer lagen. In der linken hinteren Ecke stand ein Zimmerbrunnen. Er war leer.

Der Raum enthielt kein Sofa, keinen Sessel, sondern lediglich eine Matte und mehrere bunte Kissen. Was nicht in das fernöstliche Wohnkonzept passte, war eine Bücherwand, die bis zur Decke reichte, eine Bang & Olufsen-Anlage mit zwei futuristischen Lautsprechern in den Zimmerecken sowie ein spiralförmiger CD-Ständer, der ebenfalls bis zur Decke reichte. Auf den Tischchen und auf einem roten Lacktablett am Boden standen unzählige Teelichter in ausgebohrten Steinen.

Beim Anblick der Kerzen flackerten meine Lider. Polster und Räucherstäbchen, Musik, das leise Plätschern von Wasser im Hintergrund. Plötzlich und ohne Vorwarnung tauchte Anouks Gesicht vor mir auf, ihr Haar auf einem Kissen, ausgebreitet wie ein goldener Fächer, ihre Haut von Kerzenschein übergossen. Ein dunkelhaariger Mann, der sich über sie beugte. Hier also hatten die bittersüßen Liebesabenteuer stattgefunden! Das war ja wie aus einem Film.

Am liebsten hätte ich die Tischchen genommen und mit ihnen Bang & Olufsen zertrümmert. Doch ich riss mich gerade noch zusammen. Angewidert beugte ich mich zu der Anlage, drehte die Lautstärke auf »minimal« und drückte die Einschalttaste. Dann trat ich zum Regal, und ja, da standen sie tatsächlich: Camus und Sartre, Truman Capote neben Primo Levi, der ›Decamerone‹, aber auch Marx und Engels. Ein giftiges, beißendes Gefühl machte sich in mir breit. Was für ein gebildetes, was für ein prätentiöses Arschloch dieser Lewinsky war. Wenn er nur da gewesen wäre, in diesem Moment! Ich hätte auf ihn einprügeln mögen. Jetzt fehlte nur noch Ravels ›Bolero‹ im CD-Player.

Die Musik war leise, zu leise, als dass ich sie hätte hören können. Also ging ich noch einmal hin und drehte lauter. Nach den ersten Takten erkannte ich ›Un bel dì vedremo‹ aus ›Madame Butterfly‹.

Und dann ging alles ganz schnell. Blitze flammten vor mir auf, Erinnerungsfetzen in fotografischer Klarheit, die auf mich zuschossen, mit atemberaubender Geschwindigkeit. Das Zimmer um mich begann sich zu drehen, in einem wilden Tanz. Ich musste diese Teufelsmusik abschalten, um jeden Preis. Dann glaubte ich, einen bestimmten Duft wahrzunehmen, einen orientalischen, die Sinne betörenden Duft.

Ich hatte Mühe, mich auf den Beinen zu halten, und sackte langsam zusammen.

Auf einmal wurde mir klar, dass ich schon einmal hier gewesen war: Ich wusste, in diesem Moment, noch bevor ich weiter in die Wohnung vorgedrungen war, dass auch das Schlafzimmer fernöstlich eingerichtet war, mit einem Futonbett und einem großen Fächer, der am Bettende stand. Noch bevor ich das Bad betrat, sah ich die weißen Kacheln vor mir. Auf dem Boden ein Lattenrost, in der Art, wie man ihn in Saunas hatte. In einem Bambusregal zusammengerollte, bunte Handtücher. Das Bad hatte keine Wanne, sondern nur eine Duschkabine aus Glas.

Diese Bilder, die vor mir aufblitzten, verängstigten mich. Was hatte es mit diesem Déjà-vécu-Erlebnis, dieser Bekanntheitstäuschung, auf sich?

Das eigentlich Beunruhigende daran war, dass die Wohnung auf diesen inneren Bildern bevölkert war von Anouk. Von einer lachenden und glücklichen Anouk, im weißen Frottee-Morgenmantel, mit einem roten Band im Haar. Anouk im Bad, in brombeerfarbenen Dessous. Anouk im Wohnzimmer auf dem Boden, an Kissen gelehnt und rauchend. Dabei wusste ich doch, dass sie Nikotin verabscheute. Und doch wirkte dieses Bild so real. Schließlich Anouk nackt auf dem Futon. Die Morgensonne liebkoste ihr verschlafenes Gesicht.

Doch der Mann, der, wie ich wusste, auch da war, da sein *musste*, blieb verborgen. Er erschien nicht in meinen Erinnerungsfetzen. Es war gerade so, als bliebe er absichtlich im Schatten meiner Imagination.

Was bedeutete das alles, wieso sah ich Anouk so deutlich in dieser Wohnung, vor dieser Kulisse? Hatte ich von diesem Verhältnis gewusst? Hatte ich die beiden vielleicht hier überrascht?

Benommen blieb ich auf dem Wohnzimmerboden sitzen. Es war, als würde ich in ein Gewässer hinabtauchen. Von draußen musste es überschaubar wirken. Aber unter der Wasseroberfläche taten sich immer neue Höhlen auf. Jede Höhle öffnete sich zu einer weiteren, dahinter liegenden Höhle. Ich war in einem Untersee-Labyrinth gefangen und der Sauerstoff ging mir aus.

Was war bloß aus meinem Plan geworden? Ich hatte vorgehabt, die unbekannten Winkel meines Lebens auszuleuchten, doch der Schuss war nach hinten losgegangen.

Nichts war mir wirklich vertraut.

Wo auch immer ich ansetzte, stets blieb ich verwirrt zurück. Stets wurde meine Situation noch komplizierter als zuvor.

Ich stellte die Musik aus und sah mir die CDs auf dem Ständer an. Die meisten kannte ich. Dann warf ich noch einmal einen Rundumblick auf das Zimmer und wappnete mich für die Erforschung der übrigen Räume.

Alles war so, wie ich es vor meinem inneren Auge bereits gesehen hatte: Das Bad war weiß, das Schlafzimmer asiatisch. Ich begann, die wenigen Möbel zu durchwühlen.

Im Grunde suchte ich nichts Bestimmtes. Dennoch fragte ich mich, während ich seine Tempos, Wattestäbchen und Ersatzzahnbürsten sichtete, was ich zu finden hoffte.

Auf einem glänzend schwarz lackierten Nachttisch im

Schlafzimmer lag ein Buch, in dem er offensichtlich vor dem Einschlafen gelesen hatte. Es war in graues Leinen gebunden, antiquarisch erworben oder einfach nur alt. Der Titel lautete: ›VEB Schwermaschinenbau Karl Liebknecht‹. Flüchtig blätterte ich es durch, sah einige handschriftliche Anmerkungen und wunderte mich einen kurzen Moment darüber, dass man so etwas überhaupt aufhob. Ohne mir weitere Gedanken darüber zu machen, steckte ich das Buch in meinen Rucksack. Zu Hause würde ich mir genauer ansehen, womit sich mein Widersacher befasste.

Nun war der rote Kleiderschrank an der Reihe. Ich tastete Lewinskys Anzüge und Hosen ab und nahm seine Pullover aus den Fächern, immer in der Hoffnung, zufällig auf etwas zu stoßen, was mir den Menschen Lewinsky erschließen würde.

Ja, ich wollte verstehen, was für ein Mensch er war. Was Anouk bewogen hatte, sich mit ihm einzulassen, obwohl sie doch *mich* hatte.

Ich zog ein dunkelblaues Poloshirt heraus und hielt es mir vor den Körper. Dann schlüpfte ich kurzerhand hinein. Es passte nicht schlecht, wenngleich es vielleicht eine Idee zu weit war – ausgerechnet an den Schultern, was mich ärgerte. Und nun gab es kein Halten mehr. Ich zog meine Hose aus und Lewinskys Jeans an. Sie hatte wohl die richtige Länge – größer als ich war er folglich nicht. Aber die Jeans war mir zu weit.

Ein lächerliches Gefühl der Überlegenheit erfüllte mich. Ich erinnere mich noch heute genau daran. Welch armseliger Triumph: Lewinksy war fetter als ich!

Das zweifelhafte Hochgefühl hielt so lange an, bis ich die Kleider zurückgelegt und den nächsten Raum betreten hatte. Er war eine Kombination aus Arbeitszimmer und Fitnessstudio. Nach dem Equipment zu urteilen, das hier herumstand, war nicht darauf zu schließen, dass Lewinsky sich selbst beim Fettwerden zugesehen hatte. Die Differenz zwischen Leibesumfang und Schultermaß war also nicht durch zusätzliches Fettgewebe ausgefüllt worden, sondern durch Muskulatur.

Ich wischte den Gedanken beiseite und machte mich über Lewinskys Arbeitsplatz her. Vielleicht konnte ich hier endlich etwas über diesen Menschen in Erfahrung bringen. Ich sehnte mich nach soliden Informationen.

Als Erstes durchsuchte ich seinen Schreibtisch. Ich fand gelbe Notizzettel, Büro- und Heftklammern, eine Sammlung Glasmurmeln, die mir außerordentlich gut gefiel, ein paar Magnete für die Wand, Hefter und Locher, Heftschienen, Umschläge, alte Software-Handbücher, ein in Plexiglas gegossenes vierblättriges Kleeblatt und jede Menge Computerzubehörteile.

Aber es gab keinen einzigen Brief von Anouk.

Hastig machte ich mich über die Ablageboxen her. Hier fand ich alte Strom- und Abwasserrechnungen und eine Kfz-Vollkaskoversicherung für einen BMW Z3 Roadster mit dem Kennzeichen FN-TL 5762.

»Aha«, dachte ich gehässig, »noch so ein Seppel mit seinen Initialen im Kennzeichen. Wie hat er denn seinen fleischigen Bodybuilder-Leib in dieses schnittige Autochen gebracht, vielleicht mit einem Büchsenöffner?«

Zu diesem Zeitpunkt war mir die Lächerlichkeit meiner Gedanken in keinster Weise bewusst. Im Gegenteil. Während ich weitersuchte, steigerte ich mich in eine dermaßen giftige Animosität gegen Lewinsky hinein, dass ich an mich halten musste, keine Verwüstung anzurichten.

Langsam wurde ich müde. Aber ich hatte mir noch dringend die Ordner vorzunehmen, die auf einem Regalbrett über dem Schreibtisch standen. Es musste irgendwo ein

Dokument geben, das schwarz auf weiß belegte, wann und wie oft er meine Frau angerufen hatte.

Doch so konzentriert ich auch suchte, in keinem der Ordner waren Telefonrechnungen abgeheftet. Irgendwo musste er sie doch aufbewahren!

Dann fiel mir ein, dass er sie möglicherweise als Anhang per Mail erhielt und sie im PC gespeichert haben könnte. Ich drückte die EIN-/AUS-Taste, aber nichts geschah. Vergeblich wartete ich auf den vertrauten Piepton und das leise Summen, das gewöhnlich darauf folgt.

Nichts.

Ich drückte noch einmal fest und energisch. Als auch dieses Mal keine Reaktion kam, kroch ich unter den Tisch, um die Kabelverbindung zu überprüfen. Was ich hier entdeckte, überraschte mich: Jemand hatte die Festplatte ausgebaut.

Mit welcher Absicht war das geschehen?

Ich durfte keine Zeit verlieren, denn bald würde es hell werden, und dann musste ich wieder zu Hause im Bett neben Anouk liegen. Aber die fehlende Festplatte beschäftigte mich. Beim Weitersuchen kreisten meine Gedanken ständig darum.

Während meine Finger Belege über Lewinskys Mitgliedschaft im Tierschutzverein und über eine Patenschaft bei Plan International durchblätterten, kam mein Verstand zu dem Schluss, dass Lewinsky wahrscheinlich einen Festplattencrash gehabt hatte. Vermutlich war er vor seiner Abreise nicht mehr dazu gekommen, das System komplett wiederherzustellen.

Leider suchte ich vergeblich nach irgendwelchem Backup-Material.

Immer tiefer war ich in Lewinskys Privatsphäre eingedrungen. Als ich mich schließlich durch alles hindurchgewühlt hatte, traf mich die Erkenntnis mit einem Paukenschlag: Ich hatte nichts Brauchbares gefunden.

Immerhin hatte ich nun eine konkrete Vorstellung davon, was ich gerne gefunden *hätte*: Wie konnte es sein, dass Lewinsky in seiner Wohnung kein einziges Kinderfoto, kein einziges Bild seiner Eltern, seiner Familie, seiner Freunde hatte? Und – vor allen Dingen – es gab kein einziges Bild von Anouk!

Und wie stand es mit Erinnerungsfotos von ihm selbst? Auch wenn er vermutlich seit Jahren auf digitale Fotografie umgestiegen war, hätte es doch irgendwo ein paar alte Ablichtungen von ihm aus »vor-digitalen« Zeiten geben müssen. Meinetwegen mit seiner Schultüte oder von der Abiturfeier oder vom Saufen bei der Bundeswehr.

Ich vermisste *irgendetwas*, was die Person Lewinsky für mich plastisch gemacht hätte. Irgendetwas, was über die bloße Tatsache hinausging, dass er es mit meiner Frau trieb, bei Kerzenschein und Räucherstäbchen.

Aber das war doch nicht möglich!

Ein zweites Mal nahm ich mir Lewinskys Wohnung systematisch vor. Trotz Zeitnot arbeitete ich diesmal bedächtiger und gründlicher.

Umsonst.

Hier war rein gar nichts Persönliches zu finden. Kein Liebesbrief, nicht einmal irgendein Brief oder eine lumpige Ansichtskarte mit nichtssagenden Urlaubsgrüßen, kein Sparbuch, keine Bankunterlagen, kein Lebenslauf, keine Zeugnisse.

Das Einzige, was mir zusätzlich auffiel, war die dicke Staubschicht, die auf allem lag. Lewinsky musste in der Tat schon länger fort sein.

Es war gerade so, als wäre die Wohnung nur eine Attrappe, ein Potemkinsches Dorf. Vielleicht war diese Wohnung einfach bloß als Liebesnest angemietet worden? Vielleicht lebte Lewinsky sonst gar nicht hier? Wo – wenn nicht hier – hatte er seinen Lebensmittelpunkt?

Die Müdigkeit brannte unter meinen Augendeckeln. Enttäuscht und resigniert sank ich auf einen Stuhl. Mein Plan, Anouk wie ein Racheengel mit flammendem Schwert und unwiderlegbaren Beweisen für ihren Verrat gegenüberzutreten, sackte in sich zusammen wie ein Gebilde aus Sand.

Erschöpft erhob ich mich, erschöpft warf ich einen letzten Blick auf die Wohnung, die mir so gar nichts erzählen wollte. Alles, was ich mit nach Hause tragen würde, wäre ein neuer virtueller Bildband mit rätselhaften, aus dem Nichts auftauchenden Szenen von Anouk, die in dieser Wohnung, vor dieser Kulisse, wie in einem Schattentheater herumgeisterte.

Wie immer in den Momenten absoluter Ratlosigkeit fielen mir Julies Ermahnungen ein: Ich solle versuchen, neu in mein Leben einzusteigen. Auf keinen Fall solle ich meiner eigenen Vergangenheit wie ein Detektiv hinterherjagen: *Don't be your own detective*, so hatte mich die Psychologin zum Abschied ermahnt. Ich erkannte einmal mehr, dass sie recht gehabt hatte.

Aber nun hatte ich eben einen anderen Weg eingeschlagen. Und ich musste meinem inneren Drang folgen. All diese versunkenen Erinnerungen, dieses verschüttete Leben, ich wollte es – verdammt noch mal – zurück! Egal, was Julie, egal, was sämtliche Psycho-Koryphäen dazu sagen würden.

Don't be your own detective. Sie hatten leicht reden! Den lieben langen Tag hörten sie sich die Elendsgeschichten anderer Leute an, dann traten sie hinaus aus dem Elend und gingen zurück in ihr eigenes gesundes Leben. Dort gab es natürlich keine quälenden Erinnerungsfetzen, keine Alpträume mit immer wiederkehrenden Bildern und keine Gespenster aus der Vergangenheit, die unerfüllbare Ansprüche auf sie anmeldeten.

Und außerdem: Das hier war etwas ganz anderes. Diese Wohnung hier hatte doch mit meiner eigenen Vergangenheit nur indirekt zu tun. Das hier war die Story einer Frau, die einen Mann betrog, der wiederum versuchte, für sich und für sein Leben Klarheit zu erlangen.

Dann hatte ich eine Idee: Wenn ich schon nicht mein eigener *detective* sein durfte – und auch nicht sein konnte –, was hinderte mich daran, einen anderen, einen *richtigen* Detektiv einzuschalten?

Mit einem Mal war alle Müdigkeit verflogen. Das war ein großartiger Lichtblick! Ich würde einen Privatdetektiv damit beauftragen, so viel wie möglich über Lewinsky herauszufinden.

Unser Haus lag in abweisendes Dunkel gehüllt. Ich hoffte, Anouk läge in tiefem Schlummer und ich würde es ins Bett schaffen, ohne dass sie aufwachte. Beim besten Willen hätte ich nicht gewusst, welche harmlose Erklärung ich ihr dafür hätte liefern sollen, dass ich um diese Zeit unterwegs gewesen war.

Leise schloss ich die Haustür auf, leise betrat ich die Diele und lauschte. Nichts. Im Dunkeln fand ich meinen Weg ins Bad, entledigte mich nahezu geräuschlos meiner Kleider, schlüpfte in den Schlafanzug und betrat ebenso geräuschlos das Schlafzimmer.

Totenstille. Kein Atmen, kein Seufzen, kein noch so leises Anzeichen dafür, dass jemand in Träume versunken im Bett lag und schlief.

Als meine Augen sich an die Schatten und Umrisse im

Schlafzimmer gewöhnt hatten, erkannte ich, dass Anouks Decke zurückgeschlagen war. Das Bett war leer.

Eisige Kälte stieg in mir auf. Ich drehte mich um, ließ meine Augen durch den ganzen Raum schweifen und tastete mit dem Blick mühsam die Zimmerecken ab. Meine Bewegungen fühlten sich seltsam steif an. Das Rascheln meines Schlafanzugs erschien mir überlaut in der merkwürdigen Stille.

Ich knipste das Licht an. Und da bestätigte sich, was ich im Dunkeln nicht hatte wahrhaben wollen. Anouk war tatsächlich nicht da.

Ich machte Licht im Gang, im Treppenhaus, ging in die Küche, von der Küche ins Wohnzimmer.

Und da saß sie. In einem dünnen weißen Nachthemd, die Beine angewinkelt, bleich und mit übergroßen Augen saß sie in einem Sessel und starrte in meine Richtung.

Im ersten Moment dachte ich, sie sei tot. Sie war eine Hülle. Sie saß dort, völlig reglos, wie eine wächserne Puppe.

»Anouk?« Ich war heiser.

Sie starrte weiterhin blicklos vor sich hin. Schnell lief ich zu ihr, beugte mich zu ihr hinunter und griff nach ihren Händen. Sie waren kalt wie Eis. Ich stand auf, um eine Decke zu holen, und legte sie ihr um die Schultern.

In diesem Moment fiel mir auf, wie dünn Anouk war. Ihre Schlüsselbeine traten deutlich hervor, zwei waagrechte Rinnen, die Schultern waren knochig. Ich erschrak. Wie hatte ich nicht bemerken können, dass sie so viel abgenommen hatte? War ich so sehr mit mir selbst beschäftigt gewesen?

Ich kniete mich vor ihr hin. Sie roch nach Alkohol. Behutsam drückte und knetete ich ihre Hände.

Da hörte ich Anouk leise murmeln und ihre Stimme

klang hohl und monoton: »Alles wiederholt sich. Es wiederholt sich alles.«

Ich gab vor, sie nicht verstanden zu haben, und fragte: »Was sagtest du, Liebes? Ich habe es nicht gehört.«

Mit einem Ruck wandte sie den Kopf und sah mich direkt an. In ihren Augen lag ein fiebriger Glanz und ihr Tonfall hatte etwas Lauerndes, als sie mich fragte: »Wo warst du?«

Vor dieser Frage hatte ich mich gefürchtet. Während ich nach einer halbwegs plausiblen Erklärung für mein nächtliches Verschwinden suchte, fixierte sie mich durchdringend. Es war, als würde sie mich mit ihrem Blick aufspießen.

Plötzlich zischte sie: »Du warst bei *ihr*, stimmt's?«

Ich musste verdutzt ausgesehen haben, denn sie begann zu lachen. Aber es war kein fröhliches, belustigtes Lachen, sondern ein irres, hexenhaftes Gemecker, das aus ihrer Kehle drang. Mein Blick fiel auf die leere Weinflasche, die neben dem Sessel stand.

Anouks Lachen steigerte sich. Ihre Stimme kippte, überschlug sich, sie fing an zu japsen, Schweißperlen glänzten auf ihrer Stirn. Sie lachte und lachte und wiegte sich dabei vor und zurück, vor und zurück, in einem immer frenetischeren Rhythmus. Wahrscheinlich hätte ich zu ihr treten, meine Arme um sie schlingen und sie halten sollen, ganz väterlich. Doch etwas hielt mich zurück. Ich hatte Angst, durch meine Berührung etwas *noch* Schlimmeres als dieses hysterische Lachen zu provozieren.

Ihre Frage schien sie vergessen zu haben. Oder sie erwartete ohnehin keine Antwort von mir. Doch in *meinen* Ohren dröhnte die Frage in endlosem Echo.

Anouk würde bald – wenn auch nicht mehr heute Nacht – eine plausible Erklärung für mein nächtliches Fortgehen verlangen.

Plötzlich war ich wieder unsäglich müde. Schließlich hatte ich in dieser Nacht noch kaum ein Auge zugetan. Und die Aufregung und das Bewusstsein, mit all dem allein zu sein, hatten mich ausgelaugt.

Ich hätte jetzt ein paar neue Ratschläge von Julie bitter nötig gehabt. Ebenso ihre wunderbar pragmatische Art, komplizierte Sachverhalte eingängig zu vermitteln. Aber mächtiger als alles andere war im Moment die bleierne Schwere meines Körpers.

Anouk schien mich gar nicht mehr zu bemerken. Ich stand noch eine Weile benommen vor ihr. Ein dummer Schuljunge, völlig überfordert von der Situation.

Anouks Lachen ging in ein Würgen über. Sie erbrach sich, spuckte alles aus sich heraus. Bis auf die Galle. Die ganze Soße lief einfach herunter, über ihr Kinn, auf ihre Brust.

Ich rannte in die Küche und schnappte mir ein Küchenhandtuch und eine Schüssel. Doch als ich zurückkam, hatte der Schwall so abrupt aufgehört, wie er begonnen hatte.

Anouk stierte auf ihre Hände, die voll Erbrochenem waren, und sah dann zu mir auf, wie wenn sie endlich wieder im Hier und Jetzt angekommen wäre. Sie fing an zu weinen und wiederholte pausenlos: »Das wollte ich nicht, das wollte ich nicht. Es tut mir so leid.«

Ich griff nach dem Küchenhandtuch und nahm damit so viel ich konnte auf. Dann lief ich in die Besenkammer, um zwei Eimer, Putzmittel und eine Küchenrolle zu holen. Sorgfältig säuberte ich Anouk, zog ihr das verschmutzte Hemd über den Kopf, wickelte sie in die Decke und legte sie aufs Sofa.

Anouk wimmerte jetzt leise und verhalten. Während ich schrubbte, murmelte ich begütigende Worte. Nach einer Weile hatte sie sich beruhigt und sank matt in den Schlaf.

Ich räumte das Putzzeug auf, brachte die leere Weinflasche in die Küche und fand noch eine geöffnete Flasche Baily's auf der Ablage. Dann hob ich Anouk mitsamt der Decke hoch, trug sie ins Schlafzimmer, legte sie ins Bett und lauschte bis zum Morgengrauen ihrem unruhigen Atem.

Der Fremde

Wilde Träume trugen mich in den Tag. Als ich hochschreckte und auf die Uhr sah, war es bereits Viertel vor neun. Ich spritzte mir kaltes Wasser ins Gesicht und schlüpfte hastig, ohne zu duschen oder mich zu rasieren, in die Kleider. Um neun hatte ich einen Termin mit Wenzlow und einem potentiellen Unterlieferanten, der uns erklären wollte, warum wir unser Sichtsystem in Zukunft outsourcen sollten. Außerdem musste wegen des indischen Angebots endlich eine Entscheidung fallen.

An der Tür sah ich mich noch einmal um, die Hand auf der Klinke. Anouk lag still da, den Kopf zur Seite gedreht, das Haar fiel ihr übers Gesicht. Was für ein friedliches Bild, dachte ich. Schlafende Menschen haben so etwas Rührendes.

Lange konnte das nicht mehr gut gehen. Wir mussten endlich den Mut finden und die Wahrheit – vorbehaltlos – auf den Tisch legen. Doch wer würde den Anfang machen?

Ich trat ans Bett, küsste Anouk aufs Haar, ging dann zu ihrem Sekretär und schrieb auf einen Block: »Wir müssen reden. Heute Abend.«

Den Zettel legte ich auf ihren Nachttisch.

Die österreichische Variante von Ampeln, die vor dem Umschalten blinken, kam mir gelegen: Ich nutzte dieses Signal, das ja eigentlich der Sicherheit dienen sollte, schamlos aus und gab Gas. Dafür öffnete ich Punkt neun die Tür zum Besprechungszimmer.

Der Unterauftragnehmer saß bereits da. Er hatte einen Kaffee vor sich, in den er gerade Milch goss. Wenzlow kam auch gleich dazu. Unser Besucher erläuterte uns beredt die Vorteile seines Vorschlags. Der Geschäftsführer von VisuTec, ein gewiefter Software-Ingenieur mit französischem Namen und bayerischem Akzent, der sechs Festangestellte beschäftigte und den restlichen Bedarf durch Freelance-Kräfte aus dem studentischen Milieu deckte, hatte uns tatsächlich ein interessantes Angebot für eine Zusammenarbeit zu machen. Das Angebot war nicht nur aus Kostengründen erwägenswert, sondern würde für unsere Simulatoren einen Technologiesprung bedeuten, den wir selbst nur unter erheblichen Investitionen in Sachen Entwicklung würden machen können.

Als alles gesagt war, ging ich hinüber in mein Büro und war dankbar für das Croissant und die Tasse Kaffee, die Frau Meyer mir reichte. Anscheinend hatte ich schon früher die Angewohnheit gehabt, ohne Frühstück aus dem Haus zu gehen. Als Sekretärin vom alten Schlag fühlte sie sich verpflichtet, für das leibliche Wohl ihres Chefs zu sorgen.

Ich aß und krümelte. Während ich kaute, hörte ich, wie die Meyerin einen Anrufer auf später vertröstete.

Jetzt, da etwas Ruhe eingekehrt war, schoss mir wieder die Idee, einen Detektiv zu engagieren, durch den Kopf. Ich musste dringend mehr über Lewinsky erfahren. Gerade war ich dabei, Detekteien in Bregenz zu googlen, als mein Handy zu dudeln begann. Ich fluchte innerlich und dachte an die auf ein Uhr vertröstete Barbara. Auf dem Display erschien jedoch: »Unbekannter Teilnehmer«. Beinahe hätte ich es einfach läuten lassen. Dann aber entschied ich mich, das Gespräch doch anzunehmen. Notdürftig wischte ich die fettigen Finger an einer Serviette ab und drückte die Taste. Ein wenig unwirsch antwortete ich: »Ja!«

Pause. Und dann die Stimme des Unbekannten, schneidend scharf und doch ruhig und gelassen wie die beiden Male zuvor: »Winther?«

Jetzt war es an mir zu schweigen, aber der Fremde ließ sich nicht beirren. »Sie haben auf unsere Bitte nicht reagiert. Das war nicht sehr höflich.«

Der Mann schien davon auszugehen, dass ich irgendetwas zu tun versäumt hatte und dass ich *ihnen* – wer auch immer das sein mochte – irgendetwas schuldig war.

Unvermittelt schoss mir die Frage durch den Kopf, ob die Gestalt, die ich bei uns im Garten zu sehen geglaubt hatte, dieser Fremde gewesen war. Aber jetzt konnte ich das Thema nicht weiterverfolgen.

Meine Geduld war langsam zu Ende. Ehe ich näher darüber nachdenken konnte, ob es klug wäre, so mit dem Fremden zu reden, entfuhr es mir: »Warum hätte ich Sie anrufen sollen?«

Wieder schwieg der Mann ein paar Sekunden, als müsste er die Ungeheuerlichkeit dieser Erwiderung erst begreifen. Vielleicht verständigte er sich aber auch für mich unhörbar mit anderen. Er hatte ja die eigenartige Angewohnheit, von sich ausschließlich im Plural zu sprechen. Jetzt hob er wieder an: »Wir haben in der Vergangenheit gut zusammengearbeitet. Warum sollten wir diese Zusammenarbeit nicht fortsetzen?«

Im ersten Moment war ich versucht zu sagen, er solle mich mit was auch immer in Ruhe lassen, ich hätte kein Interesse an seinen mysteriösen Angelegenheiten. Doch dann siegte erneut der Wunsch, endlich alles besser zu verstehen: »Das kommt ganz auf die Konditionen an.«

»Die Konditionen sind dieselben wie immer.«

War das nun gut oder schlecht? Ich hatte keine Ahnung. Ich beschloss, aufs Ganze zu gehen: »Es ist einige Zeit vergangen. Wir sollten uns, denke ich, über alles noch einmal detailliert unterhalten.«

»Im Prinzip sind Sie also noch interessiert?«

Was sollte ich nun antworten? Worauf würde ich mich einlassen, wenn ich Ja sagte?

Jetzt fielen mir die horrenden Summen ein, die mehr oder weniger regelmäßig auf mein Schweizer Konto geflossen waren. Ich musste mich so bedeckt wie möglich halten. »Wie gesagt: Es kommt auf die Bedingungen an.«

»Ich bin sicher, wir werden uns einigen.«

Die Sonne stand inzwischen hoch am Himmel und die Ulme vor meinem Fenster raschelte sanft, als der Wind hindurchfuhr. Ich musste mehr erfahren, *musste* wissen, wer der Mann war und worum es überhaupt ging. »Wann und wo sehen wir uns?«

Er sagte nur: »Ich melde mich wieder«, und legte auf.

Ich saß da, die nach wie vor fettigen Finger um das Handy gekrallt, und lauschte ins Schweigen hinein. Die Sonne kroch immer weiter ins Zimmer, hatte bereits meinen Arm ergriffen und überzog meine Haut mit Wärme. Nach einer Weile raffte ich mich auf und wusch mir die Hände. Dann zog ich die Lamellenvorhänge vor, blieb wieder eine Weile sitzen und dachte nach.

Einige Minuten später wusste ich, wie mein nächster Schritt aussehen würde.

Es klopfte an der Tür.

»Ja, bitte!«

Wenzlow trat ein, ein Blatt Papier in der Hand.

»Die Syrer haben wieder eines von ihren Spezial-Faxen geschickt.«

Die Syrer. Unbeirrt stellten sie in regelmäßigen Abständen und schlechtem Englisch die absurdesten Forderungen. Ich setzte mich an meinen Schreibtisch.

»Wir müssen jetzt endlich mal entscheiden, was mit dem zweiten Simulator geschehen soll«, sagte Wenzlow mit ungewohnt scharfer Stimme. »Die tanzen uns nur noch auf der Nase herum, wenn wir da nicht bald Klartext reden. Also, was machen wir mit der Auslieferung des zweiten Simulators?«

»Wir machen ...«, ich legte eine Kunstpause ein, »gar nichts. Wir werden die Syrien-Sache auf Eis legen und ihnen mitteilen, dass wir die Arbeiten erst wieder aufnehmen werden, wenn die vollständige Zahlung eingegangen ist. Spätestens, wenn an ihrem Simulator ein Defekt ist und er eine Weile stillsteht, werden sie ins Grübeln kommen.«

»Und wenn sie's einfach so hinnehmen, dass die Anlage halt nicht mehr funktioniert? Das wäre nicht das erste Mal in so einem Land.«

»Also, Wenzlow. Syrien ist kein Entwicklungsland. Ich rechne fest damit, dass sie daran interessiert sind, wie ihre Technik läuft. Denken Sie an Leute wie den Rushdan. Und so gibt es dort noch andere, die wollen, dass ihr Land vorankommt.«

»Ihr Wort in Allahs Ohr. Aber Sie haben schon recht. Das ist die einzige Möglichkeit, die wir haben. Ansonsten müssten wir uns langsam ernsthaft Gedanken machen.«

Als er nicht weitersprach, hakte ich nach: »Gedanken – worüber?«

»Über das Unternehmen.«

»Wie meinen Sie das? Ich dachte, wir stünden ziemlich gut da?«

»Das tun wir an sich auch … Ich hatte noch keine Gelegenheit, mit Ihnen darüber zu sprechen. Sie waren ja so selten da in letzter Zeit. Trenitalia hat angekündigt, dieses Jahr keine weiteren Simulatoren in Auftrag zu geben. Bei denen hat's mal wieder eine Umstrukturierung gegeben. Im oberen Management. Na ja, Sie wissen ja, was das immer heißt. Auf jeden Fall brauchen wir das Geld der Syrer nun umso dringender.«

Wenzlow hatte den Raum bald wieder verlassen. Ich sann unserem Gespräch nach. Ja, das hatte ich gerade noch gebraucht: eine weitere Front, an der ich kämpfen sollte!

Die Meyerin betrat das Büro. Ich hatte ihr Klopfen gar nicht gehört. Sie wollte in die Mittagspause gehen und fragte, ob sie mir etwas zu essen mitbringen sollte.

Ich sah auf die Uhr und stellte fest, dass es bereits fünf nach eins war. Seit fünf Minuten wartete Barbara in Eichenberg auf mein Erscheinen.

Ich erinnere mich, dass ich in jenem Sommer nach unserer Rückkehr aus den USA wie von Furien gehetzt durch die Tage rannte. Und so rannte ich nun im konkretesten aller Sinne zu meinem Wagen, sprang hinein und raste die Straße aus Bregenz hinaus in Richtung Eichenberg. Es herrschte nicht viel Verkehr und trotzdem hatte ich das Gefühl, von bleiernen Kugeln gehalten zu werden.

Den Parkplatz, den Barbara mir genannt hatte, fand ich nicht auf Anhieb. Ich hämmerte immer wieder wütend aufs Lenkrad. Schließlich hielt ich vor einem schindelgedeckten Bauernhaus, um mich nach dem Weg zu erkundigen. Nachdem ich eine misstrauische Frau überzeugt hatte, dass ich sie weder überfallen noch ihr etwas verkaufen wollte, schlug es von irgendwoher halb zwei. Als ich endlich in den Parkplatz einbog, war er leer.

Ich war zu spät gekommen. Und Barbara hatte nicht auf mich gewartet.

Ich nahm mein Handy, drückte Barbaras (unter »Barbarella«!) gespeicherte Nummer und lauschte. Gleich nach dem ersten Klingelzeichen sprang die Mailbox an. Barbara hatte ihr Telefon ausgeschaltet.

Im ersten Moment spürte ich eine naive Erleichterung darüber, mich dieser Begegnung nicht aussetzen zu müssen. Wie ein Kind, das sich erfolgreich vor einer Klassenarbeit drückt in einem Fach, in dem es gewöhnlich zwischen 5 und 6 steht. Zugleich ist klar, dass das dicke Ende nachkommt, dass man besagte Prüfung nämlich am nächsten oder übernächsten Tag nachholen muss. Und dann ist man kaum besser vorbereitet.

Im zweiten Moment versuchte ich mich in der Prophezeiung, wie Barbara nun weiter vorgehen würde. Doch so sehr ich mir auch den Kopf zerbrach, ich kannte sie zu wenig, um ihre künftigen Handlungen vorhersagen zu können.

Natürlich hätte ich nach ihr suchen können. Ich hätte an ihrem Haus vorbeifahren und nachsehen können, ob ihr Wagen davorstand. Und wenn das dann tatsächlich der Fall gewesen wäre? Sicherlich war das gemeinsame Zuhause von Karl und Barbara nicht gerade die ideale Plattform für diese Sorte von Gespräch.

Ich überlegte hin und her und kam zu dem Schluss, dass ich dennoch zu Barbaras Haus fahren musste. Schon einfach der Fairness wegen. Und so startete ich erneut den Wagen, diesmal mit Kurs auf das Hinteregger'sche Anwesen.

Unterwegs probierte ich wieder, Barbara auf ihrem Handy zu erreichen. Fehlanzeige. Dann wählte ich sogar die

Nummer ihres Festnetzanschlusses, doch auch hier ohne Erfolg. Als ich schließlich langsam an Barbaras Haus vorbeirollte, lag es still und abweisend unter einer gnadenlosen Mittagssonne. *Kein* Wagen war davor geparkt.

Ich wollte den Blick gerade abwenden. Da war es mir, als hätte ich ein Gesicht hinter der Scheibe gesehen. Es verschwand so rasch wieder, dass ich nicht wusste, ob ich mir das Ganze nur eingebildet hatte. Hätte ich geahnt, welches Drama dort am Pfänder bald seinen Lauf nehmen sollte, so hätte ich vielleicht doch angehalten und geklingelt.

An jenem Nachmittag war ich mit meinen Gedanken noch lange bei Barbara. Vielmehr bei all dem, was sie über mich gesagt hatte. Wiederholt hatte sie darüber gesprochen, wie fremd ich ihr seit meiner Rückkehr geworden sei. Das ging mir nicht mehr aus dem Sinn. Und eigenartig: Ich empfand ja auch mir selbst gegenüber diese Fremdheit.

Nichts schien sich zusammenfügen zu wollen. Zu viele offene Fragen existierten noch immer und täglich kamen neue Puzzleteile hinzu, die das Bild, das ich mühsam zu erstellen versuchte, störten.

Fremd, ein Fremder.

Und über allem schwebte Hürlis Verdacht, dass der Tote nicht Giaconuzzi war. Aber wer hätte es sonst sein sollen?

Als ich an diesem Abend viel früher als geplant nach Hause kam, empfing mich Stille. Ich hatte den Wagen vor der Garage geparkt, um kein Geräusch zu machen. Was ich mir davon versprach, wusste ich auch nicht so genau. Vielleicht hoffte ich insgeheim, ein Telefonat zwischen Anouk und ihrem Liebhaber Lewinsky belauschen zu können.

Langsam ging ich von der Diele ins Wohnzimmer und von dort nach oben ins Schlafzimmer. Ich suchte das ganze Haus ab, aber Anouk schien gar nicht da zu sein. Jetzt erst sah ich in der Garage nach: Der Porsche stand an seinem Platz. War sie also zu Fuß unterwegs, machte sie vielleicht einen Spaziergang?

Doch Anouk war seit unserer Rückkehr noch nie von hier aus losgegangen. Sie musste also im Garten sein.

Und richtig, die Schiebetür, die in den Garten hinausführte, war nicht verriegelt. Behutsam schob ich sie auf und trat hinaus. Anouk war nicht zu sehen. Überhaupt machte der Garten einen fast verwaisten Eindruck. Über allem lag eine dumpfe Schwüle.

Ich ging ein paar Schritte, betrachtete die buchsbaumgesäumten Beete, gelbe und rote Blumen, die Rosen. Zwar kannte ich mich im Gartenbau nicht aus, aber selbst ich wusste, dass Anouk hier ein kleines Paradies geschaffen hatte. Gedankenverloren beugte ich mich über den Lavendel, der die Rosen umwucherte, pflückte ein paar Blättchen und zerrieb sie in meiner Hand.

Da hörte ich etwas Ungewöhnliches: ein Schaben und Kratzen im hinteren Bereich des Gartens. Langsam ging ich in die Richtung, aus der die Geräusche herüberdrangen. Irgendwer machte sich dort, hinter der grün glänzenden Hecke aus Kirschlorbeer, mit einem metallenen Gegenstand zu schaffen. Vorsichtig glitt ich zwischen den Büschen hindurch. Und sah – Anouk, schweißüberströmt. Das Haar klebte klatschnass an der Stirn. Wie rasend stach sie mit einem Spaten in einen Erdhaufen.

»Was machst du da?«

Sie fuhr zusammen, stieß einen Schrei aus, spitz und hoch. Entgeistert starrte sie mich an. Als habe sie einen lebenden Toten vor sich. Ihre Augen waren riesig und rund.

»*Du* bist es! Mein Gott, hast du mich erschreckt.« Sie hatte sich schnell gefasst und nahm ihre Tätigkeit wieder auf.

Ich wiederholte meine Frage.

Ohne aufzusehen sagte sie: »Ich hab mir heute den Kompost vorgenommen. Das hätte eh schon lange mal gemacht werden müssen.«

»Aber das ist doch viel zu anstrengend für dich! Das kann ich gerne machen. Warum hast du mir nicht Bescheid gegeben?«

»Du bist ja nie da!« Sie funkelte mich an.

»Nun gib schon her, ich mach das.« Ich griff nach dem Spaten.

»Jetzt bin ich schon fertig.« Sie hielt den Spaten fest in der Hand und musterte mich schweigend, beinahe feindselig.

»Was ist denn los?«

Auf einmal wurde ihr Gesichtsausdruck wieder weich. »Nichts ... nichts ... Ich bin einfach nur ... Schau mich an, ich bin verschwitzt und vielleicht ein bisschen gestresst.«

»Es tut mir wirklich leid. Das wäre auf jeden Fall meine Aufgabe gewesen.«

Sie strich sich über die Stirn. Dann zuckte ein Lächeln über ihr Gesicht. »Ja, Lieber, das weiß ich doch. Sag mal, wie wär's, wenn du schon mal reingehst und mir ein Glas Eistee einschenkst? Das wäre ganz wunderbar.«

In dieser Nacht saßen wir auf dem Balkon, Anouk mit einem Glas Chablis in der Hand, ich mit einem Glas Mineralwasser, und betrachteten die Lichter rund um den See. Der schwere süßliche Duft des Geißblatts versetzte mich in eine wehmütige Stimmung und ich dachte über das Leben nach. Es war so zerbrechlich. Oft waren es Sekunden, die den Lauf der Dinge in eine völlig neue Richtung brachten. Ein unachtsames Wort im falschen Moment, ein Augenblick der Unaufmerksamkeit am Steuer eines Wagens, die

Entscheidung, einen Menschen aus einer brennenden Halle zu retten – all das dauerte nur Sekunden.

Plötzlich klingelte das Telefon. Barfuß, wie ich war, lief ich in die Diele.

»Winther.«

»Herr Winther, Hürli hier.«

Ich drehte mich um zu Anouk, die noch auf dem Balkon saß und mich durch die Scheibe ansah. Ich lächelte ihr zu, sie wandte sich ab.

Gedämpft fragte ich: »Was gibt's denn?«

»Ich will Sie nicht stören. Aber ich dachte, Sie sollten das wissen. Giaconuzzi ist wieder aufgetaucht.«

Der rote Teppich und die messingfarbenen Tritthalter leuchteten mir schon von Weitem entgegen. Die Welt des Justus Hürli war so ganz anders als meine. Hier war »Hightech« ein Fremdwort. Als die altmodische Türglocke durch blechernes Läuten meine Ankunft verkündete, war von Hürli selbst nichts zu sehen. Also sah ich mich ein wenig im Antiquariat um. Mein Blick blieb an einem Buch hängen. Es hatte einen prachtvollen braunen Ledereinband und war auf blauen Samt gebettet.

»Ja, der Mensch lässt sich gerne vom äußeren Schein gefangen nehmen, nicht wahr?«

Ich hatte Hürli nicht kommen hören. Nun stand er unmittelbar hinter mir. Der Mann musste mit Katzenpfoten zur Welt gekommen sein.

Schnell drehte ich mich um und suchte seinen Blick, um zu sehen, was genau er meinte. Doch er lächelte nur verschmitzt und nahm ein anderes, unscheinbares Buch in die Hand. »Der Blick ist gefesselt von den pompösen Dingen, den lauten. Dabei …«, er schlug das Bändchen auf und hielt es in meine Richtung, »ist dieses viel wertvoller.«

Ich warf einen oberflächlichen Blick auf die Seiten, ein wenig irritiert, warum er mir das erzählte. Schließlich war es klar, dass ich nicht wegen ein paar stockfleckiger Blätter Papier gekommen war.

»Dieses kleine, doch überaus feine Bändchen ist eine Erstausgabe – ein Buch über südamerikanische Pfeilgifte – ein äußerst seltenes Exemplar und von hohem Sammlerwert. Aber ich weiß schon. Deshalb sind Sie nicht hier.«

Ich sah auf von dem unscheinbaren Büchlein, Hürli direkt in die Augen. »Das können Sie sich ja wohl denken.«

»Kommen Sie erst mal rein.«

»Hören Sie ...«

»Nun kommen Sie, eine Tasse Tee hat noch niemandem geschadet, vielmehr ... Sie wissen ja, Tee klärt den Geist und Sie fühlen sich plötzlich wie Einstein, als er die Relativitätstheorie ersann.«

Ich verzog das Gesicht. »Im Moment würde es mir schon reichen, wenn ich mich bei einem deutschen Fernsehquiz mittleren Niveaus behaupten könnte.«

Hürli nickte. Und wieder sah ich ihm bei seiner Teezeremonie zu, doch diesmal wirkte sie eher fernöstlich. Er hantierte mit allerlei rätselhaften Gegenständen, nahm dann einen Bambuslöffel, füllte Wasser in ein Gefäß und schlug schließlich den Tee mit einem kleinen Besen schaumig. Schweigend reichte er mir den Becher. Dann wiederholte er dieselbe Prozedur für sich, setzte sich mir gegenüber und sagte: »Sie werden entschuldigen, wenn ich mir einen eigenen Becher nehme.«

Auf meinen erstaunten Blick lächelte er augenzwinkernd: »Das japanische Teeritual. Man trinkt aus *einer* Tasse. Aber wir Westler haben für die ganze Zeremonie ohnehin keine Muße. Glauben Sie mir, regelmäßig betrieben ist sie eine meditative Reinigung des Geistes.«

Er betrachtete den seladongrünen Tee in seinem Becher. Einen Moment lang war es, als lauschte er dem Klang der eigenen Worte nach. Dann nahm er einen Schluck von der dampfenden Flüssigkeit. Sie musste beinahe noch kochend heiß sein, doch Hürli verzog keine Miene. Er setzte sich zurecht, den Rücken sehr gerade, faltete die Hände wie zum Gebet und wandte sich mir zu. Er lächelte.

Ich nahm meinerseits einen Schluck und verbrannte mir sofort die Lippen. Mit aller Mühe unterdrückte ich einen üblen Fluch. Hürli betrachtete mich mit sphinxhaftem Blick.

»Ich bin eher ein Kaffeetrinker«, sagte ich entschuldigend.

»Das sind wohl die meisten. Deswegen ist es ja so schlecht bestellt um diese Welt. Der Kaffee lässt die Menschen rasen, sie haben keine Zeit mehr, sie nehmen sich keine Zeit mehr. Und dann wundern sie sich, was bei ihrer Raserei herauskommt. Aber lassen wir das.«

Ich straffte die Schultern, holte Luft, stieß sie aus und sagte dann: »Woher wissen Sie es?«

»Von einem Freund.«

»Und dieser Freund hat ihn gesehen? Wo?«

»Bei euch drüben. Auf einer Bank am See.«

»Vielleicht war es gar nicht Giaconuzzi?«

»Vielleicht nicht.« Hürli sah mich ernst an. Seine Miene verriet nichts, aber auch gar nichts. »Vielleicht aber doch.«

»Wer ist … dieser Freund?«

»Ich habe viele Jahre in einem bestimmten Milieu zugebracht, Drogenabhängige, Penner, Dealer, Kleinkriminelle, Nutten. Da gibt es immer noch – sagen wir mal so – *Verbindungen*. Auch wenn ich mittlerweile ausgestiegen bin.«

Eine Weile lang schwiegen wir beide.

Hürli kramte ein vergilbtes Foto zwischen zwei Papierstapeln hervor. »Schauen Sie, das ist Giaconuzzi. Es ist natürlich ein altes Foto. Wir fanden es irgendwann mal urkomisch, uns gegenseitig in solch eigenartigen Posen abzulichten. Na ja, wenn man auch sonst den lieben langen Tag nichts zu tun hat ... Angeblich soll er sich nicht stark verändert haben. Nur ein bisschen mehr Farbe wird er jetzt im Gesicht haben, Sie wissen ja, *Brasilien* ...«

Ich sah mir das Bild genau an, konnte aber mit dem Gesicht dieses Mannes nichts anfangen.

Schließlich fragte Hürli: »Warum erzählen Sie mir nicht einfach alles?«

Ich wandte den Blick ab, beugte mich leicht nach vorne und versank für einen Moment lang in der Betrachtung des seladongrünen Tees, hoffend, dass auf dem Bechergrund die richtige Antwort abzulesen wäre. Sollte, *konnte* ich Hürli alles erzählen, einfach so?

Plötzlich war mir, als breche der seit meiner Rückkehr mühsam aufrechterhaltene Schutzwall. Es hatte mich schon unsäglich viel Energie gekostet, all meine Erinnerungslücken zu verbergen. Ich war auf eine existentielle Weise müde. Tagtäglich wurde ich mit all meinen Unzulänglichkeiten konfrontiert. Und ein Ende dieses Versteckspiels war nicht in Sicht.

Die Frage kam über mich wie eine Flutwelle: Warum, um alles in der Welt, sollte ich dieses Spiel weiterspielen? Warum konnte ich nicht einfach zu den Menschen um mich herum sagen: Was erzählt ihr mir da, ich weiß nichts mehr! Sagt mir gefälligst alles oder lasst es bleiben. Aber ich will nicht länger so tun, als wäre nichts geschehen.

Und so schrie ich fast: »Ich habe nicht nur Erinnerungslücken, wie ich Ihnen das letzte Mal sagte. Ich erinnere mich an so gut wie *gar nichts*. Nicht an den Brand, nicht an das, was unmittelbar davor war, und erst recht nicht an das

Leben, das ich davor geführt habe! Herr Hürli, ich bin wie ein neugeborener Erwachsener. Eine gelöschte Festplatte, unbeschrieben. Können Sie sich vorstellen, wie das ist? Und was ich erfahren habe, über mich selbst, ist alles andere als erfreulich. Es ist, als lernte ich einen Fremden, einen unsympathischen Fremden, kennen. Da tauchen Menschen auf … aus meiner Vergangenheit. Zum Beispiel eine Frau, Barbara heißt sie, sie ist angeblich die beste Freundin von Anouk. Und diese Frau behauptet, ein Verhältnis mit mir gehabt zu haben. Ich hätte mich mit Scheidungsgedanken getragen, damals, vor dem Brand. Das ist doch unfassbar!

Seit meiner Rückkehr versuche ich verzweifelt, dieses Leben wieder in den Griff zu bekommen. Doch immer wieder falle ich in diese dunklen Löcher. Es klingt pathetisch, aber ich habe mich verändert. Ich will neu anfangen. Nur: Dazu muss ich auch wissen, was vorher war. Und obendrein erzählen Sie mir, dass der Mann, der damals dort verbrannt sein soll, noch lebt. Wissen Sie eigentlich, was das bedeutet?«

Eine halbe Stunde später war der Tee kalt, mein Mund trocken, der Kopf schwer. Langsam nahm ich den letzten Schluck aus meiner Tasse.

Ich hatte Hürli alles erzählt. Von der Sache mit Lewinsky und Anouks Besuch in dessen Wohnung. Mir war ein wenig mulmig zumute, aber andererseits fühlte ich mich auch erleichtert. Hier saß jemand, der mir zuhörte. Hier saß ich, der erkannte, in welch entsetzlichem Chaos ich lebte.

Es war ein Chaos der Lücken und Fragmente, ein Chaos der Widersprüche und Schatten.

Während meines Berichts hatte Hürli ganz ruhig dagesessen und mit aufmerksamer Miene hin und wieder an seiner Pfeife genuckelt, die er auch heute bewusst nicht anzündete. Sein Gesicht hatte nichts verraten, weder Erstaunen noch Skepsis, allenfalls eine zenbuddhistische Gleichmut. Vielleicht auch Mitgefühl mit einem Menschen, der in einen fürchterlichen Strudel geraten war und nicht wusste, wie er wieder an die Wasseroberfläche gelangen sollte.

»Was wissen Sie über Lewinsky?« Hürli sah mich prüfend an.

»Nichts. Im Grunde weiß ich nichts über ihn.«

»Irgendeinen Hinweis müssen Sie doch in seiner Wohnung gefunden haben. Wo arbeitet er, wo kommt er her? Haben Sie denn gar nichts gefunden?«

»Das ist ja das Merkwürdige. Je mehr ich darüber nachdenke, desto seltsamer kommt es mir vor. Ich meine, ich habe seine Sachen durchsucht, seinen Schreibtisch, seine Ordner. Aber da war einfach überhaupt nichts Persönliches.«

Hürli nickte stumm. Ich wusste, dass ich nach wie vor seine ungeteilte Aufmerksamkeit hatte. »Was mich natürlich vor allem interessiert, ist, ob meine Frau sich weiterhin mit ihm trifft. Sie verstehen, ich will endlich Klarheit. Ich weiß einfach nicht, ob ich ihr vertrauen kann. Aber ... das ist noch lange nicht alles ... Nun ja, das würde jetzt zu weit führen.«

Ich zog kurz in Erwägung, Hürli von dem alttestamentarischen Bild, das im Keller Wirklichkeit geworden war, zu erzählen. Aber dieser Teil meiner Geschichte war einfach zu konfus, zu verwirrend. Im Moment gab es Vordringlicheres.

»Hören Sie, ich fühle mich bedroht.«

Hürli fragte nicht nach, sondern forderte mich nur mit einem Nicken zum Weitersprechen auf.

Ich war ganz außer Atem, wie wenn ich gerade einen Marathonlauf zurückgelegt hätte. »Jemand beobachtet mich. Jemand folgt mir.«

»Herr … ähm … Winther. Immerhin hatten Sie ein traumatisches Erlebnis. Ein Mensch ist gestorben, Sie selbst haben nur knapp überlebt. Kann es nicht sein, dass Sie … etwas sensibel geworden sind?«

»Sie meinen: ob ich durchgeknallt bin und unter Verfolgungswahn leide?« Diese Vermutung lag nahe. Mein Ton wurde beschwörend: »Alles, was ich Ihnen sagen kann, ist, dass ich mich irgendwie bedroht fühle.« Ich stützte die Ellenbogen auf, fuhr mir mit den Händen durchs Haar und massierte meine Schläfen. Der Druck in meinem Kopf hatte sich verstärkt.

Hürli schwieg. Die Gedanken blieben hinter seiner Zen-Miene verborgen. Dieser Mann hatte das perfekte Pokerface.

»Kann es sein, dass dieser Lewinsky etwas damit zu tun hat? Vielleicht folgt *er* Ihnen ja.«

»Aber warum? Was hätte er für einen Grund?«

»Vielleicht sollten Sie versuchen, das herauszufinden. Ich könnte Ihnen helfen.«

Ich sah auf. »Wie wollen Sie das denn anstellen?«

»St. Margrethen ist nicht weit von hier. Ich könnte hinfahren und mich umhören.«

»Das würden Sie für mich tun?« Ich wurde sofort misstrauisch.

»Nun schauen Sie mich doch nicht so an, als wollte ich Sie übers Ohr hauen.«

»Und was … wollen Sie dafür?«

»Sagen wir mal so: Wahrscheinlich bin ich einfach nur neugierig. Vielleicht habe ich noch eine Rechnung offen … mit mir selbst. Seit damals, seit dem Brand und meiner

Aussage bei der Polizei, denke ich immer mal wieder an diese Geschichte. Allerdings ...«, Hürli legte eine Pause ein und fixierte mich, »werde ich das Gefühl nicht los, dass es da noch etwas gibt ... etwas Wesentliches, was Sie mir verschweigen.« Hürli sagte das völlig ruhig und entspannt, doch in seinen Augen lag ein merkwürdiger Glanz.

»Nun ja, da ist tatsächlich noch was ...«

Ich zögerte. War es richtig gewesen, einen Fremden in mein Privatleben blicken zu lassen? Ich hatte doch eigentlich mit dem Gedanken gespielt, einen professionellen Detektiv zu beauftragen. Doch nun hatte ich Hürli eingeweiht und Worte konnte man ja bekanntlich nicht zurücknehmen. Aus einem völlig irrationalen Gefühl heraus vertraute ich diesem Mann.

Ich holte tief Luft: »Es ist wohl so, dass ich damals ziemlich viel getrunken habe. Jedenfalls habe ich Anlass zu der Annahme, dass ich Anouk ... meine Frau ... geschlagen habe.«

Ich wollte sofort im Boden versinken, in Dunkelheit, geschützt vor Hürlis wissendem Scannerblick, der alles aus mir herauszulesen schien.

Unvermittelt sagte er: »Mir brauchen Sie nichts vorzumachen, Max Winther. Was glauben Sie, was ich alles schon gehört und gesehen habe. Wenn man sich, wie ich, schon einmal ganz unten befunden hat ...«

Ich schwieg, nahm eine Papierserviette von einem Stapel auf Hürlis Tisch und tupfte mir die Stirn ab.

Auf Hürlis Gesicht lag wieder dieser ehrliche und verständnisvolle Ausdruck. »Dieser Sommer wird langsam zu einer Landplage. Ein bisschen Regen täte uns allen gut. Und ein wenig Abkühlung.« Ohne Überleitung fügte er an: »Der Mann, der Giaconuzzi gesehen hat, vorgestern am

See, ist *absolut* glaubwürdig. Sonst hätte ich Sie niemals angerufen.«

Ich fühlte, wie eine Röte meinen Hals und mein Gesicht zu überziehen begann, und hoffte inständig, Hürli würde es auf die soeben beschworene Hitze zurückführen. Seine Röntgenaugen brannten auf meiner Haut.

Einige Sekunden verstrichen, in denen ich fieberhaft überlegte, ob ich es wagen konnte, ihn direkt darauf anzusprechen. Schließlich platzte ich heraus: »Werden Sie es der Polizei sagen?«

»Der Polizei, meinem Freund und Helfer? Ich habe schon einmal versucht, denen etwas zu sagen.« Er lächelte bitter. Und dann fügte er hinzu: »Ich werde mich umhören. Wegen Lewinsky.«

Beim Abschied nahm Hürli mir ein Versprechen ab. Ich sollte mich bei ihm melden, falls ich seine Hilfe benötigte, in welcher Angelegenheit auch immer. Schnell schluckte ich meine Rührung hinunter. Dann begleitete mich das blecherne Scheppern seiner Türglocke in die Hitze des frühen Abends.

Ich stieg die roten Stufen hinunter. Irgendwie war es tröstlich zu wissen, dass es Hürli gab. Er war der einzige Mensch, der die Wahrheit über mich kannte. Seine leichte Schweizer Kadenz hatte ihn von Anfang an sympathisch wirken lassen. Seine besonnene Art war wie Balsam. Er wertete nicht. Er urteilte nicht.

Entspannter denn je fuhr ich dahin, die Klimaanlage auf volle Leistung gedreht, und ließ den Schweizer Teil des Bodensees mit 120 km/h an mir vorüberziehen. Nach einer Weile keimte sogar fast so etwas wie Zuversicht in mir auf. Den Gedanken an Giaconuzzi und die Bedeutung seiner Rückkehr für mein Leben verdrängte ich völlig.

Nun hätte sich eigentlich das Blatt zum Guten wenden können. Es sollte anders kommen.

In jenem Sommer nach unserer Rückkehr war das Thema, das die Gemüter beschäftigte, die nimmer enden wollende Hitze. Seit Wochen hatte es kaum geregnet. Die Flüsse waren im Begriff auszutrocknen, der Bodensee wurde von einer immer breiter werdenden Uferborte gesäumt. In den Zeitungen häuften sich Meldungen über Landwirte, deren Existenz auf dem Spiel stand, wenn nicht bald Regen fiele. Kraftwerksbetreiber äußerten ihre Besorgnis, den Strombedarf bald nicht mehr decken zu können, da die Flüsse, deren Wasser zur Kühlung benutzt wurde, nicht kühl genug waren und das in die Flüsse zurückgeleitete Kühlwasser zu warm war. Die Bevölkerung wurde aufgefordert, Wasser und Energie zu sparen, Trockner und Klimaanlagen ausgeschaltet zu lassen, die Gärten nicht mehr zu wässern und auch sonst äußerst sparsam mit den Ressourcen umzugehen.

Während ich an jenem Abend so vor mich hin fuhr, voller Hoffnung, Vergangenheit und Zukunft wieder zusammenstricken zu können, hatte das Schicksal bereits einen anderen Weg für mich gebahnt.

Der Golf der Meerbäumin stand nicht mehr in der Einfahrt, aber ich hatte ohnehin nicht den rechten Überblick über ihre Arbeitszeiten bei uns. Die meisten Tage war sie jedenfalls präsent. Ich stellte mein Auto in die Garage, neben den Porsche, und so wusste ich auch, dass Anouk zu Hause sein musste.

Weil ich vermutete, dass sie wieder im Garten arbeitete, lief ich zuerst dorthin. Auf unserem Grundstück sprudelte ein Bächlein, das in diesen Tagen zwar einiges von seiner Munterkeit eingebüßt hatte, doch für Anouks Zwecke reichte es noch immer aus. Bestimmt wäre sie gerade beim Gießen.

Ich ging vorüber an duftenden Ranken, unzähligen Rosen und Stauden. Anouk war nirgends zu sehen. Am Haus waren alle Fenster geschlossen, der Zugang zum Garten verriegelt. Ein ungewohnter und fremder Anblick, wenn Anouk zu Hause war, da sie nichts mehr hasste, als von ihrem geliebten Garten abgeschottet zu sein. Hatte ich mich also getäuscht und sie war doch nicht hier? Vielleicht war sie spazieren gegangen? Oder mit der Meerbäumin in deren Wagen weggefahren? Ich wusste, dass die beiden hin und wieder zusammen einkauften.

Ich schloss die Eingangstür auf. Noch ehe ich das Haus betrat, spürte ich, dass etwas nicht in Ordnung war. Da war diese Stille, die dick und bedrohlich schien, aber auch noch etwas anderes.

Erst, als ich die Diele durchquert hatte, wusste ich, was es war: der Geruch. Er war streng und seltsam. Ich assoziierte ihn mit einem anderen Ort, mit altem Werkzeug und Schrott. Ja, es roch nach Rost.

Das Wohnzimmer lag verlassen da, alle Kissen standen an ihrem Platz, der »Folterstuhl« wartete wie immer auf seinen Einsatz.

Einer unsinnigen Eingebung folgend rief ich: »Anouk?«

Keine Antwort.

So machte ich kehrt und wollte gerade den Fuß auf die unterste Treppenstufe setzen, als ich die unzähligen roten Punkte bemerkte. Im ersten Moment verstand ich nicht. Ich bückte mich und da erkannte ich, dass es die Korallen von Anouks Armband waren. Sie lagen überall verstreut, wie winzige Blutspuren. Ich begann, sie einzusammeln.

Sie führten mich langsam die Treppe hinauf. Bald hatte ich keine Geduld mehr. Ich richtete mich auf und stieg weiter nach oben, bemüht, nicht auf die Korallen zu treten.

Erst oben sollte ich bemerken, dass der rostige Geruch stärker geworden war und sich eine andere süßliche Note dazugesellt hatte. In diesem Moment begriff ich.

Ich riss die Schlafzimmertür auf und sah nur Rot. Rot, überall Rot, Tropfen, die den Boden bedeckten, Schlieren an den Wänden, am Spiegel. Eine Spur, eine entsetzliche Spur, die ins Bad führte. Atemlos rannte ich los, wäre auf dem klebrigen Blut fast ausgerutscht und riss die Tür zum Bad auf.

Da lag sie, Anouk, meine Anouk, nackt in der Badewanne. Das Haar klebte an ihren Wangen wie Gras, das Wasser in der Wanne war hellrot, ihr rechter Arm baumelte schlaff über dem Badewannenrand. Wie zum Hohn trug sie auch jetzt die hauchdünne Kette an ihrem Hals, die ich ihr irgendwann einmal geschenkt haben musste. Damals, in der Rosenstein Clinic, hatte mich dieses Schmuckstück gewissermaßen am Leben gehalten.

Der Tropfen aus rotem Stein glänzte auf Anouks bleichem Brustkorb wie ein seltsames Mal.

Ich löste mich aus meiner Erstarrung, zog Anouk aus dem lauwarmen Wasser, trug sie ins Schlafzimmer, eine weitere hellrote Spur hinter uns herziehend. Vorsichtig bettete ich sie auf die Matratze, holte Handtücher und trocknete sie in fieberhafter Eile ab. Dann wickelte ich sie in zwei Decken, rannte zum Telefon und wählte die Notrufnummer.

Im gleichen Moment drang die grelle Sirene eines Krankenwagens an mein Ohr. Genauso jäh, wie der Laut gekommen war, verstummte er wieder. Kurz darauf wurde er durch ein wildes Klingeln der Türglocke ersetzt.

Was dann geschah, war wie die Fortsetzung eines bösen

Traums, den man weder versteht noch irgendwie zuordnen kann.

Ich öffnete den Sanitätern die Tür, der Notarzt kam hinterher und ich führte sie zu Anouk, die weiß und still in ihre Decken gehüllt auf dem Bett lag. Als der Notarzt mich fragte, was geschehen sei, schüttelte ich nur stumm den Kopf.

Jetzt ging alles ganz schnell. Sie untersuchten Anouk, schlossen sie an eine Infusion an, luden sie auf eine Trage und fuhren mit Blaulicht und Sirene davon.

Ich fragte, wie es ihr gehe, ob sie überleben werde. Der Arzt, ein junger und übernächtigt aussehender Mann mit runder Brille, schaute mich mit mitleidigem Blick an und sagte offiziös: »Das können wir zum gegenwärtigen Zeitpunkt noch nicht sagen.«

Als er von mir wissen wollte, womit Anouk sich die Verletzungen zugefügt habe, konnte ich ihm nicht antworten. Darüber hatte ich noch gar nicht nachgedacht.

Noch ehe ich mich auf die Suche nach einer Klinge oder einem Messer machen konnte, klingelte es erneut.

Ich lief zur Tür. Ein vorzeitig gealterter Mann und eine jüngere Frau standen davor. Sie hielten mir ihre Dienstausweise unter die Nase und der Mann sagte: »Kriminalabteilung Bregenz. Brandner ist mein Name und das ist Frau Oberholzer. Dürfen wir hereinkommen?«

Brandner, ein bleicher Endfünfziger mit dem Gesichtsausdruck eines traurigen Hundes, ging an mir vorbei ins Haus, gefolgt von der Frau, die Oberholzer hieß, blond war und auf beunruhigende Weise gesund aussah, jedoch höchstens zwanzig sein konnte.

»Wir würden uns gern a bisserl umschau'n, reine Routine. Wenn Sie uns zunächst kurz schildern könnten, was geschehen ist?« Brandners jovialer Tonfall konnte über die routinierte Autorität, die hinter seinen Worten lag, nicht hinwegtäuschen.

»Ich … verstehe nicht. Sie sind von der … Kriminalpolizei? Wer hat Sie denn gerufen?«

»Wie gesagt. Reine Routine. Ungeklärte Umstände. Wir werden immer gerufen bei einem Todesfall – äh – Unfall, dessen Umstände nicht ganz geklärt sind.«

Ich wusste weder, was ich sagen, noch, wie ich mich verhalten sollte.

»Sie haben den Notarzt verständigt?«

»Ich … äh … nein.«

Fragende Blicke aus zwei Augenpaaren ließen mein Unwohlsein wachsen. Ich sagte: »Ich kam nach Hause, etwa vor einer Viertelstunde. Und da habe ich Anouk gefunden. In der Badewanne. Sie hatte sich … verletzt. Überall war Blut.«

»Und Sie sind gerade von der Arbeit gekommen?«

»Nein. Ich komme direkt aus St. Gallen. Ich hatte dort … geschäftlich zu tun.«

Die beiden fixierten mich äußerst interessiert.

»Sie sind also nach Hause gekommen und haben Ihre Frau *so* vorgefunden. Und da haben Sie nicht den Notarzt gerufen?«

»Nein … Das heißt, gerade, als ich die Nummer wählen wollte, hörte ich das Martinshorn.«

»Wer hat denn nun den Notarzt verständigt? War jemand bei Ihrer Frau, als Sie kamen?«

»Nein, das ist ja das Merkwürdige. Niemand. Es war niemand hier. Die Haustür war zu. Anouk lag in der Wanne und überall war Blut.«

Ich schlug die Hände vors Gesicht. Das Ganze war mir unbegreiflich. Was hatte sie getan?

»Die Sanitäter haben uns unter anderem deshalb benachrichtigt, weil sie den Gegenstand, mit dem Ihre Frau sich die Verletzungen zugefügt hat, nicht finden konnten. Haben Sie den Gegenstand entfernt?«

Jetzt war ich völlig perplex. Ich wunderte mich ja selbst darüber, wieso nirgends ein Messer oder sonst etwas, das in Frage gekommen wäre, herumlag.

»Nein … nein. Ich habe nichts weggenommen.«

»So wie's aussieht, stand Ihre Frau unter Einfluss von Alkohol oder Medikamenten. Vielleicht hat sie auch beides gleichzeitig zu sich genommen.«

»Hatten Sie Streit?« Das war die Blonde, die zum ersten Mal den Mund aufmachte. Ihre Stimme war überraschend dunkel, fast rau. Ich fühlte ihren durchdringenden Blick auf mir, so, als wüsste sie bereits alles, was sich je zwischen Anouk und mir ereignet hatte.

»Nein. Wir hatten keinen Streit.«

»Leidet Ihre Frau unter Depressionen?« Noch immer durchbohrte mich ihr Blick.

»Anouk? Nein.« Wie kam sie denn auf so etwas? »Anouk ist zufrieden, sie ist ein heiterer Mensch … sie liebt ihren Garten«, entfuhr es mir, noch bevor ich darüber nachdenken konnte, wie unsinnig meine Worte in ihren Ohren klingen mochten. Ich beeilte mich hinzuzufügen: »Anouk ist passionierte Gärtnerin. Ihre Tage sind ausgefüllt, sie arbeitet viel. Wir führen eine gute Ehe. Anouk hat … keinen Grund, so etwas zu tun.«

»Sie führen eine gute Ehe?«

»Ja.« Ich sah sie trotzig an. Was bildeten sich diese dahergelaufenen Wald- und Wiesenpolizisten überhaupt ein? Mich zu Anouk und dem Zustand unserer Ehe zu befragen! Mich mit diesem »Solche wie dich kennen wir, Bürschle«-Blick anzusehen und ihre Büronasen in unsere Privatangelegenheiten zu stecken!

»Hat Ihre Frau getrunken?«

»Wie sprechen Sie denn von Anouk? Immerhin lebt sie noch …« Ich wurde unsicher. Vielleicht wussten diese beiden Polizisten mehr als ich? Vielleicht hatten die Sanitäter oder der Notarzt ihnen mittlerweile telefonisch durchgegeben, dass es mit Anouk zu Ende gehen würde?

Völlig außer mir herrschte ich sie an: »Wie geht es meiner Frau, was hat man Ihnen gesagt, was man mir nicht gesagt hat?«

»Dr. Gmeiner sagte, ihr Zustand sei kritisch. Mehr wissen wir auch nicht.«

»Trinkt sie?«

»Hören Sie, jetzt reicht's mir aber langsam …«

»Herr Winther. Wir tun hier nur unsere Arbeit. Also, würden Sie freundlicherweise unsere Fragen beantworten? Je schneller wir hier fertig sind, desto eher können Sie zu Ihrer Frau. Denn Sie wollen doch sicherlich so bald wie möglich zu ihr ins Krankenhaus fahren?«

»Ja, natürlich. Sie hat nicht getrunken. Sie hat auch keine Medikamente genommen. Nie!«

Statt meine Aussage zu kommentieren, schwiegen die beiden. Brandner warf einen prüfenden Blick in die Diele und auf den Durchgang zum Wohnzimmer. Die Frau fixierte mich noch immer.

»Wir würden uns gerne ein wenig umsehen. Wenn Sie gestatten …« Das war Brandner. Es sollte wohl respektvoll und höflich klingen, doch hinter der Höflichkeit kam für mich klar zum Ausdruck, dass die beiden auch ohne mein wertes Einverständnis zur Tat schreiten würden.

Mit heftig schmerzendem Kopf, in dem die Fragen explodierten, stieg ich vor den beiden Polizisten die Treppe hoch und blieb vor der Schlafzimmertür stehen. Wortlos deutete ich hinein.

Die beiden bedankten sich förmlich und ich entfernte mich.

Wieder in der Diele, nahm ich meinen Autoschlüssel vom Vitrinenschränkchen. Ich musste ins Krankenhaus fahren und bei Anouk sein. Der Notarzt hatte nichts sagen können oder wollen, nur so viel, dass sie – im Moment noch – am Leben war.

Hastig öffnete ich die Haustür und wäre fast in einen Polizisten gerannt, der dort auf der Schwelle stand und auf irgendjemanden oder irgendetwas zu warten schien.

Unwirsch fuhr er mich an: »Pardon, wo wollen'S denn hin?«

Ich sah ihn an, als sei er von allen guten Geistern verlassen, doch er erwiderte meinen Blick gleichmütig und ohne mit der Wimper zu zucken.

Mir versagte beinahe die Stimme. »Na, ins Krankenhaus, zu meiner Frau.«

»Da muss ich erst mal nachfragen«, erklärte er in aller Seelenruhe und rief etwas zum offenen Schlafzimmerfenster hinauf, hinter dem er die Kommissare wähnte.

Das blasse Gesicht der Oberholzerin erschien im Rahmen. »Wenn Sie noch einen Augenblick Geduld haben ... Wir hätten da noch eine Frage an Sie.«

Ich wartete also in der Diele und schritt nervös auf und ab. Plötzlich fielen mir Anouks Eltern ein. Ich musste ihnen Bescheid geben. Eilig lief ich zum Telefon, drückte ein paar Tasten und fand die Nummer im Speicher. Einen Moment lang hielt ich den Hörer in der Hand.

Dieser vermaledeite Nebel in meinem Kopf!

Das Einzige, was ich im Moment zu sagen wusste und auch ausformulieren konnte, war, dass ich zu Anouk wollte. Aber ihre Eltern hatten ein Anrecht darauf, von diesem Unglück zu erfahren, und zwar sofort. Bestimmt würden sie sofort hierherkommen. Andererseits hatte ich noch nicht einmal eine Diagnose. Was sollte ich ihnen antworten, wenn sie mich fragten, ob Anouk es überleben würde?

Das Freizeichen ertönte. Gerade, als eine Stimme zu sprechen anhob, schoss mir durch den Sinn, dass ich die Eltern ja gar nicht kannte. Sie waren Fremde für mich.

Eine Frauenstimme sagte etwas auf Schwedisch, das ich als »Hej« identifizierte.

»Ja … äh … hallo? Hier spricht Max Winther. Anouks Mann«, setzte ich absurderweise hinzu.

Schweigen und ein Knacken in der Leitung waren alles, was ich hörte. Ich wiederholte meinen Namen. »Ich möchte gerne Frau Svedberg sprechen.«

Da antwortete die Stimme auf Deutsch: »Am Apparat.«

Ich begann mit »Anouk«, stockte und hob wieder zu sprechen an, kam aber nicht weit, da Anouks Mutter mich barsch und gleichzeitig angstvoll unterbrach: »Was ist mit meiner Tochter?«

Kein »Hallo«, keine Begrüßung, nur dieser eine mit Schärfe gesprochene Satz. Ich begann von Neuem: »Es ist etwas geschehen. Anouk hatte … einen Unfall.«

»Einen Unfall? Geht es ihr gut?«

»Das weiß ich noch nicht. Ich habe noch nicht mit den Ärzten gesprochen. Auf jeden Fall wollte ich Sie gleich informieren.«

»Was ist mit Anouk? Was ist mit meinem Mädchen?« Frau Svedbergs Stimme war panisch geworden, schrill, sie drohte sich zu überschlagen.

»Ich bin nach Hause gekommen, vor etwa einer halben Stunde. Und da hab ich sie gefunden. Im Schlafzimmer. Sie hat versucht, sich … die Pulsadern zu öffnen.«

Ein erstickter Schrei, dann ein: »Arne, Arne, komm schnell!« Es knackte wieder in der Leitung und eine Männerstimme mit schwedischem Akzent rief mit mühsam unterdrückter Wut: »Was hast du mit unserer Tochter gemacht! Das ist alles deine Schuld, das warst du, du allein!«

»Herr Svedberg. Ich glaube, Sie verstehen nicht. Ich bin nach Hause gekommen, und da hab ich Anouk so vorgefunden.«

»*Du* hast sie dazu getrieben! Hella hat Anouk schon immer vor dir gewarnt. Ein Mensch in dem Alter ändert sich nicht mehr. Hast du sie wieder geschlagen?«

Mir fehlten die Worte. »Ich habe sie doch nicht geschlagen!«

Jetzt hörte ich ein Geräusch hinter mir. Ich fuhr herum und sah die beiden Kriminalbeamten in der Tür stehen. Die Blonde hatte ein paar Handschellen in der Hand. Im ersten Moment glaubte ich, sie wollten mich abführen, bis mir klar wurde: Das waren die Handschellen aus meinem Nachttisch. Voller Entsetzen starrte ich darauf. Die Augen der Oberholzerin verrieten, dass sie von ihrem Fund ganz und gar nicht begeistert war.

Zu Anouks Vater sagte ich nurmehr äußerst kurz angebunden: »Ich muss jetzt aufhören. Ich fahre ins Krankenhaus und melde mich von dort aus wieder. Wenn ich mit den Ärzten gesprochen habe.«

Natürlich befragten sie mich sofort zu den Handschellen. Und natürlich konnte ich keine plausible Antwort geben. Ich stotterte herum, sagte etwas von »Gedächtnisverlust« und erkannte, dass sie mir kein einziges Wort glaubten. Dann ließ Brandner mich gehen, jedoch nicht ohne mich für den nächsten Vormittag zu einer – wie er betonte – »Routinebefragung« auf die Gendarmerie vorgeladen zu haben.

Ich schnappte mir meinen Rucksack, nahm das Handy

und den Autoschlüssel und verließ endlich das Haus. Als ich wegfuhr, kam mir ein Wagen mit drei Männern entgegen. Im Rückspiegel sah ich, wie sie an unserer Einfahrt hielten und ausstiegen. Was war denn nun schon wieder?

Ich stoppte und sah genauer hin: Der eine hielt einen großen schwarzen Koffer in der Hand oder etwas, das wie eine Arzttasche aussah. Der andere, der hinten gesessen hatte, zog etwas Unförmiges, Weißes heraus, das ich auf die Entfernung nicht erkannte. Jetzt standen sie alle drei vor unserem Haus herum und riefen jemandem etwas zu. Wahrscheinlich hatte der Polizeiposten vor der Tür sie angesprochen.

Dann sah ich, wie der eine einen Fuß in das weiße Ding setzte. Das musste ein Overall sein. Offenbar war der Typ gerade dabei, ihn überzuziehen.

Ehe sie auf mich aufmerksam werden konnten, fuhr ich davon.

Auf der Fahrt zum Krankenhaus hätte ich fast einen Auffahrunfall verursacht. Ich war viel zu schnell unterwegs und achtete viel zu wenig auf den Verkehr. Mit meinen Gedanken war ich nur bei Anouk. Warum hatte sie das getan und wer hatte den Krankenwagen gerufen? Die Meerbäumin? Sicherlich nicht, sie wäre doch bei Anouk geblieben. Es war mir unerklärlich.

Als ich gerade in den Krankenhausparkplatz einbog, klingelte mein Mobiltelefon. Ich wählte den erstbesten Stellplatz und schaltete den Motor ab. Mit zitternden Fingern drückte ich die Taste. Ich hatte Angst. Angst vor dem, was man mir jetzt vielleicht gleich sagen würde. Dass Anouk auf dem Weg zum Krankenhaus gestorben sei.

Es waren weder die Sanitäter noch der Arzt. Es war jemand, an den ich in diesem Moment zuallerletzt gedacht hätte. Und doch erkannte ich den russischen Akzent nach der ersten Silbe. »Ich hatte ja versprochen, mich wieder bei Ihnen zu melden.«

Meine Stimme war ein einziges Krächzen. Ich konnte beim besten Willen nicht antworten.

»Hat es Ihnen die Sprache verschlagen?«

Ich räusperte mich und presste mühsam hervor: »Was haben Sie ihr angetan?«

»Wir ... ihr ...? Aber Max! Wie können Sie Schlechtes von uns denken? Wir wollen doch nur Ihr Bestes. Und bis jetzt sind Sie mit uns auch ganz gut gefahren. Natürlich müssen wir unsere Interessen verfolgen ...« Der Fremde verstummte, im Hintergrund hörte ich Gemurmel. Dann kam die entscheidende Information: »Das Ausflugsschiff nach Lindau. Morgen um elf Uhr. Und lassen Sie Ihr Handy eingeschaltet.«

»Warten Sie!« Ich wollte gerade fragen, woran ich ihn erkennen konnte, aber – dem Himmel sei Dank – er hatte bereits aufgelegt. Wenn ich mich nicht vorsah, würde ich mich mit meinem Gerede noch in Teufels Küche bringen.

Eine Weile blieb ich sitzen, sah Autos kommen und abfahren, Besucher ein- und aussteigen. Verzweifelt bemühte ich mich, Struktur in meine Gedanken zu bringen.

Anouk, der anonyme Notruf, die Kripo, der Fremde. Alles war so wirr, so ungeordnet. Je länger ich darüber nachdachte, desto tiefer versank ich in Dunkelheit und Chaos.

Hatte der Unbekannte etwas mit Anouks »Unfall« zu tun? Wieso bloß hatte er ausgerechnet zu diesem Zeitpunkt angerufen? Hatte er Anouk irgendetwas Schreckliches, etwas Ungeheuerliches über mich erzählt? Oder war *er* es gewesen – er oder einer seiner Helfershelfer –, der Anouk die Pulsadern aufgeschnitten hatte?

Mühsam riss ich mich los von diesem Gedankenstrudel,

der mich doch nur im Kreis herumwirbelte. Mit einem schweren Seufzer stieg ich aus dem Wagen.

Ich weiß nicht mehr, wie ich über den Parkplatz kam und im Gewirr der Klinikkorridore das richtige Zimmer fand. Wahrscheinlich hatte ich einfach den Mann an der Pforte gefragt. Ich weiß nur noch, dass ich mit einer Schwester sprach, deren Worte für mich unverständlich waren.

Das Licht auf der Intensivstation war trübe, bedrückend und irgendwie unwirklich. Für den Bruchteil einer Sekunde glaubte ich, in einem Aquarium zu treiben, tief unter der Wasseroberfläche.

Dann stand ich in der Tür zu Anouks Zimmer. Von Weitem sah ich ihr Gesicht. Es war bläulich. Ich glaubte zu wissen, dass sie tot war. Doch die Schwester sagte mit ihrer kompetenten Munterkeitsroutine ein paar Worte zu mir und so bewegte ich mich auf das Bett zu.

Im Näherkommen stellte ich fest, dass Anouk atmete. Fast unmerklich, aber dennoch eindeutig, hob und senkte sich ihr Brustkorb. *Sie lebte.*

Ich zog mir einen Stuhl heran. Lange betrachtete ich ihr Schweigen, die weißen Binden an den Unterarmen, die lila Adern an ihrem Hals. Und dann weinte ich. Ich saß an ihrem Bett und schluchzte und konnte nicht aufhören.

Irgendwann berührte mich jemand an der Schulter. Es war eine Schwester. Im ersten Moment wusste ich nicht, ob es dieselbe war wie vorhin. Inzwischen musste es tiefe Nacht geworden sein, aber im Grunde war das alles egal. Ich würde hier sitzen bleiben, mehr wollte ich nicht, mehr wusste ich nicht und mehr wollte ich auch nicht wissen.

Etwas später nickte ich ein und träumte wirres Zeug, von einer marmornen Anouk, die so schön war und so weiß wie Schnee und in einem roten See lag.

Eine Stimme flüsterte ganz dicht an meinem Ohr und ich fuhr herum, erschrocken, denn ich hatte geglaubt, allein zu sein. Allein mit der stillen Anouk. Und da sah ich, dass die Stimme kein Gesicht hatte. Um uns herum rauschten Worte, wurden lauter, steigerten sich zu einem bedrohlichen Donnern: Was hast du mit meiner Tochter gemacht, du hast sie getötet! Und plötzlich stand da die blonde Polizistin mit den Handschellen, welche sie mir entgegenhielt, schweigend. Ihr seltsamer Blick zerschnitt mein Gesicht wie ein Messer. Blut floss und die Blonde sah regungslos zu. So, als wüsste sie bereits alles, als sei der »Fall« geklärt und das Urteil verkündet. Sie war gleichzeitig auch mein Richter. Ich zuckte zurück, als sie mir die Handschellen anlegen wollte, wäre fast vom Stuhl gefallen und konnte mich gerade noch am Bett abstützen.

Mit wild schlagendem Herzen drehte ich mich um. Hier war niemand außer Anouk. Ein immer gleicher Anblick. Sie trieb mit geschlossenen Lidern auf einem roten See, über dem grünes Licht schimmerte.

Ich erhob mich. Meine Schultern schmerzten. Sanft berührte ich Anouks Arm und betrachtete sie so lange, bis ich erkannte, dass ihr Brustkorb sich nach wie vor hob und senkte. Ich küsste ihre Stirn, die sich warm und samtig anfühlte.

Dann rückte ich den Stuhl zurück und ging im Zimmer umher, trat zum Fenster und sah hinaus auf die nächtliche Stadt, die friedlich im Halbschlaf vor sich hin dämmerte. Ich formte die Lippen zu einem Gebet, aber die Worte wollten nicht kommen. Ich hatte vergessen, wie man betet, und kam über »Bitte, lieber Gott« nicht hinaus.

Aber Gott musste ohnehin nicht gut auf mich zu sprechen sein. Ein typischer, gewöhnlicher Fall eines neuzeitlichen Individualisten, der nie betet und nie dankt. Dann, wenn er etwas braucht, wendet er sich an Gott. *Der* soll's richten.

Mit einem Mal kam ich mir sehr klein vor. Und alles, alles erschien mir sinnlos und nichtig. Ich fluchte über diese fatale Verbissenheit, mit der ich in meinen eigenen Erinnerungslücken versunken war, nicht mehr nach links und rechts gesehen, alles und jeden ausgeklinkt hatte. Ich hatte nur noch das wissen wollen, was ich – in *Gottes* Namen – *nicht* mehr wusste.

Julies freundliches Gesicht tauchte vor mir auf. Warum bloß hatte ich nicht auf sie gehört? Warum hatte ich mein Schicksal nicht so akzeptiert, wie es nun einmal war? Nun saß ich in einem geisterhaften Zug und rollte dahin, einem unbekannten Ziel entgegen, und fand die Notbremse nicht.

Vom Fenster aus konnte man direkt auf den Parkplatz des Krankenhauses schauen. Er war jetzt in ein milchiges Licht getaucht. Zwei Scheinwerfer leuchteten auf, ein Auto fuhr davon.

Ich ging wieder zurück zum Bett, setzte mich erneut neben Anouk und betrachtete sie. Ja, der Zug rollte, nein, er schoss dahin, unaufhaltsam, denn mittlerweile waren noch andere an seiner Fahrt interessiert: Herr Brandner und Frau Oberholzer und – wer auch immer er war – der Russe am Telefon. Und morgen, nein, heute schon würde ich erfahren, was dieser Mann von mir wollte.

Ich stand an der Reling und wartete. Der Fahrtwind zerzauste mir das Haar. Das war zumindest eine Ahnung von Erfrischung an einem Tag, an dem der Wettergott sich entschlossen hatte, die Himmelstore mit bleischweren Stoffbahnen zu verhängen. Am Ufer war die Luft schwül und stickig gewesen.

Ich betrachtete die Gesichter meiner Mitreisenden und

teilte sie in zwei Kategorien ein: »Das könnte er sein« und »Das ist er auf keinen Fall«. Am Ende hatte ich mich auf zwei Männer eingeschossen. Beide schienen mich, unabhängig voneinander, zu beobachten.

Der eine war ein jüngerer, italienisch oder südländisch wirkender Mann, der unbeweglich in meine Richtung stierte, die Augen trotz der Wolken hinter tiefschwarzen Brillengläsern verborgen. Er stand an der Eingangstür zur Cafeteria und setzte sich die gesamte Fahrt über nicht, obwohl reichlich Platz geboten war. Ich fühlte seinen Blick, aber er machte keine Anstalten, sich mir zu nähern.

Der andere war ein Mann in meinem Alter. Er trug ein rosafarbenes Radlertrikot und entsprechende Hosen. Neben ihm lehnte ein Rennrad. Auf ihn war ich nur gekommen, weil ich mich bei seinem Anblick an meine eigene detektivische Aktion erinnerte – die Sache mit dem Fahrradkurier in Lewinskys Haus. Der Typ schien mich nie direkt anzuschauen. Und doch meinte ich, dass er mich beobachtete, wenn ich gerade mal wegsah.

Nach circa zehn Minuten ebbte meine Nervosität ein wenig ab. Niemand kam auf mich zu, niemand gab mir ein geheimes Zeichen, das Handy blieb stumm. Vielleicht war alles nur ein großes Missverständnis gewesen.

Kurz bevor das Schiff in den Lindauer Hafen einfuhr, sah ich aus den Augenwinkeln heraus, wie der Südländer telefonierte. Es war ein sehr kurzes Telefonat; ein Mann wie er hätte eigentlich laut gestikulierend in das sicher neueste Sony-Ericsson-Handy hineinbrüllen müssen.

Ich wartete.

Das Schiff legte an, die Brücke wurde herangeschoben, einige Leute gingen von Bord. Unter ihnen war auch der buntberockte Radler. Er schob sein mintgrünes Bianchi-Rad an Land, nicht ohne mich vorher seltsam intensiv anzusehen. Lag eine stumme Botschaft in seinem Blick, eine Aufforderung? Sollte ich ihm folgen? Inzwischen war der Südländer verschwunden. Kurz bevor der Landungssteg von Bord gezogen wurde, klingelte mein Mobiltelefon.

»Winther.«

»Gehen Sie hier an Land. Ich werde in Kürze bei Ihnen sein.«

Ich betrat den metallenen Steg, sehr zum Ärger der beiden Männer, die sich gerade anschickten, ihn an Land zu ziehen. Er polterte unter meinen hastigen Schritten. Die Umstehenden verfolgten kopfschüttelnd meine Sondervorstellung.

Die Anlegestelle war voller Gesichter. Welch wunderbarer Querschnitt durch alle Bevölkerungsschichten: Männer, Frauen, Kinder – mit und ohne sperrige Buggys, über die ich fast gestolpert wäre–, eine Gruppe Rentner in beiger Kleidung, eine Großfamilie mit quengelnden Kleinkindern und gelangweilten Pubertierenden.

Ich bewegte mich langsam mit dem Pulk und sah mich unauffällig um. Mit der Zeit zerstreuten sich die Leute. Als sich die Ansammlung beinahe ganz aufgelöst hatte, sagte eine Stimme hinter mir: »Kommen Sie!«

Nur diese zwei Worte.

Zögerlich setzte ich mich in Bewegung und folgte dem Rücken des Mannes, in dem ich den Südländer vom Schiff erkannte. Er führte mich die Seepromenade entlang, mitten durch die Menge, vorbei an Pflastermalern und Verkäufern von Drahtfiguren. Ich hielt mich einige Meter, vielleicht drei, vier, hinter ihm, und strengte mich an, seine Silhouette mit dem weißen Hemd und dem schwarz glänzenden, nach hinten gegelten Haar keinen Moment aus den Augen zu lassen.

Wir verließen die Promenade, bogen nach rechts ab, gingen an einem Kiosk vorbei und stiegen ein paar Stufen hinauf auf eine Art Plattform. Hier standen schöne alte Bäume. Jetzt befanden wir uns einige Meter über dem See. Unter uns klatschten die Wellen an die Befestigungsmauer.

Wahrscheinlich hatte ich einen Augenblick zu lange aufs Wasser geschaut. Plötzlich war der Südländer weg.

Ich sah mich um. Außer einem älteren Herrn, der mit dem Rücken zu mir auf einer Bank saß, war kein Mensch zu sehen. Ich stand ratlos herum. Was wurde hier eigentlich gespielt?

Als ich mich gerade zum Weitergehen entschloss, erhob sich der Mann von der Bank und kam langsam auf mich zu. Von vorne sah er jünger aus als ich zunächst vermutet hatte. Er war höchstens Mitte fünfzig. Auf äußerst beunruhigende Weise strahlte er die Autorität desjenigen aus, der zu befehlen gewohnt ist.

Mittlerweile hatte er mich fast erreicht. Ein eisiges Lächeln, das für die Ewigkeit festgefroren schien, unterstrich, wie aufgesetzt sein ach so herzlicher Tonfall war: »Herr Winther. Ich freue mich, dass es doch noch zu diesem Treffen gekommen ist.«

Er streckte mir seine Hand entgegen, die ich schweigend schüttelte. Sein Händedruck war trocken, aber seltsam schlaff, und stand in deutlichem Gegensatz zur Schärfe in seinem Blick. Dann drehte er sich dem See zu, die Hände auf die Mauer gestützt.

Eine lange Pause entstand. Ich versuchte, mich innerlich zu stählen, und hielt die Nervenprobe durch.

Endlich sagte er: »Es ist schön, dass es Ihnen wieder gut geht. So ein Brand, das kann bös' ausgehen.«

»Was meinen Sie damit?«

Er lächelte wieder, beinahe nachsichtig. »Feuer ist unberechenbar, das weiß man doch.«

Trotz der Schwüle trug er einen Anzug aus grauem Tuch und schien darin weniger zu schwitzen als ich in meinem kurzärmeligen Hemd. Seine Augen waren grau, sein Blick milde, insgesamt wirkte er ruhig. Doch all das konnte nicht darüber hinwegtäuschen, dass dieser Mann etwas latent Bedrohliches an sich hatte.

Als könne er Gedanken lesen, fragte er betont sanft: »Wie geht es Anouk?«

Ich zuckte zusammen. Anouks Namen aus dem Munde dieses Fremden zu hören, machte mir Angst. Und so war es jetzt an mir, zu schweigen und aufs Wasser hinauszuschauen. Ich blieb ihm die Antwort schuldig. Innerlich kochte ich. Dann holte ich tief Luft. »Was wollen Sie von mir?«

Eine Familie mit drei Kindern tauchte an der Treppe auf. Sein Blick verweilte auf einem etwa drei- oder vierjährigen Jungen, der mit einem Stöckchen im Kies herumstocherte. »Wir haben Ihre Mitarbeit immer sehr geschätzt.«

Aha. Jetzt kamen wir der Sache also näher. Was um Himmels willen hatte ich mit diesen Typen zu schaffen gehabt? Aus Unsicherheit wartete ich einfach ab.

Schließlich rückte er mit der Sprache heraus: »Wir haben wieder eine Sendung. Am 25. findet die Übergabe statt. Wären Sie bereit?«

Er betrachtete mich abwartend. Ich nickte vorsichtig. Wahrscheinlich war es klüger, sich zuerst entgegenkommend zu zeigen. Dann fragte ich beiläufig, so, als wüsste ich im Grunde über alles bestens Bescheid: »Wo und wie?«

Mir wurde heiß und kalt bei dem Theater, das ich dem Mann vorspielte, und ich hoffte, dass mein Täuschungsmanöver nicht bald wie ein Kartenhaus in sich zusammenfallen würde.

»Mit dem Flieger nach Moskau, dort Übergabe am üblichen Ort. Allerdings …« Er hielt inne und sah nachdenklich zu dem kleinen Jungen mit dem Stock hinüber. Dann nahm er den Faden wieder auf: »Allerdings müssten Sie die Sendung per PKW nach Deutschland bringen. Am Domodedovo hat ein Belegschaftswechsel stattgefunden. Und wir wissen, dass sie zur Zeit sehr streng und sehr gründlich kontrollieren.«

Ich wusste nur, dass Domodedovo einer der Moskauer Flughäfen war.

»Also …«, fügte der Graue hinzu, »auf dem Landweg zurück und die Aushändigung in München.«

Ich nickte, um möglichst unverbindlich zu bleiben. Dann fiel mir eine Frage ein, die jemand an meiner Stelle bestimmt gestellt hätte: »Und die Konditionen?«

Wieder lächelte der Graue, als hätte ich etwas Vorhersehbares und gleichzeitig Köstliches gesagt. Wie zur Begrüßung eines alten Freundes rief er halblaut aus: »Na also, da sind wir wieder!«

Ich wartete stumm auf seine Antwort.

Er musste nicht lange überlegen: »Das Übliche plus fünfzigtausend.«

Angestrengt dachte ich darüber nach, was wohl »das Übliche« sein mochte und ob ich früher sofort eingeschlagen hätte. Nein, dieser Max Winther von damals musste ein knallharter Typ gewesen sein. Und so forderte ich: »Plus hunderttausend.«

Ein Grinsen breitete sich auf den Wangen des Fremden aus. Bei jedem anderen hätte es einladend und freundlich gewirkt. Dieser Mann jedoch behielt seine düstere Aura. Die Augen schimmerten eisgrau und dämonisch. Meine ursprüngliche Absicht zu handeln verpuffte im Nichts.

»Mein lieber Herr Winther, wie kommen Sie darauf,

dass wir neuerdings eine Gelddruckerei betreiben? Maximal sechzigtausend.«

Ich nickte so, als müsste ich das Gesagte abwägen. Dann sah auch ich hinaus auf den See, der heute besonders fahl und abweisend dalag. Die Familie war inzwischen über die Stufen auf der anderen Seite der Plattform verschwunden. Ihre Stimmen verloren sich in der Ferne. Jetzt erst sah ich den Grauen an und fragte mit fester Stimme: »Was haben Sie Anouk angetan?«

Sein Ausdruck blieb unbeweglich. »Sie sollten mir vielleicht ein paar Dinge erklären, Herr Winther.«

Von diesem Pokerface würde ich mich nicht verunsichern lassen. Und so wiederholte ich schlicht: »Was haben Sie mit Anouk gemacht?«

Immer noch glich sein Gesicht einer venezianischen Maske. Doch dann schien er sich plötzlich entschieden zu haben, die Taktik zu ändern. Betont verbindlich und interessiert fragte er: »Was ist denn geschehen?«

Bevor ich antwortete, suchte ich sein Gesicht nach irgendeinem, und sei es auch noch so kleinen verräterischen Zeichen ab. Aber ich konnte nichts Verdächtiges erkennen. Musste ich mich geschlagen geben? Tonlos erwiderte ich: »Ich dachte, Sie wüssten es.«

»Sie täuschen sich. Was auch immer Sie mir nicht sagen möchten, wir haben nichts damit zu tun.«

Auf einmal fühlte ich, wie eine große Müdigkeit von mir Besitz ergriff. Sie legte sich schwer auf meine Schultern, durchsetzte meinen Körper mit Nachgiebigkeit und mündete in der puren Unlust, überhaupt noch zu denken.

Ich nickte schweigend. Was hätte ich auch tun sollen? Welchen Sinn hätte es gehabt weiterzusprechen? Dieser Mann war undurchschaubar und sicher brauchte es ein anderes Kaliber als mich, um ihn zum Reden zu bringen.

Das Stück, das ich hier spielte, war vorbei, das Schlusswort gesprochen. Die Schauspieler würden nun, nach Spielende, die Bühne verlassen.

Wortlos drehte ich mich um und ging fort. Ich wusste nicht, wohin ich meine Schritte lenken sollte, aber ich setzte mich einfach in Bewegung und ging. Die Treppen hinunter, am Yachthafen vorbei, wieder zur Schiffsanlegestelle, wo ich endlich stehen blieb.

Zuerst einmal musste ich ja zurück nach Bregenz. Mühsam bahnte ich mir einen Weg durch eine Gruppe von Sommergästen, bis ich am Fahrplan angelangt war. Das nächste Schiff zurück würde erst in zwei Stunden gehen. So lange konnte und wollte ich nicht warten, also machte ich mich auf zum Bahnhof direkt gegenüber der Anlegestelle.

Hastig stieg ich die grauen Steinstufen hoch und hatte insofern Glück, als der Zug nach Bregenz bereits abfahrbereit am Gleis stand und ich nur noch hineinspringen musste. Völlig erschöpft ließ ich mich auf einen Sitz fallen und lehnte den Kopf zurück. Der Zug setzte sich in Bewegung. Draußen zogen Segelboote, Wiesen und Obstplantagen vorüber.

Ohne spezielle Absicht kramte ich in meinem Rucksack und stieß auf das Buch, das ich aus Lewinskys Wohnung mitgenommen hatte. Dann wühlte ich ein wenig weiter und fand mein Handy. Ich hatte zwei Anrufe auf der Mailbox: einen von Hürli mit der Bitte um Rückruf und einen von der Polizei. Ich solle sofort zur Vernehmung auf die Gendarmerie kommen.

Du lieber Gott. Das hatte ich völlig vergessen.

Der Himmel hatte sich weiter verdunkelt und als ich am Bregenzer Bahnhof den Zug verließ, begrüßte mich ein wüstenartiger Wind. Die grauen Wolken hockten düster und drohend dort oben, als warteten sie nur noch auf den richtigen Zeitpunkt, sich über alles, was unten war, zu ergießen. Raschen Schrittes marschierte ich zum Parkplatz, wo ich in meinen Wagen stieg. Ich war mir unschlüssig, was ich als Nächstes tun sollte.

Was waren das bloß für Geschäfte, die mich mit dem mysteriösen Typen von vorhin verbanden? Es ging um Ware, die ich in Moskau entgegennehmen und auf dem Landweg nach München bringen sollte. Hatte ich mich mit einer Verbrecherbande eingelassen? Aus welchem Grund war damals der Kontakt zustande gekommen? War ich in Schwierigkeiten gewesen, in Geldnot? Oder war es einfach Geldgier gewesen, die mich zu solcherlei dubiosen Geschäften getrieben hatte?

Bis vor wenigen Wochen hatte ich geglaubt, ein relativ normaler Mensch zu sein. Das, was man einen anständigen Kerl nennt. Doch dieses Bild war langsam in sich zusammengesackt. Zuerst hatte mich all das geschockt, was Jaro mir erzählt hatte, und nun war ich auch noch in irgendwelche illegalen Geschäfte verwickelt.

Waren es Drogen, die ich schmuggeln sollte? Oder Waffen? Was konnte man über die Grenze bringen, was dermaßen viel Geld einbrachte? Und wie sollte ich nun weiter verfahren?

Ich konnte diesen Gedanken nicht zu Ende spinnen, denn mein Handy klingelte. Es war Hürli.

»Herr Winther? Ich hab Sie gar nicht richtig verstanden. Sind Sie's?«

»Ja, ja, ich bin's.«

Die Verbindung knackte und ich hörte Hürli etwas von einem Tunnel murmeln. Offenbar hatte er ihn bald hinter sich gelassen, denn seine Stimme wurde jetzt deutlicher. »Ich habe etwas herausgefunden. In Sachen Lewinsky.«

»So schnell? Na, dann mal raus mit der Sprache«, hörte ich mich selbst mit falscher Munterkeit sagen.

»Tja, ich denke, das sollte ich Ihnen lieber persönlich erzählen.«

»Nun machen Sie's doch nicht so spannend. Mich haut so schnell nichts mehr um. Außerdem sitze ich bereits.«

Hürli ging nicht auf meinen flapsigen Ton ein. Er klang sehr ernst: »Ich glaube wirklich, dass es besser ist, wenn wir uns treffen.«

»Ich bin ein wenig unter Druck, müssen Sie wissen. Wobei ... ›ein wenig‹ ist hoffnungslos untertrieben ...«

»Was ist passiert?«

Die Fassade falscher Burschikosität fiel von mir ab. »Anouk ... sie hat ...« Mit einem Mal versagte mir die Stimme.

»Was ist mit Ihrer Frau?«

Ich brauchte einige Sekunden, bis ich mich wieder gefasst hatte. »Sie hat versucht, sich etwas anzutun. Als ich gestern Abend heimkam, hab ich sie gefunden ... in der Badewanne. Sie hat sich die Pulsadern aufgeschnitten.«

Hürli sog scharf die Luft ein. Dann fragte er: »Lebt sie?«

»Sie lebt. Liegt im Landeskrankenhaus auf der Intensivstation. Ich habe bis jetzt noch mit keinem der Ärzte gesprochen ...«

»Soll ich kommen? Dann müssen Sie nicht den Weg nach St. Gallen auf sich nehmen.«

»Ich weiß nicht recht, wann ich Zeit haben werde. Ich muss noch zur Polizei.«

»Zur Polizei?«

»Ja, es gibt wohl ein paar Dinge, die geklärt werden müssen. Reine Routinefragen, wie man mir sagte. Danach gehe ich wieder ins Krankenhaus. Vielleicht können wir uns dort treffen?«

»Ist gut. Sagen Sie eine Uhrzeit.«

»Vielleicht um vier … oder um fünf?«

»Ich werde da sein.«

Noch ehe ich etwas erwidern konnte, hatte Hürli aufgelegt. Offenbar verschwendete er weder Zeit noch Energie auf übertriebene Verabschiedungsrituale.

Ich ließ den Motor an und fuhr in Richtung Polizeipräsidium. An der Pforte fragte ich einen fitnessstudiogestählten Polizisten nach Kriminalinspektor Brandner. Es dauerte keine zwei Minuten, und der müde aussehende Polizeibeamte von gestern kam mir durch die Glastür entgegen. Er nickte mir kurz zu und bat mich, ihm zu folgen. Ich ging hinter ihm einen mit blauen Plastikstühlen bestückten Korridor entlang. Es war inzwischen 14 Uhr.

Er führte mich in einen Raum am Ende des Ganges. Dort wartete bereits Frau Oberholzer. Auf dem Tisch stand ein Aufnahmegerät. Brandner fragte mich, ob ich einen Kaffee wollte, was ich verneinte.

Die Schwüle im Zimmer war mit den Händen greifbar und wenn sie eine Farbe gehabt hätte, wäre es eine klebrige Mischung aus Gelb und Grau gewesen. Nach flüchtigem Nicken in meine Richtung schob die Polizistin das Aufnahmegerät in die Tischmitte, wohl, um das Mikrophon so auszurichten, dass ich direkt hineinsprechen konnte. Während sie daran herumhantierte, fiel mein Blick auf die Schweißflecken auf ihrer Bluse. Offenbar hatte die Gendarmerie kein Geld übrig für technischen Schnickschnack wie Klimaanlagen.

»Bitte nehmen Sie Platz, Herr Winther.«

Ich setzte mich langsam, legte die Hände vor mir auf den Tisch und wartete.

»Kommen Sie gerade aus dem Krankenhaus? Wie geht es Ihrer Frau?« Das war Brandner.

Aus meiner Kehle kam nur ein armseliges Krächzen. Ich

räusperte mich laut und setzte erneut zum Reden an, verstummte aber sogleich wieder.

Ja, wie ging es Anouk eigentlich?

Erst jetzt fiel mir auf, dass ich bei all dem Trubel noch immer nicht dazu gekommen war, mit einem Arzt zu sprechen. Aber die näheren Gründe dafür würde ich hier nicht ausbreiten können.

»Ich hatte bisher noch keine Gelegenheit, mich zu informieren. Soweit ich es beurteilen kann … Also, die Schwester sagte: ›den Umständen entsprechend stabil‹.«

Die beiden Beamten hatten ihre Blicke streng auf mich gerichtet.

»Wie kommt es, dass Sie noch keine weiteren Informationen über den Gesundheitszustand Ihrer Frau haben?« Die Blonde wollte wohl alles ganz genau wissen.

»Ich … war die Nacht über dort, und bis ich dann heute Vormittag aufbrechen musste, war kein Arzt zu sprechen.«

»Sie waren schon unterwegs?«

»Ja.«

»In Geschäften?«

Ich zögerte. Was ging das diese beiden an? »Ähm … Ja.«

Sie wechselten einen kurzen Blick und Brandner fragte: »Was, bitteschön, waren denn das für Geschäfte?«

Ich erwiderte Brandners Blick: »Warum sollten Sie das wissen wollen?«

»Beantworten Sie einfach unsere Fragen, Herr Winther.«

Szenen aus Krimiserien tauchten von irgendwoher auf und ich fragte mich kurz, ob das jetzt der Moment wäre, in dem der zu Unrecht Verdächtigte seinen Anwalt zu sprechen verlangte. Stattdessen sagte ich: »Meine Frau liegt bewusstlos im Krankenhaus und Sie stellen mir Fragen zu meinen Terminen. Vielleicht sagen Sie mir doch zuerst, warum Sie das wissen wollen.« Kaum hatte ich den Mund zugeklappt, kam ich mir vor wie ein dickköpfiges Kind, das seine Grenzen austesten musste.

Brandner beugte sich vor, senkte die Stimme und verengte seine Augen zu Schlitzen. »Das werden Sie früher erfahren, als Ihnen lieb ist, Herr Winther. Also: Was für ein Geschäft war es, das Sie partout nicht aufschieben konnten?«

Ich sah das Leuchten in Brandners Augen. Es hatte etwas Unheilvolles, das mich davon überzeugte, ihn vorerst nicht weiter zu reizen.

»Eine Besprechung mit einem Geschäftspartner.«

»Name, Telefonnummer?«

Mir wurde schlagartig heiß. Diese Hitze hatte nichts mit der drückenden Schwüle im Verhörraum zu tun. Das Gespräch drohte eine Wendung zu nehmen, die für mich ganz unvorhersehbar gewesen war. Was sollte ich jetzt bloß antworten? Würde ich mich verdächtig machen, wenn ich weder Nummer noch Namen vorweisen konnte?

Die beiden Polizisten fühlten sich wohl in ihrer vorgefassten Meinung von mir bestätigt. Da sagte ich zu meiner eigenen Überraschung: »Hürli, Justus, aus St. Gallen. Er ist … er arbeitet in einem Antiquariat.«

»Ein Antiquar! Darf ich fragen, was Sie mit einem Antiquar zu besprechen hatten? In dieser – man kann es doch so nennen – schwierigen Phase Ihres Lebens?«

»Dürfen Sie nicht!« Trotzig hielt ich ihren Blicken stand.

Die Blonde kritzelte etwas in ihr Büchlein und Brandner sagte mit erzwungener Ruhe: »Nun gut, belassen wir es vorerst dabei.«

Ohne Überleitung fragte die Blonde jetzt: »Wie erklären Sie sich, dass man den Gegenstand, mit dem sich Ihre Frau die Verletzungen zugefügt hat, nirgends gefunden hat?«

»Ich weiß es nicht«, sagte ich und hörte selbst, wie lapidar das klang.

»Bitte schildern Sie uns den Hergang.«

Den Hergang? Ich horchte auf. Sagte man nicht »*Tat*hergang« und kam dieses Wort nicht auch in diesen Krimiserien vor? Was wollten die mir da anhängen?

Völlig eingeschüchtert begann ich zu erzählen, wie ich nach Hause gekommen war. Ich schilderte alles so, wie ich es in Erinnerung hatte, wobei ich jedoch peinlichst darauf achtete, nichts für mich Nachteiliges von mir zu geben.

»Und Sie können sich nicht erklären, wer den Notruf gewählt hat?« Die Stimme der Blonden klang sarkastisch.

»Nein.«

»War das Haus verschlossen, als Sie kamen?«

Ich versuchte zurückzudenken. Doch ich konnte mich beim besten Willen nicht erinnern, wie oft es nötig gewesen war, den Schlüssel herumzudrehen.

»Wer hat alles einen Schlüssel zu Ihrem Haus?«

»Unsere Haushälterin Frau Meerbaum.«

Das Schweigen verdichtete sich.

»Mit der haben wir bereits gesprochen. Sonst noch jemand?«

Stumm schüttelte ich den Kopf.

Brandner raschelte mit ein paar Blättern, dann sagte er unvermittelt: »Im Blut Ihrer Frau wurden beträchtliche Mengen von Alkohol und Schlafmitteln gefunden.«

Ich zuckte zusammen wie unter einem Schlag. Brandner ließ mich nicht aus den Augen. Auch die Blonde beobachtete mich wie ein Insekt auf einem Glasplättchen.

Durch die Scheibe, die irgendwie getönt sein musste, sah der Himmel noch dunkler, sahen die Wolken noch bedrohlicher aus. Der Regen schien sich einfach nicht entscheiden zu können. Auf einmal war es unglaublich wichtig für mich, den Regen zu sehen. Auf einmal war ich mir sicher, dass alles anders, dass alles besser werden würde, wenn nur endlich, endlich der Regen fiele und die Schwüle, die bleierne Bedrückung, das ganze Blut hinwegspülen würde.

Alkohol und Schlafmittel, das konnte nicht sein! Anouk wusste doch, wie gefährlich so ein Medikamentencocktail mit Alkohol war. Sie hatte doch in Kalifornien äußerst streng darüber gewacht, dass ich keinen Tropfen zu mir nahm. Selbst auf dem Rückflug von L. A. nach Prag hatte sie nicht zugelassen, dass ich auch nur ein halbes Glas Wein trank. Sie konnte das nie und nimmer geschluckt haben. Es sei denn …

»Haben Sie verstanden, was ich gerade gesagt habe?« Brandners Worte waren sehr akzentuiert, überdeutlich und an der Grenze zu schneidender Schärfe: »Ist Ihre Frau medikamentenabhängig?«

»Nein … nein.«

»Wie erklären Sie dann«, Brandner bückte sich und griff mit einer Hand unter den Tisch, wo ich erst jetzt eine Kiste bemerkte, »wie erklären Sie sich dann das hier?«

Er hielt mir mehrere Packungen eines Medikaments entgegen, dessen Name mir nichts sagte und das ich bisher noch nie in unserem Haus gesehen hatte. Ich zuckte mit den Achseln, doch die Beamten ließen nicht locker. Sie suggerierten mir, entweder ein Lügner oder ein Ignorant zu sein.

»Trinkt Ihre Frau?«

»Nein.«

»Das wissen Sie also?« Brandner fixierte mich, die Blonde kritzelte erneut etwas in ihr Büchlein.

»Worauf wollen Sie hinaus?«

Wieder wechselten die beiden einen Blick, dann war es die Blonde, die den Mund auftat: »Wir gehen dem Verdacht nach, dass Ihre Frau sich die Verletzungen *nicht* selbst beigebracht haben könnte.«

Ich musste sie fassungslos angestarrt haben, denn sie sagte: »Dieser Gedanke scheint Ihnen weit hergeholt.«

»Ja.« Wieder nur ein Krächzen, ich räusperte mich. »Ja ... Wer würde denn so etwas tun? Das kann doch nicht sein.«

»Herr Winther, Tatsache ist, dass die – nennen wir es einmal – ›Waffe‹ nirgends aufzufinden war. Es muss also noch jemand anders zugegen gewesen sein.« Bei den Worten »noch jemand anders« scannten beide erneut mein Gesicht.

Die Blonde schrieb und schrieb, als müsste sie einen Weltrekord brechen. Brandner sagte: »Entweder jemand, der die Waffe geführt und dann mitgenommen hat. Oder jemand, der Ihre Frau in diesem Zustand aufgefunden hat. Daraufhin rief diese Person die Ambulanz, aber wollte sich nicht zu erkennen geben.«

Sofort dachte ich an Lewinsky. Womöglich hatte Anouk eine Verabredung mit ihm gehabt, sie war nicht gekommen, er hatte sich Sorgen gemacht und war sie suchen gegangen? Vielleicht besaß er sogar einen Schlüssel zu unserem Haus? Er hätte sie dann in der Wanne vorgefunden und anonym den Notarzt verständigt.

Blieb allerdings immer noch die Frage: Warum? Warum hätte Anouk so etwas tun sollen?

Eine lange Pause war entstanden. Vom Gang her erklangen Schritte, zackige, militärische Männerschritte mit scharf knallenden Absätzen. Vor dem Fenster rauschte der Verkehr, aus einem Büro drang das Lachen einer Frau, dann herrschte wieder Stille.

Die beiden Kriminalbeamten ließen mich nicht aus den Augen. Unter ihren durchdringenden Blicken fühlte ich mich noch immer wie ein Versuchstier, dessen Verhalten und Reaktionen man beobachtete, aufzeichnete und auswertete. Es war eine Qual.

Zu welchem Schluss würden sie kommen?

Jetzt griff Brandner noch einmal in den Kasten unter dem Tisch. Wie ein Zauberkünstler, der immer neue Überraschungen für ein staunendes Publikum bereithält.

Erst, als er den Gegenstand vor mir auf den Tisch legte, erkannte ich, was es war: Es war das Buch, das ich vor Wochen in Anouks Sekretär gefunden hatte – *Anouks Tagebuch*! Aus Rücksicht und auch aus einer natürlichen Scheu heraus hatte ich es damals schnell wieder zurückgelegt.

Grell und rot leuchtete es im Schein der Lampe und sein exotisches Äußeres stand in merkwürdigem Gegensatz zu diesem Raum mit seiner nüchternen, zweckmäßigen Möblierung.

Zunächst sagte keiner ein Wort. Schließlich brach die Blonde das Schweigen. »Kennen Sie dieses Buch?«

»Ja. Es gehört meiner Frau.«

»Wissen Sie, was für ein Buch das ist?«

»Es sieht aus wie ein Tagebuch.«

Die Blonde nickte, Brandner fragte: »Wie war Ihr Verhältnis?«

»Unser Verhältnis?«

»Ja. Wie war Ihre Ehe? Würden Sie sie als ›gut‹ bezeichnen? Als ›harmonisch‹?«

»Wir lieben uns.«

»Sie lieben sich.«

»Ja. Wir lieben uns.« Ich hörte selbst, wie bockig das klang. Kindisch und bockig. Aber warum begegneten sie mir auch mit so viel Skepsis, ja beinahe Verachtung?

»Haben Sie je einen Blick in dieses Buch geworfen?«

»Nein.«

»Wussten Sie, dass Ihre Frau Tagebuch führte?«

Was sollte ich darauf nun wieder antworten? Was auch

immer ich hervorbringen würde, sie konnten einfach *alles* gegen mich verwenden. Vielleicht sollte ich doch, auch wenn es sich lächerlich anhören würde, nach einem Anwalt verlangen?

Mir blieb keine Zeit zum Überlegen. Zu meinem großen Entsetzen klappte Brandner jetzt das Buch an einer bestimmten Stelle auf und schob es mir hin.

... kann ich mich immer noch zu keiner Entscheidung durchringen. Da sieht man wieder einmal, wie Geld die Welt regiert. Er hat es klug eingefädelt, damals, und ich habe nichts, nichts verstanden!

Und wenn ich heute ginge, hätte ich also nichts. Nicht das Haus, das allein ihm gehört, nicht das Prager Apartment. Und – was das Schlimmste wäre – ich müsste den Garten aufgeben.

Maman sagt, ich solle zu einem Rechtsanwalt gehen und mich beraten lassen. Da gäbe es eine Gesetzesänderung und trotz des Ehevertrags könne es nicht sein, dass ich nichts bekäme. Überhaupt, wenn Maman und Papa die Wahrheit wüssten! Ich erzähle ihnen ja bei Weitem nicht alles, aber ich glaube, sie ahnen, sie ahnen.

Und Tom! Er drängt mich, Max zu verlassen, es ihm endlich zu sagen. Doch was wäre dann? Ich liebe Tom, o ja, wie ich ihn liebe, aber ich habe auch Angst. Ich kann doch nicht einfach so umsatteln, von einer Beziehung in die nächste, von einer Abhängigkeit in die nächste.

Der einzige Weg ist, wie mir scheint, selbst wieder beruflich Fuß zu fassen. Doch wie viele Jahre ist es inzwischen her, dass ich »richtig« gearbeitet habe! Und die Kunden wachsen auch nicht einfach so auf den Bäumen. Und dann die Angst zu scheitern. Weil ich doch all meine Energie und Zeit in diesen Garten gesteckt habe und mit dem Übersetzen und Dolmetschen so gar nichts mehr am Hut habe. So einen Wiedereinstieg müsste man von langer Hand vorbereiten, *ich* müsste *mich* von langer Hand vorbereiten.

Letzte Nacht war es wieder mal soweit. Er war ewig lang im Wohnzimmer und hat sich dort wahrscheinlich wieder einen von seinen Filmen angesehen. So wie neulich. Ich habe ja schon von der Treppe aus das Gestöhne und die wilden Schreie gehört. Wo er diese Filme bloß versteckt hält, dachte ich. Ich habe mal ein bisschen rumgesucht, aber nichts gefunden. Und dann bin ich darauf gekommen, dass er sich diesen Müll im Internet ansieht.

Es ekelt mich, es ekelt mich! Vor ihm und all diesen schmutzigen Typen, die sich so etwas reinziehen. Und als ich gestern schon glaubte, so davonzukommen, hörte ich ihn die Treppe hochkommen. Er hatte wieder diesen schweren Schritt, wie er ihn immer hat, wenn er trinkt.

Und dann stand er in der Tür, mit einem Lederriemen in der Hand. Er hat mich ans Bett gefesselt, mit Handschellen, und Unaussprechliches mit mir getan, so unaussprechlich, dass ich es noch nicht einmal hier niederschreiben kann.

Ich weiß nicht, wie lange ich das noch aushalte. Und was das Schlimmste ist, ich kann niemandem, *niemandem* davon erzählen. Denn was könnte man mir raten, als mich sofort, auf der Stelle, von ihm zu trennen!

Am allerwenigsten darf Tom die Wahrheit wissen. Der würde sofort hingehen und Max zusammenschlagen, soviel ist sicher. Einmal, als ich außer den üblichen blauen Flecken auch noch Striemen hatte, war ich drauf und dran, Tom alles zu sagen.

Aber was würde es helfen? Ich würde alles verlieren, ich wäre ein Nichts, ich hätte nichts. Noch nicht einmal ein Auto, denn beide sind auf Max zugelassen. Er hat alles an sich gerissen. Wie ist es möglich, dass ich all die Jahre nicht versucht habe, etwas zu ändern?

Manchmal habe ich den Verdacht, dass er mich – mit seinen

Mitteln – zur Scheidung zwingen will. Ich weiß auch, dass er andere Frauen hat, ich habe den Verdacht, dass er wieder etwas mit B. angefangen hat. Er gibt sich kaum Mühe, das vor mir zu verbergen. Mitten in der Nacht poltert er ins Schlafzimmer mit ihrem schwülen Parfüm in den Haaren!

Ich frage mich, welches Spiel er spielt. Einmal habe ich in der Sofaritze einen Slip gefunden, ein billiges Ding von C&A, in pinkem Leopardenmuster. Eigentlich hat die Meerbäumin das Ding beim Absaugen der Sofakissen gefunden, ich habe es ihr dann als »meines« verkauft. Aber sie hat mich so merkwürdig angesehen, mit so einem Blick …

Ich beginne, ihn zu hassen. Oder tue ich das sowieso schon seit Langem? Ich will es vor mir selbst nicht zugeben. Was bin ich für eine Memme, die es nicht wagt, den nächsten – unbequemen – Schritt zu tun? Wozu hat er mich gemacht?

Wie ich ihn hasse.

Mir graute, graute vor mir selbst. Und ich hätte mein Vermögen dafür hergegeben, mit sofortiger Wirkung im Erdboden versinken zu können – schon allein, um der blonden Polizistin nicht mehr in die Augen sehen zu müssen.

Meine zweite Reaktion waren leise aufkeimende Zweifel. Konnte das wahr sein? War hier wirklich von *mir* die Rede, war unsere Ehe *so* gewesen?

Wenn ich dieses Tagebuch seinerzeit nur nicht aus falscher Scham beiseite gelegt hätte, wenn ich nur mehr darin gelesen hätte als diesen einen Satz! Dann hätte ich … ja, was? Was hätte ich tun können – Dinge ungeschehen machen?

Während der nächsten Viertelstunde versuchte ich, den weiteren Fragen der Beamten so elegant wie möglich auszuweichen. Hartnäckig blieb ich bei meinem Kurs. Vor allem wollte ich den beiden klarmachen, dass die Einträge in Anouks Tagebuch vor langer Zeit entstanden und damit völlig überholt waren.

Irgendwann ließen die Polizisten mich gehen, einen um Jahre gealterten Mann.

Im Krankenhaus gelang es mir, einen Arzt zu erwischen, der mir Auskunft über Anouks Zustand geben konnte. Oder wenigstens über die medizinischen Mutmaßungen, die sie anstellten.

Anouk habe unglaublich viel Blut verloren. Es sei ein Wunder, dass sie noch am Leben sei. Man habe sie mit Bluttransfusionen versorgt, um ihren Zustand zu stabilisieren, und jetzt könne man nur abwarten. Der Arzt, ein junger und engagiert wirkender Mann mit John-Lennon-Brille, bestätigte außerdem, was mir die Polizisten bereits gesagt hatten: dass Anouk mit Alkohol und Schlafmitteln vollgepumpt gewesen war. Er lächelte mir zu, ein kleines und bedauerndes Lächeln, das vielleicht auch ein wenig entschuldigend war. Er konnte mir beim besten Willen keine bessere Nachricht übermitteln.

Auf meine Frage, wann Anouk aus ihrem Dämmerschlaf erwachen würde, zuckte er nur mit den Schultern und murmelte etwas von den »Grenzen der Medizin«.

Die folgenden zwei Stunden saß ich an Anouks Bett. Man ließ mich in Ruhe und wenn hin und wieder die Schwester zur Kontrolle kam, so schwieg sie. Die einzige Kommunikation, die stattfand, basierte auf einem kaum wahrnehmbaren Nicken der Schwester, das auf vielerlei Arten interpretiert werden konnte. Als Gruß. Als Anteilnahme. Als hoffnungsvolle Aufforderung, den Mut nicht zu verlieren.

Trojanisches Pferd

Es war eine andere Schwester, die mich an die Verrichtung eines dringenden Bedürfnisses erinnerte. Ich ging zur Toilette, sah mich im Spiegel an und erkannte sofort, was sie mir *eigentlich* hatte sagen wollen. Ich war ungewaschen, unrasiert, hatte verknautschtes Haar und dunkle Ringe unter den Augen.

So also hatte ich den Polizisten gegenübergesessen. In der Tat kein sehr vertrauenerweckender Anblick, dachte ich. Mit beiden Händen schöpfte ich kaltes Wasser und tauchte mein Gesicht hinein. Ich zog Papierhandtücher aus dem Spender und wischte mir Wangen und Stirn, Nase und Mund trocken. Schließlich hatte ich Mühe, die Papierreste wieder von meinen Bartstoppeln loszubekommen.

Eine Weile lang blieb ich vor dem Spiegel stehen. Die Neonröhre leuchtete unbarmherzig auch das winzigste Fältchen auf meinem Gesicht aus. Da stand ich in meiner ganzen Niedertracht. Ein Mann, der seine Frau missbraucht hatte. Mehr noch: Ich hatte sie in den Selbstmord getrieben.

Wie die Blonde mich angesehen hatte! Wissend und mit kaum verhohlener Verachtung.

Auf dem Weg zurück zur Intensivstation taumelte ich ein wenig. Die Frage nach Nahrungsaufnahme drängte sich auf. Der Körper forderte sein Recht, egal, was um ihn herum geschah. Die Fenster im Korridor waren weit geöffnet, und dennoch regte sich kein Lüftchen. Der Himmel konnte sich noch immer nicht entscheiden.

An der Tür des Krankenzimmers stand ein Mann und redete mit der Schwester. Im Näherkommen erkannte ich Hürli. Und da fiel mir auch wieder unsere Verabredung ein. Ich sah auf die Uhr – es war halb sechs. Als die Schwester mich erblickte, sagte sie schnell noch etwas zu Hürli, deutete auf mich und entfernte sich.

Hürlis Händedruck war kurz und fest, sein Blick prüfend, wobei er offenbar denselben Eindruck von meiner äußeren Erscheinung gewann wie ich selbst vor dem Toilettenspiegel. Ich sah ja tatsächlich aus wie ein Wrack.

»Ich glaube, Sie könnten einen meiner Tees gebrauchen«, eröffnete Hürli das Gespräch diplomatisch.

Ich nickte nur. Zu mehr war ich nicht fähig.

»Tja, ein Kaffee in der Krankenhauscafeteria muss heute genügen«, fuhr er fort, drückte meine Schulter sanft und bugsierte mich in die Richtung, in der die Fahrstühle lagen. Wir fuhren hinunter ins Tiefparterre, wo laut der Beschilderung im Fahrstuhl die Cafeteria bis 18 Uhr ihre Pforten geöffnet hielt. Hürli geleitete mich zu einem der weißen Resopaltische am Fenster, rückte einen Stuhl für mich zurück und drückte mich hinein. Dann verschwand er hinter dem Buffet. Er kam zurück mit zwei überdimensionalen Bechern Kaffee und einem belegten Baguettebrötchen, aus dem Salatblätter herausragten. Vor langer Zeit waren sie sicher einmal erntefrisch gewesen.

»Das war leider das Einzige, was noch da war. Aber so, wie Sie aussehen, erschien mir der Zeitpunkt unpasssend, wählerisch zu sein.« Er stellte das orangerote Tablett ab, befreite das Brötchen aus seiner Zellophanhülle und drückte es mir in die Hand.

Ich wollte protestieren, überzeugt, dass ich keinen Bissen hinunterbringen würde. Doch dann warf ich einen raschen Blick auf Hürli. Er war gerade damit beschäftigt, vier kleine runde, mit Alpenblumen dekorierte Kondensmilchdöschen aufzuziehen und den Inhalt in seinen Becher zu kippen. Dabei ließ er mich keine Sekunde aus den Augen. Als er mir auch noch begütigend zublinzelte, gab ich mich geschlagen. Ich biss in das Brötchen.

Es hatte die Konsistenz von Gummi, aber ich spürte nun überdeutlich, wie ausgehungert ich war. Gierig schlang ich alles in mich hinein. Hürli ließ ungefragt den Inhalt von vier Tütchen Zucker in meinen Kaffeebecher rieseln. Dann kippte er ebenso viele Döschen Milch hinein und rührte, bis der hellbraune Zaubertrank fertig war. Dankbar nahm ich gleich einen großen Schluck.

Wir saßen in einträchtigem Schweigen beieinander, bis ich etwa die Hälfte des Bechers getrunken hatte. Das schien Hürli zum Zeichen zu nehmen.

»Ihre Frau?«

»Immer noch im Koma.«

»Ich werde Sie nicht lange aufhalten. Aber ich wollte Ihnen das nicht am Telefon sagen.«

Ich nahm wieder einen Schluck und wartete, dass er weitersprechen würde.

»Lewinsky. Ich … habe mich an seine Fährte geheftet. Zuerst war ich beim Hausverwalter und bei ein paar Hausbewohnern. Es ist in der Tat so, dass ihn schon länger keiner mehr gesehen hat. Ich fand es wichtig, den Zeitpunkt genauer zu bestimmen. Herausgekommen ist: Lewinsky war seit über zwei Jahren bei keiner Mieterversammlung mehr. Die laufenden Kosten für seine Wohnung wie Wasser, Strom etc. sind auf ein Minimum geschrumpft. Der Verdacht liegt nahe, dass die Wohnung höchstens noch ein

Zweitwohnsitz ist. Alle Daueraufträge laufen jedenfalls weiter und die Zahlungen gehen pünktlich ein.«

Hürli senkte die Stimme, weil zwei Männer sich anschickten, am Nebentisch Platz zu nehmen. Gedämpfter fuhr er fort: »Zuletzt hat ihn eine alleinstehende Dame aus seinem Haus gesehen. Sie erinnert sich so genau an das Datum, weil sie an diesem Tag im Tierheim gewesen war und sich einen Hund mit nach Hause geholt hatte. Herr Lewinsky und sie hätten sich über das Tier unterhalten.«

Hürli verstummte erneut und warf einen unauffälligen, aber wachsamen Blick zum Nachbartisch. Die beiden Männer waren ins Gespräch vertieft. Der jüngere hatte ein Handy in der Hand und gestikulierte; der andere, deutlich älter und schmächtiger, sah sein Gegenüber unverwandt an und zuckte hin und wieder mit den Schultern. Die Szenerie schien Hürli zufriedenzustellen, denn er trank zwei Schluck Kaffee, verzog das Gesicht, rollte die Augen, dass es beinahe komisch wurde, und setzte dann seinen Bericht fort.

»Die Post. Der Briefkasten war nicht besonders voll. Und ich nehme nicht an, dass Sie ihn bei Ihrem ... äh ... Besuch geleert haben. Also lässt sich Lewinsky die Post bestimmt per Nachsendeauftrag hinterherschicken oder aber er war vor Kurzem dort, um den Briefkasten zu leeren. Möglich wäre in meinen Augen außerdem, dass ein anderer – oder *eine andere* – das für ihn getan hat.«

Ich spürte Hürlis forschenden Blick auf mir. Hastig griff ich nach dem Kaffeebecher und nahm einen weiteren Schluck von dem widerlich süßen Gebräu, das Hürli mir da zusammengemixt hatte. Der Kellner im weißen Hemd rettete mich schließlich aus meinem Ungemach, indem er an unseren Tisch trat, die Menükarte gerade rückte und uns fragte, ob wir noch einen Wunsch hätten. Die Cafeteria würde jetzt schließen.

Ich schüttelte den Kopf, kippte schnell den restlichen Kaffee hinunter, Hürli tat es mir gleich und der Mann versicherte uns, dass wir hier »görne« so lange wir wollten sitzen bleiben könnten – nur leider ohne bedient zu werden. Er stellte unsere Tassen auf sein Tablett und entfernte sich eilig.

Hürli wirkte jetzt ein wenig ratlos. Ich begann mich gerade zu fragen, warum er mir seine Erkenntnisse nicht in aller Ruhe am Telefon hatte mitteilen wollen, als er sich räusperte und sagte: »Tja, und da wäre noch etwas.«

Er rutschte auf seinem Sitz hin und her. Offenbar hatte er mit sich zu ringen.

Ich seufzte. Er blieb stumm.

Nun konnte ich es nicht länger aushalten. »Also, Hürli, jetzt mal raus mit der Sprache, schließlich bin ich Kummer gewöhnt.«

»Ich war in Lewinskys Wohnung.«

»Wie haben Sie das denn angestellt, ohne Schlüssel?«

Hürli winkte ab, lächelte müde und wurde sofort wieder ernst.

»Jedenfalls habe ich Lewinskys Telefon gecheckt. Die letzte Nummer, die vom Apparat in seiner Wohnung aus gewählt worden ist, war die Handynummer Ihrer Frau. Der letzte Anruf, den er bekommen hat, kam von Ihrem Festnetzanschluss in Bregenz. Was mich dabei jedoch überrascht hat, war das Datum: Er hat den Anruf vor über zwei Jahren, am 4. Januar, um 17.48 Uhr, entgegengenommen. Also genau am Abend vor dem Brand.«

Ich brauchte eine ganze Weile, ehe mir die volle Bedeutung von Hürlis Worten klar wurde. Das Blut rauschte in meinen Ohren. Wie aus weiter Ferne sah ich den Kellner im weißen Hemd, der nachlässig über die Tische wischte.

Was hatte Hürli da gesagt? Vielleicht hatte ich mich verhört, vielleicht hatte ich mit offenen Augen vor mich hin geträumt. Aber Hürlis Gesichtsausdruck zufolge gab es keinerlei Zweifel – ich hatte richtig gehört. Jetzt musste ich ihm *alles* sagen, *absolut alles*.

»Passen Sie auf, Justus.« Es war das erste Mal, dass ich ihn beim Vornamen nannte, vielleicht aus dem Wunsch heraus, so etwas wie Nähe zu einem anderen Menschen herzustellen.

»Ich brauche weiterhin dringend Ihre Hilfe. Ich stecke in Schwierigkeiten und weiß noch nicht einmal, welcher Art sie sind. Sie müssen mir glauben, dass ich die Dinge, die ich früher getan habe – oder getan zu haben scheine, ich weiß es ja nicht mehr –, ehrlich bereue. Inzwischen bin ich schon so weit, dass ich einfach nur noch die Wahrheit herausfinden möchte. Und zwar schonungslos! Denn momentan ist es für mich gerade so, als habe all das gar nie existiert. Aber ich muss doch über mein *ganzes* bisheriges Leben Bescheid wissen.

Hören Sie zu. Ich werde Ihnen jetzt alles erzählen. Alles, was ich weiß, oder besser gesagt, was ich nach meinem Gedächtnisverlust erfahren habe. Eines muss ich noch mal betonen: Ich finde mich darin nicht wieder.«

So lieferte ich Justus Hürli die komplette Version meiner Geschichte. Ich ließ nichts aus, berichtete nun von meinen sexuellen Exzessen, von dem Konto in St. Gallen und den Unsummen, die regelmäßig darauf gebucht worden waren, von den rätselhaften Geschäften mit dem »Fremden«. Was mir besonders schwerfiel, war, Hürli über Anouks Tagebucheinträge zu informieren. Dieses fürchterliche Zerrbild unserer Ehe. Und sicherlich war es wahr gewesen. *Damals*.

Hürli hatte während meines Berichts ruhig dagesessen,

mich nicht unterbrochen, weder durch Nachfragen noch durch emotionale Zwischenbemerkungen. Ein unangenehmes Flattern in der Bauchgegend zeigte mir, wie wichtig Hürlis Reaktion für mich war. Ein Rettungsanker. Der einzige.

Dafür, dass er mir zuhörte, mir half, hätte ich mich gerne erkenntlich gezeigt. Zum Beispiel mit Geld. Aber ich unterdrückte den Impuls. Hürli würde sich nicht von irgendwelchen Summen beeindrucken lassen.

Endlich sagte er: »Sie sind sich ja hoffentlich darüber im Klaren, dass Sie durch mich – was auch immer ich aufdecken werde – im besten Fall einen Mitwisser mehr haben werden.«

»Und im schlechtesten?«

»Tja.«

»Ich *musste* es jemandem erzählen.«

Er beugte sich vor und sah mich intensiv an. »Herr Winther. Ich dachte damals, dass es nichts Schlimmeres gäbe, als ein Junkie zu sein, einer, der ohne Stoff nicht mehr leben mag und kann. Aber jetzt bin ich mir da nicht mehr so sicher. Ich will versuchen, Ihnen zu helfen. Ich sagte Ihnen ja bereits, dass ich von früher noch gewisse *Freunde* habe – na ja, vielleicht sind es auch nur Kontakte.« Hürli legte eine Pause ein und runzelte die Stirn. »Was genau wissen Sie über den ›Fremden‹?«

Ich dachte kurz nach. »Nichts«, sagte ich.

»Das ist ja, um es mal positiv auszudrücken, nicht gerade viel.«

Es war davon auszugehen, dass »der Fremde« mich bis zum 25. im Auge behalten würde. Da ich keine Telefonnummer von ihm hatte und auch sonst nicht wusste, wie ich mit ihm in Kontakt treten konnte, beschlossen wir

Folgendes: Hürli sollte mich beobachten. So könnten wir feststellen, ob ich tatsächlich durch einen dieser Typen beschattet wurde. In diesem Fall sollte ich ihn abpassen, um ein nochmaliges Treffen mit dem »Fremden« zu arrangieren. Hürli würde schließlich versuchen, Fotos von all diesen Gestalten zu schießen. Und so würde es uns vielleicht gelingen, in Erfahrung zu bringen, mit wem ich es da überhaupt zu tun hatte.

Ich fand Wolf Wenzlow an seinem Schreibtisch. Wenzlow machte oft Überstunden, obwohl von »Überstunden« im eigentlichen Sinne gar nicht die Rede sein konnte. Die Zeit, die er in der Firma verbrachte, ließ sich nicht mehr von seiner Freizeit unterscheiden. Seit dem Tod seiner Frau Gertrud vor sechs Jahren hatte er sich komplett den Belangen der Firma verschrieben; so zumindest hatte ich es mir nach den vereinzelt aufgeschnappten Bemerkungen anderer Mitarbeiter zusammengereimt.

Wenzlow war sichtlich überrascht, als er mich zur Tür hereinkommen sah. Natürlich konnte ich davon ausgehen, dass sämtliche Kollegen längst Bescheid wussten über Anouk. Manche Informationen bahnten sich immer wie von selbst ihre Wege. Auch bei Stromausfall.

Etwas steif und sichtlich unangenehm berührt erhob sich Wenzlow. Er schien nicht recht zu wissen, was er sagen sollte, dann begann er: »Ich habe gehört, was passiert ist. Es tut mir unendlich leid.«

Ich quittierte seine Anteilnahme mit einem leichten Kopfnicken und beschloss, nicht lange drum herum zu reden. »Herr Wenzlow, ich muss Sie etwas fragen. Es gibt da etwas, was ich nicht ganz verstehe. Diese Sache damals mit Giaconuzzi. Sie sagten, es sei bekannt gewesen, dass er bei uns auf dem Gelände übernachtet hat.«

Wenzlow nickte. »Na ja, es ist halt vorgekommen, zwei- oder dreimal, glaube ich.«

»Und wir haben damals auf eine Anzeige verzichtet?«

»Ganz richtig.«

»Ja, aber warum?«

Wenzlow räusperte sich. »Nun, weil Sie es so wollten.«

»Ich? Aber warum das denn?«

»Giaconuzzi tat Ihnen wohl irgendwie leid.«

»Ach so? Ja, aber war das Mitleid denn nicht fehl am Platz? Man sieht ja, was daraus geworden ist. Ehrlich gesagt, ich verstehe das nicht.«

Wenzlow räusperte sich erneut. Dann beugte er sich über einen Stapel Papiere. Er griff nach dem obersten Blatt und legte es auf einen anderen Stapel. Mir fiel auf, dass er versuchte, sich überaus ruhig und konzentriert zu geben.

So behutsam wie möglich fragte ich: »Gibt es da etwas, was ich nicht weiß, aber wissen sollte?«

Vor dem Fenster stand sie, meine unerschütterliche Ulme. Ich setzte mich.

Wenzlow setzte sich mir gegenüber, holte tief Luft und sagte: »Ich nehme an, es liegt an Ihrem Problem.«

»Was meinen Sie denn damit? Was für ein Problem hatte ich? Ober habe ich es noch immer?«

Wenzlow ging nicht auf meinen flapsigen Tonfall ein. Man sah deutlich, wie schwer es ihm fiel, darüber zu sprechen. »Ja, also … Sie hatten damals doch dieses … Alkoholproblem.«

Da war sie wieder, diese Fratze, die mich hämisch angrinste. Und mit König Alkohol tanzte. Sie winkte mir von Weitem zu. Aus Prag, um genau zu sein. Jaro und Zuzana, Anouk. Jener Abend in Prag.

»Ich glaube, er hat Ihnen leid getan. Weil Sie doch was Ähnliches durchmachen mussten.«

»Wie meinen Sie das?«

Er starrte vor sich hin und knetete seine Finger. »Ja, wissen Sie das denn nicht mehr?«

Langsam schüttelte ich den Kopf und erwiderte: »Partielle Amnesie. Das haben Sie doch längst bemerkt!« Die Stimme versagte mir.

Da sah Wenzlow auf: »Also gut. Auch wenn ich versprochen habe, niemals darüber zu sprechen.«

»Sie hatten versprochen …?«

»Ja. Anouk bat mich darum. Sie sagte: ›um unser aller Frieden willen‹. Aber nun ist ja sowieso alles anders.«

Und Wenzlow begann zu erzählen: »Es muss eineinhalb Jahre vor dem Brand gewesen sein. Da haben Sie doch diese Entziehungskur gemacht. Na ja, damals waren Sie sechs Monate in Bad Schussenried, zunächst zur dreiwöchigen Entgiftung. Anouk bat mich, darüber Stillschweigen zu bewahren. Es war ihr wohl unangenehm, um Ihretwillen. Und so haben wir hier in der Firma offiziell von einem Herzinfarkt mit anschließender Reha gesprochen. Ehrlich gesagt wird uns das wohl nicht jeder geglaubt haben.«

Wenzlow verstummte. Vielleicht schalt er sich innerlich dafür, schon zu viel gesagt zu haben. Er hob die Hand, wie um mich tröstlich am Arm zu berühren, ließ sie dann jedoch jäh sinken.

»Und was gibt es noch?« Meine Stimme klang so unendlich müde.

»Es war an dem Freitag, als Sie Inventur machten. Der Freitag des Brandes. Ich war gerade auf dem Weg zu Ihrem Büro, weil ich Ihnen noch ein paar Unterlagen bringen wollte, bevor ich Feierabend machen würde. Wir waren die Einzigen, die sich zu dem Zeitpunkt in der Firma aufhielten. Und da habe ich plötzlich durch die geschlossene

Bürotür gehört, dass Sie in ziemlicher Lautstärke irgendetwas sagten. Im ersten Moment war ich unschlüssig, ob ich umkehren oder klopfen sollte. Und bevor ich mich entscheiden konnte, sprachen Sie weiter. Jetzt verstand ich deutlich, was Sie sagten – na ja, es war auch wirklich kaum zu überhören. Ganz aufgebracht brüllten Sie: ›Soll das eine Drohnung sein?‹

Es war mir fürchterlich peinlich, diese Szene durch die Tür mitzubekommen. Gleichzeitig war ich beunruhigt wegen der heftigen Aggression in Ihrer Stimme. Ich machte schleunigst kehrt. Als ich gerade an der Tür zu meinem Büro ankam, sind Sie wie der Blitz an mir vorbeigeschossen. Ihr Gesicht war kreidebleich.«

»Und dann?«

»Das war alles. Nun endlich bin ich in Ihr Büro gegangen, habe die Unterlagen auf Ihren Schreibtisch gelegt und mich anschließend auf den Heimweg gemacht. Von dem Brand habe ich dann von Ihrer Frau gehört.«

»Wenn ich Sie recht verstanden habe, bin ich vor Ihnen weggegangen? Aber das hieße ja, dass ich später noch einmal zurückgekommen wäre.«

»Na ja, daran ist nichts Außergewöhnliches. Sie haben oft bis in die Nacht hinein da gesessen. Zudem war Inventur. Am Sonntagabend nach dem Brand hat mich Ihre Frau aus dem Krankenhaus angerufen. Zum Glück ist sie ja nur leicht verletzt worden. Sie hat mir alles erzählt. Sie war noch völlig durcheinander. Unter Tränen hat sie berichtet, dass sie Sie an dem Unglücksabend in der Firma abholen wollte. Sie hatte wohl einen Tisch in einem Restaurant reserviert, Gott sei Dank, kann man da nur sagen. Denn sonst, ich meine, wenn Ihre Frau nicht gekommen wäre, dann …«

Wenzlow musste bemerkt haben, dass ich schwer damit beschäftigt war, all seine Informationen zu sortieren. Welch ein Chaos in meinem Kopf!

Ich erinnerte mich einfach nicht. Nicht an den Brand, nicht daran, wie Anouk mich herausgezogen hatte, nicht an das Telefonat, das ich – mit wem bitteschön? – geführt hatte.

Ob dieses Telefongespräch der Schlüssel zu allem war? Soviel war klar: Jemand hatte mir an jenem Abend gedroht. Und wenig später war die Lagerhalle in Flammen aufgegangen.

»Ein paar Wochen später hat sie mich gebeten, die Firmenleitung zu übernehmen. Ihre Frau hat mich von Kalifornien aus regelmäßig angerufen und mich über Ihre Fortschritte informiert. Im Grunde lief es ja nun genauso wie in den Monaten Ihrer Entziehungskur. Nur dass es nach dem Brand eben über zwei Jahre gedauert hat.

Ja, und als Sie dann wieder gesund waren, hat Ihre Frau mich aufgesucht und noch einmal ins Gebet genommen. Sie sagte mir, wie gut alles geworden sei, in Amerika. Wie Sie beide wieder zusammengefunden hätten und dass es wie ein Neuanfang sei. Und sie wollte nicht mehr an die alten Zeiten erinnert werden. Und auch Ihnen wollte sie wohl die Erinnerung daran ersparen.«

Wenzlow verstummte. Das war auch gut so, denn ich musste seine Worte wieder sacken lassen. So einfach war das alles nicht auf die Reihe zu bringen.

Immerhin konnte ich jetzt Anouks Sorgen in Sachen Alkohol voll und ganz nachvollziehen. Nur – Anouk hatte immer meine Aufbaupräparate, anfangs natürlich die Medikamente, vorgeschoben.

Ich blickte auf und sah, dass ein schweigender Wenzlow kein unaufmerksamer Wenzlow war. Er beobachtete mich. Was mochte er von solch einem Mann denken, der ein Alkoholproblem gehabt hatte und Erinnerungslücken obendrein? Dass dieser Mann sich bereits um den Verstand getrunken hatte? Auf Wenzlows Gesicht lag ein betretener Ausdruck und etwas wie Mitgefühl.

Ich bedankte mich und erklärte ungeschickt und umständlich, dass ich das alles jetzt erst einmal verdauen müsste. Das wäre ihm sicherlich auch ohne meinen besonderen Hinweis klar gewesen.

»Wenn es etwas gibt, was ich für Sie tun kann …«, murmelte er tonlos. Er fühlte sich sichtlich unwohl in seiner Rolle.

»Lassen Sie's gut sein. Sie tun doch schon so viel …«

Wenn ich's nur auch selbst hätte gut sein lassen können. Ob ich mich tatsächlich um den Verstand getrunken hatte?

Ich kehrte ins Krankenhaus zurück. Auf dem Flur der Intensivstation standen Anouks Eltern – ich erkannte sie schon von Weitem, denn Anouks Vater, Arne, sah genauso aus wie auf den Fotos, nur dass seine Glatze noch weiter nach hinten gewandert war. Die beiden älteren Herrschaften gestikulierten wild und redeten ununterbrochen auf eine Schwester ein.

Hella, meine Schwiegermutter, war noch immer eine schöne Frau, hochgewachsen und schlank. Ihr grau durchzogenes Haar hatte sie im Nacken zu einem Knoten gesteckt. Ich musste schlucken. Hella sah aus wie meine Anouk, lediglich um dreißig Jahre älter.

Sollte ich weitergehen oder lieber auf der Stelle kehrtmachen? Bevor ich mich zu einem stillen Rückzug entscheiden konnte, hatte Arne mich entdeckt.

Nun fokussierten mich alle drei. Hellas Gesicht wurde bei meinem Anblick zu Stein. Langsam setzte ich mich in Bewegung und ging auf sie zu. Plötzlich kam mir in den Sinn, wie abgewirtschaftet ich aussah. Ich bereute es ganz besonders, noch immer nicht zu Hause gewesen zu sein, um mich zu rasieren und die Garderobe zu wechseln.

Auf den letzten Metern bemühte ich mich um einen sicheren Schritt. Schließlich streckte ich Anouks Eltern zur Begrüßung die Hand entgegen.

Sie maßen mich mit eisigen Blicken. Keiner der beiden machte Anstalten, meine Hand zu ergreifen. Ich überspielte diese peinliche Situation mit einem Nicken. Forsch wie ein Mann, der nichts zu verbergen hat, sagte ich: »Hella, Arne.«

Noch immer keine Reaktion.

Die Schwester sah von einem zum anderen, räusperte sich und schien einen zuvor fallengelassenen Faden wieder aufzunehmen. »… Wie gesagt, man kann noch nichts Definitives sagen. Am besten sprechen Sie mit Dr. Gmeiner. Er ist morgen früh ab acht Uhr wieder im Haus.«

Anouks Eltern bedankten sich höflich bei der Schwester. Zwischen ihnen und mir hingegen herrschte nach wie vor Funkstille.

So konnte das nicht weitergehen. Ich druckste ein wenig herum, bis ich meinen Satz angemessen formuliert hatte: »Habt ihr denn bereits eine Unterkunft? Ich würde mich freuen, wenn ihr bei uns …«

Hella Svedberg durchbohrte mich mit einem Blick, der mich auf der Stelle verstummen ließ. Dann antwortete sie ebenso schneidend wie laut: »Ich werde doch nicht mit dem Mörder meiner Tochter unter einem Dach wohnen.«

Die Schwester sog scharf die Luft ein, auch Arne schien erschrocken.

Das Einzige, was mir darauf einfiel, war: Anouk ist doch nicht tot! Noch ehe ich diesen Satz aussprechen konnte, wandte Hella sich ab und marschierte mit knallenden Absätzen den Korridor entlang in Richtung Ausgang.

Die nächsten Tage verbrachte ich wie in Trance. Ich war in tiefer Sorge um Anouks Gesundheitszustand und pendelte ständig zwischen dem Krankenhaus und meiner Firma hin und her. Nach Hause kam ich nur, um zu duschen und meine Kleider zu wechseln. Wenn ich nicht bei Anouk saß, versuchte ich, mich mit Arbeit abzulenken. Mein einziges Ziel in diesen Tagen war, mich so gut es ging vom Nachdenken abzuhalten.

Hürli bemerkte ich kaum. Er hatte sich mittlerweile tatsächlich an meine Fersen geheftet. Und er machte es richtig professionell. Umso überraschter war ich, als er mich an einem Montagabend im Krankenhaus abpasste.

Er hielt eine Kamera in der Hand und flüsterte: »Herr Winther, ich glaube, ich weiß jetzt, mit wem Sie's zu tun haben. Und es wird Ihnen nicht gefallen, wenn die Bemerkung gestattet ist …«

Der Aufenthaltsraum auf Anouks Stockwerk war um diese Zeit meistens leer. So auch heute. Hier würden wir uns ungestört unterhalten können. Nachdem wir uns gesetzt hatten, schaltete Hürli das Display seiner Kamera ein.

Er spulte die Bilder in rascher Abfolge ab. Sie zeigten zunächst den jungen Südländer vom Schiff, danach einen kräftig gebauten Braunhaarigen, den ich noch nie gesehen hatte, und schließlich: *den Fremden*. Auf einem der Fotos stand er gerade vor einem mir völlig unbekannten Haus, an dessen Fassade diverse Firmenschilder hingen. Ein anderes Bild war etwas unscharf. Dennoch erkannte ich wiederum *ihn*. Auf diesem Schnappschuss lehnte er lässig an der Theke eines zwielichtigen Lokals. Hürli entnahm meinen Blicken, dass er den Richtigen fotografiert hatte.

Ich war verblüfft. »Wie haben Sie das denn gemacht?«

Hürli senkte den Blick, lächelte bescheiden, zuckte mit den Schultern und sagte: »Man muss halt warten können. Das ist wie beim Meditieren.«

»Und Sie haben angedeutet, dass Sie außerdem noch ein paar Informationen zu diesen Typen haben ... Ging das auch rein meditativ?«

»Na ja, da gibt es ein paar Leute, die mir einen Gefallen schuldig waren. Aber lassen wir das.«

»Und? Wer ist der Mann?«

»Heinrich von Maydell ist sein Name. Seit Jahren ist die Polizei hinter ihm her, aber bisher ohne Erfolg. Er hat einige dubiose Briefkastenfirmen im Ausland – in Luxemburg, Liechtenstein ... Zumindest werden sie mit ihm in Verbindung gebracht. Aber: Man kann ihm nichts nachweisen. Vor drei Jahren stand er vor Gericht, weil er mit irgendwelchen Waffenschiebereien für einen afrikanischen Staat zu tun gehabt haben soll. Ein Kronzeuge, der sogar eine Zeit lang in Schutzhaft war und dann unter Polizeischutz stand, verschwand ein paar Tage vor der mündlichen Verhandlung spurlos. So verpuffte die Anklage im Nichts. Aber das ist nicht das, was mich – oder Sie – beschäftigen sollte.

Ich habe mich ein bisschen umgehört – in einschlägigen Kreisen. Seit einigen Jahren, genauer gesagt seit 1999, soll von Maydell verstärkt Kontakt zum Osten pflegen. Ich weiß das von einer Frau, die wirklich vertrauenswürdig ist. Sie sagt, von Maydell treffe sich mit Gestalten, die allesamt mit der Russenmafia zu tun haben. Die Polizei beobachte ihn schon eine Weile, aber er sei wahnsinnig geschickt. Aalglatt, wenn Sie so wollen. Sie kriegen ihn einfach nicht.«

Ich bemühte mich, die volle Tragweite von Hürlis Worten – für mich und mein Leben – zu erfassen. Etwas einfältig fragte ich: »Russenmafia? Was genau bedeutet das denn?«

»Eigentlich ist die Bezeichnung ›Russenmafia‹ nicht gerade aussagekräftig, denn genau genommen treibt eine Vielzahl unterschiedlicher Banden unter diesem Oberbegriff ihr Unwesen. Die Zusammenarbeit mit anderen Syndikaten, aber auch das knallharte Vorgehen, kennzeichnen die russische Mafia, die ihr Personal vornehmlich aus osteuropäischen Auswanderern rekrutiert.«

»Zu diesen Leuten hat von Maydell Kontakt?«

Hürli nickte.

»Und was treiben diese Typen den lieben langen Tag? Das sind doch meistens so nette Geschichten wie Steuerhinterziehung, Erpressung und Geldwäscherei, oder?«

Hürli seufzte. »*Ihre* nette Geschichte, Herr Winther, hat was mit Plutonium- und Uranschmuggel zu tun. Und wenn wir eins und eins zusammenzählen, so ist anzunehmen, dass Ihre geheimnisvollen Reisen nach Russland keine Vergnügungstrips waren. Sie dienten sicherlich dem Zweck, radioaktive Substanzen illegal von Moskau nach Deutschland zu befördern. Das hat Ihnen durchaus *nette* Sümmchen eingebracht.«

Später saß ich an Anouks Krankenbett, betrachtete die pochende Ader an ihrer Schläfe und konnte die quälenden Gedanken nicht abschalten. Meine einzige Hoffnung war, dass nicht ausgerechnet jetzt wieder Hella und Arne vor der Tür stehen würden. Ihre vorwurfsvollen Blicke hätte ich heute keine Sekunde lang ertragen können. In den vergangenen Tagen waren wir uns einige Male im Krankenhaus über den Weg gelaufen.

Bei einer dieser Gelegenheiten hatte Hella mir wie eine giftige Schlange entgegengezischt: »Das wirst du büßen,

Max Winther. Ich werde dich hinter Gitter bringen. Und wenn es das Letzte ist, was ich tue.«

Inzwischen war Anouk von der Intensivstation auf ein »normales« Krankenzimmer verlegt worden. Noch immer hing sie am Tropf und wurde künstlich ernährt. Meine Zuversicht, dass sie je wieder aufwachen würde, war auf ein absolutes Minimum geschrumpft.

Ich hatte mir angewöhnt, an Anouks Bett zu sitzen, ein paar Stunden am Morgen und ein paar Stunden vom späten Nachmittag bis in die Nacht hinein. Wenn Svedbergs kamen, verließ ich das Zimmer. Dann fuhr ich entweder ins Büro oder in die Stadt. Ab und zu kaufte ich einen Blumenstrauß für Anouk: rosa und orangefarbene Ranunkeln oder Nelken. Rosen kaufte ich nie, denn ich wusste, dass sie Rosen ohne Duft nicht mochte.

Oft las ich ihr etwas aus einem Gedichtband vor, manchmal auch aus Thoreaus Werken. Oder ich setzte ihr behutsam unseren gepolsterten Kopfhörer von zu Hause auf und ließ sie über meinen MP3-Player leise, ganz leise, Satie hören. Ihr Gesicht schien sich dabei um ein paar Nuancen mehr zu entspannen.

Es war ein lauer Sommerabend. Ich hatte Anouk eben ein paar Kaschnitz-Gedichte vorgelesen, doch bald wieder damit aufgehört. Die Texte hatten mich allzu traurig gestimmt. Ich schob das Büchlein zurück in meinen Rucksack. Da ich ihn schon mal offen hatte, suchte ich auch gleich nach einer Packung Kaugummis. Ich kramte ein wenig herum, fand eine angebrochene Tafel Schokolade, eine Packung Tempotaschentücher und eine Wanderkarte vom Bregenzer Wald, die ich an dem Tag eingesteckt hatte, als Barbara sich mit mir in Eichenberg treffen wollte.

Und plötzlich hielt ich ein anderes Buch in der Hand. Es

war das in graues Leinen gebundene Bändchen aus Lewinskys Wohnung. Ich hatte es die ganze Zeit über vergessen. Auch jetzt schien es mir wertlos. Eigentlich wollte ich es sofort wieder in den Untiefen des Rucksacks verschwinden lassen. Dann überlegte ich es mir anders, schlug es auf und begann, gelangweilt darin zu blättern.

Es war offensichtlich ein Propagandawerk der DDR, daran gab es keinen Zweifel, verlegt vom VEB Verlag für Bauwesen Berlin im Jahre 1966. Mit Hilfe von zahlreichen Schwarz-Weiß-Aufnahmen wurde ein Loblied auf die realsozialistische Gesellschaft gesungen. Auf die Gerechtigkeit, die allen widerfahren sollte, auf die Errungenschaften, die Bauwerke der neuen Ära. Es war ein unscheinbares und unspektakuläres Buch, das – aus der Distanz der Geschichte heraus – voller Lügen steckte.

Während ich die phantasielosen Abbildungen von Maschinen und Anlagen betrachtete, fragte ich mich, was Lewinsky bewogen haben mochte, ausgerechnet dieses Œuvre über die realsozialistische Wirklichkeit auf seinem Nachttisch liegen zu haben. Ich blätterte noch einmal zurück, da sah ich, dass auf der dritten Seite eine Widmung stand:

Meinem lieben Jungen. Damit du uns nicht ganz vergisst. Mama.

Die Handschrift war schwungvoll, ohne überflüssige Schnörkel und gut lesbar. Eine Weile lang ruhte mein Blick auf dem Schriftzug. Dann begann ich, das Buch noch einmal, aufmerksamer diesmal, durchzublättern.

Ich schüttelte den Kopf über die linientreuen Bildunterschriften, über die jungen und gescheitelten Genossen, die wie frisch aus dem Waschzuber gestiegen und mit Kernseife abgeschrubbt wirkten, über die Fabriken, die trostloser nicht hätten sein können.

Mit einem Seufzer klappte ich das Buch zu und wollte es nun wirklich zurück in den Rucksack stecken. Aber unwillkürlich musste ich stutzen.

Was hatte sich da auf meine Netzhaut gelegt? Was war das gewesen, auf einem dieser Uralt-Bilder?

Mit fahrigen Bewegungen fuhr ich durch die Seiten. Ich glaubte, etwas wiedererkannt zu haben. Das Rascheln des Papiers kam mir mit einem Mal unnatürlich laut vor. Und hier war sie, die Seite mit *dem Foto*: Das war die Plattenbaulandschaft meiner Träume, die öde, baumlose Siedlung mit dem Sandkasten.

»Moderne Wohnungen für Angehörige des VEB Schwermaschinenbau Karl Liebknecht Magdeburg«, lautete die Bildunterschrift.

Ich spürte, wie mein Herz zu rasen begann, wie der Schweiß aus allen Poren drang. Mit weit aufgerissenen Augen starrte ich auf das Foto. Dieses Haus kannte ich! Hundertprozentig. In all seiner Hässlichkeit.

Eigenartig, dass ich ausgerechnet in einem Buch von Lewinsky auf etwas stieß, das Erinnerungen in mir wachrief. War es am Ende so, dass Lewinsky dieses Buch für mich dort hingelegt hatte? Dass er wusste oder zumindest ahnte, dass ich kommen würde? Woher nur kannte ich dieses Haus?

Schemenhaft keimte ein anderer Gedanke in mir auf. Was, wenn dieser sozialistische Plattenbau mit von Maydell und meinen Fahrten nach Moskau zu tun hatte? Wenn es in dieser Anlage eine Wohnung gab, in der geschmuggeltes Plutonium oder was auch immer übergeben wurde?

Es gab nur einen Weg, das herauszufinden. Ich wusste nicht, ob es ein Irrweg war, aber ich würde ihn einschlagen. Ich würde noch heute nach Magdeburg fahren.

Wintherphoenix

Es war dunkel, als ich ins Auto stieg. Ich wollte zu Hause rasch ein paar Sachen zusammenpacken und dann sofort nach Magdeburg aufbrechen. Unterwegs rief ich Hürli an, um ihm von meiner seltsamen Entdeckung und den kurzfristigen Reiseplänen zu berichten. Er teilte weder meinen Eifer noch meine Aufregung. Seine Stimme klang gedämpft. »Wollen Sie das wirklich tun? Was erhoffen Sie sich denn von dieser Aktion?«

»Es gibt ja sonst nichts, was ich tun könnte.«

»Sie könnten bei Ihrer Frau bleiben.«

»Spätestens übermorgen werde ich zurück sein.«

»Herr Winther ... Max ... Wenn sich Ihr Verdacht bestätigt und diese Wohnung und auch Lewinsky mit von Maydell und seiner Organisation zu tun haben, dann bringen Sie sich möglicherweise in Gefahr. In große Gefahr! Mit von Maydell ist nicht zu spaßen. Ich habe da noch ein paar Dinge in Erfahrung gebracht. Dieser Mann ist ein Mörder.«

»Was sagen Sie da?«

»Es gibt nichts Konkretes, nichts, womit man ihn dingfest machen könnte. Wenn die Polizei in der Lage wäre, ihm etwas nachzuweisen, etwas, das vor Gericht standhalten würde, dann wäre man endlich ein paar Schritte weiter. Aber von Maydell ist nicht nur geschickt, sondern auch mächtig. Er hat Verbindungen bis in die höchsten Kreise.

Auf jeden Fall weiß ich von einem, der für die deutsche Polizei als V-Mann arbeitet, dass man von Maydell mit dem Verschwinden von einigen Personen in Verbindung bringt. Ich bitte Sie noch einmal: Lassen Sie die Finger von der Sache. Ziehen Sie sich zurück, gehen Sie meinetwegen nach Prag, aber halten Sie sich fern von dieser Bande.«

Ich hatte Hürli noch nie so sprechen hören, so ernst und eindringlich. Einen Moment lang war ich versucht, nachzugeben und seinem Rat zu folgen, doch dann hörte ich mich selbst sagen: »Ich kann nicht. Diese Spur ist die einzige, die ich habe. Die einzige, die mir mein verrottetes Gehirn zugesteht. Und ich werde ihr verdammt noch mal nachgehen. Was habe ich schon zu verlieren?«

»Nun, Ihr Leben, fürchte ich.«

Im Schritttempo fuhr ich auf unser Haus zu, das dunkel und abweisend in die Nacht hineinragte. Noch eine Kehre, dann war ich dort. Ich setzte den Blinker und wollte gerade in die Auffahrt einbiegen, als ich im Schein der Außenbeleuchtung vier Personen vor unserer Haustür stehen sah.

Sofort legte ich den Blinker wieder um und blieb mit laufendem Motor stehen. Ich erkannte Anouks Eltern, Brandner und einen uniformierten Polizisten. Der Uniformierte drehte den Kopf in meine Richtung. Langsam gab ich Gas, sah angestrengt auf die Straße und fuhr bedächtig weiter, in der Hoffnung, dass er mich nicht erkannt hatte.

Was bedeutete das?

Ich schlug mir mit der platten Hand gegen die Stirn. Die Antwort lag auf der Hand: *Hella!* Sie hatte ihre Drohung wahr gemacht. Und Gott und die Polizei allein wussten, was sie alles über mich erzählt hatte. Würde es ausreichen für eine Festnahme? Aber warum hätte Brandner zusammen mit einem Uniformierten bei mir auftauchen sollen, wenn nicht in der Absicht, mich festzunehmen?

Falls Brandner wirklich vorhatte, mich festzunehmen, dann standen sie jetzt erst mal vor meinem Haus und merkten, dass ich nicht da war. Als Nächstes würden sie wahrscheinlich ins Krankenhaus fahren. Oder waren bereits andere Polizisten dorthin unterwegs? Na klar, die Blonde und ein weiterer Kollege! Ich sah sie deutlich vor meinem inneren Auge.

Wenn dem so wäre, wäre es nur noch eine Frage der Zeit, bis sie mein Fahrzeug zur Fahndung ausschreiben würden. Ich brauchte also einen anderen Wagen. Denn: *Dass* ich nach Magdeburg fahren würde, dessen war ich mir nach wie vor sicher.

Einen Leihwagen konnte ich mir natürlich nicht nehmen. Irgendwo meine Personalien anzugeben, wäre viel zu riskant gewesen. Ich musste mir ein Auto borgen, von jemandem, dem ich vertrauen konnte. Und der mir traute. Und da gab es im Moment nur einen.

»Hürli.«

»Ich bin's noch mal.«

»Sie haben sich also doch entschlossen hierzubleiben.«

»Ganz im Gegenteil.«

»Wie meinen Sie das?«

»Ich brauche Ihren Wagen.«

»Wie bitte?«

»Ich glaube, dass es nicht mehr lange dauern wird, bis die Polizei mich sucht.«

»Ach so, wenn's weiter nichts ist. Und dafür brauchen

Sie rasch einmal mein Auto, gewissermaßen als Fluchtfahrzeug.«

Hürli klang sarkastisch. Aber nicht eben ablehnend.

»Passen Sie auf: Ich werde Ihnen das alles bezahlen. Ich schwöre es! Übermorgen bin ich wieder da. Und dann kriegen Sie Ihren Wagen wieder und Ihr Honorar. Und eine saftige Einmalzahlung als Anerkennung Ihres Vertrauens.«

»Jetzt versuchen Sie, mich auch noch durch Geld gefügig zu machen.«

»Richtig erkannt.«

»Und was ist, wenn Sie auf Nimmerwiedersehen verschwinden? Seien Sie mir nicht böse, aber Ihre Kreditwürdigkeit lässt derzeit doch eher zu wünschen übrig. Wer vertraut schon einem Mann, der in Verdacht steht, seiner Frau ins Reich der Träume verholfen zu haben, der sich an wenig oder nichts erinnert, dafür aber höchstwahrscheinlich jahrelang für eine Verbrecherorganisation radioaktives Teufelszeug über die Grenze gekarrt hat.«

Auf einmal wusste ich nicht mehr, was ich sagen sollte. Hürli hatte recht. Und mir war in diesem Moment so richtig klar geworden, dass er einiges über mich wusste, was besser niemand hätte wissen sollen. Und dennoch hatte ich immer noch das Gefühl, dass er auf meiner Seite war.

»Ich komme jetzt nicht an mein Geld. Sonst würde ich Ihnen alles im Voraus bezahlen.«

Hürli sagte nichts. Als ich schon glaubte, die Verbindung sei längst unterbrochen, sagte er: »Ich weiß nicht, warum ich das tue, ich habe eigentlich keinen Grund. Vielleicht den einen und einzigen, dass ich Sie – obwohl ich's eigentlich besser wissen sollte – wenn nicht für einen anständigen, so doch für einen geläuterten Kerl halte! Kommen Sie zu mir ins Antiquariat. Ich warte dort auf Sie.«

»Danke.«

»Schon gut. Ich werd's bestimmt bereuen.«

Und so nahm ich die Wagenschlüssel für einen Volvo Variant entgegen, der wahrscheinlich in den frühen Achtzigern seine Glanzzeit gehabt hatte. Ich verkniff mir eine spitze Bemerkung über Hürlis Faible für Oldtimer. Zum Abschied gab er mir zwei Dinge mit auf den Weg: zum einen, dass der Volvo-Motor unverwüstlich sei und bereits 327 000 km hinter sich gebracht habe; zum anderen riet er mir davon ab, ab jetzt noch mal mit meinem Handy zu telefonieren. Ich verstand nicht sofort. Hürli erklärte: »Sie wollen doch nicht durch eine GPS-Fahndung geschnappt werden!«

Erneut bedankte ich mich, stieg ein und ließ mich in einen durchgesessenen Ledersitz fallen. Ich drehte den Zündschlüssel und der Diesel tuckerte los. Im Rückspiegel sah ich Hürlis Gestalt auf den roten Teppichstufen kleiner werden. Er winkte verstohlen.

Ich fuhr nach Österreich, dann auf die Autobahn, die durch den Pfänder nach Deutschland führte. Bereits nach einer Stunde überkam mich eine bleierne Müdigkeit. Um wach zu bleiben, schaltete ich das Radio ein und suchte ständig neue Sender. Was ich jetzt benötigte, war laute Rockmusik, die möglichst heftig in den Ohren schmerzte. Nur nicht einschlafen.

Auf schwäbische Hügel folgten bayerische. Ich passierte Hunderte von Autobahnbrücken. Eine sah aus wie die andere. Als ob ich im Kreis führe. Strommasten ragten wie dunkle Riesen aus den Wäldern hervor. Ein süßlicher Duft drang durch die geschlossenen Scheiben. Ich schaltete die Lüftung ab und kurbelte das Fenster herunter. Reifendes Getreide.

Die Abfahrt nach Hof kam und ich spürte, wie meine Augendeckel trotz der lauten Musik unsäglich schwer wurden. Sie spielten gerade ›Highway to hell‹. Plötzlich knackste es derb in den Lautsprechern.

Ich schreckte auf.

Ein gelangweilter Moderator erklärte: »Meine Damen und Herren, wir unterbrechen unser Programm für eine Fahndungsmeldung von Interpol. Gesucht wird der 48-jährige Max Winther aus Bregenz/Vorarlberg. Er ist 1,85 m groß und kräftig gebaut, hat dunkelbraunes gelocktes Haar und blaue Augen. Er spricht akzentfreies Hochdeutsch und ist möglicherweise zu Fuß oder mit öffentlichen Verkehrsmitteln unterwegs. Der Mann wird des versuchten Mordes an seiner Frau verdächtigt. Die Fahndung erstreckt sich mittlerweile auch auf die angrenzenden Staaten. Hinweise, die zur Ergreifung des Mannes führen, können bei jeder Polizeidienststelle sowie unter der Rufnummer …«

Wildes Hupen.

Ein Lkw rauschte an mir vorbei, in Haaresbreite. Ich trieb zwischen den beiden Fahrspuren wie eine taumelnde Motte zwischen zwei Straßenlaternen. Erst, als ich fast gegen die Leitplanke gefahren wäre, gab ich nach und lenkte den Volvo auf einen Rastplatz. Hinter einem Lkw kam ich zum Stehen.

Meine Finger wollten nicht aufhören zu zittern.

Langsam stieg ich aus, tat ein paar Schritte an der Luft und atmete. Irgendwann stieg ich wieder ein, lehnte meinen Kopf an die Scheibe und starrte in die schwarze Nacht, bis ich schließlich vor Erschöpfung einschlief.

In der Morgendämmerung erwachte ich. Der Lkw vor mir ließ mit unheimlichem Dröhnen seine Maschinen an und rollte schwerfällig davon. Ich rieb mir den Schlaf aus den Augen, sah mich nach der Tankstelle um und machte mich auf den Weg, mir einen oder besser zwei Becher Kaffee zu holen.

Am liebsten hätte ich weitergeschlafen, bis an mein Lebensende. Ein dicklicher Mann mit einer Schirmmütze, der für diese unwirtliche Stunde geradezu pervers gut gelaunt war, reichte mir die beiden Becher und wünschte mir »einen wunderschönen Tag noch«.

Ich stellte mich vors Auto und trank den Kaffee in kleinen Schlucken. Er war heiß und stark. Nach dem ersten Becher stieg ich ein und fuhr weiter. Fürs Erste blieb ich auf der rechten Spur. In großen Zügen trank ich den zweiten Becher Kaffee.

Hinter dem Wald ging die Sonne auf, die Schatten der Bäume lagen wie lange Lulatsche auf den Wiesen und auf der Fahrbahn. Über die Brücke der Deutschen Einheit gelangte ich nach Thüringen. Obwohl ich in meinem früheren Leben sicherlich öfters die ehemals deutsch-deutsche Grenze passiert hatte, kam mir die ungehinderte Fahrt von West nach Ost wie ein kleines Wunder vor.

Der Fahrbahnbelag wechselte von einer Endlos-Teerdecke zu Beton-Fertigteilen. Mir traten Tränen in die Augen. Dieses rhythmische Rattern unter den Rädern besänftigte mich wie ein Wiegenlied.

Eine Birkengruppe stand links neben der Autobahn, weiß leuchteten die Stämme. Der Boden wurde hier offenbar sandiger. Graugrün und samtig lagen die ersten Roggenfelder im Morgensonnenschein. Zwischen den mittleren Leitplanken der Autobahn wuchs ein rot-weißgesprenkeltes Band. Das Rote war sicherlich Mohn, soviel wusste ich. Aber wie hießen die weiß blühenden Pflanzen? Anouk hätte sie mir sicherlich sofort benennen können.

Ich schluckte.

Anouk.

Ihr weißes Gesicht auf weißen Laken. Ihre Eltern hielten mich für einen Mörder. Die Polizei fahndete nach mir.

Mir wurde schwindelig. Aber ich durfte nicht schon wieder anhalten. Ich würde zu viel Zeit verlieren. Mit 180 Sachen düste ich gerade an Leipzig vorbei. Wie in Trance sagte ich mir pausenlos das Wort »Magdeburg« laut vor. So konnte ich mich allmählich wieder etwas beruhigen.

Die Sonne war verschwunden, der Himmel hatte sich verdunkelt, wie eine Bühne, deren Lichter man gelöscht und deren schwere Vorhänge man zugezogen hatte. Wind war aufgekommen und türmte Wolkenberge auf, bleigraue, aschene, fast schwarze. Nun konnte es nicht mehr lange dauern, bis Regen fallen würde.

Die Schilder kündigten die Ausfahrt Magdeburg an. Ich setzte den Blinker, fuhr ab.

Mit einem Mal war mir alles vage vertraut. Wenzlow hatte mir gesagt, dass einer unserer Unterauftragnehmer, der die Kabinen für uns baute, seinen Sitz in Magdeburg hatte. Also musste ich schon mehrfach hier gewesen sein. Ich überquerte die Elbe und nahm die Ausfallstraße Richtung Osten. Nach einigen Kilometern bog ich rechts ab, fuhr durch eine Unterführung, wieder nach links.

Erinnerungsfragmente tauchten aus dem Nichts auf. Sie hatten eindeutig etwas mit diesen Straßenzügen zu tun. Im Grunde waren es nicht Erinnerungs-, sondern *Wissens*fragmente. Ein Teil von mir *wusste* offenbar ganz genau, an welchen Kreuzungen ich in welche Straßen einzubiegen hatte. Unvermittelt kamen mir Glaubenssprüche aus dem Zen-Buddhismus in den Sinn, die ich für meine Situation abwandelte: »Nicht ich fahre, es fährt.«

Wie konnte mir diese Stadt nur dermaßen vertraut sein? Ich rief mir meinen Lebenslauf ins Gedächtnis und suchte nach einem Hinweis darauf, dass ich womöglich auch einmal eine längere Phase meines beruflichen Werdegangs in Magdeburg verbracht hätte. Oder hatten bereits die paar Besuche bei unserem Unterauftragnehmer dazu geführt, dass ich nun vor jeder Ecke mit traumwandlerischer Sicherheit wusste, wie es dahinter aussehen würde?

Diese Irrfahrt auf *bekannten* Wegen würde mich noch um den Verstand bringen! Ich fühlte mich unsäglich einsam. Wie sehnte ich mich nach einer väterlich warmen Stimme, die mir gut zureden würde. Nach einer beruhigenden Hand auf meinem Rücken. Meine Gedanken wanderten. Väterlich … Vater! Meine Eltern! »Eltern« klang wie ein Fremdwort für mich.

Ich entsann mich einer Unterhaltung, die ich mit Anouk geführt hatte – ein Gespräch, in dessen Verlauf ich herausbekommen wollte, wie ich als Kind wohl meinen Vater und meine Stiefmutter erlebt haben mochte.

Anouk hatte freilich nur aus zweiter Hand antworten können. Meinen Vater hatte Anouk niemals kennengelernt. Er war ja 1970 bei einem Autounfall tödlich verunglückt. Meiner Stiefmutter Margarete war Anouk offenbar auch nicht gerade oft begegnet. Das Verhältnis zwischen Margarete und mir musste sehr distanziert gewesen sein. Vor einigen Jahren war Margarete außerdem nach Mallorca gezogen und damit gänzlich aus unserem Blickfeld verschwunden.

Als einzige Informationsquelle war Anouks Gedächtnis geblieben. Und so hatte sie sich während meiner Reha in Kalifornien die Mühe gemacht, alle Episoden aus meiner Kindheit und Jugend, die sie aus *meinen* früheren Erzählungen kannte, in einem kleinen Büchlein zu versammeln.

Wie oft ich darin geblättert hatte, wie oft ich dazu alte

Fotos von meinen Eltern und mir auf dem Tisch ausgebreitet hatte!

Vater, Margarete.

Vater sozusagen mit *meinem* Gesicht, aber gesetzter, behäbiger. Vater an seinem Schreibtisch in der Firma. Die Augen von eckigen Brillengläsern eingerahmt. Vater beim Händeschütteln mit irgendwelchen Geschäftsfreunden. Wie steif und offiziell er wirkte!

Margarete mit auftoupierter Hannelore-Kohl-Frisur. Margarete in einem pastellgelben Kostüm. Auf diesem Foto führt sie lächelnd einen Jungen an der Hand. Das war ich.

Im Laufe der Jahre waren die Hosenschläge der anderen Leute auf den Fotos weiter geworden, die Koteletten der Männer immer üppiger. Nur meine Stiefmutter und mein Vater blieben unverändert: sie in Kostümen mit geradem Rock, er mit schwarzem Brillengestell und nach hinten gekämmtem Haar. Ein Stich fuhr mir quer durch den Körper. Es schmerzte so sehr, dass ich mich überhaupt nicht an meine Eltern erinnern konnte.

Mittlerweile war ich vor einem Hochhaus angekommen und hatte den Motor abgestellt. Man hatte diesen Typ von Plattenbau nicht nur einmal, sondern gleich sechs-, sieben-, achtmal hier hochgezogen. Mit Tonnen von Farbe hatte man offenbar irgendwann nach der Wende versucht, den Bausünden der DDR ein freundlicheres Gesicht zu verleihen. Es war bei einem kläglichen Versuch geblieben. Man hatte Bäume gepflanzt. Aber ihr Grün verlor sich matt vor der Übermacht aus Beton.

Mein Blick glitt über die Fassaden. In einer dieser Wohnungen ... Ja, was war dort? Ich schwitzte, obwohl keine Sonne mehr zu sehen war. Das schwefelige Licht und die Schwüle, die über allem lag, waren weitaus schlimmer.

Hürlis alter Volvo ließ einiges an elektronischem Schnickschnack vermissen. Die Fenster musste man natürlich von Hand herunterkurbeln. Das brachte aber auch keine Erfrischung und so stieg ich aus.

Wieder sah ich empor.

Mit einem Mal begann ich zu zählen.

Jetzt wusste ich, dass ich auf der Suche nach einem bestimmten Balkon war: der vierte von links im fünften Stock.

Ich heftete meinen Blick darauf, als könnte ich mit Röntgenaugen in die dahinterliegende Wohnung sehen. Was war in dieser Wohnung geschehen, welche Bedeutung hatte sie für mein Leben?

Mir wurde immer heißer. So spürte ich kaum die Tropfen, die vereinzelt auf mein Gesicht fielen. Ein Mann ging an mir vorüber. Musterte er mich? Ob er den Fahndungsaufruf im Radio gehört hatte? Oder litt ich neuerdings unter Paranoia-Anfällen? Bestimmt hatte man mein Bild inzwischen auch im Fernsehen gezeigt.

Mit gesenktem Kopf hielt ich auf den Eingang zu. Ich bewegte mich, als wäre ich ferngesteuert. Das Haus zog mich magnetisch an. Der Fußboden war mit Waschbetonfliesen ausgelegt. Die Glastür stand offen und so konnte ich schnurstracks hineinmarschieren und in den Fahrstuhl steigen. Ich fuhr in den fünften Stock hinauf.

Mit einem Mal stand ich vor der Tür, von der ich – woher auch immer – mit tödlicher Sicherheit wusste, dass dahinter *die* Wohnung lag. Eine Wohnung jedenfalls, die ich schon oft betreten hatte.

Ich drückte den Klingelknopf über dem Plastikschild mit dem Namen »Schlefski«. Der Ton war laut und schrill. Mein Herz schlug wie verrückt, meine Handflächen waren feucht und für den Bruchteil einer Sekunde war die Angst stärker als alles andere. Inständig hoffte ich, dass sich *kei-*

ne Schritte nähern würden, dass *niemand* diese Tür öffnen würde. Dass ich einfach wieder gehen könnte. Ich wollte nur noch weg von hier. Nur noch zurückfahren in mein altes, unvollständiges Leben mit den vielen Fragezeichen. Aber da *waren* Schritte.

Die Tür ging auf. Dahinter stand ein dicker Mann in weißem Unterhemd und blauen Boxershorts. Seine behaarten Füße steckten in Plastiklatschen. Er sah mich misstrauisch an. Offenbar war ich ihm unbekannt.

»Ja.« Seine Stimme klang unwirsch.

»Herr Schlefski?«

»Iss ja nich so schwer zu erraten, wenn's so anner Klingel steht, nich'! Und wenn Se wat verkoofen woll'n, bei mir is' nüscht zu holen.«

»Ich will nichts verkaufen. Ich ... war nur zufällig in der Gegend und dachte ... Die Leute, die früher hier gewohnt haben, kennen Sie die?«

»Se meenen de gute alte Frau Lewinsky? Na, von der hab' ick die Wohnung ja übernommen. Klar kenn' ick die.«

Schnell musste ich mir eine überzeugende Story ausdenken. »Ja, genau, die Frau Lewinsky. Sie müssen wissen, ich bin ein alter Schulfreund von ihrem Sohn, von Tom Lewinsky. Tja, und jetzt habe ich mich auf die Suche nach ihm gemacht. Wir haben uns aus den Augen verloren.«

Während ich mit dem Mann sprach, versuchte ich, hinter ihn in die Wohnung zu linsen. Doch so groß und breit, wie er in der Tür stand, versperrte er mir jegliche Sicht.

»Ja, also, die Mudder von Ihr'm Schulfreund is' nach'm Tod von ihr'm Gatten nach Leipzsch gezogen.«

»Ist Tom Lewinskys Vater erst kürzlich verstorben?«

»Ne, ne, det is schon fünf Jahre her.«

Ich überlegte fieberhaft, wie es mir gelingen könnte, einen Blick in die Wohnung zu werfen. Sollte ich fragen, ob ich seine Toilette benutzen durfte? Nein, das wäre doch allzu peinlich.

Da kam mir der rettende Gedanke. Nun konnte ich sogar zwei Fliegen mit einer Klappe schlagen: »Wären Sie wohl so freundlich, mir die Adresse und die Telefonnummer von Frau Lewinsky aufzuschreiben? Dann würde ich sie mal besuchen. Sie kennt mich ja noch von früher. Und bestimmt könnte sie mir sagen, wo ich Tom finde.«

Einen Augenblick lang kehrte das Misstrauen in seinen Blick zurück. Ich setzte meinen harmlosesten Gesichtsausdruck auf und lächelte wie ein Schaf. Offenbar befand der Mann meine Ausstrahlung für vertrauenswürdig – oder vielleicht auch nur für dümmlich genug. Jedenfalls verschwand er im hinteren Teil der Wohnung.

Ich beschloss, aufs Ganze zu gehen, und tappte einfach hinter ihm her, als habe er mich darum gebeten.

Und nun brachen in meinem Inneren die Deiche. Es gab kein Halten mehr. Ich wandelte durch meinen eigenen Traum. Die Konturen der Wohnung verschwammen, die Türrahmen dehnten sich wie in einem Zerrspiegel, und als ich schließlich das Wohnzimmer betrat, war es mir, als wäre ich einer Flutwelle von Bildern ausgeliefert. Sie schossen an meinem inneren Auge vorüber, in immer schnellerer Abfolge. Es waren Bilder von haargenau diesen Räumen, aber hier standen andere Möbel und vor den Scheiben hingen andere Gardinen. Ich musste mich an der Wand abstützen, um nicht zu fallen.

Langsam ließ das Rauschen in meinem Kopf nach. Ich war wieder hier angekommen.

Vor mir stand Schlefski, der mich die ganze Zeit über mit durchdringendem Blick beobachtet haben musste. Dann drückte er mir wortlos einen Zettel in die Hand. Ich taumelte benommen davon.

Auf dem Weg nach Leipzig grübelte ich unablässig. Ich wusste nun, dass es da eine Wahrheit gab, die mich mit Lewinsky verband, etwas, das über Anouks Verhältnis zu ihm hinausging.

Was hatten wir früher bloß miteinander zu tun gehabt, Lewinsky und ich? Arbeitete Lewinsky auch für von Maydell und dessen Syndikat?

Ich biss die Zähne aufeinander und umklammerte das Lenkrad mit beiden Händen. In Kürze würde ich Lewinskys Mutter aufsuchen. Würde sie mir eine zufriedenstellende Antwort geben können – oder wollen?

In Leipzig begrüßten mich die Rohrleitungen wie alte Freunde. Sie waren mir vertraut, rosa und blau durchzogen sie die ganze Stadt, überquerten die Straßen wie Brücken, liefen an Gebäuden entlang über Bürgersteige.

Mit etwas Mühe hatte ich die Adresse auf Schlefskis Zettel entziffern können. Nun stand ich vor dem Haus, eine ehemals stattliche, jetzt heruntergekommene Villa, deren schmutzig brauner Putz in Placken von den Wänden fiel. Gleich hinter dem Haus floss die Elster vorbei, in der Nähe gab es eine Grünanlage.

Die Klingeltafel und die Postkästen verrieten, dass inzwischen acht Parteien das Anwesen bewohnten. Es mussten winzige Wohneinheiten sein. Ich fuhr mit einem Finger die Namen entlang und ging sie sogar noch ein zweites Mal durch. »Lewinsky« stand hier nirgends.

Kurzentschlossen klingelte ich einfach irgendwo. Das Haus hatte keine Gegensprechanlage. So starrte ich auf die Haustür, in der Erwartung, sie jeden Augenblick aufgehen zu sehen. Stattdessen öffnete sich ein Fenster im ersten Stock und eine Frau mit kurzem, braunem Haar rief: »Ja, bitte?«

»Ich möchte zu Frau Lewinksy. Sie wohnt doch hier?«

»Da kommen Se aber spät.«

»Warum?«

»Na, die ist doch gestorben. Aber das ist inzwischen bestimmt drei, dreieinhalb Jahre her.«

»Oh.«

»Um was geht's denn?«

»Ich ... bin auf der Suche nach ihrem Sohn, Tom Lewinsky.«

»Na, da klingeln Se man bei Werther. Das ist ja die ...« Sie zögerte einen Moment, dann räusperte sie sich und sprach weiter: »Na, eben sowas wie die Schwiegertochter von der verstorbenen Frau Lewinsky.«

Das Fenster wurde wieder geschlossen, ohne Gruß.

Nervös drückte ich auf den Klingelknopf mit dem Namen »Werther«. Als sich nichts tat, versuchte ich es noch einmal und dann noch einmal. Aber auch nach dem vierten Klingeln öffnete niemand.

Enttäuscht trottete ich zurück zum Volvo, setzte mich hinein und dachte nach. Dabei sah ich unablässig zu dem Haus hinüber, tastete es mit meinem Blick ab und fragte mich, hinter welchen Fenstern »die Schwiegertochter« wohl wohnen mochte. War »die Schwiegertochter« Lewinskys Frau?

Ich würde es später noch einmal versuchen. Den Volvo ließ ich stehen und machte mich zu Fuß auf den Weg in Richtung Innenstadt. Im nächstbesten Lokal aß ich zu Mittag und schlenderte dann ziellos durch die Straßen. Die Wolken, die noch in Magdeburg ein Gewitter oder zumindest etwas Regen versprochen hatten, waren gewichen. Ein strahlender Streifen Azur grüßte schon wieder gnadenlos.

Vor der Thomaskirche empfing mich der Duft von Lindenblüten. Ich betrat den kühlen Innenraum. Hier wurde gerade eine Stimmprobe abgehalten. Orgelklänge und engelsgleicher Gesang erfüllten alles. In einer der hinteren Reihen klappte ich einen Sitz herunter und sah mich um. Das Deckengewölbe war von roten Rippen durchzogen, die Kreuzpunkte von Strahlen und Ranken ummalt. Prächtige bunte Fenster rechts ließen die Mittagssonne herein. Sie beschien das Abbild von Martin Luther.

Ich schloss die Augen. Ich war unendlich müde. Nun drehte sich alles. Die Musik lullte mich sanft und feierlich ein, obwohl sie immer wieder von Stimmen der Besucher durchmischt wurde. Am anderen Ende der Kirche referierte eine Fremdenführerin ihren vorgefertigten Text. Langsam versank ich.

Ich schreckte auf. Jemand hatte mich an der Schulter gestreift. Es war ein Mann. Er entschuldigte sich lächelnd.

Ich erhob mich und ging nach vorne, vorbei an einem rätselhaften Gemälde, auf dem zehn Frauen in Nonnengewändern zu sehen waren. Ihre Lippen hielten sie hinter weißen Schals verborgen.

Am Gebetskreuz blieb ich stehen und las Gebete auf Deutsch und Englisch. Mein Blick glitt über chinesische Schriftzeichen, über kyrillische. Wieder musste ich an meine Russlandreisen denken. Ich spürte Tränen aufsteigen, kam mir albern vor und schluckte sie hinunter. Würde ich jemals herausfinden, was für ein Mensch ich früher gewesen war und was ich alles getan hatte?

Vielleicht lag es an den beflügelnden Orgelklängen. Jedenfalls hatte ich plötzlich einen Geistesblitz. Ich kramte in meiner Hosentasche nach einem Stück Papier, fand einen alten Kassenzettel mit umgeknickten Ecken, lieh mir von der Fremdenführerin einen Kugelschreiber und schrieb meinen kindlichen Wunsch auf die Rückseite des Kassenbons: »Bitte, lieber Gott, schenk mir mein Gedächtnis wieder.«

Später, viel später las ich einmal, man solle sich vor seinen Wünschen hüten. Sie könnten in Erfüllung gehen.

Nach Stunden schloss sich die Wolkendecke. Ich war froh, dass ich bereits im Volvo saß, als es zu tröpfeln begann. Der Regen brachte die lang ersehnte Abkühlung mit sich. Wie heute Vormittag hielt ich auch nun wieder meine individuelle Wache vor dem Haus, in dem angeblich »die Schwiegertochter« der seligen Frau Lewinsky wohnte.

Plötzlich hielt ein Wagen am Straßenrand. Ich sah wegen der Tropfen auf der Windschutzscheibe nur undeutlich, dass jemand ausstieg – eine attraktive Frau, sie war blond. Ich drehte den Zündschlüssel ein wenig und verschaffte mir durch den Scheibenwischer bessere Sicht.

Die Frau ging um ihren Wagen herum, öffnete die hintere Tür an der Beifahrerseite, beugte sich hinein und war für ein paar Augenblicke verschwunden. Dann wand sie sich wieder heraus. Sie hatte ein Kind losgeschnallt, einen Jungen von vielleicht vier oder fünf Jahren.

Diese im Grunde ganz und gar alltägliche Szene fesselte mich. Ich beugte mich vor, um die beiden genauer betrachten zu können.

Und plötzlich waren sie da, längst verloren geglaubte Erinnerungsbilder, in einer Deutlichkeit und Schärfe, die mich schwindeln machte. Immer neue, andere, kamen hinzu. Der Strom wollte und wollte einfach nicht mehr abbrechen. Sie ergossen sich über mich. Erbarmungslos.

Dann wurde alles um mich herum schwarz.

Alptraumgarten

Ich wachte auf. Um mich herum war Dunkelheit, immer noch, doch diese Schwärze kam von der Nacht, die inzwischen hereingebrochen war. Der Scheibenwischer lief ununterbrochen, es regnete mit der gleichen ruhigen Beständigkeit wie zuvor.

Ich drehte den Zündschlüssel ein Stück weiter und fürchtete, die Batterie würde jeden Moment leer sein. Doch der Motor, Hürlis zuverlässiger Freund, sprang ohne zu murren an. Wie in Trance lenkte ich den Wagen über die Ausfallstraße, heraus aus Leipzig in Richtung Autobahn. Wie in Trance schaltete ich, überholte, scherte ein, überholte wieder. Ich hatte nun keine Eile mehr.

Die Flut, die über mich hinweggedonnert war, hatte ihre Bilder dagelassen.

Jetzt hatte ich, was ich wollte. Jetzt hatte ich meine Erinnerung zurück. Jetzt hatte die liebe Seele ihre Ruh endgültig verloren. Mir war klar geworden, dass es Dinge gab, die nie wieder rückgängig gemacht werden konnten.

Ich wusste alles. Beinahe alles. Einen letzten, einen allerletzten Zweifel hegte ich noch. Ich *musste* ihm nachgehen.

Es war etwa vier Uhr morgens, als ich den Volvo drei Kehren unter unserem Haus am Rande eines Feldwegs abstellte. Ich griff nach der Taschenlampe, die ich in Hürlis Handschuhfach gefunden hatte, schaltete sie aber nicht ein.

Lautlos stieg ich aus und lauschte. Lauschte in die Dunkelheit und in den Regen, der das einzige Geräusch blieb, das an meine Ohren drang. Eine frühsommerliche Kühle lag über dem Land, so, wie ich sie von den unendlichen Sommern meiner Kindheit kannte.

Meine Kindheit. Alle Erinnerungen waren wieder da.

Nicht denken, sagte ich mir, nicht denken, gehen.

Ich schlug den Fußpfad ein, der an unserem Haus vorbei auf den Pfänder führte. Es dauerte nicht lange, da hatte der Regen die ohnehin dünne Jacke, die ich im Fond von Hürlis Volvo gefunden hatte, durchnässt. Auf solch einen Wetterumschwung war ich nicht eingerichtet gewesen, als ich am Tag zuvor – War es wirklich erst einen Tag her? – meine Fahrt in den Osten angetreten hatte.

Ich passierte das Hinteregger'sche Anwesen, ebenso das Haus der Thorwaldssons. Dort schlug der Dobermann an. Der hatte mir gerade noch gefehlt. Mit stechendem Atem eilte ich weiter. Ab und zu knirschten ein paar Steine unter meinen Tritten. Ich bemühte mich, nicht mitten hinein in all die Rinnsale zu treten, die den Weg schon beinahe zu einem Bachbett gemacht hatten.

Jetzt hatte ich unseren Zaun erreicht. Er markierte die untere Grundstücksgrenze. Erneut hielt ich inne und lauschte. Was, wenn sie das Grundstück bewachten? Wenn sie Posten aufgestellt hatten? Wütend wischte ich meine Ängste beiseite, atmete zweimal tief durch, straffte die Schultern und machte mich daran, den Zaun zu überklettern. Ich musste zumindest versuchen, meinen letzten Plan noch auszuführen. Danach mochten sie mich meinetwegen fassen.

Das gesamte Grundstück war ringsum von einem breiten und dichten Gürtel aus Bäumen und Büschen umgeben. Ich kämpfte mich durchs Unterholz und erinnerte mich lebhaft daran, dass Anouk häufig voller Stolz von ihrem »immergrünen Wall« aus Eiben und Buchsbaum, Kirschlorbeer und Efeu gesprochen hatte. Nasse Zweige schlugen mir ins Gesicht. Ich unterdrückte Flüche. Ein Regenschwall ergoss sich in meinen Kragen.

Endlich hatte ich die Grenze zu Anouks Ziergarten erreicht – sie hatte diesen Bereich des Gartens »die Baumgrenze« genannt. Die Dunkelheit umfing mich wie ein schützender Mantel gegen ungewollte Blicke. Dennoch dauerte es eine ganze Weile, bevor ich mich hinter dem Stamm der alten Esche hervorwagte und den Weg in Richtung Gartenhaus einschlug.

Unser Haus baute sich als mächtiger grauer Schatten über mir auf. Wenn in diesem Moment jemand auf der Terrasse stand und den Garten beobachtete, so wäre die Wahrscheinlichkeit größer, dass er mich entdeckte als ich ihn.

Ich rüttelte an der Tür des Gartenhäuschens. Nichts tat sich. Also zerrte ich fester daran. Mit einem Mal schwang sie mir entgegen, sodass ich beinahe nach hinten katapultiert worden wäre. Wie erwartet fand ich hier alles, was ich brauchen würde, und machte mich wieder auf zum »immergrünen Wall«.

Zunächst hatte ich Schwierigkeiten, mich zu orientieren und die richtige Stelle ausfindig zu machen. Natürlich hätte ich jetzt einfach unverrichteter Dinge gehen können. Und nicht zum ersten Mal in den vergangenen Stunden fragte ich mich, warum ich das tun wollte und was es mir letztlich bringen würde außer der allerletzten Bestätigung einer grausigen Wahrheit.

Im Rückblick schiebe ich es auf den mehr als zwei Jahre währenden Mangel an Klarheit. Und so war der Drang nach absoluter Gewissheit in jener Nacht übermächtig. Nichts und niemand hätte mich davon abhalten können, nun auch *das Letzte*, wenn nicht ans Tageslicht zu bringen, so doch mit dem Schein von Hürlis Lampe zu beleuchten.

Nach einigem Zaudern, wo genau der Spaten anzusetzen wäre, war ich mir plötzlich ganz sicher. Ja, hier war es gewesen, in dem kleinen Zwischenraum, den die grünen Mauern aus Eiben freigelassen hatten. Hier hatte ich sie gesehen. Damals hatte *sie* sich mit dem Spaten zu schaffen gemacht.

Bei meinen ersten Spatenstichen zuckte ich zusammen, so hart und krachend zerschnitten sie die Nacht. Es war eine mühsame und beschwerliche Arbeit und sie dauerte länger, viel länger, als ich angenommen hatte. Schweiß und Regen mischten sich auf meinem Gesicht. Immer wieder musste ich innehalten, um notdürftig über Augen und Stirn zu wischen. Die Arme wurden mir schwer, die Hände fühlten sich an wie Klauen, die von einer fremden Macht geführt wurden.

Es war am frühen Morgen, als sich mein fürchterlicher Verdacht bestätigte. Ich hatte gegraben und gegraben. Mir war wiederholt übel geworden. Auch jetzt konnte ich den Brechreiz nicht unterdrücken. Aber ich musste die *ganze* Leiche freikratzen. Einzelne Teile genügten nicht. Die Erde musste so weit entfernt werden, dass man sein Gesicht erkennen würde.

Hier lag er. Im grauen Dämmerlicht. Toni Giaconuzzis schlaffer Körper.

Dieser Mann hatte einen Großteil der schrecklichen Ereignisse in der Brandnacht mitangesehen. Er hatte sich sein Schweigen mit Geld und einem Ticket nach Rio bezahlen lassen. Und dann musste er zurückgekehrt sein und erneut Geld gefordert haben. Geld für sein Schweigen.

Das musste Anouk zu viel geworden sein. Sie hatte ihn getötet und hier im Garten verscharrt – just an jenem Nachmittag, als ich früher nach Hause gekommen war und sie mit dem Spaten in der Hand überrascht hatte.

Erneut musste ich würgen, doch da ich seit dem Mittagessen in Leipzig nichts zu mir genommen hatte, war alles, was ich ausspie, gelbgrüne Galle.

Ich sah mich um. Das Tageslicht zeichnete alle Konturen schon schärfer ab. Also war Eile geboten. Die Grube musste wieder zugeschüttet werden. Danach würde ich den Schutz der Dämmerung außerdem noch benötigen, um ungesehen zum Wagen zurückkehren zu können. Ich wusste, dass dieser Weg auf den Bregenzer Hausberg häufig und gerne begangen wurde, mit besonderer Vorliebe sogar in den frühen Morgenstunden.

Alte Zweige und Buchenlaub verdeckten jetzt wieder das schaurige Grab. Alles sah mehr oder weniger so aus wie zuvor. Ich brachte die Geräte in das Gartenhaus zurück, nicht ohne vorher sowohl den Spaten als auch die Schaufel so gut es ging gesäubert zu haben. Es musste inzwischen halb sechs oder gar schon sechs sein, viel zu spät eigentlich, wenn ich an die emsigen Bergläufer dachte.

Hastig schlich ich zurück, zuerst durchs Unterholz. Dann überkletterte ich den Zaun und schlängelte mich am Wegrand entlang bis zum Volvo. Ich ließ mich hinters Steuer fallen und schnappte nach Luft.

Zu meiner Erschöpfung gesellte sich ein pochender Schmerz. Ich spürte, wie mir Tränen übers Gesicht liefen, wie ich nicht mehr aufhören konnte zu weinen.

Anouk war eine Mörderin. Die Frau, die ich geliebt hatte und immer noch liebte, war eine Mörderin und lag im

Koma in einem Bregenzer Krankenhaus und würde vielleicht nie wieder aufwachen. Die Polizei fahndete nach mir, weil man mich des versuchten Mordes an eben dieser Frau verdächtigte. Eine mafiöse Vereinigung wollte offenbar weiterhin erfolgreiche Geschäfte mit mir treiben und – wie absurd! – eine andere Frau, Barbara, wartete darauf, dass ich mich für sie scheiden ließ.

Ich grübelte eine Weile weiter und mit einem Mal verwandelte sich das Schluchzen in ein Lachen. Ein Lachen, das ich nicht mehr stoppen konnte, das immer irrer und irrer wurde, bis ich völlig außer Atem war und mir den Bauch halten musste. Julie fiel mir ein, die sicherlich den passenden psychologischen Fachbegriff für meinen Anfall auf Lager gehabt hätte.

Und nun? Was sollte ich machen, jetzt, da die Polizei überall nach mir suchte?

Was ich in erster Linie vorhatte, und das war sehr konkret, war, Hürli seinen Wagen zurückzubringen. Das war das eine, Notwendige.

Das andere, wonach es mich überaus drängte, war, Anouk wiederzusehen, sie zu berühren und ihr zuzuflüstern, dass ich sie liebte, trotz allem. Ich musste es irgendwie schaffen, in die Klinik zu kommen.

Ein Mann steuerte direkt auf den Volvo zu. Mit verbittertem Gesicht, in jeder Hand einen Wanderstock, trottete er bergan. Er warf einen skeptischen Blick in den Wagen. Ich tat, als wäre ich sehr beschäftigt mit den Gegenständen im Handschuhfach. Mein Herz raste. Hoffentlich würde ihm nichts verdächtig vorkommen. Er verschwand hinter der nächsten Baumgruppe.

Ich ließ den Motor an und fuhr rückwärts aus dem Feldweg heraus auf die Straße. Ich wollte, ich *musste* Anouk sehen.

Im Krankenhaus angekommen, ging ich zügig an der Pförtnerloge vorbei. Ich bemühte mich, so unauffällig wie möglich auszusehen, auch wenn ich eigentlich nicht so recht wusste, wie man dabei überhaupt auszusehen hätte. Natürlich konnte ich nicht auf direktem Weg zu Anouks Zimmer marschieren. Auf gut Glück fuhr ich mit dem Lift ins Untergeschoss. Mit einem angedeuteten Nicken brachte ich die Begegnung mit einer Schwester hinter mich, passierte eine geöffnete Toilettentür und sah eine Frau mit einem Kopftuch, die einen Wischer hin und her schob.

Schließlich stieß ich auf die Wäscherei. Ich musste ein paar Blechschränke öffnen, bevor ich fand, was ich suchte. Schnell schlüpfte ich in eine weiße Hose und in einen weißen Kittel. Dann griff ich nach einem Stapel säuberlich gefalteter Wäschestücke, von denen ich glaubte, dass es Laken waren, und fuhr, den Stapel vor mir her balancierend, mit dem Aufzug nach oben. Im ersten Stock stieg ich aus und steuerte geradewegs auf Zimmer 113 zu.

Kein Mensch auf dem Korridor! Das war meine Gelegenheit. Vorsichtig streckte ich den Kopf in Anouks Zimmer.

Mein Atem stockte. Ich wich zurück.

Ich hatte erwartet, Anouk wie in den Tagen zuvor regungslos daliegen zu sehen. Aber das Bett war leer. Vor Anouks Nachttisch stand eine Hilfskraft und zog die Laken ab.

Ich schlug die Tür zu, rannte den Korridor entlang und landete – in Brandners Armen.

»Sie ist fort«, sagte Brandner und sah mich in meiner Verkleidung mitleidig an.

»Wie ›fort‹?« Ich verstand nicht.

»Ihre Frau ist gestern Morgen aus dem Koma erwacht.«

Völlig fassungslos saß ich in der Cafeteria, auf einem der orangeroten Stühle, nicht weit von dem Tisch entfernt, an dem ich kürzlich mit Hürli gesessen hatte. Es schien Lichtjahre her zu sein.

»Und warum nehmen Sie mich nicht sofort fest?«

»Weil es keinen Grund mehr dafür gibt«, sagte die Blonde. »Oder zumindest keinen, der vor Gericht standhalten würde.« Sie durchbohrte mich mit ihrem Blick.

»Ich verstehe nicht«, sagte ich und legte den Kopf in die Hände.

»Ihre Frau hat ausgesagt. Sie hat sich selbst die Pulsadern geöffnet. Davor hat sie Tabletten genommen und sie mit Alkohol hinuntergespült.«

»Aber ... warum hätte sie das tun sollen?«

»Wissen Sie das wirklich nicht?« Die Stimme der Blonden klang schneidend. Schneidend und verächtlich.

»Nein ... nein ... Natürlich weiß ich das nicht. Sonst hätte ich es Ihnen doch gesagt.«

»Außerdem hat Frau Hinteregger die Aussage Ihrer Frau bestätigt.«

»Frau Hinteregger.«

»Ja, Barbara Hinteregger. Sie werden sich ja wohl an die Frau erinnern, mit der Sie ein Verhältnis haben und deretwegen Ihre Frau sich umbringen wollte.« Das war erneut die Blonde und ich war mir sicher, dass sie mich gepfählt hätte, wenn das im Moment möglich gewesen wäre.

»Hören Sie, Barbara Hinteregger ist die Freundin meiner Frau. Darüber hinaus weiß ich nicht, was Sie andeuten wollen.«

»Das fällt ja auch nicht mehr in unseren Zuständigkeitsbereich«, meinte Brandner begütigend. Doch die Stimme der Blonden gewann eher noch an Schärfe: »Herr Winther. Frau Hinteregger hat ausgesagt, dass sie seit Jahren ein

Verhältnis mit Ihnen pflegt. Und von Ihrer Frau wissen wir Folgendes: Barbara Hinteregger hat Ihre Frau aufgesucht und ihr eröffnet, dass sie, Barbara Hinteregger, und Sie, Herr Winther, vorhätten, in Zukunft zusammenzuleben. Dass zu diesem Zwecke bereits eine Wohnung in Bregenz angemietet sei und dass Sie, Herr Winther, nur noch nicht den Mut gefunden hätten, Ihrer Frau reinen Wein einzuschenken.

Nachdem Barbara Hinteregger das Haus verlassen hatte, versuchte Ihre Frau, sich zu töten.

Nun zu Frau Hintereggers Aussage. Sie behauptet, sie sei vom schlechten Gewissen geplagt worden, weil sie wohl allzu schonungslos die Wahrheit gesagt habe. Und so sei sie nach einer Stunde noch einmal zurückgekehrt – sie hat wohl einen Schlüssel fürs Haus –, um nach Ihrer Frau zu sehen. Ihre Frau habe nämlich seltsam apathisch reagiert.«

Barbara habe Anouk daraufhin in ihrem Blut schwimmend vorgefunden und sofort anonym den Notarzt verständigt. Anonym deshalb, weil sie sich plötzlich fürchterlich geschämt habe. Das Messer habe im Bad auf dem Boden gelegen. Barbara habe es auf den Waschbeckenrand gelegt. Sie sei schon auf dem Weg nach draußen gewesen, als ihr einfiel, dass sie nun sicherlich ihre Fingerabdrücke auf dem Messer hinterlassen habe.

»Und da sie nicht sicher war, ob man die Fingerabdrücke durch einfaches Abwaschen und Abreiben wegbekäme – sie hat eindeutig zu oft ›Tatort‹ angeschaut –, hat sie sich kurzerhand entschlossen, das Messer mitzunehmen.«

Der Tonfall der Blonden war beißend und am Anfang ihres Berichts war ich noch versucht, sie anzuschreien. Doch dann schwieg ich. Meine Wut auf Barbara und mein Schmerz um Anouks Schmerz wurden übermächtig. Ich konnte nicht mehr anders als mir die Hände vors Gesicht zu halten.

Nachdem ich mich wieder halbwegs gefangen hatte, fragte ich: »Und wo ist Anouk jetzt?«

»Das wissen wir leider nicht.«

Das war ja die Höhe. »Sie wissen es nicht?«

»Nein. Schon gestern Abend, als ihre Eltern zu Besuch kamen, war das Zimmer leer.«

»Ja, war sie denn in der Verfassung, alleine irgendwohin zu gehen?«

»Die Ärzte sagen, es ist ihnen ein Rätsel. Allein dürfte sie nicht weit gekommen sein. Wahrscheinlich hat ihr jemand geholfen.«

»Ist das denn möglich, dass eine Patientin hier so mir nichts, dir nichts rausmarschiert aus dem Krankenhaus?«

Die beiden wechselten einen Blick, die Blonde jetzt schon deutlich weniger forsch als noch vor einigen Minuten. Dann sagte Brandner: »Wir haben natürlich nach Ihrer Frau suchen lassen. Zuallererst bei Ihnen zu Hause. Dann bei allen Bekannten, die Ihre Haushälterin, Frau Meerbaum, uns nennen konnte. Aber wie gesagt: Es gibt keine Spur von Ihrer Frau.«

Brandner zuckte bedauernd die Achseln. Er sah noch deprimierter aus als gewöhnlich. Eine Minute verstrich, in der jeder seinen Gedanken nachhing.

Dann raffte Brandner sich wieder auf: »Sie können sicher sein, dass wir alles in unserer Macht Stehende tun werden, um Ihre Frau zu finden.«

Eine Polizeifloskel. Wie oft mochte Brandner diesen Satz im Laufe seines Polizistendaseins schon gesagt haben? Zu besorgten Eltern, zu Ehepartnern …

Er erhob sich. Die Blonde folgte seinem Beispiel. Brandner streckte mir die Hand entgegen. Schon wieder lag die

Andeutung eines bedauernden Lächelns auf seinem Gesicht. »Nichts für ungut, Herr Winther. Und Sie hören von uns.«

Die Blonde machte keinerlei Anstalten, mir die Hand zu reichen, und ich legte auch keinen Wert darauf. Sie war im Begriff, sich abzuwenden. Dann raunte sie mir mit unverhohlener Verachtung in Blick und Stimme zu: »Sie liebt Sie. Aus irgendeinem Grund, den ich bei Gott nicht verstehe, liebt sie Sie.«

Jetzt drehte die Blonde sich endgültig um und ging.

Zwei Stunden später bog ich in die Einfahrt zu unserem Haus. Ursprünglich hatte ich Hürli sofort den Volvo zurückbringen wollen. Aber ich vertröstete meinen ganz privaten Ermittler in Gedanken und hoffte, er hätte seine mentalen Kanäle auf Empfang gestellt.

Ich war ziellos in der Gegend herumgefahren. Vielleicht hatte ich geglaubt, Anouk finden zu können. Vergeblich.

Im Haus traf ich auf eine verzweifelte Frau Meerbaum, die gerade dabei war, ihre innere Unruhe durch Staubsaugen zu bekämpfen. Sie begrüßte mich atemlos: »Herr Winther, Ihr Handy war ja aus, da ham die hier ang'rufen.«

»Wer? Die Polizei?«

Frau Meerbaum schluckte. Sie sah mich mit glasigem Blick an. Ihre Stimme zitterte, als sie fortfuhr: »Man hat den Wagen g'funden.«

Ich musste mich setzen.

»Im Bregenzer Wald. Auf dem Parkplatz bei der Rappenlochschlucht. Aber sie war nicht drin.«

Ich spürte, wie ich mitsamt dem Stuhl schwankte und mich an der Lehne abstützen musste. Was redete sie da? Ich war in einen schrecklichen Film geraten, in dem die Szenen wild durcheinander purzelten.

»Der Wagen stand da, mit offener Fahrertür, das Licht

war auch noch an. Die Polizei hat die Schlucht abg'sucht. Aber sie ham niemand g'funden.« Die Meerbäumin hatte mich am Arm gepackt und redete auf mich ein, hastig und schnell, und ihre Worte drangen wie von fern in mein Bewusstsein.

Ich hörte mich stammeln: »Aber ... wo ... um Gottes willen ... ist sie?«

»Sie muss hier g'wesen sein, heut' Nacht. Denn auf 'm Vitrinenschrankerl liegt a Umschlag, a Brief für Sie, Herr Winther. Der hat gestern noch net dort g'legen. Ich mach' mir solchene Vorwürf', dass ich net do blieb'n bin und g'wartet hab'.«

Wie in Zeitlupe erhob ich mich, holte tief Luft und griff nach dem Umschlag. Sogleich ertastete ich etwas Hartes, das ich nicht einordnen konnte, und fragte: »Fehlt etwas von ihren Sachen?«

Dann, plötzlich von Eile getrieben, rannte ich, zwei Stufen auf einmal nehmend, hinauf ins Schlafzimmer, um Anouks Kleiderschrank zu durchsuchen. Die Meerbäumin war mir hinterhergelaufen und stammelte, ebenfalls nach Luft ringend: »Ich hab' noch nicht nachg'sehen.«

Gemeinsam gingen wir Anouks Sachen durch. Wühlten uns durch weiße Kostüme, rote Tops, Designerjeans. Am Ende schüttelte die Meerbäumin nur traurig den Kopf. »Nix, es fehlt nix. Ich kenn' ja die ganze Garderobe von der gnädigen Frau.«

Ich überlegte einen Moment lang. Im Grunde wollte ich nicht von dieser Person sprechen, aber im Moment durfte man keine Möglichkeit auslassen: »Frau Meerbaum, was glauben Sie – hat Anouk vielleicht mit Frau Hinteregger gesprochen?«

Frau Meerbaums Lippen schlossen sich in Sekundenschnelle zu einem schmalen Strich. Als sie antwortete, klang ihre Stimme gepresst und vorwurfsvoll. »*Die* wär sicher die Letzte – und des mein' ich auch und insbesondere im übertrag'nen Sinn –, der Ihre Anouk was sag'n tät', nach allem …«

Frau Meerbaum sah mich nicht an. Doch ich wusste, dass der Vorwurf auch mir galt.

Ich nickte.

Dann wandte ich mich ab und ging mit dem Brief ins Arbeitszimmer. Eine Weile lang saß ich einfach so da, den Umschlag in der Hand. Durchs Fenster fiel graues Regenlicht herein und vermischte sich mit den Schatten in den Zimmerecken. Anouks Schriftbild erschien weder fahrig noch schwach, es sah aus wie immer, elegant und klar.

Ich las: »Für dich.«

Meine Hände bebten. Ich hatte Angst. Angst vor dem, was ich gleich lesen würde. Ungestüm riss ich den Umschlag auf und zog den Brief heraus. Dabei fiel ein kleines Bündel auf meinen Schoß. Ein fester Gegenstand war in weißes Seidenpapier eingeschlagen. Rasch wickelte ich ihn aus. Es war Anouks Kette mit dem roten Tropfen.

Mit zitternden Fingern klappte ich den Briefbogen auf und las:

Mein Liebster,
wenn du diese Zeilen liest, bin ich schon fort. Aber glaube mir, es ist das Beste für uns alle. Du brauchst dir keine Vorwürfe zu machen, denn ich weiß jetzt, dass Barbara mich angelogen hat, dass du – mein Geliebter – mir treu warst.

Ich bin aus einem anderen Grund gegangen. Es ist der Schrecken darüber, was ich angerichtet habe. Über das Ausmaß, das mein Lügengebilde angenommen hat. Ich habe ein Netz aus Lügen um uns alle gewoben – um dich und mich und alle anderen

Menschen, die mit uns Kontakt haben. Ich will es nun zerschneiden und dir die Wahrheit, die ganze Wahrheit, sagen.

Und diese Wahrheit führt mich ohne Umschweife zum Anfang zurück. Was ich dir jetzt mitteilen werde, ist so ungeheuerlich, dass ich es nicht von Angesicht zu Angesicht tun kann. Dazu fehlt mir der Mut. Und deshalb schreibe ich es dir aus der Entfernung, die mir Sicherheit gibt:

Du bist nicht mein Mann. Du bist Tom Lewinsky, geboren am 05.07.1962 in Leipzig, Max Winthers Zwillingsbruder.

Im Jahr 1963 planten eure Eltern die gemeinsame Flucht aus der DDR. Deinem Vater gelang es, mit deinem Bruder im Arm in den Westen zu entkommen, doch deine Mutter und du, ihr wart den Bruchteil einer Sekunde zu spät dran. So musstet ihr bleiben.

Jahre später, als die Ehe eurer Eltern längst geschieden worden war, heiratete deine Mutter ein zweites Mal: Georg Lewinsky. Der Mann hatte dich bald ins Herz geschlossen und adoptierte dich. Daher trägst du einen anderen Nachnamen als dein Zwillingsbruder Max. Es gibt jedoch keinerlei offizielle Belege dafür. *Nicht mehr*. Ich habe alle Unterlagen, die ich in deiner Wohnung in St. Margrethen fand, verbrannt. Es ist nichts mehr da.

Auch dein leiblicher Vater im Westen hatte seinerzeit erneut geheiratet: eine reiche Frau, die dann Max Winthers Stiefmutter wurde.

Erst, als deine leibliche Mutter vor über drei Jahren schwer erkrankte, erfuhrst du von deinem Vater und deinem Bruder und ihrer Flucht in den Westen. Du hast daraufhin versucht, die beiden ausfindig zu machen. Dein Vater war längst bei einem Autounfall gestorben, aber es gelang dir, mit deinem Bruder in Kontakt zu treten.

Als du damals das erste Gespräch mit Max führtest, war auch ich zugegen. Und so haben wir uns kennengelernt. Aber Max wollte nichts von dir wissen. Er fürchtete, dass du rückwirkend einen Anspruch auf das Erbe eures Vaters erheben könntest. (Du weißt schon, die Firma!) Das wollte Max auf jeden Fall vermeiden. Und so lehnte er es ab, dich noch ein weiteres Mal zu treffen.

Daraufhin habe ich versucht, zwischen euch zu vermitteln und Max umzustimmen. Es war ja offensichtlich, dass du nicht vorhattest, irgendwelche Erbschaftsansprüche geltend zu machen. In dieser Zeit telefonierten wir beinahe täglich. Wir trafen uns zweimal, um zu bereden, wie man Max bloß überzeugen könnte. Und da nahm unsere Liebesgeschichte ihren Anfang.

Du zogst in meine Nähe. Deine Freundin, die Mutter deines Sohnes, hattest du längst verlassen. Ab jetzt wohntest du in St. Margrethen, wo du bald eine Stelle als Vertriebsingenieur antratst.

Wir trafen uns, wann immer es ging. Unsere schönste Zeit verbrachten wir in Prag, drei ganze Wochen, in denen wir Tag und Nacht zusammen waren.

Ich habe dich vom ersten Blick an geliebt. Kann man sowas erklären? Vielleicht war das Gefühl deshalb dermaßen stark, weil du aussahst wie Max, und zu Beginn unserer Ehe hatte ich ihn ja sehr verehrt. Du warst so, wie er einmal gewesen war – bevor er sich zum Negativen verändert hatte. Das klingt alles ein wenig schwülstig. Aber es ist wahr.

Um meine Ehe mit Max war es schlecht bestellt. Er war in den vergangenen sechs, sieben Jahren zum Trinker geworden. Außerdem betrog er mich, wann immer sich eine Gelegenheit bot. Wenn er mich dafür zumindest in Frieden gelassen hätte!

Eines Tages trieb er es sogar mit Barbara. Ich ahnte etwas davon. Sie bewunderte Max und war vor vielen Jahren schon mal mit ihm zusammen gewesen. Wohlgemerkt: Das war lange vor meiner Zeit! Ihre Beziehung war damals nach einer Weile auseinandergegangen. Ich weiß, dass Barbara das nie verwunden hat. Sie liebte Max noch immer. Ja, des Lebens Spiel kennt viele Varianten.

Ich war froh, dass er seine Aufmerksamkeit auf jemand anderen gerichtet hatte. In dieser Phase ließ er mich nachts weitgehend in Ruhe.

Aber eines Tages begann er, von Scheidung zu sprechen, meistens dann, wenn er betrunken war. Ich nahm sein Gerede zunächst nicht ernst. Als er jedoch einmal in nüchternem Zustand davon anfing, dachte ich: Warum eigentlich nicht?

Ich machte mich bei einem Anwalt kundig. Und der holte mich ziemlich schnell auf den Boden der Tatsachen zurück: Im Falle einer Scheidung würde ich nach neuer Rechtsprechung gar nichts – oder nicht viel – bekommen. Max war schon immer ein cleverer Geschäftsmann gewesen und diese Cleverness erstreckte sich, wie ich jetzt sah, auch auf sein Privatleben. Die Firma gehörte ganz allein ihm, das war sowieso klar, da hätte ich auch gar nichts erwartet. Aber auch das Haus und alles, was noch so an Vermögenswerten vorlag, lief ganz allein auf ihn. Von der Prager Wohnung durfte ja sowieso niemand wissen. Das hatte irgendwas mit dem Finanzamt zu tun, jedenfalls hat er mir das damals so erklärt.

Der Anwalt sagte mir Folgendes: Die Neuregelung betrifft Ehepartner, die – Wie nannte er das? – *nicht* einen Großteil ihrer Zeit auf die Erziehung eines Kindes oder die Pflege eines Elternteils verwenden. Der Gesetzgeber erwartet von solchen Leuten, dass sie im Falle einer Scheidung wieder für sich selbst sorgen. Sie haben demzufolge kein Anrecht auf Unterhalt.

Durch diese Neuregelung wäre ich also total ausgebootet gewesen. Das mag in deinen Ohren bequem klingen oder verwöhnt, aber ich hatte ganz einfach Angst. Angst, im Falle einer Scheidung alles zu verlieren: mein Zuhause und vor allem meinen Garten. Gott allein weiß, wie viel Zeit und Arbeit ich all die Jahre in diesen Garten gesteckt habe! Und dann einfach so zu gehen … – das erschien mir damals unmöglich.

Du sagtest oft zu mir: Wir bauen uns etwas Neues auf, komm zu mir, wir gehen woanders hin und fangen neu an. Doch ich wollte nicht von einer Abhängigkeit in die nächste fallen. Also habe ich einfach abgewartet. Dieses Warten wurde unerträglich. Und eines Tages geschah das, was nie hätte geschehen dürfen.

Durch einen Zufall erfuhr ich, dass Max in irgendeine krumme Geschichte verwickelt war. Es ging dabei um Geld, um sehr viel Geld, und um hochangereichertes Uran, das Max in mehr oder weniger regelmäßigen Abständen von Russland nach Deutschland schmuggelte.

Ich stellte ihn hier in unserem Haus zur Rede. Das war an jenem 4. Januar. Er schrie und brüllte, ich solle meine Nase nicht in seine Angelegenheiten stecken. Immer wieder beleidigte er mich und fragte aufgebracht, wie ich mir das vorgestellt hätte: diesen Lebensstandard, dieses Haus, eine Zweitwohnung in Prag. Das ginge nun mal nicht ohne weitere Einnahmen.

Dann rauschte er davon. Er wollte noch mal in die Firma fahren, um dort mit der Inventur zu beginnen.

An diesem Nachmittag kam ich nicht zur Ruhe. Irgendwann rief ich ihn im Büro an. Ich bestand darauf, endlich ein klärendes Gespräch zu führen. Es gebe nichts zu besprechen, antwortete er. Ich sagte, ich wolle mit seinen dubiosen Geschäften nichts zu tun haben.

Zum ersten Mal hatte ich den Mut, ihm meinerseits zu eröffnen, dass ich mich scheiden lassen wollte. Er lachte höhnisch, sagte, das könne ich haben. Nur dass ich danach nicht mehr einen auf Prinzessin machen könne. Dann müsse ich nämlich selbst mal arbeiten.

Ich wagte etwas, was ich zuvor nie gewagt hatte. Wortwörtlich sagte ich zu Max: »Ich will die Hälfte von diesem Haus – das, was alle bei einer Scheidung kriegen, nicht mehr und nicht weniger.«

Er lachte wieder, ja, er lachte sich kaputt bei dem Gedanken, dass ich an ihn irgendwelche Forderungen stellen könnte, und nannte mich höhnisch »die kleine Gärtnerin«.

Meine Antwort brachte den Stein ins Rollen. Ich erklärte, er solle sich gut überlegen, was er mir im Falle einer Scheidung zugestehen würde. Denn sonst könne es sein, dass ich zur Polizei ginge. Wir würden schon sehen, wer zuletzt lache. Er geriet außer sich und brüllte ins Telefon: »Soll das eine Drohung sein?« Das Gespräch war für ihn beendet. Er knallte den Hörer auf die Gabel.

Ich war völlig aufgelöst, rief dich an und erzählte dir alles. Du kamst sofort und versuchtest, mich zu beruhigen: »Leg dich hin und entspann dich.« Du warst ja auf dieser Buddhismus-Welle und hattest schon öfters Atemübungen mit mir gemacht.

Gerade, als ich mich tatsächlich hinlegen wollte, riss Max die Schlafzimmertür auf. Sein Blick fiel zuerst auf dich, dann auf mich. Ich erkannte sofort, dass er wieder getrunken hatte.

Nun ging alles ganz schnell. Er warf sich auf mich und ehe du ihn abhalten konntest, schlug er mir mit der Faust ins Gesicht. Anschließend packte er dich am Kragen. Er prügelte auf dich ein und begann, dich zu würgen.

Da nahm ich den weißen Marmorengel von meinem Nachttisch und schlug auf Max ein, damit er dich losließe. Der Marmor war mit einem Mal rot. Tom, weißt du noch, welch schreckliche Träume du von Engel und Satan hattest? Du sahst dabei auch immer wieder einen blutigen Stein. Das war sicherlich eine dumpfe Erinnerung an die Marmorfigur in meinen Händen. Deine Alpträume waren allesamt verblüffend nah an der Realität. Aber wie hätte ich dir das erklären sollen?

Ich konnte nicht aufhören, auf Max einzuschlagen. Das Blut spritzte – auf meine Kleider, auf den Fußboden, auf das Bild. Vor allem auf das Bild, das über unserem Bett hing, das alttestamentarische.

Max sackte in sich zusammen. Er war tot. Ich habe ihn erschlagen. Ich habe meinen Mann erschlagen.

Du wolltest die Polizei anrufen. Doch ich hatte Angst. Angst, als Mörderin meines Mannes dazustehen. Angst vor der Schmach. Und letztlich davor, ins Gefängnis zu kommen.

Tom, Geliebter, es ist so fürchterlich. Ich habe dich da hineingezogen, in diesen Alptraum, und du hast nichts getan, um dich dagegen zu wehren.

Wir schafften Max auf das Firmengelände. Ich hatte gerade von einem Brand in der Gegend gelesen und irgendwie schien mir das die beste Lösung zu sein. Doch gerade, als wir das Feuer legten, tauchte dieser runtergekommene Typ auf, Toni Giaconuzzi.

Wir hatten das Ganze ohnehin nicht systematisch durchdacht, aber *so* hatten wir uns das nun überhaupt nicht vorgestellt.

Die Sache geriet nun endgültig aus dem Ruder. Die Flammen loderten viel früher auf als geplant. Ich bekam panische Angst, denn du warst zu diesem Zeitpunkt noch innen, in der Halle, bei Max.

Da kam mir Giaconuzzi gerade recht. Mit seiner Hilfe habe ich dich aus den Flammen gezogen. Du sahst schlimm aus mit all diesen Verbrennungen.

Sehr bald trafen Polizei und Feuerwehr auf dem Firmengelände ein. Ich war außerstande zu sprechen. Sie haben geglaubt, ich hätte einen Schock erlitten. Na ja, in gewissem Sinne war das ja korrekt. Mein komplettes Nervensystem versagte mir den Dienst, weil ich nicht wusste, ob du überleben würdest.

Als der Arzt wiederholt von dir als »meinem Mann« sprach, korrigierte ich ihn nicht. Wenig später *warst* du für alle »mein Mann« und der Obdachlose ein Opfer der Flammen.

Was deine Wohnung anbelangte, so entschied ich damals, sie erst einmal beizubehalten. Ich wollte jegliches Aufsehen vermeiden. Denn wenn man kurzfristig versucht hätte, aus dem Mietvertrag auszusteigen, so wäre das ganz schön schwierig geworden. Die Daueraufträge für Miete und Nebenkosten liefen weiter. Ich musste einfach nur dafür sorgen, dass immer genug Geld auf deinem Konto war.

Ich entwarf ein Kündigungsschreiben an deinen Arbeitgeber und schneller als gedacht warst du »frei«.

Aber dann kam Giaconuzzi und wollte Geld. Ich habe ihm 20 000 Euro in bar gegeben und ihm ein Ticket nach Rio de Janeiro gekauft. Nur den Hinflug, versteht sich. Ich dachte, von Südamerika aus würde er nie mehr zurückkommen.

Weit gefehlt! Plötzlich tauchte er wieder auf. Es war erst kürzlich, vor ein paar Wochen, und er wollte erneut Geld von mir. Ich fügte mich – *nur*: Der Mann wurde langsam unverschämt! Wenig später stand er abermals vor der Tür. Da habe ich auch ihn erschlagen.

Oh Tom, mein lieber Tom, was musst du nur von mir denken.

In Prag schmerzte es mich am meisten, dass ich dir nicht die Wahrheit sagen konnte. Schließlich hatten wir dort mal traumhaft schöne Tage miteinander verbracht. Umso schlimmer war es für mich, als du kurz nach unserer Ankunft die Tierhandlung Pink Rabbit wiedererkanntest! Wie war ich hin- und hergerissen zwischen Freude und Angst. Du hattest mir bei unserem ersten Prag-Trip partout einen Vogel kaufen wollen, was natürlich die reinste Schnapsidee gewesen war. Was hätte ich mit einem Vogel anfangen sollen? Aber weißt du, all die verrückten kleinen Dinge, die wir uns frisch verliebt geleistet hatten, musste ich für mich behalten. Es ist fürchterlich, wenn man solche Erinnerungen nicht teilen kann. Und natürlich war dir »dein« Arbeitszimmer fremd. Schließlich hattest du es nie betreten.

Ich wusste, dass es *noch* schwieriger werden würde, das ganze Lügengebilde zu Hause, am Bodensee, aufrechtzuerhalten. Deshalb wollte ich ja auch so lange wie möglich – am liebsten für immer – in Amerika bleiben.

Nach unserer Rückkehr nach Bregenz spürte ich, wie deine innere Unruhe immer stärker wurde. Irgendwann fürchtete ich, du würdest der Vergangenheit auf die Spur kommen. Da habe ich kurzerhand deine Wohnung in St. Margrethen aufgesucht und alles, was dich hätte identifizieren können, entfernt: die Festplatte deines PCs, alle deine Fotos, die Post, die sich angesammelt hatte, deine privaten Unterlagen. Und außerdem habe ich auch die Erinnerungen an deinen Sohn vernichtet – die Bilder, die er dir gemalt hatte, die kleinen Basteleien. Glaub es oder glaub es nicht: Das war das Schlimmste für mich, einem Kind den Vater zu rauben. Weitaus schlimmer als Max Winther und Toni Giaconuzzi zu töten.

Und dann Barbara! Ich hatte ja damals, *vor* dem Brand, geahnt, dass (der echte!) Max ein Verhältnis mit ihr hatte. Wie sollte sich das aber *nach* unserer Rückkehr gestalten?

Mir war immer bewusst, dass Barbara mein größter Risikofaktor war: Entweder würde sie erkennen, dass du nicht Max bist. Alles würde auffliegen. Oder aber sie würde versuchen, »ihren Max« zurückzugewinnen.

Ich habe tatsächlich geglaubt, es wäre ihr gelungen.

Wie kann ich mit meiner Schuld weiterleben?

Ich bitte dich, mir zu verzeihen.

In Liebe, Anouk

Ich saß da, betäubt, ein Automat, der atmete und blinzelte.

All das hatte ich längst gewusst!

Wenn Anouk sich mir doch früher anvertraut hätte, in L. A. oder in Prag, dann wäre noch Zeit gewesen. Und vielleicht würde dann wenigstens Giaconuzzi noch leben.

Es beunruhigte mich außerdem immens, dass dieser Brief keinen auch noch so vagen Hinweis darauf enthielt, was Anouk jetzt vorhatte.

Und ich? Was würde ich nun tun? Ich ließ die Gedanken kommen und gehen.

Nach einer gefühlten Ewigkeit schreckte mich der Staubsauger im Nebenzimmer auf. Das Leben ging weiter, die Arbeit, der ewige Kreislauf.

Wie elektrisiert sprang ich auf. In ein paar Tagen war der 25.! Das Einzige, was ich mit Gewissheit wusste, war, dass ich am 25. *nicht* in Moskau sein würde. Aber hatte ich mich nicht schon zu weit auf diese Bande eingelassen? Würden sie mich umbringen, falls ich nun aussteigen wollte? Ich kannte die Gepflogenheiten in diesen Kreisen nicht, nahm aber an, dass man mir in jedem Fall einen Denkzettel verpassen würde.

Mein Kopf war klar wie lange nicht mehr. Auf der Autobahn nach St. Gallen hatte ich Mühe, mich an die Geschwindigkeitsbegrenzung zu halten. Der alte Volvo fuhr schnell wie der Wind und es war nicht viel Verkehr an diesem Abend.

Ich hatte zuvor ein paar Stunden gebraucht, um alle Vorkehrungen zu treffen. Die Meerbäumin würde weiterhin in Anouks Haus nach dem Rechten sehen. Allerdings reichte es für die nächste Zeit, wenn sie einmal die Woche käme. Ich wollte, dass das Haus jederzeit bereit wäre für den Fall, dass Anouk sich entschließen sollte zurückzukehren.

Wenzlow würde demnächst einen Brief von mir erhalten. Darin bot ich ihm an, die Firmenleitung ganz zu übernehmen. Eine Generalvollmacht hatte er ja ohnehin bereits. Sein Gehalt würde sich nun verdoppeln.

Max Winthers Safe war leer, ich hatte die Online-Zugriffsdaten für sein Schweizer Konto in der Tasche.

Mein Wagen stand noch dort, wo ich ihn abgestellt hatte. Das Antiquariat war geschlossen, doch aus dem Hinterzimmer drang Licht in den Verkaufsraum. Ich klopfte an der Tür. Als niemand öffnete, ging ich um das Haus herum, bis zu dem kleinen Fenster, von dem ich wusste, dass es zu Hürlis »Kabuff« gehörte.

Justus saß an seinem wackeligen Tisch und hielt einen dicken roten Auktionskatalog in den Händen. Vor ihm, auf einem Stövchen, stand Tee, diesmal in einer Glaskanne. Sie leuchtete rostrot. Das verhieß Wärme und Geborgenheit.

Ich zögerte noch einen Moment und betrachtete voller Rührung diesen Mann, der ganz in seine Lektüre versunken war. Eine Woge der Zuneigung und der Dankbarkeit überkam mich. Er war der Einzige gewesen, der – obwohl alles gegen mich gesprochen hatte – ohne viel Federlesens zu mir gehalten hatte.

Endlich klopfte ich. Hürli hob den Kopf. Im ersten Augenblick sah er ein wenig verloren aus. Doch als er mich erkannte, legte sich ein breites Lächeln auf sein Gesicht und er deutete nach vorne, zum Zeichen, dass er mir aufschließen würde.

Die Ladentür schwang auf, die Glocke schepperte so blechern wie eh und je.

»Das trifft sich gut«, sagte Hürli und lächelte noch immer. »Ich habe gerade einen wunderbaren Darjeeling aufgebrüht, eine neue Pflückung.«

Ich folgte ihm ins Hinterzimmer. Dort erhielt ich eine Tasse der dampfenden Flüssigkeit mit dem verlockenden Aroma.

»Haben Sie erfahren, was Sie in Erfahrung bringen wollten?«, fragte Hürli, nachdem er sich wieder gesetzt hatte.

»Ja«, sagte ich tonlos, »und noch viel mehr. Ich habe meine Identität wieder.«

Hürli sah mich forschend an und wartete offenbar darauf, dass ich mich näher erklären würde. Und das tat ich dann auch. Während ich sprach, weiteten sich Hürlis Augen. Hin und wieder schüttelte er den Kopf, schweigend, wie es seine Art war.

Als ich meinen Bericht beendet hatte, murmelte er: »So ist Giaconuzzi also tot.«

Ich nickte und trank meinen Tee.

Hürli goss uns nach.

Nach ein paar Minuten griff ich unter den Tisch, wo ich meinen Rucksack abgestellt hatte, öffnete den Reißverschluss und blätterte Hürli Scheine hin.

Er hob eine Augenbraue.

»Das ist für Sie.«

Hürli sah mich an. »Für mich? Was soll ich damit?«

»Das müssen Sie selbst entscheiden. Basteln Sie Papierflieger daraus, übernehmen Sie das Antiquariat, stecken Sie das Geld in die Drogenhilfe. Irgendetwas wird Ihnen schon einfallen.«

»Sie schulden mir nichts.«

»Das sehe ich anders.«

»Ich habe nicht viel für Sie getan.«

»Oh doch. Sie haben an mich geglaubt, obwohl alles gegen mich gesprochen hatte.« Ich räusperte mich, schob ihm das Geld hin und sagte: »Aber jetzt lassen Sie uns nicht auch noch rührselig werden. Machen Sie damit, was Sie wollen. Außerdem ist es gar nicht meins. Es gehört Max Winther.«

Hürli griff nach seiner Tasse, trank sie leer, ignorierte die Geldscheine und fragte: »Und Sie? Was werden Sie jetzt tun?«

Ich atmete tief durch. »Nun, ich trage Max Winthers Kleider, ich bezahle mit Max Winthers Kreditkarten, ich bin im Besitz seines Reisepasses und ich habe sogar sein Gesicht. Also bin ich doch Max Winther. Oder nicht?«

Hürli nickte langsam. »An Max Winthers Stelle würde ich zunächst einmal untertauchen. Prag ist doch eine interessante Stadt. Keiner weiß von Ihrem Apartment.«

Ich nickte ebenfalls. Dann erhob ich mich. Hürli brachte mich zur Tür.

»Er ist vollgetankt«, sagte ich und deutete mit dem Kinn in Richtung des Volvo.

Hürli schüttelte mir die Hand. »Dann auf Wiedersehen, Herr … Winther.«

Dank

Wie immer gilt mein erster Dank meiner Mutter (ihres Zeichens »Erste Testleserin« von allem, was ich zu Papier bringe): Ich danke dir für deine Ermutigung, für all die Gespräche über Figuren und Plots, für deine Anregungen UND für die konkrete Hilfe im Alltag. Was würden wir ohne dich machen!

Ganz herzlich danken möchte ich Gerhard, der mir den für dieses Buch notwendigen Einblick ins Simulationsbusiness gewährt hat.

Ich danke Konstanze Renner von dtv: dafür, dass sie mich aus dem Wust an Manuskripten herausgelesen hat.

Ich danke Bianca Dombrowa von dtv: für die Unbeirrbarkeit, mit der sie dieses Projekt bis zur tatsächlichen Realisierung verfolgt hat.

Und schließlich bedanke ich mich herzlich bei meiner Lektorin Sonja Walter: für die angenehme Zusammenarbeit und für die Gründlichkeit, mit der sie mein Manuskript unter die Lupe genommen hat.

Mein besonderer Dank gilt Stephanie Weischer vom Atelier Wildes Blut für die Gestaltung des Covers. Ich bin begeistert!

Quellenangaben